ACESSE AQUI A ÓRBITA DESTE LIVRO.

JOHN SCALZI

O FIM DE TODAS AS COISAS

SÉRIE GUERRA DO VELHO
VOLUME 6

TRADUÇÃO
DE
ADRIANO
SCANDOLARA

Aleph

O fim de todas as coisas

TÍTULO ORIGINAL:
The End of All Things

COPIDESQUE:
Cê Oliveira

REVISÃO:
Cássio Yamamura
Natália Mori

COORDENAÇÃO:
Giovana Bomentre

CAPA:
Pedro Inoue

PROJETO GRÁFICO:
Desenho Editorial

ILUSTRAÇÃO:
Sparth

DIREÇÃO EXECUTIVA:
Betty Fromer

DIREÇÃO EDITORIAL:
Adriano Fromer Piazzi

PUBLISHER:
Luara França

EDITORIAL:
Andréa Bergamaschi
Bárbara Reis
Caíque Gomes
Débora Dutra Vieira
Juliana Brandt
Luiza Araujo

COMUNICAÇÃO:
Gabriella Carvalho
Giovanna de Lima Cunha
Júlia Forbes
Maria Clara Villas

COMERCIAL:
Giovani das Graças
Gustavo Mendonça
Lidiana Pessoa
Roberta Saraiva

FINANCEIRO:
Adriana Martins
Helena Telesca

DADOS INTERNACIONAIS DE CATALOGAÇÃO NA PUBLICAÇÃO (CIP) DE ACORDO COM ISBD

S282f Scalzi, John
O fim de todas as coisas / John Scalzi ; traduzido por Adriano Scandolara. - São Paulo : Aleph, 2023.
352 p. ; 16cm x 23cm

Tradução de: The end of all things
ISBN: 978-85-7657-583-2

1. Literatura americana. 2. Ficção. I. Scandolara, Adriano. II. Título.

2023-1527   CDD 813
                  CDU 821.111(73)-3

ELABORADO POR ODILIO HILARIO MOREIRA JUNIOR - CRB-8/9949

ÍNDICES PARA CATÁLOGO SISTEMÁTICO:
1. Literatura americana: Ficção 813
2. Literatura americana: Ficção 821.111(73)-3

COPYRIGHT © JOHN SCALZI, 2015
COPYRIGHT © EDITORA ALEPH, 2023
(EDIÇÃO EM LÍNGUA PORTUGUESA PARA O BRASIL)

TODOS OS DIREITOS RESERVADOS. PROIBIDA A REPRODUÇÃO, NO TODO OU EM PARTE, ATRAVÉS DE QUAISQUER MEIOS SEM A DEVIDA AUTORIZAÇÃO.

Rua Bento Freitas, 306, cj. 71, São Paulo/SP
CEP: 01220-000 • Tel.: 11 3743-3202
www.editoraaleph.com.br

A Jay e Mary Vernau, do Jay and Mary's Book Center, de Troy, Ohio;
A Alan Beatts e Jude Feldman, da Borderland Books, de São Francisco, Califórnia;
A Duane Wilkins e Olivia Ahl, da University Bookstore, Universidade de Washington;
E a todos os livreiros que compartilharam minha obra com os leitores em suas lojas.
Vocês são os melhores. Este aqui é dedicado a vocês, com meus agradecimentos.

O FIM DE TODAS AS COISAS

A VIDA CEREBRAL __

Ao meu querido amigo John Anderson, *in memoriam*,
e a todos que foram amigos dele.

Deixem a música rolar.

PARTE 1

Então, fiquei de contar para vocês como foi que eu virei um cérebro numa caixa.

É. Bem, começamos de um jeito meio *sinistro*, não foi?

No mais, também não sei bem, tecnicamente falando, como eles fizeram isso. Não é como se eu tivesse acordado um dia como um cérebro sem corpo e aí me mostraram um vídeo informativo sobre como aconteceu, só caso eu tivesse curiosidade. "Aqui é a parte em que cortamos todos os vasos sanguíneos e nervos periféricos", diria o vídeo. "E essa parte mostra como extraímos o crânio e a coluna vertebral, e aqui foi quando enchemos seus miolos com uns sensorezinhos bem legais para rastrear seus pensamentos. Preste atenção, porque depois vai cair na prova."

Nossa, eu sou péssimo nisso.

Não sou escritor, nem orador. Não sou contador de histórias. Sou um piloto de espaçonaves, vamos deixar isso claro logo de cara. A União Colonial me pediu para contar o que aconteceu comigo, porque acham que essa informação será útil. Beleza, eu conto, fico feliz em ajudar. Mas não vai ser nada do tipo, sabe, literatura clássica. Vai ter uns saltos aqui e ali. Vou me perder contando a história, e voltar em uns pontos, depois me perder de novo. Estou fazendo tudo de cabeça.

Digo, metaforicamente. Não tenho mais cabeça. Tenho quase certeza de que foi jogada num incinerador ou coisa assim.

Entende o que quero dizer?

Alguém vai ter que editar isto aqui se for para fazer qualquer sentido. Então, ao coitado do editor anônimo da União Colonial: minha gratidão e minhas desculpas. Não estou tentando dificultar sua vida, juro. Só não sei o que eles querem de verdade, nem como querem que eu faça isso.

"Conte tudo para nós", me disseram. "Bote tudo para fora. Sem preocupações. Deixa que a gente arruma depois." E acho que é aí que você entra, editor anônimo. Boa arrumação para você.

E a quem estiver lendo isto aqui: tenho certeza de que o editor fez um serviço excelente.

Por onde começar esta merda? Acho que nenhum de vocês dá a mínima para a minha infância. Foi uma infância normal, felizinha, sem grandes acontecimentos, com amigos e pais decentes. Na minha vida escolar, igualmente, não tive nada digno de nota, só todas as idiotices e sacanagens de sempre, com momentos ocasionais de ter que interromper tudo para estudar para as provas. Sendo sincero, ninguém vai querer ouvir nada sobre isso. Nem eu quero, e olha que vivi essas coisas.

Então, acho que vou começar pela entrevista de emprego.

Isso. É um bom lugar para começar. A entrevista que me rendeu o trabalho que me transformou nesta aberração sem cabeça.

Em retrospecto, eu meio que queria ter sido rejeitado.

Ah, e talvez eu deva dizer o meu nome. Só para registrar.

É Rafe. Rafe Daquin.

Sou Rafe Daquin e sou um cérebro numa caixa.

Oi.

O motivo de eu ter conseguido a entrevista, para começo de conversa, foi um amigo meu da época de faculdade, Hart Schmidt. Ele trabalha como diplomata para a União Colonial, o que sempre achei que era a própria definição de um trabalho ingrato. Aí recentemente ele estava de folga num bar da Estação Fênix, conversando com o oficial executivo da *Chandler*, uma nave cargueira que estava no meio do itinerário triangular padrão entre Fênix,

Huckleberry e Erie. Não é lá um trabalho de grande prestígio, mas serviço é serviço. Nem todos podem ser glamourosos.

Em todo caso, na nossa conversa, o oficial executivo estava reclamando que, quando chegaram à Estação Fênix, a *Chandler* foi recebida por um bando de homens da lei. Parece que um dos pilotos da nave fazia umas coisinhas por fora, lá no planeta Fênix. Os detalhes ainda estão confusos para mim, mas era um negócio que envolvia chantagem, intimidação, propina e bigamia, o último item claramente destacando-se dos demais. A questão era que a *Chandler* tinha ficado sem piloto e precisava de um novo, com urgência.

O que foi bacana, porque eu era piloto e precisava de serviço, também com urgência.

– Consta aqui que você foi programador antes de ser piloto – disse o oficial executivo, conferindo meu currículo. Estávamos numa hamburgueria da Estação Fênix. Eu vazei do planeta e fui até lá assim que Hart me falou do serviço. Os hambúrgueres dali eram lendários, mas eu não havia vindo pela culinária. O nome do oficial executivo era Lee Han e ele tinha o aspecto de alguém que estava só cumprindo o combinado. Minha sensação era a de que, enquanto não confessasse ter o hábito de matar gatinhos fofos na frente de crianças, era certo que o trampo seria meu.

– Fiz faculdade de engenharia da computação – falei. – Me formei, fiz isso e programação por uns anos. Trabalhei na Eyre Systems, no geral com navegação espacial e software de manutenção. Talvez vocês tenham um dos nossos programas na *Chandler*.

– Temos, sim – disse Han.

– Posso incluir também um suporte técnico na faixa – respondi. Era uma piada.

Não tenho certeza de que Han viu muita graça.

– Não é muito comum sair da programação para pilotar naves – disse ele.

– Foi a programação que me fez ter interesse em ser piloto – falei. – Eu era um dos programadores que tinha alguma coisa parecida com habilidades sociais, por isso uma hora fui designado para ir até a Estação Fênix, trabalhar nas naves para customizar o software. Então passava muito tempo a bordo delas, conversando com a tripulação e ouvindo o pessoal falar sobre os lugares por onde andaram no universo. Se você faz isso por um tempo, a ideia de ficar sentado numa mesa programando começa a parecer um belo jeito de perder muito tempo e desperdiçar sua vida. Eu queria ver o que havia lá fora. Por isso dei meus pulos e consegui um trampo de piloto aprendiz. Já faz sete anos.

— Em termos de pagamento, não é exatamente uma mudança para melhor — disse Han.

Eu dei de ombros. Imaginei que o gesto fosse parecer casual e descolado, mais do tipo "Olha só, algumas coisas são mais importantes do que dinheiro" e menos "Olha só, estou morando com meus pais, que estão começando a se ressentir, por isso o que vier pra mim é lucro". Em todo caso, as duas afirmações eram verdadeiras. Muitas coisas podem ser mais importantes do que dinheiro quando faltam opções.

Não quero pintar meus pais como más pessoas aqui. É só que eles deixaram muito claro que uma coisa era me sustentarem enquanto eu estivesse trabalhando para avançar na carreira, e outra coisa era sustentar um ser humano de 32 anos que ficava em casa, com a bunda no sofá entre um trampo e outro. Talvez não permitissem que eu morresse de fome, mas não iam me deixar confortável.

E tudo bem. Não era por preguiça minha que eu estava desempregado.

— Aqui diz que você passou os últimos nove meses desempregado — comentou Han.

— Andei entre uma nave e outra, sim — respondi.

— Gostaria de explicar isso? — perguntou Han.

Bem, aí não tinha como contornar.

— Estão me perseguindo — falei.

— Quem?

— O capitão Werner Ostrander, da *Cataratas de Lastan*.

Pensei ter visto um vago sorriso nos lábios de Han quando eu disse isso.

— Prossiga — pediu ele.

— Não tem muito o que dizer — respondi. — Eu era o segundo piloto a bordo da *Baikal*, e o primeiro piloto não ia sair de lá tão cedo. Então quando me falaram que havia uma oportunidade de subir para primeiro piloto no *Cataratas*, aceitei. O que eu não sabia era que havia um motivo pelo qual a nave havia perdido seis pilotos em dois anos. Quando descobri, já era tarde demais. Acabei quebrando meu contrato.

— Deve ter saído caro.

— Valeu cada centavo — falei. — Além do mais, quando eu estava para sair, mencionei o nome da minha mãe ao despenseiro. Ela é advogada trabalhista. O processo coletivo contra Ostrander que veio depois foi, digamos, *muito* satisfatório.

Han definitivamente sorriu com essa.

— Mas também acarretou que Ostrander agora se desdobra em dois para dissuadir qualquer nave de me contratar — falei. — Ninguém gosta de um encrenqueiro.

— Não, ninguém mesmo — concordou Han, e eu resmunguei por dentro, por imaginar que eu ia ferrar tudo aí. — Mas sabe, trabalhei na tripulação da *Cataratas* durante um ano, no começo da carreira.

Pisquei e disse:

— É mesmo?

— Sim — respondeu Han. — Digamos que consigo entender você querer quebrar o contrato. E também digamos que, em algum momento, vou querer ouvir os detalhes desse processo.

Abri um sorriso e respondi:

— Pode deixar.

— Serei franco, sr. Daquin, esse cargo é um retrocesso na sua carreira — disse Han. — É um cargo de terceiro piloto, e é uma viagem bem direta, arroz-com-feijão. A gente vem pra cá, a gente vai pra Huckleberry, a gente vai pra Erie, e repete. Não é emocionante, e assim como na *Baikal*, não tem muito para onde avançar.

— Deixe-me ser igualmente franco, senhor — falei. — Passei nove meses no fundo de um poço gravitacional. O senhor sabe tão bem quanto eu que, se passar mais tempo lá, vou acabar preso ali. Vocês precisam de mais um piloto agora mesmo para não perderem tempo e dinheiro na viagem. Eu entendo. E preciso sair do planeta para ter mais uma chance de ser primeiro piloto em algum outro lugar sem a perseguição de Ostrander. Imagino que estamos ambos numa posição em que um pode ajudar o outro.

— Eu só queria ter certeza de que estamos com as expectativas alinhadas — disse Han.

— Não tenho ilusão, senhor.

— Que bom. Então dou um dia para você encerrar seus negócios aqui.

Abaixei-me e dei um tapinha na mala de tripulante aos meus pés.

– Negócio fechado. A única coisa que preciso fazer é encontrar meu amigo Hart e pagar um drinque para ele por ter me arranjado esta entrevista.

– Se conseguir fazer isso logo, vai ter um transporte com destino à *Chandler* no portão 36, dentro de algumas horas.

– Estarei lá, senhor – respondi.

– Muito bem, então – disse Han, levantando-se e estendendo a mão. – Bem-vindo à *Chandler*, piloto.

Eu apertei a mão dele.

– Obrigado, senhor. Feliz em estar a bordo.

Encontrei-me com Hart meia hora depois, do outro lado da Estação Fênix, numa recepção para a chefe dele, a embaixadora Abumwe.

– Ela ganhou o Prêmio de Mérito por Serviço – disse Hart. Já estava na segunda dose de ponche batizado, e ele nunca foi de saber beber direito, por isso estava a caminho de ficar meio entornado. Também trajava o uniforme diplomático formal. Para mim, aquilo o fazia parecer um porteiro. Mas eu também havia passado a maior parte do ano anterior de moletom, então que moral tenho eu, né?

– O que foi que ela fez de tanto mérito? – perguntei.

– Conseguiu manter toda a equipe viva enquanto a Estação da Terra estava sob ataque, só para começar – disse Hart. – Você ouviu o que aconteceu lá?

Fiz que sim com a cabeça. A União Colonial era muito boa em evitar que as notícias ruins chegassem aos civis das colônias, mas algumas notícias são mais difíceis de esconder do que outras. Por exemplo, a de que a única estação espacial da Terra havia sido destruída por terroristas desconhecidos, matando milhares, incluindo a nata das forças diplomáticas terrestres, e que o planeta culpava a UC pelo ataque, rompendo todos os laços diplomáticos e econômicos.

É, essa aí era meio difícil de esconder.

A história oficial da União Colonial dizia apenas que foi um atentado terrorista. O resto fui complementando graças a ex-colegas de nave e amigos como Hart. Quando se mora no fundo de um poço gravitacional, a tendência é que só a história oficial seja ouvida. O povo que de fato se desloca entre as estrelas, por outro lado, ouve bem mais coisas. É difícil vender a história oficial para pessoas que têm como tirar as próprias conclusões.

– Teve gente que se salvou sozinha – disse Harry Wilson, um amigo de Hart que ele havia acabado de me apresentar. Wilson era membro das Forças Coloniais de Defesa, o que ficava claro graças à pele verde. Isso e o fato de que parecia ter a idade do meu irmão mais novo, mas era mais provável que tivesse uns 120 anos. Há certas vantagens em possuir um corpo geneticamente modificado, não bem humano, contanto que não se incomode em ter a mesma cor de um guacamole. – Seu amigo Hart aqui, por exemplo. Ele conseguiu se meter numa cápsula de fuga e vazou da Estação da Terra enquanto ela literalmente explodia ao redor.

– Um pequeno exagero – disse Hart.

– Não, de verdade, ela literalmente estava explodindo ao seu redor – disse Wilson.

Hart gesticulou, como se não fosse nada demais, e olhou de volta para mim.

– Harry faz tudo parecer muito mais dramático do que foi.

– Parece bem dramático – admiti.

– A estação espacial estava *explodindo ao redor dele* – disse Wilson de novo, enfatizando o último trecho.

– Eu estava inconsciente durante a maior parte da viagem de volta à Terra – disse Hart. – O que provavelmente foi bom.

Acenei com a cabeça para a embaixadora Abumwe, que pude reconhecer pelas fotos e que estava do outro lado do salão de recepção, apertando as mãos de um pessoal enfileirado que veio saudá-la. Perguntei:

– E como foi a cerimônia?

– Dolorosa – disse Wilson.

– Foi tranquila – falou Hart.

– *Dolorosa* – repetiu Wilson. – O sujeito que entregou a medalha...

– Secretário-assistente de Estado, Tyson Ocampo – interpelou Hart.

– ... era um saco de vento presunçoso – continuou Wilson. – Já conheci muita gente da equipe diplomática apaixonada pelo som da própria voz, mas esse cara... Ele devia levar a própria voz pra um motel.

– Não foi tão ruim – disse-me Hart.

— Você viu a expressão da Abumwe enquanto o cara não parava de falar — disse Wilson a Hart.

— Ocampo — disse Hart, claramente incomodado pelo fato de o amigo estar se referindo ao secretário-assistente de Estado como "esse cara". — É o número dois no departamento. E não havia nada de errado nas expressões dela — completou.

— Ela com certeza estava fazendo aquela cara de "por favor, cale a porra da boca" — disse-me Wilson. — Confia em mim, já a vi muitas vezes.

Olhei de volta para Hart.

— É verdade — disse ele. — Harry já viu a cara de "cala a boca" da embaixadora mais vezes do que a maioria das pessoas.

— Por falar no diabo… — disse Wilson, fazendo um pequeno gesto com a cabeça. — Olha só quem vem aí.

Eu olhei de relance e vi um homem de meia-idade, num uniforme diplomático todo ornamentado da União Colonial, acompanhado por uma mulher jovem, vindo em nossa direção.

— O saco de vento presunçoso? — perguntei.

— Secretário *Ocampo* — enfatizou Hart.

— Dá no mesmo — disse Wilson.

— Senhores — disse Ocampo, aproximando-se de nós.

— Olá, secretário Ocampo — disse Wilson, muito gentilmente, e pensei ter visto Hart relaxar talvez só um pouquinho. — O que podemos fazer pelo senhor?

— Bem, já que você está perto do ponche, talvez pudesse me fazer a gentileza de pegar um copo para mim — disse ele.

— Deixe-me fazer isso pelo senhor — disse Hart, quase derrubando o próprio copo no processo.

— Obrigado — disse Ocampo. — Schmidt, correto? Da equipe de Abumwe? — Então se voltou para Wilson. — E o senhor é?

— O tenente Harry Wilson.

— É mesmo? — disse Ocampo, parecendo impressionado. — Então foi você quem salvou a filha do secretário de Estado dos EUA quando a Estação da Terra foi destruída.

— Danielle Lowen — disse Wilson. — E, sim. Ela também é uma diplomata com uma carreira própria, claro.

– Claro – disse Ocampo. – Mas o fato de ser filha do secretário Lowen não faz mal. É o único motivo pelo qual os Estados Unidos são um dos poucos países na Terra que ainda falam com a União Colonial em algum grau.

– Fico feliz em ser útil, senhor – disse Wilson. Hart entregou o ponche ao secretário.

– Obrigado – disse Ocampo a Hart, voltando depois sua atenção a Wilson. – Compreendo também que saltou da estação até lá embaixo na Terra com a srta. Lowen.

– Correto, senhor – confirmou Wilson.

– Deve ter sido uma experiência e tanto.

– Só me lembro de tentar não acabar esmagado.

– Claro – disse Ocampo, virando-se para mim, observando minha falta de uniforme, bem como a mala aos meus pés, e esperando que eu me identificasse.

– Rafe Daquin – falei, captando a deixa. – Estou de penetra na festa, senhor.

– É um amigo meu que, por acaso, estava na estação – disse Hart. – É um piloto de nave comercial.

– Ah – disse Ocampo. – Qual delas?

– A *Chandler* – falei.

– Que interessante – disse Ocampo. – Eu tenho uma passagem a bordo da *Chandler*.

– Ah, tem? – perguntei.

– Sim. Já faz alguns anos desde a última vez que tirei férias e decidi reservar um mês para caminhar pelas montanhas Connecticut, em Huckleberry. É o próximo destino da *Chandler*, se não me engano – comentou Ocampo.

– O senhor poderia pegar uma nave do departamento, imagino – falei.

Ocampo sorriu.

– Receio que pegaria mal comandar uma nave do Departamento de Estado como se fosse meu táxi pessoal. Compreendo que a *Chandler* reserva algumas das cabines privativas para passageiros. Eu e a Vera aqui – ele gesticulou com a cabeça na direção da assistente – vamos alugar uma. Como elas são?

– As cabines? – perguntei, ao que Ocampo fez que sim com a cabeça.
– Não tenho certeza.

– Rafe acabou de ser contratado, faz cerca de uma hora – disse Hart. – Ele nem entrou na nave ainda. Vai pegar o transporte para lá na próxima hora.

– É o mesmo transporte em que estará, senhor – disse Vera para Ocampo.

– Então teremos essa primeira experiência juntos – disse-me o secretário.

– Suponho que sim – falei. – Se o senhor quiser, eu ficarei feliz em levar o senhor e sua secretária até o portão dos transportes, quando estiverem prontos para partir.

– Obrigado, agradeço por isso – disse Ocampo. – Vou pedir para Vera avisá-lo quando estivermos prontos. Até depois, senhores. – Ele acenou com a cabeça e saiu andando com seu ponche, enquanto Vera o seguia.

– Que diplomático – disse-me Wilson, assim que o secretário saiu de perto.

– Você saltou de uma estação espacial detonada? – perguntei para ele, mudando de assunto.

– Ainda não estava detonada quando eu saltei – disse Wilson.

– E você entrou numa cápsula de fuga bem na hora – falei para Hart. – Estou claramente no ramo errado de viagem espacial em termos de emoção.

– Confia em mim – disse Wilson. – Você não quer emoção demais.

A *Chandler*, como anunciado, não era nada emocionante.

Mas não era para ser. Eu disse antes que a nave se atinha a um itinerário triangular, o que significa que ela tem três destinos, todos os quais precisam de algo que é produzido e exportado pelo planeta anterior. Então, por exemplo, Huckleberry é uma colônia primariamente agrícola – uma grande porcentagem de sua massa continental se encontra numa zona temperada, excelente para lavouras humanas. A gente pega umas coisas tipo trigo, milho, fruta-gaal e outros produtos, e as levamos para Erie. Os produtos agrícolas de Huckleberry são um luxo para os colonos erianos, porque, sei lá, acho que eles pensam que é mais saudável ou coisa assim. Seja lá qual for o motivo, desejam esses vegetais, então a gente leva para lá. Em troca, enchemos a nave com todo tipo de metais terrenos raros, que são abundantes naquele planeta.

E aí levamos esses metais para Fênix, que é o centro de fabricação de itens de alta tecnologia para a União Colonial. E de lá transportamos coisas como escâneres médicos e tablets e o que mais for mais barato de produzir e fretar em massa do que tentar montar em casa com uma impressora, e aí levamos tudo isso para Huckleberry, cuja base de manufatura tecnológica ainda é bem pequena. Enxágua, seca e repete. Enquanto seguir na direção correta do triângulo, vai encher os bolsos.

Mas não é emocionante, não importa qual a definição de "emocionante" que você possa ter. São três colônias bem estabelecidas e protegidas. Huckleberry é a mais nova e já tem quase um século de idade a essa altura, e Fênix é o mais antigo e bem-guardado de qualquer um dos planetas da União Colonial. Então, não tem nada de explorar mundos desconhecidos fazendo comércio por ali. É improvável trombar com piratas ou outros bandidos. Você não vai conhecer alienígenas novos e estranhos, alienígena algum, na verdade. Vai transportar comida, minério e bugigangas. Não tem nada daquele romantismo espacial. É só você e o espaço numa rotina bacana e confortável.

Mas, de novo, eu estava cagando e andando para tudo isso. Já tinha visto o suficiente do espaço e tido um ou outro momento de emoção. Quando estava a bordo da *Baikal*, fomos perseguidos por piratas durante quatro dias, e uma hora tivemos que soltar nossa carga. Eles param de perseguir a nave quando soltamos a carga, porque aí não temos mais nada que queiram. Geralmente é assim. Às vezes, quando se joga fora a carga, eles ficam putos da vida e tentam meter um míssil no seu motor para deixar claro que não ficaram felizes.

Então, pois é. Como sugeriu Harry Wilson, esse negócio de emoção é superestimado.

E, em todo caso, no momento eu não queria emoção. O que eu queria era trabalhar. Se era para ficar de babá do sistema de navegação da *Chandler* enquanto ela processava os dados para uma viagem que já fez mil vezes, para mim estava ótimo. No fim das contas, teria conseguido livrar minha carreira da perseguição de Ostrander. O que também estava ótimo para mim.

A *Chandler* em si era uma nave cargueira básica, o que significa que era uma ex-fragata das Forças Coloniais de Defesa, repaginada para transporte e comércio. Havia cargueiros construídos especialmente para isso, claro, mas eram caros e costumavam ser produzidos e usados por grandes companhias de fretagem. A *Chandler* era a única nave que seu pequeno consórcio de donos possuía. A fragata obsoleta que viria a se tornar a nave fora adquirida num leilão.

Quando fiz minha pesquisa sobre a *Chandler* antes da entrevista (sempre pesquise antes. Eu não pesquisei com a *Cataratas de Lastan* e isso me custou caro), pude ver imagens da fragata no leilão, onde foi vendida "tal como está". Em algum momento, ela tomou uma surra fodida, mas, depois de recauchutada, vinha fazendo esse itinerário há quase duas décadas. Imaginei que não iria me soltar no espaço por acidente.

Fiz a viagem no transporte com o secretário Ocampo e a assistente dele (seu sobrenome era Briggs, o que enfim descobri graças ao manifesto da tripulação, não ao secretário), e me despedi dos dois a bordo da nave. Então me apresentei a Han e à minha chefe imediata, a primeira piloto Clarine Bolduc, depois à contramestra Seidel, que me designou minha cabine.

– Você deu sorte – disse ela. – Vai ter uma cabine só para você. Pelo menos até chegarmos a Erie, onde receberemos outra tripulação. Aí vai dividir a cabine com dois colegas. Aproveite sua privacidade enquanto pode.

Fui até meus aposentos e eles eram do tamanho de um armário de vassouras. Tecnicamente, dava para três pessoas caberem ali. Mas nesse caso era melhor não fechar a porta, senão se arriscava ficar sem oxigênio. Eu podia escolher em qual beliche ia dormir, então tinha isso, pelo menos.

Na hora do jantar, Bolduc me apresentou aos outros oficiais e chefes de departamento.

– Você não vai sair aplicando golpes nas horas vagas, não é? – perguntou-me Chieko Tellez, a chefe-assistente de carga, enquanto eu me sentava com minha bandeja.

– Eu fiz uma checagem de antecedentes bem minuciosa – disse-lhe Han. – Ele tem ficha limpa.

– É brincadeira – Tellez lhe disse e depois voltou sua atenção para mim. – Você sabe do sujeito que está substituindo, não é?

– Ouvi umas coisas – respondi.

– Uma pena – disse Tellez. – Era um sujeito legal.

– Se você ignorar a parte da corrupção, propina e bigamia – comentou Bolduc.

– Ele nunca fez nenhuma dessas coisas comigo, e é isso o que conta de verdade – disse Tellez, olhando de relance para mim, com um sorriso.

– Não consigo ter certeza se você está fazendo graça ou não – admiti.

– A Chieko nunca não está fazendo graça – disse Bolduc. – E agora você sabe.

– Tem gente que gosta de um pouco de bom humor – disse Tellez a Bolduc.

– Fazer graça não é a mesma coisa que ter bom humor – rebateu Bolduc.

– Hmph – disse Tellez, que não parecia lá muito magoada pelo comentário. Imaginei que ela e Bolduc se zoassem mutuamente com frequência, o que não era ruim. Oficiais que se dão bem assim costumam ser sinal de uma nave feliz.

Tellez voltou sua atenção a mim.

– Você veio aqui no mesmo transporte que os engomadinhos do Departamento de Estado, não é?

– Vim, sim – falei.

– Eles disseram o porquê de estarem aqui?

– O secretário Ocampo vai tirar férias em Huckleberry – respondi. – Estamos indo nessa direção, então ele e a assistente alugaram uns quartos que estavam sobrando.

– Se eu fosse ele, teria simplesmente pegado uma nave do departamento – disse Bolduc.

– Ele disse que ia pegar mal se fizesse isso – comentei.

– Tenho certeza de que ele se preocupa mesmo com isso – disse Bolduc.

– Seidel disse que Ocampo falou para ela que queria viajar anonimamente, sem sentir que estava ostentando o título por aí – disse Han.

– E você acredita nisso? – perguntou Bolduc, ao que Han deu de ombros. Ela se voltou para mim. – Você falou com ele, sim?

– Claro – respondi.

– E isso lhe parece razoável?

Pensei de novo no que Wilson tinha dito sobre Ocampo ser apaixonado pelo som da própria voz e me lembrei da viagem no transporte, de ouvi-lo ditando as anotações para Vera Briggs, depois que nossa conversa entre cavalheiros terminou.

— Ele não me parece o tipo que prefere passar despercebido, não – falei.

— Talvez ele só esteja comendo a assistente e quer que *isso* passe despercebido – sugeriu Tellez.

— Não, não é isso – respondi.

— Explique – disse Tellez.

Eu dei de ombros.

— Não senti essa pegada com eles também.

— E como é seu radar para essas coisas no geral, Daquin?

— É bem decente.

— E o que você *sentiu* em relação a mim? – perguntou Tellez.

— Você tem um senso de humor peculiar – falei.

— O radar dele está ótimo – disse Bolduc.

Tellez olhou feio para ela, que a ignorou.

— Por que alguém iria querer passar férias em Huckleberry, afinal de contas? – disse ela. – Já estivemos lá. Várias vezes. Não tem nada lá digno de férias.

— Ele disse que queria caminhar nas montanhas Connecticut – falei. – Seja lá o que for isso.

— Espero que ele tenha trazido um casaquinho – disse Han. – As Connecticut são uma cordilheira polar, e agora é inverno no hemisfério norte de Huckleberry.

— Ele trouxe várias malas – comentei. – A assistente dele, Vera, reclamou que o secretário trouxe três vezes a quantidade de roupa que precisava. Provavelmente deve ter um casaquinho ou dois ali.

— Espero que sim – disse Han. – Do contrário, vão ser umas férias bem decepcionantes.

Mas, como descobrimos, não haveria nenhum tipo de férias.

Da minha cadeira, olhei para cima e vi a capitã Thao e Lee Han olhando para baixo, para mim. Thao tinha uma expressão no rosto de quem estava extremamente puta da vida, e a primeira coisa que pensei foi: *Merda, nem sei o que fiz de errado desta vez.*

A segunda coisa foi que senti confusão sobre o porquê de estar vendo a capitã, para começo de conversa. Eu era o terceiro piloto, o que significa que ficava com os turnos em que ela em geral não estava no convés. Quando eu tomasse o assento de piloto, a capitã geralmente estaria dormindo, ou cuidando de outros afazeres da nave. Durante os três dias que passei pilotando, o oficial executivo Han ficou sentado na cadeira de comando enquanto eu me sentava na minha, e nós não fazíamos porcaria nenhuma – o caminho da Estação Fênix até o ponto de salto foi traçado pela estação, e a gente só precisava garantir que a nave não fosse se desviar dele, por qualquer motivo.

Ela não se desviou. Eu podia ter passado meus turnos cochilando, e o efeito teria sido o mesmo.

Estávamos a doze horas do ponto de salto. Naquele momento, a capitã estaria no seu assento, Bolduc estaria pilotando com a assistência do segundo piloto, Schreiber, e eu, com sorte, estaria dormindo no meu beliche. Ter a capitã no convés significava que alguma coisa tinha dado errado e o fato de ela estar ali, acima do meu lugar, dizia que talvez a coisa que deu errado tivesse a ver comigo. O que era, eu não fazia ideia. Como disse, estávamos no lugar exato onde precisávamos estar para dar o salto. Não havia literalmente nada que pudesse ter feito errado.

– Senhora? – falei. Na dúvida, esteja pronto para receber ordens.

A capitã Thao estendeu a mão, com um cartão de memória. Fiquei encarando, com cara de idiota.

– É um cartão de memória – constatei.

– Eu sei o que é – disse a capitã Thao. – Preciso da sua ajuda com ele.

– Certo – respondi. – Como?

– Você trabalhou como programador nos sistemas de navegação, correto? Lee me disse que sim.

– Trabalhei, sim, há muitos anos – falei, olhando de soslaio para Han, o rosto dele inexpressivo.

– Então você sabe como funciona.

– Não trabalhei no código das versões mais recentes do software, mas ele foi construído usando os mesmos compiladores e a mesma linguagem de programação – expliquei. – Não seria difícil correr atrás.

— O sistema de navegação tem a capacidade de aceitar comandos em código, certo? É possível inserir os destinos sem revelar abertamente quais seriam?

— Claro — falei. — Essa é uma função padrão, incluída no software de navegação militar para o caso de capturarem uma nave ou um drone, e aí é mais difícil descobrir o destino. Em geral, não usamos o modo de segurança em naves comerciais, porque não faz sentido. Precisamos registrar nossos itinerários para a União Colonial, em todo caso. Eles sabem aonde a gente vai.

— Tenho um destino criptografado neste cartão de memória — disse Thao. — Você pode me dizer onde é?

— Não — respondi. — Está criptografado. — E aí percebi que seria inteiramente possível que esse meu comentário tivesse saído com o tom de voz de "nerd condescendente", por isso logo me corrigi. — O que quero dizer é que eu precisaria da chave de criptografia para decodificar. Não tenho essa chave.

— O sistema tem — disse Thao.

— Certo, mas o sistema não *nos* diz qual é — respondi. — O propósito todo do modo de segurança é deixar que o computador de navegação, e só ele, saiba aonde a nave está indo.

— Você conseguiria quebrar sem a chave?

— A criptografia? — perguntei, e Thao fez que sim com a cabeça. — Quanto tempo eu teria?

— Quanto tempo até o salto?

Eu conferi meu monitor.

— Doze horas e vinte e três minutos.

— Esse tempo.

— Não — falei. — Se me dessem um mês, talvez conseguisse. Ou se eu tivesse senhas ou dados biométricos ou seja lá o que permitiu a seja lá quem lhe deu esse cartão de memória acessar o sistema de criptografia, para começo de conversa. — Gesticulei na direção do cartão. — Ele foi criptografado a bordo da *Chandler*?

— Não.

— Então precisaria de mais tempo do que temos, senhora.

A capitã Thao assentiu, mal-humorada, e olhou para Han.

— Posso perguntar o que houve, senhora? — falei.

— Não — respondeu a capitã Thao e me entregou o cartão de memória. — Preciso que você insira este novo destino no sistema de navegação. Avise a Han quando terminar e o novo destino for confirmado.

Peguei o cartão e disse:

— Vai demorar cerca de um minuto e meio.

— Ótimo — disse Thao. — Avise a Han ainda assim.

E saiu sem dizer mais nada. Fiquei olhando para Han. Ele permanecia com sua expressão facial completamente neutra.

— Senhor Daquin — disse o secretário Ocampo, ao abrir a porta de sua cabine privativa e me ver ali do outro lado. — Que inesperado. Por favor, entre. — Ele então deu um passo para o lado e permitiu que eu passasse.

Entrei na cabine, que tinha o dobro do tamanho da minha, o que significa dois armários de vassouras. Boa parte do espaço foi tomada pela bagagem de Ocampo, que era muita coisa para uma viagem de um mês, como sugeriu Vera Briggs. Mas o secretário me parecia o tipo de pessoa que leva o mundo na mala, então talvez aquele volume todo de bagagem fosse comum para ele.

— Peço desculpas pelo aperto — disse Ocampo.

— É maior que o meu quarto — falei.

— Espero que sim! — comentou Ocampo, dando uma risada. — Sem querer ofender — complementou depois.

— Não é ofensa alguma — falei.

— Demos sorte de Vera não estar aqui também, senão não teríamos como nos mexer — disse Ocampo, sentando-se na cadeira ao lado de sua mesinha. — Agora, deixe-me adivinhar o motivo de sua visita, sr. Daquin. Imagino que, em algum momento nas últimas horas, sua capitã veio lhe apresentar um novo destino, correto?

— É possível — respondi.

— É possível, de fato — replicou Ocampo. — E esse é um novo destino sigiloso, e agora suspeito fortemente que você e o restante da tripulação da *Chandler* estejam se divertindo em especular qual seria, e o porquê de estarmos indo para lá, e o porquê de sua capitã estar seguindo uma ordem que ninguém aqui deveria ter o poder de lhe dar. Confere?

— É por aí, sim.

— E aposto que a tripulação insistiu que você falasse comigo a respeito porque dividimos a viagem até a *Chandler*.

— Não, senhor — falei. — O senhor tem razão de que a tripulação está comentando. Mas ninguém me botou para fazer isso, eu vim por conta.

— Isso demonstra iniciativa ou burrice, sr. Daquin.

— Sim, senhor.

— Talvez um pouco dos dois.

— É igualmente possível, senhor.

Ocampo deu risada.

— Você compreende que, se não posso revelar à sua capitã aonde vamos, também não posso revelar para você.

— Compreendo — falei. — Não vim aqui perguntar o "onde", senhor. Estou aqui querendo saber o "porquê".

— O porquê — repetiu Ocampo.

— Sim — respondi. — No sentido de por que é que o número dois em todo o Departamento de Estado da União Colonial está fingindo tirar férias numa cordilheira do ártico e usando uma nave de carga para chegar lá, em vez de pegar uma do Departamento de Estado com uma missão diplomática formal rumo a seja lá onde estiver indo para encontrar seja lá quem vai encontrar e negociar.

— Bem — disse Ocampo, depois de um momento. — E eu aqui achando que fui esperto.

— O senhor foi, sim — falei. — Mas, vendo de dentro da nave, a coisa parece bem diferente de como é do lado de fora.

— Justo. Sente-se, Daquin — disse Ocampo, gesticulando na direção do beliche, e eu me sentei. — Vamos falar de situações teóricas por um momento. Tudo bem por você?

— Claro — respondi.

— O que sabe sobre o estado da União Colonial hoje em dia?

— Sei que não estamos lá em muito bons termos com a Terra.

Ocampo soltou um risinho baixo.

— Você acabou de falar o eufemismo do ano sem querer. Seria mais preciso dizer que a Terra não quer ver a União Colonial nem pintada de ouro, pensa que somos maus e nos quer ver mortos. Culpam a gente pela destruição da Estação da Terra, que era seu principal meio de acesso ao espaço. Acham que fomos nós os responsáveis.

– E não fomos.

– Não, claro que não. Mas muitas das naves usadas no atentado foram pirateadas da União Colonial. Você já ouviu isso, pelo menos? Naves de carga como essa aqui, que foram capturadas e transformadas em veículos de ataque?

Fiz que sim com a cabeça. Esse era um dos boatos mais loucos que circulavam por aí – o de que piratas, ou um pessoal que se passava por piratas, invadiam as naves, mas em vez de roubar a carga, eles queriam as naves em si. E então as usavam para atacar certos alvos na União Colonial e no Conclave, que era uma grande união política de raças alienígenas.

Achei que era loucura porque não fazia lá muito sentido. Não a parte de roubar as naves – isso eu sabia que era verdade. Todo mundo no espaço conhecia alguém que perdeu uma nave assim. Mas não fazia sentido usar cargueiros como plataformas de ataque. Havia maneiras mais fáceis de se atingir a União Colonial e o Conclave.

Só que naquele momento Ocampo me dizia que essa parte não era só um boato. Que essas coisas estavam acontecendo mesmo. Mais um motivo, pensei, para ficar feliz de estar num itinerário comercial seguro dentro das fronteiras da União Colonial.

Exceto que já não estávamos mais nesse itinerário seguro.

– Uma vez que as naves eram originalmente da União Colonial, fica parecendo que foi um ataque nosso – continuou Ocampo. – E assim nossas relações diplomáticas com quase todas as nações da Terra foram encerradas por completo. Mesmo com as nações que não nos excluíram de vez, ainda precisamos tomar muito cuidado em abordá-las. Está acompanhando?

Fiz que sim de novo.

Ocampo assentiu também, em resposta.

– Nesse caso, sr. Daquin, pergunte-se o seguinte: se o número dois do Departamento de Estado da União Colonial quisesse uma abertura para relações diplomáticas com a Terra, mesmo que fosse só uma brechinha, de um modo que não exigisse que todo mundo envolvido assumisse imediatamente uma postura política, como ele faria uma coisa dessas?

— Fingindo sair de férias, mas na verdade comandando uma nave comercial para levá-lo a uma reunião extraoficial em um destino secreto, talvez — respondi.

— Seria um modo de fazer isso, sim — concordou Ocampo.

— Mas ainda assim ele precisaria convencer a capitã da nave.

— Há muitas formas de se convencer alguém — disse Ocampo. — Uma delas seria com um requerimento oficial partindo da própria União Colonial, ao que a nave não poderia recusar, pois isso faria com que ela fosse rejeitada caso tentasse aportar em qualquer estação controlada pela uc. O que seriam todas as estações espaciais no território da União Colonial.

— E essa recusa seria porque a capitã não quis colaborar.

— Bem, oficialmente, eles dariam todo tipo de motivos — disse Ocampo. — Iria variar de estação para estação e de circunstância para circunstância. Mas, na realidade, seria a União Colonial expressando seu descontentamento pela falta de cooperação, sim.

— Imagino que a capitã não ficaria feliz com isso.

— Não, provavelmente não — concordou Ocampo.

— Tem também o problema de que a nave, seus donos e sua tripulação seriam prejudicados pela alteração da rota comercial.

— Se algo assim acontecesse, em teoria, a nave, seus donos e sua tripulação seriam compensados pela União Colonial de forma integral por qualquer prejuízo sofrido, com valores adicionais por seu tempo e outras despesas.

— É mesmo?

— Ah, sim — disse Ocampo. — E agora você sabe por que isso não acontece com frequência. É caro para cacete.

— E o senhor disse tudo isso à capitã.

— É possível — respondeu Ocampo. — Mas, se foi o caso, não imagino que ela tenha ficado feliz. Capitão nenhum gosta de receber ordens na própria nave. Mas, a essa altura, não há nada que dê para fazer. O que *você* sente a respeito disso, sr. Daquin?

— Não sei. Me sinto melhor, acho, porque tenho alguma ideia do que está acontecendo. Pelo menos se o que me diz confere, senhor.

— Eu não lhe disse nada, sr. Daquin — respondeu Ocampo. — Estamos tendo apenas uma conversa sobre possibilidades. E essa me parece uma possibilidade bem razoável. Parece para você também?

Eu achava que sim.

* * *

No dia seguinte, eu levei um tiro na cabeça.

Antes que isso acontecesse, porém, eu caí do beliche.

A queda do beliche não foi a parte importante. A parte importante foi como caí. Levei um empurrão – ou, para ser mais exato, a *Chandler* levou um empurrão, e eu basicamente fiquei onde estava. O que quer dizer que, num segundo, tinha um beliche embaixo de mim e, no outro, não tinha mais, e eu estava rodopiando pelo ar, na direção da parede.

Enquanto isso acontecia, me vieram dois pensamentos. O primeiro, que ocupou a maior parte do meu cérebro, para ser sincero, foi um *Uaaaaaa*, porque para começar eu estava no ar e depois trombei na parede.

O segundo pensamento, na parte do meu cérebro que não estava surtada, foi o de que algo sério havia acontecido com a nave. O campo de gravidade artificial da *Chandler*, e de quase todas as espaçonaves, é incrivelmente robusto – tem que ser, senão uma simples desaceleração transformaria os corpos humanos em geleia. Ele também ajuda a amenizar a rotação no interior. É preciso muita energia para dar um empurrão tão forte na nave a ponto de as pessoas caírem dos beliches.

E havia também o fato de que, apesar de estar sendo empurrado para fora do beliche, eu não estava caindo. O que queria dizer que a gravidade artificial não estava funcionando. Algo havia acontecido para ela ser desligada.

Conclusão: ou a gente bateu em alguma coisa ou alguma coisa bateu na gente.

O que queria dizer que a parte do meu cérebro que até então estava pensando *Uaaaaaa* começou a pensar: *Ai, merda, vamos todos morrer, fodeu, fodeu, fodeu pra caralho.*

E aí as luzes apagaram.

Tudo isso aconteceu em um segundo, talvez.

A boa notícia é que eu tinha mijado antes de dormir.

Então as luzes de emergência se acenderam, junto com a gravidade emergencial, que era coisa de 1/5 da G padrão. Não era muita coisa e não ia durar. O propósito era dar tempo o suficiente para a tripulação amarrar e prender tudo que fosse preciso. Todas as coisas que estavam voando pela minha cabine – tubo de pasta de dente, roupas fora do cesto, eu mesmo – começaram a descer. Pousei, coloquei logo as calças e abri a porta da minha cabine.

E imediatamente avistei Chieko Tellez correndo pelo corredor.

– O que houve? – perguntei.

– Acabou a luz – disse ela enquanto passava por mim. – Fizemos o salto e a luz foi pro beleléu.

– Sim, mas como?

– Amigo, sou só um burrinho de carga – disse ela. – Você que é da tripulação da ponte. *Você* quem tem que *me* dizer. – E aí ela seguiu em frente.

Era um bom argumento. Então comecei a seguir para a ponte.

No caminho, vi o secretário Ocampo, que parecia desgrenhado, como se não tivesse conseguido dormir direito.

– O que está acontecendo? – perguntou.

– Acabou a luz.

– Como isso aconteceu?

Eu havia acabado de ter essa conversa, mas do outro lado.

– Estou indo para a ponte descobrir.

Ocampo assentiu e disse:

– Vou com você.

Não achei que era uma boa ideia, mas assenti também e continuei avançando, pressupondo que ele estivesse me seguindo.

As coisas na ponte estavam corridas, mas sob controle. A tripulação do primeiro turno estava em seus postos, relatando as condições a Thao, que ouvia tudo e fazia perguntas. Acenei com a cabeça para Ocampo, que de fato havia me seguido, e então fui até Han.

– Não está na hora do seu expediente – ele me disse, quando cheguei.

– Achei que vocês poderiam precisar de ajuda.

– Já temos piloto – Han acenou com a cabeça para Bolduc.

– Estou disponível para outras coisas.

– Certo – disse Han. – Veja se Womack precisa de ajuda com os sensores. – Então fui até Sherita Womack, que cuidava dos sensores, ao que Han voltou sua atenção para Ocampo. – O senhor não é parte da tripulação, secretário. Está oficialmente atrapalhando.

– Achei que pudesse ser útil – respondeu Ocampo.

– Não é – disse Han. – Volte para sua cabine.

– Espera aí – disse Thao, voltando sua atenção para essa conversa. – Eu o quero aqui. Tenho perguntas, e é melhor que ele tenha respostas para mim. Não se mexa, secretário.

– Estou ao seu dispor, capitã – disse Ocampo.

Thao não falou nada e voltou sua atenção a Womack.

– Sensores. Relatório. Me diga se batemos em alguma coisa ao sairmos do salto.

– Não parece ter sido o caso, senhora – disse Womack. – Se tivéssemos batido, provavelmente estaríamos mortos.

– Depende do tamanho – apontei. – A gente é salpicado o tempo todo por partículas minúsculas de poeira.

– Mas isso não derrubaria nossa eletricidade – disse Womack. – Nem nos desviaria da rota.

– Qual o tamanho do desvio? – perguntou Thao.

Womack deu de ombros.

– Não tem como fazer uma leitura precisa, porque nossos sensores inerciais estão todos bagunçados. E os sensores externos também. Não tenho como lhe dizer o que há lá fora, senhora.

– Alguma coisa antes de os sensores apagarem?

– Nada detectado – disse Womack. – Num segundo, só tem o vácuo, e no seguinte tomamos esse golpe e a energia foi pro saco. – Womack parou de falar e franziu a testa por causa de alguma coisa no monitor de diagnósticos. Estiquei a cabeça para ver.

– O que foi? – perguntou Thao.

– Os diagnósticos dizem que os sensores externos deveriam estar funcionando normalmente – falei, partindo das leituras no monitor.

– Mas não estamos recebendo nada deles – completou Womack. – Os sistemas de comunicação também deveriam estar funcionando, mas não recebo nada.

– Talvez seja alguém criando interferência – sugeri.

– Acho que sim – disse Womack, olhando para Thao.

Isso fez com que a ponte inteira se calasse. A capitã assentiu ao ouvir o relato e voltou sua atenção para Ocampo.

– Quer me explicar isso? – perguntou ela.

— Não posso — respondeu Ocampo.

— Você disse que ia se encontrar com diplomatas da Terra.

— Da Terra e do Conclave, sim — disse Ocampo, o que era um pouco diferente da versão que me foi contada. Mas ele também havia me falado que não estava me contando nada, então...

— Por que é que uns *diplomatas* iriam interferir com nossos sensores? — perguntou Thao.

— Não fariam isso — respondeu Ocampo. — Aqui é o ponto de encontro. Eles sabiam que a gente viria e sabiam que eu estaria a bordo desta nave. Sabem que não somos uma ameaça.

— E, no entanto, nossos sensores estão sofrendo interferência e estamos no escuro — disse Thao.

— Capaz de serem piratas — sugeriu Han.

— Não — disse Thao. — Os piratas seguem rotas comerciais. Aqui não é uma rota comercial. Seguimos um trajeto até um local secreto que apenas os amigos diplomatas do secretário Ocampo sabem onde é. Não é isso, Ocampo? Não era para esta viagem ser *hipersigilosa*? — O sarcasmo dessas últimas palavras saindo da boca da capitã era inconfundível.

O secretário parecia desconfortável em ser interrogado.

— As informações sobre as missões diplomáticas da União Colonial vêm sofrendo vazamentos desde o ano passado — disse ele, enfim.

— O que isso quer dizer? — perguntou Thao.

— Quer dizer que o Departamento de Estado talvez tenha um problema com espiões — disse Ocampo. — Tomei todas as precauções para que essas informações fossem asseguradas. Aparentemente, não foi o suficiente.

— Vocês estão com espiões? — disse Thao. — Espiões enviados por quem? Pelo Conclave? Pela Terra?

— Qualquer um dos dois — disse Ocampo. — Ou a serviço de mais alguém.

— Quem mais?

Ocampo deu de ombros. Thao lhe lançou um olhar que era um exemplo clássico de uma expressão de asco. Depois se voltou para Womack e para mim:

— Não havia nada nos sensores antes do apagão.

— Não, senhora — disse Womack. — Nada além do espaço vazio até o ponto de salto.

– Sensores externos ainda apagados.

– Sim, senhora – confirmou Womack. – Deveriam estar funcionando como sempre. Mas simplesmente não estão. Não consigo dizer o porquê.

Thao se voltou a Han e disse:

– Mande alguém ir até uma câmara de ar e olhar pela porra da escotilha, por favor.

Han assentiu e disse algumas breves palavras em seus fones de ouvido. Presumivelmente alguém lá no convés inferior estava indo em direção à câmara de ar.

– Devemos começar a formar destacamentos de segurança, capitã – disse Han, assim que terminou.

– Você acha que quem quer que esteja lá fora vai tentar nos invadir? – falou Thao.

– Acho sim – respondeu Han. – Você mesma disse. Quem quer que seja, não são piratas típicos. Acho que, para eles, seja lá quem forem, a única coisa de valor a bordo da *Chandler* é a própria *Chandler*.

– Não – disse Thao, olhando de novo para Ocampo. – Tem outra coisa também.

Uma notificação apitou no console de Womack. Nós dois nos viramos para ver.

– O que foi? – perguntou Thao.

– Um sinal externo – falei.

Womack apanhou seus fones de ouvido.

– Estão se dirigindo à senhora em específico, capitã – disse ela a Thao, um momento depois.

– Ponha no viva-voz – ordenou Thao. Womack cumpriu a ordem e acenou com a cabeça para a capitã.

– Aqui é a capitã Eliza Thao – disse ela.

– Capitã Thao, você tem três mísseis Melierax Série Sete apontados para sua nave – disse uma voz, com aquele tom metálico e abrasivo que deixava claro ter sido gerada artificialmente. – O primeiro vai impactar e detonar a parte central, o ponto mais fraco para a integridade estrutural da *Chandler*. Isso não destruirá a nave, mas causará a morte de boa parte da tripulação e abrirá um caminho direto até os motores, que serão atingidos pelo segundo míssil. Esse impacto vaporizará dois terços da nave num instante, matando quase todo mundo a bordo. O terceiro míssil é só para limpar o que sobrar.

"Sendo uma nave comercial, vocês não possuem defesas significativas. E, mesmo que possuíssem, interferimos com seus sensores externos. Seus sistemas de comunicação também estão sob interferência e, em todo caso, estão a anos-luz de qualquer estação civil ou pertencente às FCD. Seus lançadores de drones de salto já estão na mira de nossos raios de partículas. Vocês estão sem eletricidade e logo descobrirão, caso já não tenham descoberto, que não conseguirão restaurar a energia antes que a bateria de emergência seja consumida. Caso não estivessem na mira de nossos mísseis, você e sua tripulação morreriam congelados, e quem não congelasse morreria por asfixia."

— Escuta aqui... — Thao começou a responder.

— Lançaremos nossos mísseis se me interromper de novo — disse a voz. Thao se calou.

— Isto aqui não é uma negociação ou disputa — continuou a voz. — Estamos lhe dizendo o que precisa fazer para que você e sua tripulação sobrevivam às próximas horas.

"E é o seguinte: vocês vão abrir as câmaras de ar para entradas externas. Vão reunir toda a tripulação no hangar da nave. Entraremos na *Chandler* e tomaremos controle dela. Se qualquer membro da tripulação estiver fora do hangar quando embarcarmos, destruiremos a nave e todo mundo dentro dela. Se qualquer membro da tripulação tentar nos atacar ou nos impedir enquanto tomamos o controle, destruiremos a nave e todo mundo dentro dela. Se tentarem abandonar a nave, as cápsulas de fuga serão visadas e destruídas, e destruiremos a nave e todo mundo que ainda esteja nela. Se você e sua tripulação fizerem qualquer coisa além de se reunir no hangar e aguardar mais instruções, destruiremos a nave e todo mundo dentro dela.

"Terão cinco minutos, a partir de agora, para sinalizar que compreenderam essas instruções. Então terão uma hora para avisar que elas foram cumpridas. Se não recebermos os dois sinais, então sua nave e todos a bordo serão destruídos.

"Isso é tudo."

— Este canal ainda está aberto? — perguntou Thao a Womack.

Womack olhou para o painel.

– Sim – disse ela. – Todo o resto ainda está sofrendo interferência. Thao se voltou para Ocampo.

– Não são seus *amigos*, imagino.

– Não – disse Ocampo. – Definitivamente não é assim que eles nos receberiam.

– E o que você acha que aconteceu com seus amigos?

– Não sei – respondeu Ocampo. – É bem possível que tenham sido atacados também.

– Opções – disse Thao, voltando-se para Han.

– Presumindo que estejam dizendo a verdade quanto aos mísseis... nenhuma – disse Han. – A voz tem razão, seja lá quem for. Não temos qualquer defesa real. Não podemos fugir deles. E mesmo que direcionássemos toda a energia para os sistemas de manutenção de vida, não teríamos muito tempo.

– E se não estiverem dizendo a verdade quanto aos mísseis?

– Então a gente lança as cápsulas de fuga, enfrenta-os quando embarcarem e destruímos a nave nós mesmos, se necessário – respondeu Han. – Foda-se essa gente.

– Vamos lutar, capitã – falei. Não sei nem por que disse isso. Não estava pensando em lutar antes. Foi só algo que pintou no meu cérebro no momento. Foi como Lee Han disse: foda-se essa gente, seja lá quem fossem. E se para isso tivéssemos que brigar usando pedaços de pau, ainda assim era melhor do que nada.

Olhei ao redor pela ponte e vi que as pessoas assentiam. Estávamos todos prontos para lutar.

Thao sorriu para mim e assentiu com a cabeça, para me avisar que havia recebido e aprovado meu comentário. Então voltou-se para Han, que não estava sorrindo.

– Mas... – ela lhe disse.

– Mas eles já derrubaram nossa eletricidade de um modo que nem conseguimos, nem pudemos rastrear – disse Han. – Estão interferindo em nossos sistemas de comunicação e sensores externos. Isso me diz que têm mais truques na manga. Mesmo que não tenham, se lutarmos e conseguirmos repeli-los, é provável que a gente sofra perdas e danos adicionais à nave. Vamos acabar todos nas cápsulas de fuga só para sobreviver. Nesse caso, seja lá *quem* forem – Han gesticulou na direção externa, referindo-se aos nossos invasores –, ainda poderão tomar a nave sem que estejamos dentro dela. Nesse caso, teremos arriscado tudo por nada.

Thao se voltou para Bolduc, que era a piloto em serviço.

– Alguma chance de conseguirmos sair daqui com um salto?

– Não – respondeu Bolduc. – Entramos neste sistema próximos a um planeta. Sob a melhor das circunstâncias, precisaríamos de três dias até chegarmos à distância de salto.

– De qualquer forma, não tem como saltarmos sem os motores – disse Han.

– Quando eles voltam a funcionar? – perguntou Thao.

– Eller estima que dentro de vinte horas – disse Han, referindo-se ao engenheiro-chefe. – Nossa energia de emergência vai durar seis. Ainda assim teríamos que botar a tripulação nas cápsulas de fuga. Quem ficar vai ter muita dificuldade de respirar até a energia voltar completamente.

– Não importa o que aconteça, a gente perde a nave – concluiu Thao.

Han fez uma pausa quase infinitesimal antes de responder.

– Sendo realista, sim – disse ele. – Mesmo que essas pessoas que estão nos atacando, seja lá quem forem, não façam *nada*, ainda assim precisaríamos botar toda a tripulação nas cápsulas. E não acho que seria realista presumir que essas pessoas não fariam nada. Já fizeram o suficiente.

Thao ficou em silêncio por um momento. Ocampo e todos os outros na ponte aguardaram, conscientes de que havia pouco tempo para responder.

– Puta que pariu – disse Thao, acenando com a cabeça para Womack. – Diga para eles que compreendemos seus termos. As câmaras de ar serão abertas dentro de uma hora. Enviaremos um sinal quando a tripulação estiver no hangar.

Womack piscou, engoliu em seco e assentiu. Então se voltou para o console.

Thao se virou para Han.

– Avise a tripulação. O tempo está correndo aqui. – Han se mexeu para cumprir a ordem.

Então Thao olhou para Ocampo.

– Bem, sr. Ocampo, estou começando a achar que eu devia ter recusado seu pedido.

Ocampo abriu a boca para responder, mas Thao já o estava ignorando.

* * *

As três criaturas que se aproximaram da capitã Thao vestiam trajes escuros, estavam armadas e possuíam joelhos que dobravam na direção errada. Uma delas carregava o que parecia ser uma pistola, e as outras duas tinham armas mais compridas que imaginei serem fuzis automáticos de algum tipo. Um esquadrão mais amplo de criaturas alienígenas ficou para trás e se espalhou pelo hangar, obtendo excelentes posicionamentos para atirar contra a gente, a tripulação da *Chandler*. Estávamos em sessenta pessoas, totalmente desarmadas. Não demoraria muito para fazerem a limpa em nós, se quisessem.

– O que diabos eles são? – Chieko Tellez sussurrou no meu ouvido. Estava ao meu lado no grupo.

– São Rraeys – falei.

– Nada amistosos – disse ela. – Fora estes aqui, digo.

– Pois é – respondi. A União Colonial não gastava muito tempo propagandeando batalhas específicas, mas eu tinha conhecimento o suficiente para saber que já havíamos dado uma surra pesada nos Rraeys mais de uma vez ao longo da última década, mais ou menos. Não havia motivo para crer que isso fosse terminar bem para nós.

Os três alienígenas foram até a capitã Thao.

– Identifique seus pilotos – disse o Rraey ao centro, no próprio idioma, traduzido por um pequeno objeto preso ao traje.

– Me diga o porquê – replicou Thao.

O Rraey apontou a arma e deu um tiro em Lee Han, que estava em pé ao lado da capitã. O tiro o acertou no rosto. Han foi arremessado na baixa gravidade e demorou um bom tempo até cair sobre o convés.

– Identifique seus pilotos – disse o Rraey de novo, após a maior parte da tripulação parar de gritar.

Thao continuou em silêncio. A criatura apontou a arma novamente, para a cabeça dela desta vez. Pensei em dar um passo adiante. Tellez, que adivinhou meus pensamentos, de repente agarrou meu braço.

– Não *se atreva*, porra – sussurrou.

– Pare – disse alguém, e acompanhei o som da voz até o secretário Ocampo. Ele deu um passo adiante, afastando-se da tripulação da *Chandler*. – Não há necessidade disso, comandante Tvann.

O Rraey virou a cabeça para encarar Ocampo. E Thao, idem. Acho que, assim como eu, ela percebeu que o secretário havia chamado a criatura pelo nome e patente.

– Secretário Ocampo – disse Tvann, saudando-o com um aceno de cabeça. – Talvez o senhor possa me fazer a gentileza de identificar um dos pilotos.

– Claro – disse Ocampo, apontando depois para os membros da tripulação, diretamente na minha direção. – Ele. Peguem-no.

Dois Rraeys se destacaram e vieram atrás de mim. Tellez se atirou na minha frente. Um dos alienígenas apontou a arma para ela.

– Seu filho da puta! – gritou Thao para Ocampo, e a tripulação da *Chandler* começou a ficar agitada.

– Silêncio! – disse Ocampo. Ele ergueu a voz com um tom que deixava claro que se orgulhava, o tipo de imposição que havia sido polida pelos anos de discursos diplomáticos e pela presunção de que as pessoas naturalmente estavam dispostas a ouvir o que tinha a dizer.

E deu certo. Até os Rraeys que vinham na minha direção pararam e olharam para ele.

O secretário ergueu a mão, para indicar silêncio. E a tripulação foi se calando até um burburinho baixo.

– Vocês vão sobreviver – disse Ocampo, erguendo a voz. – Deixem-me repetir: vocês *vão* sobreviver. Mas só se me escutarem agora e fizerem o que digo. Então escutem. Em silêncio.

A tripulação da *Chandler* fez um silêncio sepulcral.

– Lamento a morte de Lee Han – disse Ocampo. – Os comandantes Rraeys não estão acostumados a terem suas ordens questionadas ou recusadas. Ninguém mais vai morrer a não ser que vocês resistam ou desobedeçam. Reconheço também que, da sua perspectiva, isto aqui se parece muito com um ato de pirataria e traição. Eu lhes garanto que nada poderia ser menos verdadeiro. Sinto muito por não ter tempo para explicar melhor.

"Agora. Preciso da *Chandler* e preciso de um piloto. Vou levar a nave e vou levar o sr. Daquin aqui. Quanto ao restante de vocês, muito em breve serão escoltados até as cápsulas de fuga, que serão lançadas, e logo após o salto da *Chandler*, daqui a três dias, um drone de emergência será enviado à Estação Fênix e à União Colonial, contendo as coordenadas precisas para se chegar a este sistema e às cápsulas. Vocês sabem que a UC sempre mantém naves à distância de salto especificamente para missões de resgate desse tipo.

"Então, serão resgatados dentro de quatro, cinco dias no espaço. As cápsulas de fuga duram sete dias com a carga completa. Serão resgatados com tempo de sobra.

"Repito: *vocês vão sobreviver*. Mas, para isso, não devem oferecer qualquer resistência agora. Não devem relutar. Não devem discutir. Se fizerem isso, os Rraeys aqui não hesitarão em matá-los. Quero que possam rever suas famílias e seus amigos. Quero que voltem a salvo ao território da União Colonial. Me ajudem a ajudar vocês a voltarem. Vamos lá."

– Não acredito em você – disse Thao, em voz alta, para Ocampo.

– Justo – respondeu o secretário, acenando com a cabeça para Tvann. O Rraey atirou na testa da capitã. Ela caiu morta.

Ocampo esperou os gritos cessarem.

– Como disse, vocês não devem discutir. Agora, por favor, sigam as ordens dos Rraeys.

Ele se afastou da tripulação da *Chandler* e gesticulou para que o comandante Tvann o seguisse.

Os dois alienígenas continuaram vindo na minha direção, e vi Tellez se preparando para lutar.

– Não – eu lhe disse.

– Eles vão matar você – falou ela.

– Eles vão matar você se tentar impedi-los – apontei.

– A gente já está morto, em todo caso – retrucou Tellez.

– Prefiro que tente a sorte com uma cápsula de fuga – falei e coloquei minha mão no ombro dela, conforme os Rraeys foram chegando perto de mim. – Obrigado, Chieko. Fico feliz que você esteja disposta a lutar por mim. De verdade.

– Bem, você lutaria por mim, não? – perguntou Tellez.

– Sim – falei. – É o que estou fazendo agora. – Então acenei com a cabeça para os Rraeys, avisando que estava pronto para ir. Um deles me agarrou pelo ombro e fomos marchando, para longe de Tellez e da tripulação da *Chandler*.

Eu mal conhecia qualquer uma daquelas pessoas.

E já estava me sentindo culpado por saber que iria sobreviver.

Fiquei escutando o secretário Ocampo conversando com Tvann enquanto era levado até ele.

— Qual o tamanho do estrago que vocês causaram à nave? — perguntou Ocampo ao Rraey.

— Muito pequeno, e nada que comprometa a estrutura — respondeu Tvann. — Só precisamos interromper e desabilitar certos sistemas.

— Que bom — disse Ocampo. — O engenheiro-chefe da *Chandler* falou que consegue trazer a energia de volta em vinte horas. Conseguem restabelecer a energia nesse mesmo prazo?

— Demoraremos menos do que isso — disse Tvann. — Temos experiência no assunto, secretário. Como bem sabe.

— Sei de fato.

— Será bom tê-lo conosco em tempo integral.

— Obrigado, comandante Tvann — disse Ocampo. — Concordo.

— E o que fazemos com o restante da tripulação? — perguntou o Rraey.

— Falei para eles que iríamos colocá-los nas cápsulas de fuga. Façamos isso.

— Seria uma pena perder as cápsulas.

Ocampo deu de ombros.

— Não são necessárias de verdade, são?

— Não — disse Tvann.

— Então não é uma perda real. Só uma coisa: uma das cápsulas precisa ser destruída. Precisamos de uma desculpa plausível para meu corpo não ter sido recuperado. Uma cápsula arrebentada serve para isso.

— Claro. Você tem uma assistente, sim? — perguntou Tvann. — Ela vai entrar nas cápsulas?

— Ofereçam para ela a escolha entre entrar nas cápsulas ou vir conosco — disse Ocampo. — O quanto você quer sugerir que a primeira opção não é uma boa ideia, aí fica a seu critério.

— Ela não sabia?

— Disso? Não. Era segredo, lembra?

— Creio que eu vá simplesmente ordenar que ela venha conosco. Menos complicado assim.

— Você que manda — disse Ocampo, dando um tapinha no ombro do Rraey para dispensá-lo. Tvann se direcionou ao processo de pastorear a tripulação da *Chandler*. Depois o secretário voltou sua atenção para mim.

— Bem, sr. Daquin — disse Ocampo. — Hoje é seu dia de sorte. Você vai sobreviver, de certo modo.

— Não tem drone de emergência algum, tem? — perguntei.

— Quer dizer, para avisar a União Colonial quanto à tripulação da *Chandler* — disse Ocampo.

— Sim — confirmei.

Ocampo balançou a cabeça.

— Não. Não tem.

— Então você vai deixar todo mundo da *Chandler* morrer sufocado nas cápsulas de fuga.

— Esse é o cenário mais provável, sim — disse Ocampo. — Não estamos num sistema habitado. É improvável que alguém passe por aqui ao longo da próxima semana. Ou do próximo ano.

— Por quê? — perguntei. — Por que está fazendo isso?

— Está me perguntando por que foi que eu virei um traidor?

— Para começo de conversa, sim — falei.

— A resposta completa é longa demais para o tempo que temos — disse Ocampo. — Por isso, só vou dizer que a pergunta de verdade é a quem devemos nossa lealdade, à União Colonial ou à raça humana? Não é a mesma coisa, sabe? E passei a perceber que, antes de mais nada, sou leal à humanidade. A era da União Colonial está chegando ao fim, sr. Daquin. Estou apenas tentando garantir que, quando ela acabar, não vá levar a raça humana consigo.

— Se você é leal à humanidade, então prove — falei, gesticulando para trás, na direção da tripulação da *Chandler*. — Eles são seres humanos, secretário Ocampo. Salve essas pessoas. Mande um drone de salto de volta à Estação Fênix, avisando onde elas estão. Não deixe que morram nas cápsulas.

— É nobre da sua parte tentar salvá-los — disse Ocampo. — Eu gostaria de poder realizar seu desejo, sr. Daquin. Eu, sincera e verdadeiramente, gostaria de poder fazer isso. Mas a União Colonial, por ora, não pode saber que a abandonei. Precisam achar que morri. E isso só é possível se não tiver ninguém para relatar o contrário. Sinto muito.

— Você disse que precisava de mim para ser seu piloto – falei. – Não vou cooperar a não ser que os salve.

— Acho que você vai mudar de ideia – disse Ocampo, acenando com a cabeça para um dos Rraeys.

Eu senti o chão se afastando dos meus pés ao cair com força no assoalho do hangar.

Alguma coisa foi pressionada contra minha nuca. Parecia ser uma arma.

Senti a vibração quando ela foi disparada, ao mesmo tempo que algo atingiu a parte de trás do meu crânio.

Depois disso, não lembro de mais nada.

PARTE 2

Então, agora chegamos na parte em que eu de fato me torno um cérebro numa caixa.

Não lembro coisa alguma do começo. Sofri um disparo na nuca, à queima-roupa, com algum tipo de arma elétrica não letal. Apaguei. Depois que tomei esse choque, fui levado à nave dos Rraeys, onde algum tipo de médico (pelo menos espero que tenha sido um médico) me colocou num coma induzido. O primeiro passo do processo. Estava inconsciente durante o salto, três dias depois. Estava inconsciente quando chegamos ao nosso destino.

Dou graças a Deus por ter estado inconsciente também durante o que veio depois.

E aí teve o período de recuperação, que foi substancial, porque, e acho que isso deve parecer óbvio quando se pensa a respeito, a remoção do cérebro de alguém de dentro da cabeça, mantendo-o vivo numa caixa, é um trauma considerável.

Ao todo, passei dezoito dias apagado.

E quando digo apagado, digo apagado *mesmo*. Não tive sonhos. Acho que não tive sonhos, porque tecnicamente aquilo não era dormir. Há uma diferença entre dormir e o que aconteceu comigo. Dormir é um negócio que o cérebro de fato faz para descansar e passar as coisas a limpo após um dia de estímulos. O que aconteceu comigo era outra coisa bem diferente. Se dormir fosse o equivalente a sair para um nado tranquilo em um lago plácido, o que eu estava fazendo era tentar subir à superfície no meio de uma tempestade no oceano, longe de qualquer litoral.

Não tive sonhos. E acho que provavelmente foi melhor assim.

Durante todo esse tempo, subi à superfície apenas duas vezes – bem, que me lembre, pelo menos. Eu me lembro de ter tido a sensação de minha consciência estar sendo arrastada com força em meio ao lodo e pensar: *não estou sentindo as minhas pernas*.

E depois: *não estou sentindo nada*. E aí afundei de volta no lodo.

De fato, só senti alguma coisa na outra vez que recobrei a consciência.

Para dizer sem rodeios, eu estava com a porra da pior dor de cabeça que já tive em toda minha vida.

Estou tentando pensar no melhor modo de descrevê-la. Que tal: imagine uma enxaqueca em cima de uma ressaca, enquanto você está numa sala de jardim de infância com trinta crianças abrindo um berreiro, as quais, por sua vez, se revezam para golpear seu olho com um furador de gelo.

Isso vezes *seis*.

E essa era a parte boa da dor de cabeça.

Era o tipo de dor de cabeça em que o melhor a se fazer é ficar deitado, paradinho e em silêncio, com os olhos fechados, rezando para morrer logo. E é por isso que demorei mais do que deveria, acho, para me dar conta de algumas coisas.

A primeira era que estava escuro de um modo que não deveria ser possível.

Vai lá, feche os olhos. Feche os olhos agora. Por acaso está totalmente escuro?

Acabei de perceber que não teria como você ler a última pergunta se, de fato, tivesse fechado os olhos quando pedi. Olha só, avisei que não sou escritor.

Vamos tentar de novo: feche os olhos por um minuto. Depois, ao reabri-los, pergunte-se se ficou totalmente escuro quando estavam fechados.

E a resposta é não, não ficou. Se você está numa sala ou num lugar onde tem luz, parte dessa luz atravessa as pálpebras. Se está lendo isto num quarto escuro, então a imagem residual da tela fica na sua retina. E mesmo se estivesse num quarto escuro, talvez ouvindo uma versão em áudio deste relato, uma hora o fato físico dos seus olhos iria fazer alguma coisa acontecer. Se os esfregasse, pressionaria o nervo óptico, então cores e imagens ilusórias apareceriam no seu cérebro.

A escuridão nunca é total e inescapavelmente escura.

Mas essa escuridão era.

Não era a ausência de luz. Era a ausência de *tudo*.

E assim que tive a percepção dessa escuridão, também me veio a percepção do silêncio. Da mesma forma, não existe o silêncio perfeito. Sempre há algum ruído, mesmo que seja apenas o zumbido fantasma dos cílios na cóclea, deslocando-se em sua cabeça.

Não havia nada, exceto a perfeita clareza do nada.

E aí percebi que não conseguia sentir o gosto da minha boca.

Não olha pra mim com essa cara, porque, embora eu não consiga ver, sei que está fazendo uma careta ao me ouvir falar isso.

Escuta só. Não ligo se alguma vez você *pensou* ou não sobre o fato de que é sempre possível sentir o gosto da sua boca. Você está *sempre* sentindo o gosto da sua boca. É onde fica a língua. Sua língua não tem botão de liga/desliga. Está sentindo o gosto da sua boca *neste exato momento*, e agora que chamei sua atenção para isso, é provável que se dê conta de que devia provavelmente escovar os dentes ou mascar um chiclete ou coisa assim. Porque sua boca, via de regra, tem um gosto meio *esquisito*.

Dá para sentir o gosto da boca. Mesmo quando você não pensa a respeito.

E eu estava pensando nisso *com vontade*. E não dava para sentir porra de gosto nenhum.

E foi *aí* que comecei a perder as estribeiras. Porque você sabe o que é cegueira. É uma coisa que acontece com as pessoas. Elas perdem a visão, talvez até percam os olhos e, embora seja possível reconstruí-los ou criar olhos artificiais, ainda dá para aceitar que a cegueira é uma coisa real, e talvez seja algo que lhe aconteceu. O mesmo vale para a surdez.

Mas *quem caralhos* não consegue sentir o gosto da própria boca?

Então, pois é. Foi aí que o meu cérebro começou pra valer a dizer coisas como *ai merda ai merda ai merda*, num ciclo mais ou menos infinito.

Porque, depois disso, o *nada* que eu estava sentindo me atingiu com força: não havia sensação alguma nas minhas mãos, nem nos meus pés, nem nos braços, nem no pênis, nem nos lábios. Nenhum cheiro chegava pelo meu nariz. Nenhuma sensação do ar passando pelas narinas e entrando. Nenhuma sensação de equilíbrio. Nenhuma sensação de frio ou calor.

Nenhuma capacidade de engolir em seco. Nenhuma sensação do suor frio no sovaco ou na testa. Nenhum batimento cardíaco acelerado. Nenhum batimento cardíaco, aliás.

Nenhum nada.

Eu teria me cagado inteiro de medo, exceto pelo fato de que não tinha a menor sensação de perder o controle dos esfíncteres também.

A única coisa que eu sentia era dor, porque minha enxaqueca decidiu que era uma hora fantástica para piorar em muitos graus.

E aí me concentrei nela que nem um cão faminto se concentra num bife, *porque era a única coisa que eu conseguia sentir*.

E então desmaiei. Porque acho que meu cérebro decidiu que eu estava sentindo coisas demais a respeito da incapacidade de sentir.

Não posso dizer que discordo.

Quando voltei a mim de novo, consegui não surtar e senti uma pontinha de orgulho por esse fato. Em vez disso, tentei descobrir o que estava acontecendo, tranquila e racionalmente.

Primeira hipótese: eu estava morto.

Descartada, porque parecia meio idiota. Se tivesse morrido, então sim, não sentiria nada. Mas é provável que eu sequer tivesse consciência de não estar sentindo coisa alguma. Eu simplesmente... não *existiria*.

A não ser que o além fosse isso. Mas duvidei de que fosse. Não sou uma pessoa religiosa, mas a maioria das imaginações sobre a vida após a morte de que já ouvi falar tinham mais do que um vácuo. Se existisse Deus ou deuses, e era isso que conseguiram criar para a vida eterna, eu não estava lá muito impressionado com a experiência de usuário.

Então: provavelmente estava vivo.

O que já era um começo!

Segunda hipótese: estava num tipo de coma.

O que parecia mais razoável, embora eu não soubesse nada a sério em termos de fatos médicos sobre comas. Não sabia se alguém em coma consegue de fato pensar nas coisas enquanto está nessa situação. Por fora, não parece que a pessoa está fazendo muita coisa. Guardei essa ideia para depois.

Terceira hipótese: não era um coma, mas, por algum motivo, estava preso no meu corpo, sem qualquer sensação.

Essa parecia ser a explicação mais razoável a princípio, mas surgiram duas perguntas para as quais eu não tinha resposta. A primeira: como foi que eu fui parar nessa situação, para começo de conversa? Estava consciente e sabia onde estava, mas, fora isso, minha lembrança dos acontecimentos recentes era nebulosa. Eu me lembrei da sensação de cair do beliche e ir até a ponte, mas tudo que veio depois era um borrão.

Isso tudo sugeria que eu havia passado por algum tipo de evento. Sabia que as lembranças de acidentes e ferimentos das pessoas às vezes eram apagadas pelo trauma do evento em si. O que me pareceu provável aqui. Seja lá o que tinha me acontecido, eu estava numa situação ruim.

Bem, nada disso era novidade. Eu era uma consciência boiando no meio do nada. Essa parte de "você não está nada bem" já estava clara.

Mas esta era a segunda coisa: mesmo que estivesse em péssimas condições, que foi o que presumi, eu devia ser capaz de sentir ou ter consciência de algo que não apenas meus próprios pensamentos. Mas não tinha.

Porra, nem dor de cabeça eu tinha mais.

— Você acordou.

Uma voz, perfeitamente audível, indeterminada em termos de qualidades identificáveis, vinda de todos os lados. Fiquei paralisado pelo choque, ou teria ficado, se já não estivesse imóvel.

— Oi? — falei ou teria dito, se fosse capaz de falar, o que não era o caso, por isso nada aconteceu. Comecei a entrar em pânico, porque isso me lembrou com bastante clareza do fato de que havia algo errado comigo e porque eu estava desesperado caso aquela voz, fosse quem fosse, pudesse me abandonar de novo naquele nada.

— Você está tentando falar — disse a voz, de novo, vinda de todos os lados. — Seu cérebro está tentando mandar sinais para sua boca e sua língua. Não vai funcionar. Pense nas palavras em vez disso.

Desse jeito?, pensei.

— Isso — disse a voz, e eu teria chorado de alívio, se pudesse chorar. Uma mistureba de pensamentos e emoções surgiu, numa necessidade desesperada de serem expressos. Precisei de um minuto para me acalmar e me concentrar num único pensamento coerente.

O que aconteceu comigo?, perguntei. *Por que não consigo falar?*

— Você não consegue falar porque não tem boca nem língua — respondeu a voz.

Por quê?

— Porque nós as tiramos de você.

Não compreendo, pensei, após um longo minuto.

— Nós as tiramos de você — repetiu a voz.

Aconteceu alguma coisa com elas? Sofri um acidente?

— Não, elas estavam em perfeitas condições, e não, não foi o caso.

Não compreendo, pensei de novo.

— Nós removemos seu cérebro do corpo — disse a voz.

É difícil, em retrospecto, transmitir exatamente a quantidade de pura incompreensão que eu estava sentindo naquele momento. Tentei muito expressar meu nível de confusão e incredulidade diante da declaração que tinha acabado de escutar. O que saiu foi:

O quê?

— Nós removemos seu cérebro do corpo — repetiu a voz.

Por que fariam isso?

— Você não vai precisar dele para o que precisamos que faça.

Eu ainda não estava entendendo direito e, na falta de qualquer outra coisa, segui distraidamente conduzindo a conversa, à espera de que tudo começasse a fazer um pingo de sentido para mim.

O que precisam que eu faça?, pensei.

— Pilote a nave.

Preciso da minha boca para isso.

— Não precisa, não.

Como vou falar com o restante da tripulação?

— Não tem tripulação.

Nesse momento, algo veio à tona no meu cérebro — algo como uma lembrança, mas não era uma lembrança de verdade. O pensamento de que, em algum momento, soube o que aconteceu com a tripulação da

Chandler, mas já não sabia mais, e o que quer que tenha acontecido não era nada bom.

Onde está o restante da tripulação?, pensei.

– Estão mortos. Todos.

Como?

– Nós os matamos.

Meu pânico retornava. Eu sabia que era verdade, que aquela voz não estava mentindo. Mas não conseguia visualizar como acontecera. Eu sabia que sabia antes. Desesperadamente *queria* saber. Mas não havia nada em minha mente que pudesse me revelar isso, nada a não ser uma onda de pavor que se aproximava.

Por que vocês os mataram?, pensei.

– Porque não eram necessários.

Vocês precisam de uma tripulação para pilotar uma nave.

– Não precisamos, não.

Por que não?

– Porque temos você.

Não posso operar uma nave inteira sozinho.

– Ou você opera ou você morre.

Não consigo nem me mexer, porra, pensei, exasperado.

– Isso não será um problema.

Como espera que eu pilote e opere uma nave inteira quando sequer consigo me mexer?

– Você é a nave agora.

Então, de repente, a completa incompreensão retornou.

Como é?, pensei enfim.

– Você é a nave agora – repetiu a voz.

Eu sou a nave.

– Sim.

Eu sou a Chandler.

– Sim.

Que merda que isso quer dizer?

– Nós removemos seu cérebro do corpo – disse a voz. – E o integramos à *Chandler*. A nave agora é seu corpo. Você vai aprender a controlá-lo.

Tentei processar o que a voz estava me dizendo e fracassei feio. Não consegui imaginar um único elemento de tudo que estava chegando a mim. Não conseguia imaginar como seria ser uma nave. Não conseguia imaginar tentar controlar uma máquina tão complexa por conta própria.

E se eu não conseguir?, pensei. *O que acontece se não conseguir aprender a controlá-la?*

— Então você vai morrer — respondeu a voz.

Não compreendo, pensei, de novo, e imaginei que o completo sentimento de desamparo que eu sentia fosse totalmente óbvio. Talvez fosse o objetivo deles.

— Não é importante que compreenda — disse a voz.

Ao que, então, alguma parte do meu cérebro disse no mesmo instante: *vai se foder, seu pau no cu do caralho*. Mas parece que não mandei essa mensagem... ou, pelo menos, a voz não respondeu. Por isso, pensei outra coisa à voz:

Por que fizeram isso comigo?

— A nave precisa de um piloto. Você é um piloto. E conhece a nave.

Para isso não precisava arrancar meu cérebro da porra do meu crânio, pensei.

— Precisava, sim.

Por quê?

— Não é importante que você saiba.

Discordo!

— Não é importante que concorde ou discorde.

Importa porque aí não vou pilotar a nave. Não vou.

— Ou pilota ou morre.

Já sou um cérebro numa caixa, pensei. *Não ligo se eu morrer.*

Pensei que esse era um argumento excelente, até que um espasmo de dor começou.

Lembram-se da dor de cabeça? Era um beliscão comparado com isso. Parecia que meu corpo inteiro havia sido transformado numa cólica elétrica convulsiva, e nem mesmo o deslumbramento com a sensação de ter um corpo de novo pôde me distrair do quanto doía.

Em termos objetivos, não deve ter demorado mais do que alguns segundos. Subjetivamente, do começo ao fim, acho que envelheci um ano inteiro.

Então parou.

– Você não possui um corpo, mas seu cérebro não sabe disso – disse a voz. – Todas as vias neurais ainda estão lá. Todos os modos pelos quais ele é capaz de lhe oferecer a experiência da dor estão sob nosso controle. É simplíssimo de fazer. Todas as configurações já estão programadas. Se fosse do nosso feitio, poderíamos deixá-las ligadas ao infinito. Ou poderíamos simplesmente deixar você no escuro, privado de qualquer sensação possível, para sempre. Então, sim. Se não quiser pilotar e operar a nave, então vai morrer. Mas antes de morrer, vai descobrir até que ponto e por quanto tempo podemos postergar sua morte e quanta dor é possível sentir até lá. E garanto que com isso você vai se importar.

Quem são vocês?, pensei.

– Somos a única voz que vai ouvir pelo resto da vida, a não ser que faça o que queremos.

Isso é um plural majestático?, pensei, não direcionando o pensamento para a voz, mas para mim mesmo. Não sei por que diabos pensei nisso. Acho que talvez a sensação de uma usina inteira de energia ter passado pelo meu corpo inexistente pode ter me deixado meio biruta.

A voz não respondeu.

Foi a segunda vez que isso aconteceu quando pensei, mas sem voltar o pensamento diretamente para ela.

O que era interessante.

O que acontece se eu fizer o que vocês mandam?, perguntei para a voz.

– Nesse caso, no final de tudo, você vai voltar para seu corpo. É uma troca simples. Faça o que mandamos e voltará a ser você de novo. Recuse-se e sofrerá uma morte dolorosa.

E o que querem que eu faça?

– Pilote e opere esta nave. Já dissemos isso.

Onde e com qual propósito?

– Isso veremos depois – disse a voz.

O que eu faço agora?, perguntei.

– Agora, fique aí pensando – respondeu a voz. – Você vai pensar nas suas escolhas e nas consequências delas. Darei a você um dia para isso, aqui no escuro. Será um longo dia. Adeus.

Espera, pensei, mas a voz já tinha ido embora.

* * *

Então passei o dia seguinte pensando.

Primeiro pensamento: definitivamente não estava morto. Não havia necessidade de ter uma crise religiosa. Dava para riscar um pequeno item da lista de coisas com que me preocupar. Era só um item, mas do jeito que tudo estava, o que viesse era lucro.

Segundo pensamento: quem quer que tenha estado comigo foi o responsável por capturar minha nave, matar minha tripulação, tirar meu cérebro do corpo e naquele momento esperar que eu operasse a nave inteiramente por conta, para seus próprios propósitos, e ameaçar me matar se eu não obedecesse.

Terceiro pensamento: que essa gente toda fosse para o inferno. Nem a pau que eu faria qualquer coisa por eles.

Nesse caso, estariam mais que dispostos a me torturar, só por diversão. Como descobri por experiência própria. O que era uma questão que eu, de fato, precisava considerar.

Quarto pensamento: por que eu?

Digo, por que me pegaram e não outra pessoa? Eu era o terceiro piloto da *Chandler*. Era literalmente o mais novo membro da tripulação. Podiam ter escolhido qualquer outro a bordo e teria sido uma escolha melhor, em termos de conhecimento da nave, de saber como ela funciona e de quais são suas capacidades. Nunca fui uma escolha óbvia.

Identifique seus pilotos.

Essa frase saiu rolando do meu subconsciente e parou à minha frente, desafiando-me a lhe dar algum tipo de contexto. Minha memória ainda era vaga. Sabia que alguém tinha dito isso, mas não quem, nem quando. Precisava bater a cabeça para descobrir.

A questão era que eu tinha tempo.

E, com o tempo, uma imagem pintou na minha cabeça: uma criatura num traje preto, com os joelhos dobrados na direção errada, dando ordens à capitã Thao e atirando contra Lee Han quando ela questionou a ordem.

Um Rraey. Foram os Rraeys que me sequestraram. Isso respondia à pergunta de quem eram essas pessoas. Mas não respondia à questão de por que eu. A capitã não me identificou como piloto. Ela não identificou ninguém como coisa alguma. Foi outra pessoa.

Secretário Ocampo.

De repente, a imagem daquele desgraçado apontando para mim queimou minha consciência, com uma nitidez que era como se eu estivesse revivendo o momento.

E então todo o resto voltou também – cada lacuna na memória de repente foi preenchida com força, quase dolorosamente.

Tive que parar.

Tive que parar para lamentar pela tripulação da *Chandler*. Lamentar pelos poucos amigos que fiz lá, e todas as outras pessoas que nem conheci, mas que não mereciam morrer, assim como eu não merecia viver no lugar delas.

Demorou um pouco. Mas, como falei, eu tinha tempo.

E me deixei demorar.

E aí, quando terminei, comecei a encarar o problema de novo.

Por que foi que me levaram? Porque o secretário Ocampo me conhecia. Foi apresentado a mim antes mesmo de chegarmos à *Chandler*, fizemos a viagem de transporte juntos, e fui até ele quando surgiram dúvidas quanto à mudança de destino.

Sabia que eu era piloto, mas me conhecia também como pessoa – provavelmente era a única pessoa que ele conhecia a bordo da *Chandler*, além da capitã Thao e de Vera Briggs.

É possível que tivesse me escolhido apenas porque sabia que eu pilotava. Sabia que havia outros pilotos a bordo da nave – provável que tenha visto Bolduc na ponte também –, mas fui o primeiro que lhe veio à mente. Porque ele me conheceu. Sabia quem eu era. Ou pensava que sabia.

Então talvez não tenha me escolhido *só* porque eu era piloto. Talvez tenha me escolhido porque me conhecia como algo além de um membro aleatório da tripulação. Talvez tenha me salvado por conta de uma conexão pessoal aí.

E havia mesmo, não? Por acaso não fiquei com a impressão de que podia ir até a cabine dele e lhe perguntar sobre as ordens que tinha dado à capitã? Será que ele não ficou pelo menos um pouco impressionado de eu ter sacado tudo?

Então, sim. Talvez tivesse me escolhido por me conhecer. Talvez porque gostasse de mim. Talvez até pensasse que estava me *salvando*. Talvez pensasse que estava me fazendo um favor.

Escolher você para arrancarem seu cérebro do corpo não é a minha ideia de um favor, disse uma parte do meu cérebro.

Bom ponto, cérebro, pensei, ignorando o fato de que estava falando sozinho. Mas a questão não era o que *eu* achava disso tudo, mas o que Ocampo pensava disso e de mim. Não estava me gabando de ser importante para ele – lembrei do secretário dizer ao comandante Tvann que poderia decidir se contava ou não a Vera Briggs que ela não deveria entrar nas cápsulas de fuga. Se Ocampo agia assim com a própria assistente, com quem trabalhou durante anos, duvido que fosse me dar muita atenção se eu fosse insolente e encrenqueiro.

Mas, até lá, talvez houvesse algo com que eu pudesse trabalhar.

O quê? E com qual propósito?

Não sabia ainda.

Não era isso que importava. O que importava era que eu estava listando meus recursos em potencial. E um deles era o fato de que Ocampo, por algum motivo, tinha me escolhido para pilotar a *Chandler* – para me *tornar* a nave.

Então tinha isso.

Outro possível recurso: o que Ocampo *não* sabia sobre mim.

Ele sabia meu nome. Sabia qual era meu rosto. Sabia que eu era piloto.

E... era isso.

O que significava o quê?

Podia não significar nada. Ou podia significar que, quando me plugaram nos sistemas da *Chandler*, não teriam como saber o quanto eu conhecia a respeito dos sistemas. Ou de como usá-los.

Não fique empolgado demais, disse a outra parte do meu cérebro. *Você é um cérebro numa caixa agora. E eles podem ver tudo o que faz. Provavelmente o estão vendo pensar essas coisas.*

Você me deprime, falei a essa outra parte do cérebro.

Pelo menos não estou falando comigo mesmo, ela respondeu. *E, em todo caso, sabe que tenho razão.*

Era justo. Eu precisava aceitar que me deixarem sozinho com meus pensamentos podia ser parte do teste que estavam aplicando em mim, a fim de ver como eu reagiria. E se pudessem acompanhar meus pensamentos naquele momento, eu precisava aceitar que usariam essas informações para decidir o que fazer comigo – se iam me matar ou me torturar ou seja lá o que for.

Mas eu tinha a sensação de que não era o caso. Fiquei com a sensação de que isso de passar um dia inteiro com meus pensamentos era para outro propósito. Para me dominarem. Para me aterrorizarem. Para me lembrarem do tamanho da minha solidão e do meu desamparo. Do quanto estava completamente dependente deles no que dizia respeito à minha sobrevivência.

E sabe de uma coisa? Disso tinham razão. Eu *estava* sozinho. *Estava* dependendo deles para sobreviver. *Estava* aterrorizado.

Mas não seria dominado.

Sim, eu estava isolado. Sim, eu estava com medo.

Mas também estava muito, muito *puto da vida*.

E foi com isso que decidi que eu ia trabalhar.

Se estivessem me ouvindo pensar, poderiam ter me matado a qualquer hora. Nesse caso, podiam acabar com tudo de uma vez, porque, do contrário, era desperdício do meu tempo e do deles.

Mas não achei que estivessem.

Não achei que pensassem que fosse *necessário*.

O que era mais um recurso possível. Presumiam que estavam em vantagem ao lidar comigo.

De novo, é razoável. Eu era um cérebro numa caixa que poderiam matar ou torturar quando quisessem. É uma boa definição de vantagem.

Mas o fato era que precisavam de mim.

Precisavam de um piloto para a *Chandler*. E eles me tinham.

E *só* tinham a mim. Todo o restante da tripulação tinha morrido, sufocado nas cápsulas de fuga. Tinham tanta certeza da vantagem que nem se deram ao trabalho de separar um possível substituto.

O que me dizia que ou nunca haviam feito isso antes e não tinham ideia do que estavam fazendo, ou então era algo que faziam o tempo todo, e a reação dos pilotos vitimados era sempre a mesma.

Pensei nos Rraeys dizendo que seus engenheiros eram capazes de reparar a nave e fazê-la funcionar de novo porque era algo que estavam acostumados a fazer. Pensei na eficiência ao lidarem com a tripulação, intimidando todo mundo para obter o que queriam.

Era óbvio que nada disso era novidade para eles.

Já tinham feito aquilo antes. E talvez estivessem fazendo o mesmo naquele exato instante com outros pilotos além de mim. Esperavam que os pilotos estivessem desesperados e dispostos a qualquer coisa para voltar a seus corpos. Estavam tão acostumados a essa resposta que sequer pensavam que outra reação fosse possível.

Por isso, não, eu não achava que estivessem me escutando naquela hora. Imaginei que não achavam necessário. Eu podia estar enganado, mas estava disposto a operar com base nessa premissa.

Isso me deu um tempo livre para pensar. E fazer planos. Outro recurso que eu tinha. Por ora, pelo menos.

E aí havia também um último recurso:

Eu sabia que já estava morto.

E com isso quero dizer que sabia que a promessa de me devolverem ao meu corpo era, com quase 100% de certeza, uma completa mentira. Nem a pau iria acontecer.

Sabia disso porque mataram a tripulação da *Chandler*. Sabia disso por conta do que Ocampo disse quando implorei para que mandasse o drone de salto de volta à Estação Fênix a fim de salvá-los. Sabia disso por conta de como mentiram para conduzi-los voluntariamente a seu fim.

Eles não tinham a menor intenção de me colocar de volta no meu corpo. Eu tinha quase completa certeza de que meu corpo já era – acabou incinerado ou arremessado no espaço ou num cozido, porque os Rraeys tinham a reputação de comer carne humana quando a chance aparecia.

Pensei em meu corpo, dentro de uma panela enorme, fervendo.

Na verdade, até achei graça disso, de um jeito meio sinistro.

Seja lá o que aconteceu com ele, já era. Com certeza.

Também tinha certeza de que, fosse lá o que Ocampo e os Rraeys – ou o chefe deles, fosse quem fosse – queriam que eu fizesse, quando terminasse, apertariam seja lá que botão tivessem e eu acabaria morto, simples assim.

Isso se a missão que tinham para mim já não fosse suicida. E eu suspeitava que era o caso. Ou, pelo menos, ninguém perderia o sono caso eu não voltasse.

Não havia a menor ilusão para mim de que meu destino seria diferente daquele do restante da tripulação da *Chandler*. A pergunta era: quando? E a resposta: quando terminassem de me usar para seja lá qual fosse o plano deles.

E isso queria dizer que eu tinha sabe-se lá quanto tempo entre esse momento e aquele para (em nenhuma ordem em particular) descobrir quem eram (além de Ocampo e um bando de soldados Rraeys), qual era seu plano, dar um jeito de impedi-los e matar todo mundo nessa merda.

Todo mundo, isto é, exceto por Ocampo. Se houvesse algum modo de trazê-lo de volta ao território da União Colonial, eu faria isso. Porque, não importava o que acontecesse, acredito que teriam muito interesse em seja lá o que ele estivesse envolvido.

E porque a morte é pouco perto do que ele merece.

Você é muito ambicioso para um cérebro numa caixa, disse de novo a outra parte do meu cérebro.

Não tenho mais nada para fazer, respondi. Porque era verdade. Naquele momento eu só tinha meus pensamentos e tempo. Muito tempo.

Então aproveitei.

Uma hora, acho que dormi. É difícil dizer quando não se tem qualquer outra referência externa para avisar que você pegou no sono.

Mas sei que não sonhei. E estava tranquilo quanto a isso.

Uma hora, a voz voltou.

– Você teve tempo para refletir sobre sua situação – disse ela. – Agora é hora de se decidir.

A voz tinha razão: era hora de eu me decidir.

Mas não era uma decisão sobre ficar vivo ou não. Isso eu já tinha decidido mais cedo.

O que ia decidir naquele momento era como agir diante da voz.

Será que deveria agir como alguém acuado e temeroso? Ou desafiador e rebelde, mas ainda assim disposto a fazer o que queriam? Ou será que deveria me calar e fazer apenas o que a voz comandasse?

Era uma decisão importante, porque meu modo de responder agora iria estabelecer como seria nossa relação e o que me seria permitido no futuro – as coisas que eles iriam tolerar.

Se escolhesse a atitude errada, haveria consequências negativas. Se fosse complacente demais, talvez me tratassem apenas como a máquina em que fui transformado. Um excesso de rebeldia implicaria passar todo meu tempo livre levando choque. Nenhuma dessas coisas era o que eu queria, especialmente o choque. Uma vez já foi o suficiente.

– Qual sua decisão? – perguntou a voz.

Tenho perguntas, pensei, de repente. Não era assim que eu planejava começar, mas, beleza, vamos ver o que vem aí.

– Suas perguntas não são relevantes – disse a voz.

Deixe-me reelaborar, pensei. *Vou fazer o que vocês querem. Isso já está decidido. Porém, iria me ajudar se eu soubesse algumas coisas também. Compreendo que não posso forçá-lo a responder a qualquer pergunta. Mas me ajudaria a ser útil para vocês, caso considerem respondê-las.*

Houve uma pausa nesse momento.

– Quais são suas perguntas?

São três, pensei. O que, de novo, era novidade para mim, mas eu conseguiria elaborar três perguntas, não?

E de fato uma pergunta pipocou na minha cabeça.

Primeiro de tudo, você tem um nome?

– Por que isso importa?

Porque é esquisito pensar em você como "aquela voz na minha cabeça", pensei. *Se vamos trabalhar juntos, seria bom chamá-lo de alguma coisa.*

– Pode me chamar de Controle – respondeu a voz.

Muito bem, que bom, pensei. *Olá, Controle.*

Controle esperou em silêncio. Tudo bem.

Em segundo lugar, seria possível conversar com o secretário Ocampo em algum momento?

– Por que você precisaria conversar com ele?

Não preciso conversar com ele, pensei. *Já concordei em ajudá-los. Mas quando fui retirado da* Chandler, *ele me disse que estava fazendo isto, seja lá o que isto seja, para ajudar a humanidade. Eu gostaria de conversar um pouco mais sobre essa questão, a fim de entender o que ele quis dizer.*

– Não importa se você entende ou não – disse Controle.

Sei disso, pensei, *e, embora esteja ciente de que você não tem a menor obrigação de se importar, eu discordo. Você tem o meu auxílio. Mas, se tivesse a minha compreensão, eu talvez pudesse ser mais útil. O secretário Ocampo é um homem admirável. Tenho respeito por ele. Se está fazendo uma coisa dessas, é porque deve ter um motivo. Acredito que esse motivo faria sentido para mim. E gostaria de saber mais sobre suas razões.*

– Não permitiremos que converse com o secretário Ocampo agora – disse Controle. – Mas, se fizer direito seu trabalho, poderíamos considerar essa possibilidade no futuro.

Justo, pensei.

– Não nos pergunte sobre isso de novo.

Claro que não. Você já disse que iria pensar a respeito. É o suficiente.

– Sua última pergunta.

Tenho a sua palavra de que vocês vão devolver meu corpo?

– Minha palavra? – disse Controle.

Sim, sua palavra, pensei. *Sua promessa. Eu já disse que vou ajudá-los. E vou mesmo. Farei tudo o que me pedirem. Você disse que, se eu fizer isso, terei meu corpo de volta. Era esse o acordo. Mas existem acordos e existem promessas. Um acordo dá para fazer com qualquer um. Uma promessa é algo que se faz com alguém em quem se confia. Se me fizer uma promessa, significa que posso confiar em você. E isso significa que posso parar de me preocupar em acreditar no que diz ou não. Significa que posso fazer melhor o que me pedir.*

E mais uma vez houve uma pausa.

Eu tinha um motivo para fazer essas perguntas, mesmo que não soubesse o que estava fazendo quando comecei.

Informações. Confiança. Criar intimidade e uma relação.

Pedi um nome e, embora Controle não fosse grande coisa, já era um começo. Uma personalização. Algo que transformava aquele "nós" majestático num "eu". Pedir para falar com Ocampo serviu para estender ainda mais esse acordo, transformando algo genérico – e que era provavelmente imposto a todos os pilotos cujos cérebros iam parar numa caixa – em algo específico para mim.

E pedir a palavra de Controle? Mais intimidade – fazer um acordo entre nós dois. Algo com reciprocidade. Algo com confiança.

Também era um teste.

– Tem a minha palavra – disse Controle.

E agora eu sabia tudo o que precisava saber a respeito dele.

E Controle não fazia ideia de que eu sabia.

É tudo de que preciso, pensei. *Estou pronto para começar quando você quiser.*

– Então vamos começar – disse Controle.

A ponte de comando da *Chandler* apareceu ao meu redor.

Ou, para ser mais preciso, uma representação visual computadorizada da ponte apareceu, mais limpa, mais simples e privada de todos os detalhes supérfluos.

– Você reconhece esta cena – sugeriu Controle.

Claro, pensei.

Era o programa-padrão de simulação da ponte, usado para propósitos de treinamento e configurado para o arranjo da *Chandler*, o qual, por sua vez, era bem padrão também.

Eu o reconheci porque, assim como qualquer outra pessoa que já passou algum tempo numa ponte, já tinha algumas centenas de horas usando a simulação, além do treinamento físico no lugar de fato.

Também consegui reconhecer porque ajudei a programá-la.

Ou, pelo menos, uma versão um pouco mais antiga. Já fazia alguns anos. Provavelmente essa era uma atualização mais recente.

Dito isso, um olhar de relance já sugeria que pouco havia mudado no software desde que trabalhei nele. Nem parecia ser uma atualização tão grande em comparação com a primeira versão. Um lançamento atualizado, talvez? Consertando alguns bugs? Como uma organização sem qualquer conexão óbvia com o comércio normal da União Colonial arranja um programa desses? Fiquei irritado por meu antigo empregador pelo fato de que a simulação havia sido claramente pirateada.

Não que eu estivesse para revelar a Controle o fato de já ter trabalhado no programa. Ele não sabia disso porque Ocampo não sabia, e eu não via motivos para deixar que qualquer um dos dois ficasse sabendo. Controle já achava que eu era burro o suficiente para acreditar na palavra dele sobre qualquer coisa. Não estava disposto a dissuadi-lo dessas noções.

Este é o programa de simulação da ponte, pensei, voltando-me para Controle.

– Costumava ser um programa de simulação da ponte – corrigiu Controle. – E, por ora, continuará sendo isso. Mas também o adaptamos para controlar a *Chandler*. No fim das contas, você irá usá-lo para controlar todos os sistemas da nave.

Como farei isso?, perguntei. *O simulador é projetado como um espaço virtual, mas acompanha os movimentos reais das mãos e do corpo, ambos os quais me faltam.*

– Pronto – disse Controle, e então ganhei um corpo virtual. Minha perspectiva era claramente para ser do ponto de vista da minha cabeça. Ao me concentrar nela, eu conseguia deslocá-la como se possuísse um pescoço real. Olhei para baixo e uma representação visual simplificada de um corpo humano apareceu. Eu me imaginei movendo as mãos, e as mãos apareceram dos meus lados, com as palmas voltadas na minha direção, lisas onde deveria haver os vincos das palmas e as impressões digitais.

Quase tive um surto ali mesmo, de tão grato que fiquei. Mesmo um corpo falso como aquele era melhor do que não ter corpo algum.

Mesmo assim...

Uma parte do meu cérebro – acho que talvez fosse a mesma que bateu boca comigo mais cedo – não parava de pensar: *é sério mesmo? É isso?*

Eu entendi o que ela queria dizer. Queria dizer que esse bando de pau no cu havia tirado meu cérebro do corpo para pilotar a *Chandler*, para que eu pilotasse sozinho, e o modo como pretendiam que eu pilotasse era com uma simulação de um corpo humano que eu não possuía mais.

O que me pareceu, sei lá, *ineficaz*. Se você vai se dar ao trabalho de jogar meu corpo fora, então *talvez* devesse aproveitar para criar uma metáfora de controle que tirasse vantagem do fato de eu não estar mais limitado a um corpo humano.

Eles não o removeram do corpo por uma questão de eficiência, disse aquela parte do meu cérebro. Bem, sim, *isso* já tinha descoberto fazia um tempo. Era tudo uma questão de medo e controle.

Mas ainda *assim*. Meio que um desperdício.

Eu me recompus (metaforicamente) e olhei ao redor da ponte simulada.

Você vai subir a bordo comigo?, perguntei a Controle.

– Não – disse ele. – Por favor, dirija-se ao assento da capitã.

Obedeci. O assento da capitã contava com uma tela onde ela poderia conferir as informações de todas as estações, tudo de uma vez ou em separado. A capitã Thao, como a maioria dos capitães, costumava receber relatórios da tripulação pela ponte, que era melhor em filtrar a informação para comunicá-la das coisas que precisava saber de imediato. Mas também poderia obter tudo a partir da tela, se quisesse filtrá-las por conta. O que queria dizer que eu também podia.

A capitã poderia da mesma forma controlar a nave a partir da tela se quisesse, em vez de dar ordens. Poucos capitães fazem isso, porém, porque as coisas ficam complicadas muito rapidamente. Além do mais, se você quiser deixar sua tripulação da ponte descontente, o melhor jeito de fazer isso é roubando o trabalho dela. O fato é que nenhum capitão era competente em todas as estações. A maioria não precisava ser.

Só que naquele momento eu precisaria.

Sentei-me no assento virtual e puxei a tela.

Estou pronto, pensei, direcionando-me a Controle.

A tela virtual da capitã se acendeu, e todas as janelas dos departamentos se abriram em grade. Um toque duplo em uma das janelas servia para expandi-la no modo de tela cheia, o que também a deixava interativa. Apenas uma das telas de departamento podia ficar no modo de tela cheia por vez, mas seria possível encadear várias delas para ir rapidamente de uma à outra com um deslize do dedo. Era tudo muito básico, exceto pelo fato de que eu seria responsável por monitorar e lidar com tudo.

Examinei melhor a grade inicial da capitã.

Algumas das telas estão em branco, pensei.

– Você não vai precisar mais controlar algumas das funções da nave – explicou Controle. – Será o único ser vivo a bordo, e sua área estará fechada e sob nosso comando, por isso não precisa dos controles do sistema de manutenção da vida. O mesmo vale para a comunicação. São controlados por nós, junto com outras funções ligadas à nave. Outros, como os motores, você precisará controlar de modo limitado, e a manutenção delas caberá a nós. As únicas funções com as quais precisará se preocupar são navegação, armas e propulsão, incluindo salto.

Isso simplifica as coisas, pelo menos, pensei para Controle. Então coloquei as janelas de navegação, propulsão e armas em modo de tela cheia, depois as encadeei.

Estou pronto, enviei.

— Estamos enviando você para uma missão simulada agora — disse Controle. — É uma missão simples, com um foco primário em navegação. Vamos começar.

Dez horas de simulação naquele primeiro dia, pelo menos a julgar pelo relógio simulado, e quase tudo era tão simples que eu, enquanto piloto, poderia fazer dormindo. Veio-me a suspeita de que as simulações não foram especificamente escolhidas por Controle para mim, mas talvez fossem parte de uma simples lista das simulações pelas quais eu precisaria passar.

Era um tédio.

Mas também dava para encarar. Não houve nada naquele primeiro dia que não consegui fazer. O trabalho de pilotar, como costuma acontecer, gira em torno de fornecer as informações ao computador e então lidar com qualquer coisa incomum que possa dar errado. Nada deu errado com nenhuma dessas simulações iniciais.

A coisa mais difícil que precisei fazer foi desviar a *Chandler* simulada para que saísse do caminho de um pedaço enorme de rocha que flutuava pelo espaço. Considerei usar os lasers simulados para vaporizá-la — era pequena o suficiente para isso —, porém imaginei que não fosse esse o propósito da simulação por enquanto. Além do mais, fazer isso arriscava criar um monte de pedaços menores de rocha que seriam mais difíceis de rastrear e outra nave poderia esbarrar neles. A maioria das naves consegue lidar com o impacto de micrometeoros, mas por que criar um problema para os outros sem necessidade?

Por isso, tirei a *Chandler* do caminho, registrei a localização e direção atuais da rocha, e então teria simulado o envio de um pacote de dados a naves próximas, só que não estava encarregado das comunicações. Por essa razão, em vez disso, apenas fiz um registro para enviar os dados a outras naves à primeira oportunidade.

Se Controle estava acompanhando qualquer parte disso tudo, eu não sabia. Ele ficou em silêncio durante quase toda a simulação e nas outras missões que fizemos no dia.

— Você vai controlar a nave sozinho — disse Controle, quando perguntei sobre seu silêncio entre missões. — Não terá acesso a nós, nem a qualquer outra pessoa para se comunicar depois que as missões começarem. Precisará se acostumar com o silêncio.

Vocês não se preocupam com a questão do tédio?, perguntei. *As mentes humanas precisam de um pouco de estímulo além do monitoramento de sistemas de navegação.*

– Isso nunca foi um problema antes – disse Controle. E foi assim que eu descobri, com certeza, que não fui a primeira pessoa com quem fizeram isso.

Pensei nas outras pessoas passando por essa mesma situação e teria estremecido se pudesse.

Essa informação também me sugeriu que eu poderia talvez nem mesmo ser o único nessa condição no presente. Que Controle, fosse quem fosse, poderia estar rodando simulações com outras pessoas e naves, mesmo enquanto trabalhava comigo. Seria algo que eu precisaria investigar, cedo ou tarde.

– Por hoje é só – disse Controle uma hora. – Continuaremos amanhã.

Quantas horas até lá?, perguntei. Não sabia se Controle era humano ou não, e onde quer que estivéssemos, certamente não era um reduto humano, por isso eu não fazia ideia de quanto tempo corresponderia a um dia ali.

– Cerca de doze horas a partir de agora – disse Controle, após um minuto. Acho que precisou pesquisar o que eram "horas" para fazer a conversão.

O que eu faço agora?, perguntei.

– O que quiser – disse Controle.

Eu gostaria de sair para correr, pensei.

Controle não me respondeu. Eu estava começando a captar a ideia de que ele, fosse quem fosse, não possuía lá um grande senso de humor.

O que há *para eu fazer?*, perguntei

– Se quiser, pode recarregar as simulações de hoje e repassá-las – disse Controle. – Na verdade, sugiro que faça isso.

Tem mais alguma coisa?, perguntei. *Algo para ler? Algo para assistir? Algo para ouvir?*

– Não – falou Controle.

Posso solicitar algum tipo de entretenimento?, perguntei. *Qualquer coisa já serviria. Se eu só tiver simulações de navegação para me distrair, acredito que minha eficácia possa diminuir.*

– Se diminuir muito, você será castigado – disse Controle. – Se diminuir além desse ponto, será morto.

Bem, isso *serve de motivação,* pensei para ele.

Não houve resposta. Suspeitei que Controle tivesse deixado a simulação.

Você precisa se acostumar com o silêncio, pensei para mim mesmo, repetindo as palavras que Controle havia dito mais cedo. Bem, eu estava me acostumando, gostando ou não.

Olhei para baixo, para o assento simulado da capitã e a tela, na qual uma pequena aba com um menu apareceu, contendo as missões do dia. Eu poderia rodá-las de novo, se quisesse.

Em vez disso, me levantei e fiquei correndo pela ponte simulada, dando várias voltas. Depois, fiz umas flexões, agachamentos e abdominais.

Quero deixar claro que não estava sob a menor ilusão de que o que eu fazia constituísse um exercício físico real. Eu não tinha qualquer sensação no meu corpo simulado, mesmo os toques nas telas durante o dia foram feitos como se eu não estivesse lá. Não estava me exercitando para manter o corpo em forma. Sequer possuía um corpo para fazer isso.

Fiz o que fiz porque era alguma coisa para fazer além das vontades do Controle. Algo que eu queria fazer em meu tempo livre. Meu modo de exercer meu próprio controle, se quiser colocar nesses termos.

Meio que deu certo. Uma hora me cansei, então me deitei no chão simulado para dormir.

E descobri que eu não tinha pálpebras na simulação.

Não importava. Caí no sono logo, em todo caso.

Desta vez eu soube que tinha dormido.

Dois dias depois, eu meio que quebrei a simulação e fugi dela. Algo assim.

Aconteceu nas minhas horas de folga, depois que Controle encerrou o expediente à noite, ou o que eu achava que era noite, em todo caso. Eu estava rodando uma das simulações do dia, que exigia desta vez manobrar a *Chandler* para atracar numa estação espacial, o tipo de manobra que já fiz dezenas, se não centenas, de vezes, tanto em simulação como na vida real. Não havia desafio algum aí.

Então fiz o que qualquer pessoa faria numa simulação ao ficar entediada e sem poder sofrer penalidade alguma por se comportar mal.

Comecei a quebrar tudo.

Primeiro, bati com a nave na estação espacial, porque eu tinha um interesse, puramente científico, no grau de realismo do impacto, em termos da representação simulada da física clássica.

Resposta: nada mau. Eu tinha um controle limitado dos sensores externos, por isso consegui ver tanto a *Chandler* como a estação espacial começarem a se amassar de um jeito bem bacana, com os devidos estouros de metal e vidro, por conta da descompressão explosiva enquanto a nave arrebentava o lugar. Meus sensores, no entanto, não indicaram uma sobrecarga nos motores da *Chandler*, o que teria causado uma bela destruição.

Então rodei a simulação de novo, desta vez distanciando a nave o suficiente para criar uma aceleração mais impressionante antes de atingir a estação espacial.

Desta vez, a *Chandler* explodiu. Todas as minhas janelas de controle piscaram em vermelho antes de se apagarem, o que nunca é um bom sinal para a integridade estrutural da nave. A simulação não detalhou nem as perdas econômicas, nem humanas, mas duvido que qualquer um nas seções atingidas da estação ou a tripulação da *Chandler* teriam sobrevivido.

A tripulação já não sobreviveu para começar, disse aquela outra parte do meu cérebro.

Eu a ignorei.

Na vez seguinte, fiquei curioso para ver o que aconteceria se eu atacasse a estação. As simulações que havia rodado até ali não exigiram que eu operasse o sistema de armas, por isso, enquanto Controle me observava, não me dei ao trabalho de usá-lo.

Mas ainda assim eu o controlava e o sistema estava completamente funcional, então... Na simulação seguinte, lancei três mísseis contra a estação, só para ver o que aconteceria.

Um minuto depois, meus sensores de danos piscaram num vermelho vivo, conforme dez mísseis disparados pela estação atingiram a nave em vários pontos críticos, apagando as armas, os motores, os compartimentos da tripulação e os sensores externos. Cerca de um segundo depois, minhas telas se apagaram, porque na simulação a *Chandler* havia acabado de ser transformada numa nuvem crescente de escombros.

Bem, que grosseria, pensei, e teria dado um sorriso, se pudesse.

Rodei várias simulações depois disso, atacando a estação espacial, depois outras espaçonaves atracadas ali, atirando contra naves de transporte, basicamente qualquer combinação de táticas que envolvesse um ataque-surpresa com mísseis. Todas terminaram do mesmo modo: com a *Chandler* virando algo como uma almofada de alfinetes, mas com mísseis.

Beleza, certo, vamos tentar isto *aqui, então*, pensei, rodando a simulação de novo.

Desta vez, não bati na estação, nem disparei contra ela. Só fui deslizando a nave até a posição de atracamento e esperei a simulação me dar o sinal de "condição de vitória" – que indicava o cumprimento daquilo que fora exigido de mim.

Depois, lancei uma rajada de mísseis contra a estação espacial, mirando especificamente nos sistemas de armas, os que davam para ver, mas também os que estavam escondidos, com base nos dados que eu possuía a respeito do local. Cronometrei o ataque para que os mísseis atingissem todos os sistemas de armas ao mesmo tempo.

E foi o que aconteceu. E, enquanto tudo explodia lindamente, liguei os aceleradores no motor e mergulhei de cabeça naquela bagunça.

E assim que a *Chandler* fez o primeiro contato com a superfície externa da estação, alguma coisa aconteceu.

Tudo ficou preto.

Não só as telas da capitã, o que teria indicado a destruição da nave. Não, *tudo* ficou preto. Havia uma simulação e aí, durante vários segundos, não havia mais.

Passei esses vários segundos na completa escuridão, me perguntando o que diabos havia acontecido.

E aí a simulação da ponte apareceu de novo ao meu redor.

Eu sabia o que tinha acabado de acontecer: fiz a simulação dar pau.

E aí, não vou mentir para vocês, meu cérebro simplesmente *travou*.

É o seguinte: aquela simulação de ponte tinha se tornado meu mundo inteiro. Eu morava nela, rodava simulações e nada mais. Não conseguia sair dali – estava dentro dela, mas não possuía o menor poder sobre aquilo, além de só rodar as simulações que me foram repassadas por Controle. Não dava para sair da simulação, fechá-la ou mexer em seu código de modo algum. Estava confinado ali. Era minha prisão.

Porém, assim que fiz a simulação dar pau, ela me enxotou de lá. Por uns segundos, *eu* estava em outro lugar.

Onde mais?

Bem, o que acontece quando um programa fecha? Você é levado de volta ao sistema operacional no qual ele funciona.

Não literalmente *no* sistema. Minha consciência não tinha sido tragada por um computador ou coisa assim. Isso seria idiota. Ela estava em meu cérebro, onde sempre esteve.

Mas, antes disso, meus sensores haviam sido inseridos na simulação da ponte. Tudo que eu pudesse ver ou sentir estava dentro dela. Durante aqueles poucos segundos quando a simulação deu pau, eu estava em outro lugar. No sistema em que ela rodava.

Não dava para ver nada, e então a simulação da ponte apareceu de novo, o que me sugeria que o problema não era um evento inédito. Controle (ou seja lá quem fosse) havia configurado uma rotina de reinicialização que abria o simulador direto sem dar ao piloto qualquer tempo para descobrir o que estava acontecendo, nem para ver a interface do computador na qual a pessoa estava operando.

Mas isso não queria dizer necessariamente que o piloto estivesse trancado por completo para fora do sistema.

Coloquei a simulação de atracamento de novo.

Se Controle sabia que o programa dava pau, então isso queria dizer que sabia quais eram os problemas – ou pelo menos onde estavam alguns deles. Então, ou sabia onde os bugs estavam e não fez nada a respeito, além de lançar o sistema diretamente de volta ao simulador, ou fez algo a respeito e tentou atualizar o programa – e é provável que tenha criado novos bugs no processo, quando o código novo interagiu com o antigo.

Não teria como Controle saber qualquer coisa a respeito dos novos problemas a não ser que uma simulação vigiada desse pau. E ninguém faria o que eu fiz enquanto ele estivesse observando porque provavelmente seria eletrocutado por ficar de palhaçada.

Logo: Controle não sabia que *este* bug estava ali.

Mas alguns bugs são de ocasião e não se repetem. Esses são os mais difíceis de consertar, enquanto programador.

Rodei a simulação exatamente como antes, para ver se o bug se replicaria do mesmo modo.

E deu certo.

Por isso, rodei tudo de novo pela terceira vez.

E então, quando o programa deu pau, pensei nos comandos que, quando o simulador fosse inicializado de novo, abririam as telas de diagnóstico e modificação do sistema.

Pensei nisso *com muita vontade*.

E, segundos depois, lá estavam elas.

As telas de diagnóstico e modificação. Feias e utilitárias, do jeito que sempre foram desde os primórdios das interfaces visuais.

Eram lindas.

Significavam que eu havia entrado no sistema.

Mais especificamente, entrado no sistema da *Chandler*.

Bem, pelo menos um pouquinho, em todo caso.

E esta seria a parte da história em que, se isto fosse um filme, o hacker heroico produziria algumas linhas de código mágico e tudo se abriria para ele.

A má notícia é que essa não era, nem de longe, minha situação pessoal. Não sou um hacker heroico com código mágico. Sou um cérebro numa caixa.

Mas sou *sim* um programador. Ou era. E eu conhecia o sistema. E conhecia o software.

E eu tinha um plano. E um bom tempinho até alguém vir me atormentar de novo.

Por isso, comecei a trabalhar.

Não vou entediá-lo com os detalhes do que fiz. Se você é programador e conhece o sistema, o hardware e o código, então o que fiz seria muito legal e infinitamente fascinante, e poderíamos fazer um seminário a respeito, falando sobre segurança de sistemas e como qualquer sistema é vulnerável à crença de que todas as variáveis foram levadas em consideração, quando na verdade as únicas variáveis consideradas são aquelas que você conhece ou, melhor dizendo, as que *acha* que conhece.

Os outros leitores ficariam nos fuzilando com os olhos e rezando pela morte.

Vou presumir que essa é a maior parte dos que estão lendo.

Por isso, para vocês, segue o que precisam saber:

Primeiro, o trabalho, ou pelo menos a primeira parte dele, demorou mais do que uma única noite.

Na verdade, demorou algumas semanas. E durante todo esse tempo fiquei esperando pelo momento em que Controle, ou seja lá quem fosse, desse uma olhada no sistema da *Chandler* e encontrasse evidências das minhas perambulações nele, fazendo alterações e tentando entrar em lugares onde não devia. Esperei até o momento em que eu seria descoberto e eles decidiriam me castigar por isso.

Mas não me descobriram.

Não vou mentir. Parte de mim ficou *irritada* por não ter sido descoberto.

Porque, minha nossa, que segurança desleixada. Era *tudo* desleixado. Quando eles (seja lá quem fossem) levaram embora a *Chandler*, deixaram o sistema vulnerável, usando apenas o nível básico de segurança que teria sido ultrapassado logo no princípio da era da computação. Ou tinham muita certeza de que não precisariam se preocupar com essas questões onde estavam – todo mundo era confiável e ninguém tentaria avacalhar as coisas – ou eram apenas idiotas.

Talvez as duas coisas! O nível de insegurança ali chegava a ser ofensivo, na verdade.

Mas era uma vantagem para mim, e sem ela eu provavelmente estaria morto, por isso não devia ficar reclamando.

As primeiras duas semanas foram as mais assustadoras para mim, porque eu estava fazendo essas coisas meio que sem proteção alguma. Tentei esconder as minhas ações o máximo que deu, mas se alguém inspecionasse, teria me descoberto. Se Controle ou outra pessoa conferisse minhas sessões extracurriculares, teria me flagrado rodando a mesma simulação em particular, de novo e de novo, e teria visto o que eu andava fazendo.

O que queria dizer que, se o programa desse pau durante uma das simulações sob o olhar de Controle, era possível que uma atualização fosse preparada, o que poderia afetar o bug que eu usava para sair do programa. E assim acabaria confinado de novo.

Tomei muito, muito, *muito* cuidado nas simulações vigiadas. Nunca fiz nada brusco, nunca fiz nada que se desviasse do esperado.

A ironia de fazer as coisas exatamente como eles queriam, para não descobrirem as coisas que me fariam ser torturado e morto, não me passou despercebida.

Aquelas duas semanas foram, literalmente, as duas piores da minha vida. Eu já sabia que, seja lá quem fosse essa gente, seus planos eram me matar depois que eu fizesse o que precisava fazer. Porém, mesmo estar ciente disso não aliviava o estresse de fuçar no código. De saber que eu estava exposto, caso alguém decidisse conferir, mas continuar fazendo ainda assim.

Uma coisa é saber que já se está morto. Mas trabalhar em algo que poderia lhe dar uma chance de continuar vivo, contanto que ninguém olhasse, é outra coisa.

Eles nunca olharam. Nunca. Porque não achavam que seria necessário.

Fiquei muito grato por isso.

E, ao mesmo tempo, bem desdenhoso.

Mereciam tudo o que eu faria com eles. Seja lá o que fosse. Só não tinha descoberto ainda o quê.

Mas, quando acontecesse: não teria piedade alguma.

O que fiz durante aquelas duas semanas: a pílula azul.

Não, não sei de onde vem essa expressão. Vem sendo usada faz um tempo. Pode conferir.

Mas o que ela quer dizer é que criei uma cópia do sistema computacional da *Chandler*. Uma réplica quase exata.

Eu a copiei, aperfeiçoei, liguei tudo que vinha de fora a ela, bem como o simulador da ponte. Em comparação com o sistema real, era idêntica em aparência, no modo como respondia e como controlava as coisas.

Mas não era o sistema real.

Esse sistema, que de fato rodava a *Chandler*, estava embaixo da cópia. E esse sistema, bem...

Esse estava sob meu completo controle. A realidade sob a simulação. A realidade que ninguém além de mim sabia que existia sob a simulação. A simulação que todo mundo achava que refletia a realidade.

Essa é a pílula azul.

Ao longo do mês seguinte, todos os dias, o dia inteiro, fui rodando missões mais e mais complexas no simulador da ponte. Mais simulações onde eu precisava equilibrar a navegação com o uso de armas.

Era evidente para mim que, fosse qual fosse o propósito do meu treinamento, havia nele um componente militar significativo. Esperavam que eu entrasse em batalha por eles. É possível que esperassem ou não que eu sobrevivesse à batalha. Acho que "não sobreviver" era o cenário mais provável.

O que não era uma surpresa.

Ao longo disso tudo, não parei de jogar conversa fora com Controle. Engajá-lo. Fazer com que sentisse algo por mim. Fazê-lo ver a pessoa que havia colocado na caixa.

Não obtive um êxito perceptível.

Mas não era isso que eu esperava.

Precisava era ser a *mesma* pessoa que Controle achava que eu era. Aquela que decidiu ajudá-lo. Aquela que decidiu confiar nele.

Não queria pisar na bola aí. Queria que Controle e quem mais estivesse ouvindo recebessem exatamente o que esperavam. Queria que se sentissem convencidos como nunca a respeito do controle, com c minúsculo, que detinham sobre mim.

Nisso não me decepcionaram.

E enquanto achavam essas coisas, quando Controle me deixava a sós após um dia de simulações, eu tinha acesso liberado à *Chandler*.

E, pelo visto, a nave estava passando por umas reformas bem drásticas. A mais notável foi a reinstalação do sistema de armamentos. Antes de ser a *Chandler*, foi uma fragata das Forças Coloniais de Defesa. Ao ser desativada, aqueles sistemas de armas foram removidos e desmontados.

Naquele momento, estavam sendo colocados de volta. A nave fervilhava de trabalhadores, dentro e fora. Ninguém me falou nada sobre eles, afinal que motivo tinham para isso? Eu era um cérebro numa caixa, preso numa simulação.

Mas *agora* eu conseguia ver e ouvir tudo que acontecia a bordo da nave.

Os trabalhadores, em maior parte, não eram humanos. A maioria deles, até onde dava para ver, eram Rraeys, assim como os soldados que atacaram a *Chandler*, para começo de conversa.

De vez em quando, porém, um único ser humano aparecia a bordo, para aconselhar e direcionar a instalação das armas. Era sempre a mesma humana.

Não era Ocampo, nem Vera Briggs, a assistente dele. Era outra pessoa. Seja lá o que estivesse acontecendo, do lado dos humanos, tinha mais gente envolvida além do secretário.

Ao assistir aos trabalhadores instalando os sistemas de armamentos, percebi o quanto eu tinha dado sorte. Dentro de mais algumas semanas, eles concluiriam a instalação, e então os sistemas de armas seriam integrados ao sistema computacional da *Chandler*. Se esse trabalho fosse feito antes ou se eu tivesse demorado mais tempo para fazer o meu, teria sido descoberto. Houve uma pequena janela de oportunidade, e eu me aproveitei dela.

O que fez com que me sentisse o cara mais sortudo do universo, até lembrar que ainda era um cérebro numa caixa.

O que me leva a outra coisa que encontrei a bordo da *Chandler*.

Eu mesmo.

Estava na ponte de comando, dentro de uma grande caixa retangular que parecia, a qualquer um, um caixão. A parte de cima era transparente, e da minha perspectiva, pelas câmeras da ponte, dava para olhar diretamente para o interior dela e ver: o meu cérebro.

E ainda os elementos eletrônicos que estavam ligados a ele, à superfície da massa cinzenta e a seu interior também, imaginei. Dava para ver os cabos que saíam dele, serpenteantes, rumo a uma junção na lateral da caixa.

Pude ver o líquido no qual meu cérebro estava suspenso, pálido e levemente rosado. Pude ver tubos conectados, que imagino servirem para levar e trazer o sangue ou outra coisa que o substituía. Alguma coisa que trouxesse os nutrientes e o oxigênio e removesse os resíduos. Os tubos também serpenteavam até uma junção na parede interior da caixa.

Após uma mudança de câmera e perspectiva, vi mais uma caixa, à qual plugavam os fios e tubos. Era ali que eu podia ver dois Rraeys, que presumi serem médicos, se aproximarem todos os dias para a abrir e fazer algum tipo de diagnóstico. Dentro dela, havia sistemas de filtragem, válvulas de nutrição e amostragem, circuitos para monitorar o bem-estar do meu cérebro e mais uma coisa que não consegui identificar a princípio, até que um dos Rraeys a cutucou sem querer e o outro gritou com ele por isso.

O sistema da *Chandler* tem uma biblioteca tradutória contendo várias centenas de idiomas de espécies conhecidas. Como a maioria dessas bibliotecas em naves comerciais, ela quase nunca é usada, porque no geral a gente lida com outros humanos. Em todo caso, está lá e é útil quando se precisa traduzir qualquer coisa. Assim, consegui traduzir o que o segundo Rraey disse para o primeiro:

— Continue assim — comentou ele — que vai fazer nós três explodirmos.

— Então pelo menos nossos restos mortais vão poder voltar para casa — disse o primeiro Rraey.

— Eu preferiria voltar numa forma que me permitisse aproveitar o retorno — respondeu o segundo Rraey, inserindo um conector nos monitores ligados aos circuitos, que imagino servir para conferir o estado do meu cérebro e aí fazer ajustes.

Imagino que as informações ali tenham demonstrado um pico de ansiedade nas minhas atividades cerebrais naquele exato momento.

Por conta da bomba.

Além de todo o resto, tinham prendido uma bomba a mim.

Caso houvesse a menor esperança de que tivessem qualquer intenção de me deixar sair disso vivo.

Caso eu achasse que ia mesmo conseguir fugir desse inferno.

PARTE 3

– Você teve um bom desempenho na simulação – disse Controle um dia, mais de três meses após eu despertar e descobrir que era um cérebro sem corpo.

Obrigado, pensei. *Estou tentando cumprir com a minha parte do acordo.*

– De fato – disse Controle. – Talvez lhe seja útil saber que se tornou um de nossos melhores pilotos, em termos de cumprir as metas de desempenho no treinamento.

Bem, claro que sim. Era porque eu tomava muito cuidado para realizar as simulações exatamente nos conformes, para que o software não desse pau e não precisassem fuçar no sistema para consertá-lo. O sistema da pílula azul que eu havia criado era bem sólido, mas não tinha por que dar sorte para o azar.

O outro motivo era porque, quando Controle não estava por perto, eu ficava vendo vídeos e ouvindo música da biblioteca de entretenimento da *Chandler*. O que me ajudou a manter a sanidade, em vez de ficar ali remoendo meu completo e absoluto isolamento quanto ao restante da humanidade. Não é exatamente uma surpresa que manter a sanidade seja útil quando se tenta bater metas de desempenho.

Mas eu não exprimia, nem sequer pensava, nada disso quando Controle aparecia.

A essa altura eu já tinha alguma compreensão do porquê de Controle só "ouvir" as coisas que eu pensava quando eram direcionadas para ele – o software de leitura cerebral reconhecia apenas tentativas intencionais de comunicação, filtrando-as do ruído constante e menor que é a tagarelice e os monólogos que todo cérebro faz o tempo inteiro, a fim de otimizar a conversa. O software permitia que eu mantivesse meus pensamentos internos – mas, se for lembrar quantas vezes na vida você disse algo em voz alta sem querer, algo que era para deixar quieto, e isso aí bagunçou sua vida pelo resto do dia, então vai entender o porquê de eu tentar não pensar em nada quando Controle aparecia.

Fico feliz em saber disso, pensei. E então fiquei esperando, como sempre fazia.

– Seu desempenho foi tão bom que concordamos em cumprir seu pedido – disse Controle.

Meu pedido?

– Você pediu para falar com o secretário Ocampo em algum momento – esclareceu Controle. – Fizemos os arranjos para essa reunião acontecer.

Ele vai vir me visitar?, perguntei.

– De certo modo – disse Controle. – Fizemos um arranjo para que a videoconferência seja feita diretamente na simulação.

Então ele não estaria a bordo da verdadeira *Chandler*. Bem, não tinha problema. *Será hoje?*, perguntei.

– Não. Temos trabalho para hoje. Mas será em breve.

Obrigado, pensei. *Fico grato por isso.* E isso com certeza era verdade, até certo ponto.

– De nada – disse Controle. – Vamos começar as simulações de hoje.

Quando terão uma missão real para mim?

– Por que a pergunta?

Estou sendo treinado já faz todo esse tempo. Como você disse, estou indo bem. Estou pronto para as missões.

– Você quer cumprir suas obrigações conosco – disse Controle.

Sim, quero.

– Para ter seu corpo de volta.

Estaria mentindo se dissesse que isso não é uma parte importante, pensei. O que também era verdade, até certo ponto.

– Não possuo qualquer informação para você quanto a isso – disse Controle. – Você receberá uma missão quando decidirmos que chegou a hora. Ainda não é o momento certo.

Compreendo, pensei. *Só estou ansioso.*

– Não fique – disse Controle. – Logo mais terá algo para se ocupar. – E então ele abriu uma simulação na qual eu enfrentava três fragatas da União Colonial ao mesmo tempo.

Eu já tinha feito essa antes, com algumas variações. O objetivo não era destruir todas as fragatas. E sim fazer com que desperdiçassem o máximo possível do poder de fogo comigo, de modo que, quando três *outras* naves saltassem para dentro da cena a fim de atacá-las, não tivessem mais as defesas necessárias para sobreviver.

Basicamente, eu era a isca nesse cenário.

Não era o único cenário em que eu tinha sido usado de isca nos últimos tempos.

Vamos dizer apenas que eu não estava gostando muito do padrão das simulações que estava vendo.

A janela de comunicações na tela da capitã, normalmente um breu só, se acendeu. Projetei-a no maior monitor da minha ponte virtual.

Na tela, como prometido, apareceu o secretário Ocampo.

– Senhor Daquin, você está aí? – perguntou, olhando para a câmera do tablet, dentro do que parecia ser uma cabine privativa ainda menor do que a que ele tinha a bordo da *Chandler*.

Estou sim, pensei.

– Certo, que bom – disse Ocampo. – Estou recebendo apenas seu áudio. Não quiseram que eu tivesse acesso ao vídeo por algum... – Ele parou de falar, bruscamente. Foi quando se deu conta de que o motivo de o vídeo estar desligado era porque não havia um corpo para ver, apenas um cérebro exposto dentro de uma caixa transparente.

Mas *eu* recebia o vídeo, por isso vi suas feições ruborizando. Ele foi gracioso o suficiente, pelo menos, para ficar constrangido por se esquecer da situação em que me enfiou.

Tudo bem, pensei. *Só queria conversar mesmo. Se estiver tudo bem para o senhor. Se tiver tempo.*

— Esta data é um dia de observação religiosa para os Rraeys que administram seu posto avançado — explicou Ocampo. — Por isso, ninguém trabalha hoje. É o motivo de eu poder vir conversar com você.

Viva o Natal dos Rraeys, pensei, direcionado ao secretário.

Isso arrancou um sorrisinho dele.

— Então, o que se passa na sua cabeça? — perguntou, e então o vi ruborizar de novo assim que percebeu o quanto essa expressão era inapropriada para usar comigo. Desta vez, pelo menos, não tentou disfarçar.

— Minha nossa, Rafe — disse ele. — Desculpa por isso.

Não faz mal, eu o reconfortei.

— Não entendi direito o porquê de você querer conversar comigo — disse Ocampo. — Se eu estivesse na sua pele... *puta que pariu.*

Tudo bem, se eu pudesse rir, definitivamente estaria rindo agora.

— Fico feliz que pelo menos um de nós estaria rindo — disse Ocampo. — Onde quero chegar é que não sei por que quer falar comigo. Imaginei que, dado o que lhe aconteceu, você nunca mais quisesse falar comigo de novo. Imaginei que estivesse furioso.

Eu estava furioso sim, admiti, o que era 100% verdade. *Mesmo agora, não posso dizer que estou feliz com a situação em que me encontro. Você sabe o que fizeram comigo. Com o meu corpo.*

— Sim.

Não dá para ficar feliz com nada disso. Mas lembro o que você me disse da última vez que eu o vi. Lembra?

— Não muito — admitiu Ocampo. — Eu, uh... — Ele fez uma pausa. — Tinha um monte de coisa acontecendo naquele dia — concluiu.

Você disse que precisou se perguntar com quem estava sua lealdade, se com a União Colonial ou a raça humana. Disse que havia uma diferença entre os dois.

— Isso. Sim. Lembrei agora.

Eu queria saber o que quis dizer com isso, pensei para ele. *Porque, embora não possamos, nem eu, nem você, alterar o que me aconteceu, talvez haja algo que possa me dizer que faça tudo fazer sentido. Para que eu não pense que perdi meu corpo e minha liberdade a troco de nada.*

Ocampo se calou por um momento, e fiquei contente em deixá-lo demorar o quanto quisesse.

— Você compreende que há muita coisa que não posso contar — disse ele, enfim. — Que muito do que estou fazendo agora é sigiloso. Que meus colegas poderiam estar ouvindo esta conversa, por isso não seria seguro compartilhar qualquer coisa confidencial com você. E, mesmo que não estejam escutando, eu não poderia compartilhar, porque é assim que é.

Compreendo, pensei. *Secretário Ocampo, sei qual é o meu papel.* "Cabe a mim não perguntar por quê, cabe a mim cumprir ou morrer."

Ocampo piscou e depois abriu um sorriso.

– Você está citando Tennyson – disse ele.

Provavelmente citando errado, mas sim. O que quero dizer é que não desejo saber nada quanto às táticas ou à estratégia, senhor. Minha pergunta é sobre a filosofia por trás. Com certeza pode falar disso.

– Posso sim – disse Ocampo e depois complementou, fazendo graça –, mas quanto tempo você tem?

Tenho todo o tempo que estiver disposto a me dar, pensei e deixei isso ficar ali no ar, entre nós.

E aí ele desatou a falar. Discorreu sobre a humanidade e a União Colonial. Ofereceu uma breve história da UC e contou como os nossos primeiros encontros com espécies alienígenas inteligentes (todos os quais tiveram resultados péssimos para nós e quase destruíram o jovem sistema político) a definiram permanentemente como uma instituição agressiva, belicosa e paranoica.

Discursou sobre a decisão de isolar o planeta Terra, impedindo de propósito seu progresso político e tecnológico, a fim de torná-lo, em essência, uma mina de colonos e soldados, e como isso forneceu à União Colonial os recursos humanos brutos necessários para fazer dela uma potência em meio às raças inteligentes de um modo muito mais rápido do que qualquer uma das outras espécies esperava ou era capaz de lidar.

Ele explicou como o Conclave, a união de centenas de espécies inteligentes, foi formado em parte *por causa* da UC – como seu líder, o general Tarsem Gau, se deu conta de que mais do que qualquer outra raça ou governo, a União Colonial trabalhava com base num modelo que cedo ou tarde levaria à dominação do espaço local – e ao genocídio, intencional ou não, de outras espécies inteligentes. Criar o Conclave foi a única solução: assim, a UC ou acabaria absorvida por ele, como mais uma voz em meio a muitas, ou combatida, porque o Conclave seria grande demais para que o enfrentassem.

Explicou como essa era uma ótima ideia em teoria – mas na realidade a UC quase destruiu o Conclave uma vez, e apenas a decisão de poupá-la tomada pessoalmente pelo general Gau evitou que todas as espécies do Conclave fossem para cima dela como um trem prestes a atropelar um rato nos trilhos. Explicou que, assim que Gau saísse, a União Colonial voltaria a ser um alvo – e, com ela, toda a humanidade.

E explicou – apenas em linhas gerais, com termos vagos – como ele, alguns aliados de confiança e algumas raças alienígenas que pareciam inimigas da humanidade, mas eram de fato apenas inimigas da União Colonial, pensavam haver um modo de salvar os humanos enquanto espécie caso a UC caísse. E por "caso", entenda-se "quando". De fato, a queda dela não seria por conta própria e sim mais por um empurrão em uma direção em particular.

Tudo isso Ocampo expôs, assumindo ele mesmo o papel de catalisador relutante ou fulcro da história, alguém que desejava não ser necessário dar esse empurrão na União Colonial, mas que, após reconhecer a necessidade, em todo caso, havia dado um passo adiante – lamentavelmente, sim; de maneira heroica, talvez? – para empurrá-la, a serviço da espécie.

Em resumo: que cuzão.

Mas não disse isso.

Não foi nem perto do que me permiti pensar na hora.

O que disse e pensei durante todo esse tempo foram variações de uma única frase, que era *por favor, prossiga*.

Queria que ele falasse e falasse, depois falasse mais um pouco.

Não porque era o primeiro ser humano com quem eu conversava desde aquele dia na *Chandler*. Não gostava tanto assim dele, embora, é claro, não queria que ele soubesse disso.

Queria que ele achasse que eu estava interessado e curioso no que tinha a dizer, que possuía uma boa impressão dele, dentro do possível e apesar das circunstâncias.

Queria que pensasse que eu achava seus pensamentos geniais. Puras pepitas de ouro de sabedoria humilde. *Por favor, prossiga*.

Queria que achasse isso porque, enquanto falava comigo, ele estava conectado à *Chandler*. O tablet dele, mais especificamente, estava conectado à *Chandler*.

E enquanto conversava comigo, eu estava repassando e copiando para o armazenamento da nave todo arquivo que havia no aparelho.

Porque este era o meu problema: não importava o quanto eu tivesse livre acesso ao sistema da *Chandler*, estava preso ali.

Não dava para acessar o sistema que Controle usava para se conectar com a nave. Alguém iria reparar na tentativa de se comunicar com o sistema. Poderiam registrar todas as solicitações. E aí uma hora iriam descobrir quem estava fazendo isso. E aí eu ia me lascar.

Além disso, qualquer sistema que tivessem ali seria inteiramente alienígena. Suspeitei e Ocampo, sem saber, me confirmou que, onde quer que estivéssemos, era um lugar controlado e gerenciado pelos Rraeys. Eu não sabia nada dos sistemas de computação deles, nem como eram projetados ou quais seriam suas linguagens de programação. Era provável que houvesse algum tipo de interface computacional no qual os sistemas operacionais projetados por seres humanos poderiam rodar, bem como algum software capaz de converter documentos criados de um lado para o outro.

Mas acesso completo ao sistema? Não ia rolar. Eu não tinha nem o tempo, nem os recursos para me atualizar para isso, e seria descoberto e provavelmente torturado, talvez morto, se tentasse.

Por outro lado, havia o tablet de Ocampo. Eu sabia *tudo* a respeito do software e hardware do aparelho.

Os tablets oficiais da União Colonial eram fabricados por companhias diferentes, mas todos precisam rodar o mesmo software. Todos precisam ser capazes de conversar com outros tablets e qualquer computador que a UC use para propósitos oficiais. Quando se tem esse nível de padronização no território de todo um governo que abrange trilhões de quilômetros, todos os *outros* sistemas operacionais, computacionais e tecnologias são padronizados de acordo, pelo menos para se comunicar com ele.

Ah, eu *conhecia* bem o tablet de Ocampo, com certeza. Depois que ele abriu a conexão com a *Chandler*, eu sabia como acessar, como fuçar nele e como extrair arquivos.

E sabia como fazer isso sem que ele percebesse.

Não que eu esperasse que fosse perceber. Ele não tinha lá muita "cara de programador", se é que me entende. Talvez pudesse ser o chefe do programador. Aquele que todo mundo odeia. Aquele que faz as pessoas trabalharem em feriados.

Eu também sabia que Ocampo teria todo tipo de arquivo interessante no tablet. Porque, para colocar em termos simples, onde mais ele os guardaria? Foi com essa unidade computacional e de armazenamento de dados que partiu da *Chandler*. Capaz de ter ainda menos familiaridade que eu com a tecnologia rraey. Faz sentido que quisesse continuar com o tablet e guardasse nele as próprias informações. Lembrei-me do diálogo que Ocampo teve com Tvann a respeito de Vera Briggs. Coitada dessa mulher, a quem ele deixou no escuro a respeito de tanta coisa. Ocampo estava acostumado a seguir os próprios conselhos no modo como conduzia seus negócios.

Quanto mais conseguisse manter Ocampo falando, mais poderia descobrir que negócios seriam esses.

Não que eu estivesse repassando os arquivos enquanto ele discursava. Precisava me manter atento e fazer com que ele continuasse falando. Se houvesse qualquer indício de que Ocampo estava figurativamente enchendo meu saco, ele interromperia a conexão.

Por isso o mantive falando e coloquei um programa para fazer uma cópia do tablet dele. Inteirinho, até o programa de comunicação que estava sendo usado para conversar comigo. Eu podia lidar com os dados depois, incluindo os arquivos criptografados.

Tudo isso, pelo visto, estava ligado ao aparelho, o que quer dizer que abri-los dentro de uma cópia virtual os faria abrir sem problemas.

Que desleixo.

Três vivas para o desleixo.

O processo inteiro de cópia demorou pouco menos de duas horas, durante as quais consegui deixar Ocampo discursando o tempo inteiro. Nem precisei pedir muito.

Já ouviram falar em "monólogos"? Quando o herói é capturado, mas escapa da morte ao manter o vilão tagarelando durante tempo o suficiente para se libertar?

Bem, não era o caso, porque eu ainda era um cérebro numa caixa e provavelmente morreria quando me enviassem para uma missão. Mas foi quase. E não era problema algum para Ocampo ficar falando e falando e depois falando mais um pouco.

Não acho que fosse pura megalomania, nem, para ser bonzinho, pena do sujeito que ele transformou num cérebro exposto. Não sei quantos outros humanos havia ali onde estávamos – eu conhecia apenas o secretário, Vera Briggs e seja lá quem fosse a mulher que ajudou a supervisionar o processo de reimplantação do sistema de armamentos da *Chandler*. Dessas outras duas, a supervisora de armas me parecia meio atarefada toda vez que eu a via. Quanto a Vera Briggs, imagino que ela, em particular, não devia estar sendo lá muito amigável com Ocampo a essa altura.

Em outras palavras, acho que o secretário estava solitário e com carência de contato humano, pura e simplesmente.

O que eu compreendia. Também andava me sentindo assim.

A diferença, é claro, é que um de nós fez a *escolha* de estar solitário. O outro teve essa escolha enfiada goela abaixo um tanto inesperadamente.

Pelo visto, o desejo de monólogo de Ocampo durou cerca de quinze minutos a mais do que eu precisava. Percebi que ele tinha terminado assim que me disse "Mas devo estar entediando você", que é como os narcisistas dizem "Agora estou entediado".

Você não me entedia, pensei para ele. *Mas compreendo o quanto de seu tempo acabei tomando hoje. Não posso pedir que me dê mais dele por ora. Obrigado, secretário Ocampo.*

— De nada — disse ele e fez uma cara esquisita. Pensei que parecia a expressão de alguém que se sentia culpado por algo, mas não queria se dar ao trabalho de fazer qualquer coisa de fato para lidar com essa culpa.

Fiquei esperando, e uma hora acho que o senso vestigial de obrigação moral de Ocampo entrou em ação.

— Olha só, Daquin, sei que coloquei você numa situação ruim — disse ele. — Sei que prometeram devolver seu corpo, e sei que farão isso. Já fizeram antes. Mas até lá, se tiver qualquer coisa que eu possa fazer por você, bem... — Então ficou em silêncio, deixando implícito que estava disposto a fazer algo por mim sem de fato dizê-lo, o que acho que ele pensava lhe dar uma saída.

Esse homem era um tesouro, o secretário-assistente de Estado, Tyson Ocampo.

Obrigado, senhor, pensei. *Não consigo imaginar mais nada que eu precise do senhor agora.* No monitor, pude ver Ocampo relaxar visivelmente. Eu o havia liberado. O que me deu espaço para dizer mesmo o que eu queria. *Mas tem uma coisinha que eu gostaria que fizesse por mim no futuro.*

— Pode falar — disse Ocampo.

Em algum momento, em breve, vão me dar uma missão. Minha primeira missão real, não as simuladas que me dão para treinar. Significaria muito para mim se, neste dia, o senhor e Vera Briggs viessem se despedir de mim.

– Você diz aqui na *Chandler*?

Sim, senhor. Compreendo que, até certo ponto, em minha condição – e essa foi uma facada intencional mirada diretamente nos centros de culpa do cérebro de Ocampo, bem ali – *não importaria se se despedisse de mim a bordo da* Chandler *ou fora dela. Mas significaria muito para mim. O senhor e a srta. Briggs são as únicas pessoas que conheço agora. Gostaria que alguém viesse se despedir. Só uns minutinhos antes de eu ir embora. Se possível.*

Ocampo pensou a respeito por um minuto, refletindo sobre a logística ou tentando achar um jeito de escapar dessa obrigação.

– Tudo bem – disse ele, então. – Faremos isso.

Promete?, perguntei. Porque ali estava um sujeito que se calou depois de um "Se tiver qualquer coisa que eu possa fazer por você".

– Prometo – respondeu Ocampo, e acreditei nele.

Obrigado, secretário Ocampo, pensei. *Você é um bom homem.*

Ocampo reagiu ou com um sorriso ou com uma careta.

Em todo caso, depois acenou e cortou o sinal.

Coisas que aprendi com o tablet de Ocampo:

Primeiramente, não havia dúvidas de que o secretário sabia desde o começo que não ia voltar. Ele havia feito um belo estoque de entretenimentos – vários milhares de vídeos, que incluíam desde filmes clássicos da Terra até os mais recentes seriados de Fênix, com o mesmo número de livros e faixas musicais, além de uma amostragem considerável de videogames, embora a maior parte deles tivesse uma década ou mais de idade. Acho que, quando se está administrando o universo, não sobra muito tempo para se manter a par de tudo.

Ah, e também *montes* de pornografia.

Olha, sem querer julgar. Como eu disse, é claro que ele sabia que ficaria um bom período afastado, provavelmente sem nada significativo em termos de companhia humana. Não vou dizer que não faria a mesma coisa no lugar dele. Só digo que tinha mais pornô do que qualquer outro tipo de entretenimento.

E, sim, eu dei uma olhadinha. Posso ser um cérebro numa caixa, mas lembra do ditado que diz que o cérebro é o maior órgão sexual do corpo? No meu caso, isso era verdade nos sentidos tanto literal como figurativo.

Também estava curioso para ver se a ausência de gônadas resultaria numa ausência de reações.

A resposta: definitivamente não. O que foi um alívio maior do que pode imaginar.

De qualquer forma, acho que me distraí demais falando de pornografia. A questão era: Ocampo fez planos de longo prazo.

Também no tablet: uma quantidade bastante impressionante de informações confidenciais a respeito da União Colonial.

Para começar, tinha todas as informações que eu pudesse imaginar sobre as capacidades militares da UC – não apenas as Forças Coloniais de Defesa no geral, mas também as Forças Especiais. Informações sobre as naves, suas capacidades e seu estado de prontidão.

Informações sobre o contingente das Forças Coloniais de Defesa, sua taxa de fatalidade ao longo dos anos, e informações sobre a falta de relações com a Terra e o impacto sobre a prontidão das FCD – afinal, quando não dá para obter novos soldados, cada soldado que se perde é um soldado a menos na reserva.

Arquivos detalhados sobre o braço civil do governo da União Colonial, com ênfase em particular no Departamento de Estado, o que fazia sentido, considerando quem Ocampo era, mas todos os aspectos da burocracia da UC eram repassados com o que parecia ser uma quantidade exaustiva de detalhes (fiz muita leitura dinâmica).

Informações sobre a frota mercantil da UC – as milhares de naves comerciais e cargueiras que iam de um planeta a outro –, incluindo quais foram construídas para isso e quais foram recauchutadas a partir de naves das FCD, além das rotas comerciais mais recentes.

Relatórios sobre a relação atual entre a União Colonial e todas as espécies inteligentes não humanas, bem como sobre o Conclave, enquanto entidade política, e a Terra.

Relatórios sobre cada planeta da UC, sua população, suas capacidades defensivas e uma lista de alvos que gerariam o máximo de estrago, fosse aos habitantes, à infraestrutura ou às capacidades industriais.

Plantas baixas e avaliações da Estação Fênix, a capital do governo da União Colonial e o maior espaçoporto já construído pela humanidade.

Em outras palavras: simplesmente toda e qualquer informação necessária para planejar um ataque contra a UC e fazê-lo valer. Ou, pelo menos, o que *eu* imaginava que seria necessário. Não sou especialista. Mas é o que me parecia.

Agora, nem todas essas informações eram sigilosas. Algumas delas dava para conferir em uma enciclopédia ou registros públicos. Não é como se Ocampo (ou seja lá quem fosse usar essas informações) pudesse exatamente acessar uma rede de dados local. Ele havia trazido consigo tudo de que necessitaria – ou o que achava que necessitaria.

Só que aí encontrei o resto.

Novas informações.

Os dados que Ocampo recebeu desde que chegou aqui – *aqui*, por acaso, sendo uma base militar instalada no interior escavado de um asteroide, construída e mantida pelos Rraeys até encontros recentes com a União Colonial e outros os forçar a diminuir, e muito, a escala da operação – e as informações que ele obteve desde então.

Com esse grupo.

Com o Equilibrium.

Que era o nome que usavam para se referir a si mesmos, em todo caso.

Achei um nome idiota. Mas não é como se eu tivesse poder de voto. E, mesmo que tivesse, minha sugestão provavelmente seria "A Liga dos Cuzões", por isso imagino que não ligassem de eu não ter voz.

Essas informações novas incluíam gravações em áudio e vídeo de reuniões, bem como suas transcrições. O que era útil, porque nelas aparecia quem estava dizendo o quê. E isso era útil, porque alguns dos presentes eram de espécies que eu nunca encontrei antes – um fato que não era dos mais impressionantes, na verdade, já que a maior parte das minhas viagens foi feita no território da União Colonial, mas ainda assim algo para se lidar.

A maioria das transcrições era de reuniões sobre coisas nada emocionantes – discussões sobre a manutenção da base, por exemplo, que tinha um problema com mofo, pelo visto, o qual atacava os sistemas respiratórios de várias espécies ali, ao que pensei: *bem feito*.

Mas aí encontrei umas transcrições bem interessantes, afinal.

Por exemplo: uma delas, gravada fazia apenas algumas semanas durante nossa estadia na base, começava com Ku Tlea Dho, um diplomata dos Rraeys, flagrando Ocampo num momento em que o secretário não estava prestando atenção.

– Você parece distraído, Ocampo – disse Dho. No vídeo, ele aparecia na ponta da mesa que dominava a minúscula sala de reuniões, na qual havia uma dúzia de pessoas, a maioria de raças diferentes.

– Ainda estou me situando na estação, embaixador Dho – disse Ocampo.

— Você vai ficar aqui por um longo período, secretário — falou Dho. — Terá tempo para se situar.

Ocampo sorriu.

— Espero que não muito mais tempo.

— O que quer dizer com isso? — perguntou Ake Bae, um Eyr. Os Eyrs eram membros do Conclave, ou foi o que vi, pelo menos, quando conferi os arquivos que Ocampo trouxe consigo. Membros cada vez mais descontentes do Conclave.

— Chegou a hora de discutirmos a estratégia final — declarou Ocampo para todos os presentes. — *Nossa* estratégia final.

— É mesmo?

— É por isso que estou aqui, Ake Bae — disse Ocampo.

— De fato — disse Ake Bae. — Tem certeza, secretário Ocampo, de que não está confundindo sua estratégia final com a *nossa*? Compreendo sua situação de exilado da União Colonial, que há de perdurar até o fim da campanha, no mínimo. Isso não quer dizer que o Equilibrium precise agora alterar seu cronograma para acomodar suas necessidades ou inclinações pessoais.

Ocampo sorriu de novo, porém não era exatamente um sorriso benévolo.

— Compreendo a preocupação — disse ele, olhando ao redor da sala. — Sei bem que muitos de vocês são da perspectiva de que os seres humanos, enquanto indivíduos e espécie, mantêm uma opinião exagerada sobre a nossa importância nos eventos, tanto no geral como aqui, nesta atividade em particular. Estou ciente também de que muitos de vocês neste espaço são da opinião de que sempre fui um pé no saco.

Houve ruídos na sala que presumi serem equivalentes a risadas.

— Deixe-me lembrá-los, no entanto, de que as raízes dessa nossa rebelião partem daquele momento em que nós, da União Colonial, atacamos o Conclave em Roanoke — continuou Ocampo, olhando ao redor da sala, encarando as espécies reunidas. — Quantos dos seus governos ficaram olhando enquanto o Conclave se formava, sentindo-se indefesos para fazer qualquer coisa a respeito? — E aqui ele olhou para Ake Bae. — Quantos de seus governos preferiram entrar para o Conclave em vez de combatê-lo? A União Colonial, a humanidade, foi a única espécie que conseguiu tirar sangue dele. A única que conseguiu demonstrar que *dá* para fazê-lo sangrar. A única que demonstrou ser possível derrubar o experimento de hegemonia do general Gau.

— Você parece não levar em consideração a tentativa de golpe do general após Roanoke — disse Ake Bae.

– Um golpe que derivou seu ímpeto do ataque da União Colonial contra a frota do Conclave – continuou Ocampo. – O ponto aonde quero chegar, Ake Bae, é que se estamos aqui hoje é por conta dos feitos humanos. Se temos uma opinião elevada de nossa própria importância para esta causa, é porque ela é merecida. Não é puro ego.

– É irônico louvar as ações da União Colonial contra o Conclave quando foram essas exatas ações que convenceram a todos nós de que ela deve ser destruída junto com ele – disse Utur Nove. Nove vinha de Elpri. Eu nem fazia ideia até o momento de que um planeta chamado Elpri sequer existia.

– Todos concordamos que o retorno a um equilíbrio de forças seria o melhor para todas as nossas espécies – disse Ocampo. – Vem daí o nome da nossa organização, afinal. O Conclave representa a principal ameaça a esse equilíbrio. Nisso, concordamos. Também concordamos que a União Colonial se tornou poderosa demais em oposição a ele. Mas não a confundam com a humanidade.

Ele acenou com a cabeça para Paola Gaddis, a outra humana que vi e que tinha supervisionado a instalação dos sistemas de armamentos. Ela acenou de volta.

– Minha colega aqui representa os interesses de vários governos da Terra – disse Ocampo. – Ela ficará feliz em contar para vocês tudo sobre a ausência da mais remota preocupação dos governos terráqueos com os interesses da União Colonial. No fim, a uc não é a humanidade. É apenas um governo. Quando ela cair, e vai cair, então é possível que a Terra finalmente consiga herdar a liderança dos mundos que até então pertenciam à uc. Ou talvez esses mundos formem outras uniões. A *humanidade* vai sobreviver. A humanidade continuará, como parte do novo equilíbrio.

– A humanidade, talvez – disse Ake Bae. – Mas eu me referia a você, em particular, secretário Ocampo. Você e sua estratégia final, que é diferente da do Equilibrium.

Ocampo sorriu de novo, enquanto apanhava o tablet sobre a mesa. O vídeo sofreu uma interferência momentânea, tentando estabilizar a imagem enquanto o aparelho saía do lugar.

– Você sabe o que é isso, Ake Bae.

– Creio que seja um assistente pessoal de dados – disse Ake Bae.

– Isso – confirmou Ocampo. – E ele contém quase todos os dados da última década do Departamento de Estado e das Forças Coloniais de Defesa da União Colonial. Quase todo relatório e arquivo confidencial sobre as ações e os conflitos da UC. Tudo que não querem que ninguém saiba, ou que preferem varrer para debaixo do tapete. Todas as traições de aliados, efetivas ou planejadas. Toda ação militar em cada um dos planetas deles. Cada assassinato político. Cada desaparecimento. Tudo verdade. Tudo verificável. Tudo causaria um prejuízo imenso para a União Colonial.

– Os dados que você prometeu para nos ajudar a planejar nossa estratégia para a próxima fase – disse Ake Bae.

– Não – falou Ocampo. – Não a próxima fase. A *última* fase. – Ele balançou o tablet para dar ênfase, e o vídeo ficou confuso de novo. – Compreendam que todos os dados da UC são fidedignos e verificáveis. Tudo isso aconteceu. E por essa razão vão servir de cobertura para aquilo que vou *acrescentar*.

– O que vai acrescentar aí? – perguntou Dho.

– Todas as *nossas* operações – disse Ocampo. – Toda nave que a gente comandou, humana ou do Conclave. Cada motim que lideramos em planetas de ambos os governos. Cada ataque, incluindo a destruição da Estação da Terra. Tudo alterado para fazer parecer que ocorreram sob a égide da União Colonial e das Forças Coloniais de Defesa. Tudo verificado pela chave de segurança minha e da minha antiga chefe, a atual secretária de Estado.

– E como conseguiu isso? – perguntou Paola Gaddis.

– O ponto mais vulnerável de qualquer sistema de segurança e verificação são as pessoas que o usam – respondeu Ocampo.

Nesse momento, quase pausei o vídeo para saborear a ironia profunda dessa declaração, apesar de tudo.

– E o fato de que confiam nas pessoas que conhecem há anos como amigos e aliados – continuou Ocampo, sem se dar conta do meu desdém. – A secretária Galeano não é nada mole, mas tem um ponto fraco quando o assunto é lealdade. Conquistei a confiança dela há muito tempo. Nunca fiz nada que a levasse a duvidar de mim.

– Exceto por isso – disse Gaddis, apontando para o tablet. – E todo o resto que fez pelo Equilibrium.

– Não vou sugerir que um dia Galeano irá me perdoar – disse Ocampo. – Não vai acontecer. Gosto de pensar que, com o tempo, ela vai reconhecer a necessidade dos meus atos.

– Não vai – disse Gaddis. Ocampo deu de ombros.

– Ainda não explica o porquê de essa ser a *última* fase – falou Ake Bae, trazendo o assunto à tona de novo. – Só vai fazer com que a União Colonial seja culpada pelas nossas ações.

– Não – disse Gaddis, antes que Ocampo pudesse se pronunciar. – A Terra já acredita que a uc foi responsável pelo atentado contra a Estação da Terra, para nos incapacitar e nos tornar dependentes. Receber uma confirmação acarretaria um estado de guerra entre nós.

– O que forçaria o Conclave a agir – completou Ocampo.

– Correto – disse Gaddis. – No momento, ele está sendo bonzinho com a Terra, mas nos mantém a alguma distância ainda, porque não quer antagonizar a União Colonial. Mas se a uc for de fato responsável pela destruição da Estação da Terra, como demonstrado por seus próprios documentos, então tudo isso vai por água abaixo. O Conclave vai convidar a Terra para se unir a ele.

– O que vai antagonizar com aqueles dentre nós que não querem humanos no Conclave – comentou Utur Nove. – Sem querer ofender – disse ele, para Gaddis.

– Não me ofendi – respondeu ela. – E é isso o que queremos, em todo caso. A divisão vai enfraquecê-lo, bem no momento em que a União Colonial decidir que ele seria uma ameaça material e deve agir para destruí-lo.

– Um ato que vai fracassar – disse Nove.

Ocampo negou.

– A União Colonial vai fracassar se bater de frente com o Conclave, sim – falou. – Mas não vai fazer isso. *Não foi* o que fez quando destruiu a frota sobre Roanoke. Não mandaram naves para entrar em combate com as do Conclave. Mandaram *assassinos*... Forças Especiais que se infiltraram e puseram bombas de antimatéria em cada nave, depois programaram todas para serem detonadas ao mesmo tempo. Foi um golpe psicológico tanto como uma perda material. Foi assim que a uc agiu. E é assim que vai agir de novo. Um assassino, um golpe... destruição total. E é assim que vai acontecer desta vez.

– Seu plano é assassinar o general Gau! – exclamou Nove, respondendo às implicações de Ocampo.

– Não – disse Ocampo, apontando para Nove. – Esse vai ser o *seu* plano. – Então ele apontou para Ake Bae. – Ou *seu* plano. Os dois estão numa posição melhor para fazer acontecer. Qual de vocês vai fazer isso, aí não é da minha conta. A questão é que, seja lá quem planeje, ficará óbvio que o plano foi feito a pedido da União Colonial. A UC sabe que, ao humilhar Gau, quase conseguiram derrubar o Conclave. Sabem que o general exige lealdade a *ele*, não ao Conclave. Matá-lo destruiria essa lealdade. Matá-lo destruiria o Conclave.

— O que deixaria a União Colonial como a maior potência ainda em pé — concluiu Ake Bae.

— Não — disse Gaddis. — Não sem a Terra. Sem soldados. Sem colonos.

— A não ser que a Terra mude de ideia — disse Ku Tlea Dho.

— No momento certo, vamos lhes fornecer a motivação para que não seja o caso — disse Ocampo. — Já fizemos isso antes. Seremos igualmente persuasivos desta vez. — Então gesticulou para longe da sala, na direção do hangar, acredito, onde a *Chandler* estava sendo retrabalhada e equipada. — A não ser que vocês tenham uma aplicação melhor para todas as naves que a gente anda roubando.

— Algo que está cada vez mais difícil de fazer — disse Dho. — Não podemos enganar todos os capitães de naves como você fez com a *Chandler*.

— O que é mais um motivo para conduzirmos as coisas rumo a uma conclusão ativa — disse Ocampo. — Sempre fomos uma unidade pequena, porém potente. O tamanho não é o problema. A potência de nossas ações é a chave.

— E tudo começa ao soltarmos as informações nisso aí — disse Ake Bae, apontando para o tablet.

— Sim — confirmou Ocampo.

— E onde você sugere que as liberemos?

— Vamos liberá-las em toda parte — disse Ocampo. — Todos os lugares, ao mesmo tempo.

— Acho que é um bom plano — disse Gaddis. — Acho até mesmo que temos uma chance de fazê-lo funcionar.

— É bom quando dois humanos concordam — disse Nove. Reparei que o sarcasmo era uma característica quase universal das espécies inteligentes.

— Com o devido respeito, embaixador, nossa concordância é uma coisa boa — disse Gaddis. — Não se esqueça de que, no meio disso tudo, é o *meu* planeta que está mais vulnerável. Não temos espaçonaves. Não temos poderio militar. Os governos que represento acreditam que o Equilibrium nos oferece a melhor chance de erguermos nossas defesas antes que todo mundo volte as atenções para nós de novo. Esse plano é capaz de fazer isso acontecer.

Nove se remexeu, descontente.

Gaddis retornou sua atenção para Ocampo:

— O que não quer dizer que não haja riscos. O principal deles seria que a União Colonial precisa acreditar que você morreu. E morreu sendo leal. Se pensarem que está vivo e é um traidor, sabe que não vão parar de procurá-lo.

Ocampo fez que sim com a cabeça.

— A União Colonial sabe o que o roubo de uma de suas naves significa — disse ele. — Sabem que todo mundo, exceto o piloto, acaba morto. Não vão achar que vai ser diferente comigo.

— Você é o subsecretário do Departamento de Estado — apontou Nove.

— De férias — rebateu Ocampo. — Sem nada para me identificar como qualquer outra coisa que não um civil azarado.

— Não acha que vão suspeitar de você — disse Gaddis.

— Sou parte disso há muitos anos — respondeu Ocampo. — Venho vazando informações para o Equilibrium todo esse tempo. Se fossem me pegar, teria sido antes de eu partir.

— Você usou outras pessoas — disse Dho.

— Tive que usar um pequeno número de indivíduos, que operaram de modo independente, todas subcontratadas — disse Ocampo. — Fiz a limpa antes de ir embora.

— Quer dizer que mandou matá-las — falou Dho.

— Todas as que pudessem deixar um rastro até mim, sim.

— E *isso* não vai parecer nada suspeito — disse Gaddis, desdenhosa.

— Me dê um pouco de crédito pela minha sutileza — rebateu Ocampo.

— Toda essa conversa — interviu Ake Bae —, todo esse planejamento, todas essas estratégias, porém ainda não sabemos quais seus planos para acabar com tudo, Ocampo.

— São os mesmo que os do Equilibrium — respondeu o secretário. — O fim do Conclave. O fim da União Colonial. O fim das superpotências nesse nosso cantinho do espaço. E quando tudo estiver resolvido, nosso grupo, que age nas sombras, desaparece nelas para todo o sempre. E aí voltamos para os nossos planetas.

— Sim, mas *você* morreu — disse Ake Bae. — Ou, pelo menos, é o que a União Colonial acredita. E é do seu interesse, e do nosso, que continuem acreditando nisso.

— Por ora — disse Ocampo.

— E depois? — perguntou Ake Bae.

— As coisas estarão muito diferentes depois — respondeu Ocampo.

— Não acha que vai ser um problema?

— Não acho.

— E tem certeza disso?

— Nada nunca é certo — disse Ocampo. — Mas, para voltarmos às questões anteriores em nossa conversa, depois do que fiz por nosso grupo e nossos propósitos, acho que já conquistei alguma confiança pelas minhas opiniões. E a minha opinião é: não. Quando tudo estiver resolvido, isso não vai ser problema algum.

E então todos começaram a discutir mais um pouco o problema do mofo.

Terminei de ouvir isso tudo com dois pensamentos.

O primeiro, de novo: Ocampo era uma peça rara.

O segundo: aquela ladainha toda sobre a humanidade e a União Colonial era uma mentirada sem fim.

Corrigindo — nem *tudo* era mentira. Ele havia me dado a versão bonitinha. A versão em que seria o mártir altruísta em vez do sujeito que planeja plantar uma bomba para se beneficiar do caos. Não tenho apreço algum pelo tal de Ake Bae, mas ele ou ela tinha razão. Fosse lá o que Ocampo estivesse aprontando, seu envolvimento era para benefício próprio, tanto quanto, se não mais, do que para o de qualquer outra pessoa ou causa.

E aí me veio o terceiro pensamento: a megalomania dele, ou seja lá o que fosse, já havia resultado na morte de milhares de pessoas.

Não *só* a megalomania. Não estava agindo sozinho. Mas parecia desempenhar um papel bem importante.

E eles logo precisariam de mim para isso.

E foi então que, do nada, chegou a hora.

— Vamos lhe dar uma missão — disse Controle certa manhã, ou pelo menos era o período do dia que eu considerava manhã desde que cheguei à base do Equilibrium.

Certo, pensei para Controle. *Que notícia boa. Qual é a missão?*

— Vamos lhe fornecer os detalhes assim que você se aproximar do ponto de salto.

Então, daqui a dois ou três dias, pensei.

— Um pouco mais cedo do que isso — disse Controle. — Seria mais algo como oito das suas horas.

Essa foi uma confissão interessante. Os saltos, que é o modo como atravessamos distâncias imensas pelo espaço, só são possíveis quando o espaço-tempo é plano o suficiente – o que quer dizer longe de qualquer poço gravitacional.

Ao me dizer a estimativa aproximada de tempo que seria necessário para chegarmos a essa distância, Controle me revelou algo sobre o lugar onde estávamos: a base se situava em algum lugar com uma massa pequena, distante de qualquer corpo celeste maior, como um planeta ou uma lua.

Basicamente, Controle me revelou que estávamos num asteroide, bem longe de sua estrela.

O que eu já *sabia*, mas ele não sabia que eu sabia. Nunca me contou.

Ter contado para mim naquele momento ou foi um deslize da parte de Controle ou não pensou que fosse um dado importante.

Como eu sabia que ele já havia feito isso muitas vezes antes, me pareceu improvável que fosse um deslize. Então Controle imaginou que não importava. E imaginei que o motivo para isso era porque, ou achavam que eu já estava condicionado para responder da forma para qual me treinaram ou não tinham planos para que eu sobrevivesse à missão.

Pensei nos meus armamentos – algumas dúzias de mísseis e uns sistemas bombados de raios, perfeitos para interferir com sistemas de comunicação e destruir mísseis disparados contra mim. E depois pensei nos meus sistemas defensivos, que não foram substancialmente alterados em relação ao que havia quando a *Chandler* era uma nave mercantil.

Pois é. Eu apostaria mais no cenário de "viagem sem volta".

Tudo certo, pensei. *Seria útil, no entanto, eu ter uma ideia geral do tipo de missão que vai ser. Para poder praticar mais algumas simulações no caminho.*

– Não será necessário – disse Controle. – Preferimos que você esteja concentrado na missão assim que ela começar.

Entendido, pensei. *Isso quer dizer que terei controle da nave até chegarmos à distância de salto?*

– Não – respondeu Controle. – Nós controlaremos a *Chandler* para o desembarque e durante um breve período após isso. Na sequência, determinaremos um destino. Você terá controle pleno após o salto. Até lá, deverá monitorar os sistemas. Manteremos o canal de comunicação aberto para que sejamos alertados caso apareça qualquer problema.

Quanto mais eu me afastar de vocês, maior será o atraso em nossa comunicação, apontei. *A velocidade da luz ainda se aplica.*

— Não prevemos que vá ocorrer qualquer problema — disse Controle.

Você que manda, pensei. *Quando começamos?*

— O secretário Ocampo nos pediu para atrasarmos o início da missão até ele poder se despedir de você — disse Controle —, como você nos pediu.

Sim.

— Como cortesia ao secretário, vamos permitir isso. No momento, ele tem outros afazeres. Assim que terminar, virá até você. Então terão dez dos seus minutos para as despedidas. O que deverá acontecer dentro das próximas duas de suas horas.

Entendido. Obrigado, Controle. Isso significa muito para mim.

Controle não me respondeu. Pude ver que ele havia encerrado a comunicação. Não fazia mal.

Eu tinha algumas horas para me preparar para minha missão.

E me preparei.

— Lembro-me da última vez que estive aqui — disse Ocampo.

Ele estava na ponte da *Chandler*. Acompanhando-o, estavam Vera Briggs e um destacamento de dois soldados Rraeys.

Imagino que deva estar muito diferente agora, pensei para ele. *Um pouco mais vazio.*

Ocampo ficou visivelmente constrangido com esse comentário, o que dava para ver por uma das câmeras da ponte. Vera Briggs estava em silêncio, encarando horrorizada a caixa que continha o meu cérebro. Os Rraeys, por sua vez, eram uma incógnita para mim. Acho que é assim que as coisas são com alienígenas.

Obrigado por virem me ver, pensei para Ocampo e Briggs. *É muito importante para mim.*

— De nada — disse Ocampo. — Para ser honesto, é bom sair um pouco daquela rocha...

Um dos Rraeys fez um ruído de pigarro, sugerindo que certas indiretas não verbais eram universais, digo, contanto que se tenha uma garganta.

— ... é bom variar um pouco a vista, digo — emendou Ocampo, encarando os Rraeys.

Não quero ocupar muito do seu tempo, pensei. *Sei que os dois andam ocupados. Além disso, Controle me disse que eu teria dez minutos com vocês.*

— Certo — disse Ocampo. — E, de fato, provavelmente a gente já deveria começar a voltar. Eles já ficaram bem irritados conosco quando insisti em me despedir.

Compreendo, respondi. *E acho que já preciso começar os trabalhos, em todo caso.*

Do lado de fora da ponte, ouviu-se um clangor ruidoso, seguido pelo que pareciam ser vozes. Seria possível que fossem os alto-falantes do sistema de som da *Chandler* dando pau. Ou poderia ser outra coisa.

Ocampo e Briggs se sobressaltaram. Os dois Rraeys disseram alguma coisa um para o outro, no próprio idioma, e apontaram as armas. Um deles estendeu uma mão para os humanos, sinalizando que deveriam permanecer na ponte. Os alienígenas então saíram para investigar.

A porta reforçada automática da ponte se fechou de uma vez, isolando Ocampo e Briggs no interior e os Rraeys no exterior.

— Mas que diabos? — indagou-se Ocampo.

Ouviu-se o som de um zumbido grave enquanto os motores da *Chandler* foram ativados, de repouso para a fase de propulsão.

— O que você está fazendo? — Ocampo me perguntou.

Não estou fazendo nada, respondi. *Ainda não tenho controle sobre a nave.*

Alguém bateu na porta. Os Rraeys estavam tentando voltar para dentro.

— Abra a porta — ordenou Ocampo.

Não tenho controle sobre a porta.

— Quem tem?

Alguém que faz as minhas simulações rodarem. Não sei quem é. Fui instruído a me referir a essa pessoa pelo nome de Controle.

Ocampo xingou e sacou o tablet. Depois xingou de novo ao perceber que não conseguia estabelecer uma linha de comunicação de volta com a base. Assim que o aparelho chegou a bordo da *Chandler*, ele se conectou automaticamente à rede da nave, que naquele instante dava todos os indícios de estar desativada.

Ocampo olhou ao redor para as estações da ponte.

— Qual delas é a de comunicação?

No momento, nenhuma, pensei para ele. *As estações estão isoladas do posto de comando. Tudo aqui passa por uma ponte simulada que eu supostamente controlaria.*

— Então, você *está* no controle da nave!

Não, eu disse "supostamente", apontei. *Não estou no controle da nave ainda. Isso só vai acontecer depois que a nave saltar. É Controle quem está por trás disso.*

— Então fale com Controle! — gritou Ocampo.

Não posso. Nunca me deram a habilidade de contatá-lo. Preciso esperar que ele me contate.

E, olha só, adivinha quem de repente apareceu na linha.

— A *Chandler* está se mexendo — disse Controle. — Explique-me como.

Não sei, pensei. *É você quem controla esta nave. Você que me diga.*

— Não estou controlando a nave.

Bem, alguém está.

— Só pode ser você.

Como eu faria isso?, exclamei. *Pode conferir! Não estou fazendo porra nenhuma na simulação!*

Houve uma breve pausa enquanto Controle conferia que, de fato, dentro da simulação, eu não estava fazendo nada. Enquanto isso acontecia, as pancadas na porta da ponte foram se tornando mais insistentes, e parecia que os punhos deram lugar a coronhadas de armas.

Depois, a voz de Controle surgiu nos alto-falantes.

— Secretário Ocampo — disse ela.

— Pois não?

— Você está controlando a *Chandler* de algum modo.

— O cacete que estou! — respondeu Ocampo.

— Você se isolou na ponte de comando — disse Controle.

— Estamos presos aqui, seu filho da puta — rebateu Ocampo. — E não consigo não reparar no fato de que meus guardas Rraeys estão do outro lado da porta. O que vocês estão aprontando?

— Por favor, cesse suas atividades.

— Não estou fazendo porra nenhuma! — gritou Ocampo, gesticulando para as estações da ponte. — Essas merdas aqui não funcionam! É você quem está fazendo isso!

Houve uma pausa. O secretário parecia confuso. Demorou talvez mais um segundo ou dois até ele perceber que as pancadas à porta haviam cessado enquanto berrava com Controle.

— Você acabou de correr o ciclo de remoção de ar na nave inteira, exceto na ponte — informou Controle, após um minuto. — Acabou de matar dois Rraeys.

— Jesus Cristo — disse Ocampo, claramente exasperado. — *Não sou eu!* Não estou em controle da nave! Você que está! É você quem está fazendo isso! É você o assassino, não eu! Por que está fazendo isso?

— Basta — disse Controle. A essa altura, eu podia ver nos meus sensores simulados que a *Chandler* já havia completado seu processo de desembarque e estava começando a acelerar para longe da base do Equilibrium. Seria o momento em que Controle não teria opção senão minimizar os danos e tentar incapacitar ou destruir a nave. Fiquei curioso para descobrir o que aconteceria a seguir.

O que aconteceu foi que um sinal atingiu meus sensores pessoais, destinado à bomba aninhada ao lado do meu cérebro na caixa.

Era para detoná-la, o que teria me matado.

O que fez, em vez disso, foi disparar uma dúzia de mísseis da *Chandler*.

Digamos que eu tinha uma desavença filosófica com toda a estratégia de explodirem o meu cérebro. E foi esse o meu comentário editorial quanto a esse plano.

Acho que de fato cheguei a ouvir Controle grasnar de surpresa, quando aquela dúzia de mísseis pipocou nos sensores dele.

Havia três naves, além da minha, atracadas na estação do Equilibrium: a primeira era uma fragata da União Colonial repaginada, que nem a *Chandler*, a outra me parecia ter sido construída para ser uma nave comercial e a última era de um modelo que não reconheci, provavelmente alienígena. Imaginei que todas as três eram que nem a *Chandler*, envolvidas no processo de reformas para serem usadas em qualquer plano escroto que o Equilibrium tivesse na manga para elas.

Designei um míssil para cada nave.

Se tivessem tripulações a bordo, era possível que conseguissem deter os mísseis. Mas se todas continham cérebros em caixas, ainda desprovidos do controle sobre as próprias naves, então eram alvos fáceis.

Cada um dos projéteis atingiu o alvo, incapacitando, mas sem destruir completamente as naves.

Foi de propósito da minha parte. Se houvesse outros cérebros em caixas nelas, não mereciam morrer na minha mão.

Não mereciam nada do horror que recaiu sobre eles.

Seis mísseis foram destinados às instalações bélicas da base do Equilibrium, porque eu não queria que tivessem uma chance de sabotar minha fuga com um míssil bem apontado — ou dois, ou dez.

Outro foi destinado ao gerador de energia da base, porque imaginei que, se tivessem que se preocupar com o frio e a falta de luz, então não teriam tempo para se preocupar com coisas como euzinho ou a *Chandler*.

Um míssil foi para as instalações de comunicação, para dificultar que soassem o alarme. Sem dúvida tentariam enviar uns drones de salto, mas eu já havia configurado minhas armas de raio para queimá-los antes que sequer chegassem perto da distância para saltar. Seria um pouco complicado incluir nas equações o atraso da velocidade da luz, mas tive tempo para praticar.

Sobrou um último míssil.

Esse mandei na direção de onde chutava que estava a cabine de Controle.

Porque pau no cu desse sujeito.

Sim, dava para dizer que andei bem ocupado usando as câmeras externas da *Chandler* para ficar de olho na base e batendo as informações com os dados que recebi do tablet de Ocampo.

Eu sabia que teria só uma chance para fazer isso direito. Se errasse, de repente tudo ficaria muito mais complicado.

Por sorte, ainda tinha algumas dúzias de mísseis sobrando.

Mas, no fim, nem precisei. Quando lancei os projéteis, ainda estava bem perto da base do Equilibrium. Os alvos teriam entre 10 e 25 segundos para reagir. O que teria sido o suficiente numa situação de batalha.

Mas num ataque-surpresa? Quando a base e as naves estavam despreparadas e a única pessoa que poderia ter soado o alarme estava ocupada numa discussão com a figura confusa e cada vez mais hostil do secretário Ocampo?

Nem a pau. Não havia tempo o bastante.

Todos os mísseis atingiram o alvo.

O caos que resultou disso foi glorioso para mim.

Glorioso.

— Alô? — disse Ocampo, e percebi que, da perspectiva dele, nada havia acontecido. Ainda esperava uma resposta de Controle.

Sinto muito, secretário Ocampo, pensei para ele. *É improvável que Controle possa respondê-lo agora.*

— Por quê?

Porque acabei de enfiar um míssil bem na goela desse filho da puta, é por isso.

— O quê?

Acabei de atacar a base do Equilibrium, pensei para ele. *Doze mísseis, todos nos pontos certos. Isso vai deixá-los ocupados por um tempo enquanto nós três fugimos até a distância de salto.*

— O quê? — repetiu Ocampo. Claramente não estava entendendo.

— Quer dizer que a gente vai voltar? — disse Vera Briggs. — De volta para casa? De volta à União Colonial?

Para ser franco, era a primeira vez que eu a ouvia pronunciar uma frase completa.

Sim, pensei. *Esse é o plano. Voltar à Estação Fênix. Onde acredito que terão muito interesse no que o secretário Ocampo tem a dizer em sua defesa.*

— Não pode fazer isso — disse Ocampo.

Levá-lo de volta à União Colonial?, perguntei. *Posso, sim. Irei, sim. Na verdade, é o que estava esperando para fazer.*

— Não compreendo — disse Ocampo.

Faz semanas que tenho controle da Chandler. *Poderia ter feito minha tentativa de fuga muito antes de agora. Mas precisava levar seus dados de volta. E preciso de você para dar peso a eles. Você vai voltar para casa, secretário Ocampo.*

— Você não compreende o que está fazendo — disse Ocampo.

Claro que compreendo.

— Não compreende, não — disse ele. — Não compreende que o que estamos fazendo aqui é salvar a humanidade...

Depois disso, só deu para ouvir o som *ofegante* que o secretário emitiu depois que Vera Briggs atravessou os poucos metros que separavam os dois e acertou uma joelhada em cheio no saco do chefe.

Eu consegui sentir a dor e olha que nem tenho saco mais.

Ocampo caiu no chão, gemendo. Briggs atingiu-o nas costelas e no rosto com vários outros chutes desferidos sem muito jeito, mas com entusiasmo, até que ele parou de se mexer e ficou só deitado ali, em posição fetal.

— Filho da puta — disse Briggs, afastando-se enfim.

Você não o matou, certo?, perguntei.

— Vai por mim, vou *garantir* que ele sobreviva — respondeu Briggs, cuspindo nele. O homem nem piscou. — Me fez de idiota ao cometer traição pelas minhas costas? Durante *anos*? Matou uma nave inteira e me fez escolher entre ser morta ou sequestrada? Me fez de cúmplice na matança de mais gente ainda? Não, sr. Daquin. Esse pau no cu vai sobreviver. E vou garantir que a União Colonial fique sabendo de tudo o que sei também. Então, você só leve a gente de volta. E prometo que vou cuidar do resto. Quanto a você – disse Briggs para Ocampo –, se mexer um *centímetro* até lá, vai desejar ter sido morto aos chutes. Entendido, *senhor*?

Ocampo não mexeu nem um músculo até o fim da viagem.

– Vamos falar do futuro – disse Harry Wilson para mim.

Tinha sido uma semana corrida.

Fiz a *Chandler* saltar e aparecer a mais ou menos uns dez quilômetros da Estação Fênix em si, disparando todos os alarmes de proximidade da estação. Era esse o objetivo, não queria que não me vissem.

Assim que saltei, comecei a transmitir a mensagem de que eu estava com o secretário Ocampo a bordo *e* informações cruciais sobre um ataque alienígena, o que chamou a atenção de todo mundo. Menos de uma hora depois, a *Chandler* estava fervilhando com o pessoal das Forças Coloniais de Defesa. Então, Ocampo e Briggs foram removidos da nave – Ocampo levado à enfermaria das instalações de detenção da Estação Fênix, e Briggs para um interrogatório de alto nível – e então as FCD tentaram descobrir o que fazer comigo.

E foi então que Wilson deu as caras.

– Por que você? – falei para ele. *Falei*, porque Wilson conseguia se conectar diretamente comigo, por via do BrainPal, o computador dentro da cabeça dele.

– Porque já fiz isso antes – disse Wilson, algo que explicou depois, durante meu interrogatório, no qual lhe contei das minhas experiências e entreguei todas as informações que possuía.

– O futuro – falei, voltando ao presente.

– Sim – confirmou Wilson.

– O que quero no futuro é ter um corpo.

– Você vai ganhar um – disse Wilson. – Já estamos trabalhando nisso. As Forças Coloniais de Defesa já autorizaram a produção de um clone seu.

– Vocês vão colocar meu cérebro num clone?

– Não exatamente – disse Wilson. – Quando o clone estiver desenvolvido, vamos transferir sua consciência para ele. Você vai deixar este cérebro para trás e ser transferido para um novo.

– Que... perturbador – falei. Meu cérebro era a única parte de mim que restava, e estavam me dizendo que precisaria deixá-lo para trás.

— Eu sei – disse Wilson. – Se ajudar, eu já passei pelo processo. Você continua sendo você depois de tudo. Prometo.

— Quando começamos? – perguntei.

— Bem, isso depende de você – falou. – É o que eu queria discutir.

— O que quer dizer com isso?

— Eles já começaram a produzir o seu corpo – explicou Wilson. – Se quiser, e ninguém aqui vai dizer um "a" sobre isso, podemos recebê-lo em poucas semanas. Mas, para alguém que já tem uma consciência preexistente que precisaremos transferir para o novo cérebro, não seria o ideal. Preferem construir seu corpo devagar e preparar o novo cérebro para aceitar sua consciência. Desse jeito, a transferência se dá sem nenhum enrosco.

— Quanto tempo vai demorar?

— Menos do que demoraria para produzir um corpo do modo natural, mas ainda vai uns meses – respondeu Wilson. – Para ser franco, quanto mais demorarmos para preparar o corpo para a consciência, melhor.

— E nesse meio-tempo, então, estou preso aqui na *Chandler*.

— "Preso" é um termo relativo – disse Wilson.

— Como assim?

— Quer dizer que, se quiser, tenho um trabalho para você. E para a *Chandler*.

— Qual seria?

— O trabalho é ser você mesmo. Ser vocês dois, Rafe Daquin, e o cérebro que opera a nave. Queremos que as várias espécies com quem temos contato tenham consciência de que você é real e que a sua história é real.

— Eu já lhe passei todas as informações que eu tenho sobre o Equilibrium – falei. – São bem convincentes.

— Não somos *nós* que precisamos ser convencidos – esclareceu Wilson. – *Nós sabemos* que você está dizendo a verdade. Mas entenda que não basta sabermos do Equilibrium, sabermos que foram eles que atacaram a Estação da Terra e andaram armando esses conflitos entre o Conclave e a UC. Graças ao que esse pessoal já fez, a UC quase não tem mais credibilidade alguma. Com ninguém. Nem com as espécies independentes. Nem com o Conclave e todas as raças lá. E nem com a Terra, certamente.

— E a minha presença muda isso?

— Bem, não – admitiu Wilson, e eu teria dado um sorriso se pudesse. – Não muda. Mas é um começo. Para oferecermos aos outros pelo menos a possibilidade de que você esteja dizendo a verdade. Conseguir uma audiência com as pessoas.

— E quanto à base do Equilibrium? — perguntei. — Vocês mandaram naves para lá?

— Eu não devia lhe contar nada a respeito disso — falou Wilson.

— Está brincando comigo?

— Relaxa. Você não me deixou terminar. Eu não devia lhe contar nada a respeito. Especificamente, não devia lhe dizer que encontramos a base e encontramos várias avarias recentes que correspondem ao que me descreveu. Fora isso, porém, estava deserta.

— Como assim deserta? — perguntei. — Quando vocês chegaram lá?

— Enviamos sondas quase na mesma hora que recebemos as coordenadas disponibilizadas por você, e umas naves de guerra logo depois disso.

— Então deveriam ter encontrado *alguma coisa*. Não tem como eles terem desaparecido.

— Não disse que *desapareceram* — emendou Wilson. — Disse que a base estava deserta. Havia muitas evidências de que alguém esteve lá e o lugar estava em uso até muito recentemente. Mas fosse lá quem estivesse ali, todo mundo foi embora. E saíram numa pressa do cacete.

— E quanto às outras naves? — perguntei. — As naves que nem eu, digo.

— Encontramos destroços — disse Wilson. — Se eram como você ou algum outro tipo, não temos como dizer ainda.

— Elas não poderiam ter partido — falei. — Se havia destroços, eram delas.

— Sinto muito, Rafe.

— Não compreendo como podem ter abandonado a base tão rápido. Apaguei as comunicações deles.

— Existe a possibilidade de que tivessem drones ou naves em outros sistemas prontos para investigar *caso* perdessem contato com a base — sugeriu Wilson. — Esses cuzões estavam construindo uma frota de pilotos-reféns. Provavelmente devem ter imaginado que um deles tentaria um ataque ou faria com que alguém chegasse até eles mais cedo ou mais tarde.

— Mas *eu* fugi. Se tinham se planejado, como *isso* aconteceu?

Wilson abriu um sorriso malicioso.

— Talvez você tenha se saído melhor do que esperavam. Tiveram que tomar uma decisão entre evacuar o pessoal ou ir atrás de você.

— Mas ainda temos todas as provas. Vocês têm Ocampo, pelo amor de Deus! Botem *ele* para falar.

— Ocampo não vai conseguir conversar com ninguém além da inteligência das FCD por um tempo — disse Wilson. — Para ser mais preciso, no momento ele não tem mais a capacidade real de falar com quem quer que seja.

— O que isso quer dizer?

— Quer dizer que, agorinha, você e ele têm muita coisa em comum.

Demorou um segundo para eu me dar conta do que *aquilo* queria dizer. Depois fiquei imaginando Ocampo em sua própria caixinha.

— Não sei o que sentir quanto a isso — falei uma hora.

— Acho que nojo deveria ser o mais provável, na minha opinião — disse Wilson. — Não foi decisão minha. Olha só, Rafe, você tem razão. Temos todos os fatos. Temos nomes. Temos dados. E quando as pessoas optarem por analisar tudo isso *racionalmente*, aí vão se dar conta de que a União Colonial não tem culpa por toda a merda que andam pondo na conta dela. Mas até lá, ter você conosco como um apelo às emoções e à moralidade não faz mal. Podemos usá-lo.

— Para despertar pena.

— Sim — confirmou Wilson. — Entre outras coisas. Além do mais, também meio que precisamos de uma nave.

Fiquei pensando nisso, então perguntei:

— Por quanto tempo?

— Não muito, com sorte — disse Wilson. — As coisas estão andando rápido. Estamos com uma semana de atraso. Mandamos mensagens por canais extraoficiais ao Conclave e estamos marcando as reuniões agora. Estamos tentando a mesma coisa com a Terra. Em ambos os casos, as coisas se complicam pelo fato de que há um pessoal deles envolvido aí também. E, enquanto isso, o Equilibrium ainda está à solta. E você provavelmente turbinou o cronograma deles. Tudo vai se resolver muito em breve, imagino.

— E, se tudo der certo, meu corpo vai estar me esperando.

— Mesmo que não dê certo, seu corpo ainda estará esperando — disse Wilson. — Só que aí, nesse caso, você não vai ter tanto tempo para aproveitar.

— Deixe-me pensar a respeito — falei.

— Claro — disse Wilson. — Se puder me responder dentro dos próximos dias, seria ótimo.

— Pode deixar.

— No mais, se você topar, então trabalharemos juntos — completou. — Eu, você e Hart Schmidt. Que está preocupado e sofrendo calado de raiva por não ter permissão de falar com você ainda, e não posso contar nada para ele também. Vou sugerir que o veja assim que liberarem lá de cima.

— Pode deixar — repeti.

— Você também precisa nos dizer se já quer que a gente conte aos seus pais o que aconteceu — disse Wilson, com delicadeza.

Era algo que eu vinha ruminando. Estava vivo. Mas não acreditava que minha família ficaria reconfortada em saber de meu estado atual.

— Eles ainda pensam que morri junto com o restante da tripulação? — perguntei.

— Sim — respondeu Wilson. — Encontramos cápsulas de fuga e estamos no processo de recuperar os corpos e notificar as famílias. Houve uma cápsula que foi destruída, como você bem sabe. Sempre podemos dizer aos seus pais que alguns corpos não foram encontrados. O que por acaso é verdade, dentro do possível.

— Digo para você o que fazer quando der minha outra resposta — falei.

— Justo. — Então Wilson se levantou. — Última coisa. O Departamento de Estado me pediu para pedir a você que faça um relato da sua experiência. Uma história pessoal.

— Você já me interrogou.

— Sim — concordou Wilson. — E registrei todos os fatos. Acho que querem saber todo o resto também. Você não foi a única pessoa com quem fizeram isso, Rafe. Sei disso pessoalmente. No final de tudo, vamos ter mais gente para recompor. Se nos contar como foi sua experiência, poderá nos ajudar com isso.

— Não sou nenhum escritor — falei.

— Não precisa ser — respondeu Wilson. — Vamos botar alguém para fazer uma limpa depois, para ficar redondinho. É só falar tudo do começo ao fim. Depois a gente se vira.

— Beleza — concordei.

E foi o que fiz.

E deu nisso aqui.

A vida cerebral.

Bem, a minha vida cerebral, em todo caso.

Até agora.

ESTA UNIÃO VAZIA _

A William Dufris, Tavia Gilbert e qualquer outro narrador de audiobooks que possa vir a trabalhar com o universo da Guerra do Velho. Obrigado por darem voz a esses personagens.

PARTE 1

— Preciso lhe dizer que estou profundamente preocupada com o fato de que a nossa união está à beira de um colapso – disse-me Ristin Lause.

Dizem as más línguas, e suspeito que sejam as línguas de pessoas que não têm a melhor opinião quanto a mim, que eu, Hafte Sorvalh, sou a segunda pessoa mais poderosa do universo conhecido. É certamente verídico que sou a confidente e conselheira mais próxima do general Tarsem Gau, líder do Conclave, a maior união política conhecida, constituída de quatrocentos Estados-membros, nenhum dos quais conta com menos de um bilhão de almas. É verídico também que, em meu papel como confidente e conselheira de Tarsem, tenho muitas opções em termos do que posso trazer à atenção dele. Além disso, Tarsem escolhe me usar estrategicamente para resolver uma variedade de problemas com os quais ele preferiria não se envolver, e em alguns casos, valho-me de grande autonomia na resolução do problema, com todos os recursos do Conclave à minha disposição.

Então, sim, não seria impreciso dizer que sou, de fato, a segunda pessoa mais poderosa do universo conhecido.

Repare bem, no entanto, que ser a segunda pessoa mais poderosa do universo é basicamente como ser o segundo lugar em qualquer outra coisa, o que significa não ser a primeira e não receber qualquer benefício do primeiro lugar. E, considerando que meu posto e status derivam inteiramente das graças e da necessidade daquela que é de fato a pessoa mais poderosa do universo, minha capacidade de exercer as prerrogativas de meu poder são, digamos, restritas. E agora você sabe por que dizem isso no meio das pessoas que não têm a melhor opinião quanto a mim.

Tal fato, porém, serve às minhas inclinações pessoais. Não me incomoda ter o poder que me é dado, mas raramente busco tomá-lo por conta própria. Minha posição deriva, em maior parte, de minha capacidade em ser competente e útil para outros, cada um sendo mais poderoso do que o outro. Sempre fui a pessoa nos bastidores, aquela que conta cabeças, aquela que oferece conselhos.

E, além do mais, sou aquela que precisa se sentar em reuniões com políticos ansiosos, ouvindo-os retorcer quaisquer que sejam os membros que retorçam enquanto reclamam sobre O Fim de Todas as Coisas. Nesse caso, Ristin Lause, a chanceler da Grande Assembleia do Conclave, um augusto corpo político que sempre me chamou a atenção pela redundância gramatical em seu título, mas que, seja como for, não poderia ser ignorado. Ristin Lause estava sentada em meu gabinete, me encarando, pois sou uma pessoa alta, até mesmo para uma Lalan. Ela segurava uma xícara de iet nas mãos, uma bebida quente de seu planeta, consumida tradicionalmente pela manhã, para acordar. Lause o tinha em mãos porque eu mesma ofereci, como era de costume, e porque ela, chegando bem cedo, era minha primeira reunião do sur, a medida padrão de dias do Conclave.

— Na verdade, Ristin, teve algum momento em que você *não* estivesse preocupada com a nossa união estar à beira de um colapso? — perguntei, buscando minha própria xícara, que não estava preenchida com iet, o qual para mim tinha o gosto de um animal morto deixado para fermentar num jarro d'água debaixo do sol quente durante um período desnecessário de tempo.

Lause fez um movimento com a cabeça que eu sabia corresponder a um franzir de cenho.

— Está zombando de minhas preocupações, conselheira? — perguntou ela.

— De modo algum — expliquei-me. — Estou prestando tributo à sua diligência enquanto chanceler. Ninguém conhece a assembleia melhor do que você, e ninguém tem maior consciência de alterações em alianças e estratégias que ocorrem nela. É por isso que nos encontramos a cada cinco sur, e fico grata por essas reuniões. Dito isso, suas preocupações com o colapso do Conclave são, de fato, exprimidas regularmente.

– Suspeita de hipérbole da minha parte.

– Procuro esclarecimentos.

– Certo – disse Lause, repousando seu iet, intocado. – Então aqui vai um esclarecimento para você. Prevejo o colapso do Conclave porque o general Gau anda fazendo uma pressão para votações na assembleia que ele não deveria fazer. E prevejo isso porque os inimigos dele andam fazendo pressão para votações que contrariam e enfraquecem o poder do general, e estão perdendo por margens menores a cada instância. Pela primeira vez, há uma demonstração aberta de insatisfação com ele e a direção do Conclave.

– Pela primeira vez? – perguntei. – Lembro-me de uma tentativa de golpe no passado não muito distante, suscitado pela decisão dele de não castigar os humanos pela destruição de nossa frota na colônia de Roanoke.

– Um pequeno grupo de descontentes, tentando tirar vantagem do que viram como um momento de fraqueza da parte do general.

– Que quase obteve sucesso, se você bem se lembra. Recordo-me da faca se aproximando do pescoço dele e dos mísseis disparados imediatamente depois.

Lause fez pouco caso.

– Você está se desviando do principal – disse ela. – Isso foi um golpe, uma tentativa de arrancar o poder das mãos do general por meios extralegais. O que vejo agora, a cada votação, é uma corrosão do poder e da influência, da base moral, dele. Sabe que Unli Hado, entre outros, quer submeter o general a um voto de confiança. Se as coisas progredirem, não vai demorar muito até ele obter o que deseja.

Eu bebi da minha xícara. Unli Hado recentemente havia desafiado as ações do general Gau que tratavam de nossa relação com a UC e tinha sido repelido depois de afirmar ter provas de novas colônias humanas que, por acaso, não existiam – ou, melhor dizendo, que foram removidas tão minuciosamente dos planetas pela União Colonial que não havia uma prova cabal de que um dia sequer existiram. As colônias haviam sido removidas, sem alarde, a pedido do general Gau. Hado recebeu as informações desatualizadas quanto à existência delas para que fizesse papel de bobo na frente de todos.

E deu certo. Ele fez papel de bobo quando tentou denunciar o general. O que eu e Gau subestimamos foi o número de outros membros da assembleia que deliberadamente continuariam a seguir o bobo.

– O general não é membro da assembleia – respondi. – Um voto de confiança não deve ter força de lei.

– Não mesmo? – perguntou Lause. – A assembleia não pode remover o general da liderança do Conclave, não. Não há mecanismo para isso. Mas você compreende que um voto de ausência de confiança seria uma rachadura fatal na armadura dele. Depois disso, o general Gau não seria mais o fundador amado e quase mítico do Conclave, mas meramente mais um político que já passou da hora de se aposentar.

– Você é a chanceler da assembleia – comentei. – Tem poder para evitar que o voto de confiança do general zere.

– Tenho sim – concordou Lause. – Mas então não conseguiria evitar zerarem o voto de confiança em *mim*. E, depois que eu saísse do caminho, seria Hado, ou um dos tenentes mais maleáveis dele, quem ascenderia à minha posição. O voto de confiança do general não poderia ser evitado, apenas postergado.

– E se isso acontecesse, então? – perguntei, repousando minha xícara. – O general não está sob a ilusão de que será líder para sempre. O Conclave precisa durar mais do que ele. E eu. E você.

Lause ficou me encarando. A bem da verdade, porque ela não possuía pálpebras, nunca parava de encarar. Mas, nesse caso, era de propósito.

– O que foi? – perguntei.

– Você está de brincadeira, Hafte – disse Lause. – Ou está brincando ou ignora o fato de que é o próprio general Gau quem mantém o Conclave unido. É a lealdade a ele e à sua ideia do Conclave que evitou que tudo desmoronasse depois de Roanoke. Foi a lealdade a ele que permitiu a sobrevivência do todo à tentativa de golpe que se deu depois de Roanoke. O general sabe disso, ao menos... fez todo mundo jurar lealdade pessoal a ele. Você foi a primeira a jurá-la.

– Também o avisei dos perigos em fazê-lo – lembrei-a.

– E você tinha razão – disse Lause. – Tecnicamente. Mas *ele* tinha razão de que, naquele momento, era a lealdade à figura dele que mantinha o Conclave intacto. E continua sendo assim.

– Talvez tenhamos ido além dessa lealdade pessoal. Talvez seja esse o objetivo do general. O objetivo de todos nós.

– Não chegamos lá ainda – alertou Lause. – Se o general Gau for obrigado a renunciar, então o cerne do Conclave desmorona. Será que essa união continuará existindo? Por um tempo. Mas será uma união vazia, e as facções que já existem agora vão exercer sua pressão. O Conclave vai se fraturar, e então essas facções vão se fraturar novamente. E voltaremos ao início. Estou prevendo, Hafte. É quase inevitável a esta altura.

– Quase – comentei.

– Podemos evitar a fratura, por ora – disse Lause. – Ganhar tempo e talvez curar a ferida. Mas o general precisará abrir mão de algo que quer muito.

– Que seria?

– Ele precisará abrir mão da Terra.

Apanhei minha xícara outra vez e disse:

– Os humanos da Terra não pediram para entrar no Conclave.

– Não fale bobagens, Hafte – disse Lause, bruscamente. – Não há um representante na assembleia que não saiba das intenções do general de oferecer significativas concessões comerciais e tecnológicas à Terra, com o objetivo de atraí-la para o Conclave antes tarde do que nunca.

– O general nunca disse nada do tipo.

– Não em público – respondeu Lause. – Ele se contenta em permitir que os amigos na assembleia o façam por ele. A não ser que você acredite que não sabemos quem está puxando as cordas de Bruf Brin Gus nesse quesito. Não é como se ele fosse muito *discreto* quanto aos favores que pode tirar do general agora. Ou de *você*, já que tocamos no assunto.

Registrei uma nota mental de marcar uma reunião com o representante Bruf na primeira oportunidade. Ele foi avisado de que não deveria ficar ostentando na frente de outros representantes da assembleia.

– Você acredita que Hado usaria qualquer negócio com a Terra como desculpa para um voto de confiança – apontei.

– Acho que Hado tem um ódio pelos humanos que beira o racismo descarado.

– Embora a Terra não tenha afiliação alguma com a União Colonial.

– Trata-se de uma distinção sutil demais para ele – disse Lause. – Ou talvez seja mais preciso dizer que é uma distinção que Hado não se dá ao trabalho de traçar, seja para si mesmo ou para os outros, porque interferiria em seus planos.

– Que são?

– Precisa perguntar? – rebateu Lause. – Hado tem ódio dos humanos, mas também os ama. Porque é possível que, por causa deles, obtenha o cargo que deseja de verdade. Pelo menos, é o que Hado pensa. O Conclave já terá colapsado antes que ele possa fazer muito uso disso.

– Então, se removermos os humanos, removemos a desculpa dele.

– Removemos a desculpa que ele está usando hoje – disse Lause. – Há outras. – Ela apanhou a xícara de iet, viu que tinha esfriado e a repousou de novo. A cabeça do meu assistente, Umman, apareceu numa fresta da porta, anunciando a chegada da próxima pessoa com quem eu teria uma reunião. Acenei com a cabeça para ele e me levantei. Lause se levantou também.

– Obrigada, Ristin – agradeci. – Como sempre, nossa conversa foi útil e esclarecedora.

– Espero que sim – disse Lause. – Um último conselho, se eu puder oferecer. Chame Hado aqui na próxima chance que tiver. Ele não vai lhe contar o que está planejando. Porém, em todo caso, são todas as outras coisas ditas por ele que de fato importam. Fale com ele ainda que brevemente e você vai saber o que sei. E vai saber o porquê de eu estar preocupada que o Conclave esteja em perigo.

– É um ótimo conselho – respondi. – Pretendo segui-lo muito em breve.

– Em breve quando?

– Assim que você sair – falei. – Unli Hado está no próximo horário.

– Estou preocupado que o Conclave esteja sendo conduzido rumo à destruição – confessou-me Unli Hado, quase antes que eu tivesse tempo para me sentar após lhe dar as boas-vindas ao meu gabinete.

– Bem, que modo certamente dramático de começar nossa discussão, representante – comentei. Com discrição, Umman voltou ao gabinete e depositou duas tigelas sobre minha mesa, uma mais próxima a mim e outra mais próxima a Hado. A de Hado estava cheia de niti, um alimento matinal de Elpri que me mataria se eu tentasse comer, mas que era sabidamente do gosto de meu convidado. A minha tigela continha várias coisas em formato de niti, mas feitas de vegetais lalans. Eu não tinha nenhum desejo de morrer durante essa reunião em particular. Tinha outros planos para o restante do sur. Acenei com a cabeça para Umman, em agradecimento, mas Hado parecia sequer ter reparado nele. Umman saiu de novo da sala.

— Não sabia que a senhora consideraria como drama o fato de eu ter vindo, preocupado, até aqui – disse Hado. Ele esticou a mão e pescou um dos nitis na tigela, depois começou a sugá-lo, ruidosamente. Eu não sabia o suficiente sobre as regras de etiqueta à mesa em Elpri para afirmar com certeza se ele estava sendo mal-educado ou não.

— De modo algum eu descartaria suas preocupações, fosse como drama ou qualquer outra coisa – respondi. — Mas o senhor talvez compreenda que, da minha parte, começar com a destruição do Conclave não deixa lá muito espaço para mais nada.

— Por acaso o general Gau ainda pretende trazer os humanos para o Conclave? – perguntou Hado.

— O senhor sabe tão bem quanto eu que o general nunca faz lobby para que uma espécie entre para o Conclave – falei. — Ele meramente lhes mostra as vantagens e permite que peçam para entrar, se tiverem interesse.

— É uma bela ficção – disse Hado, engolindo o niti e procurando outro.

— Se os humanos pedissem para entrar no Conclave, se *qualquer um* dos governos humanos pedisse para entrar, porque o senhor sabe que há mais de um, então passariam pelo mesmo processo que todos os outros.

— E o general daria um forte apoio aos humanos.

— Imagino que apenas no mesmo grau que ele apoiou qualquer uma de nossas espécies, incluindo os Elpris, representante Hado. Talvez se lembre dele no vão da Grande Assembleia, tecendo elogios ao seu povo na época da votação.

— Um ato pelo qual lhe presto meus muitos agradecimentos, claro.

— Como deveria – comentei. — Como todos os membros do nosso Conclave deveriam. A bem da verdade, o general deu as boas-vindas a toda espécie que pediu para entrar e estava disposta a aceitar os termos da união. Pergunto-me por que o senhor pensa que ele agiria de outro modo, caso qualquer um dos governos humanos quisesse aderir à nossa união.

— É porque sei de algo sobre os humanos que o general desconhece.

— Informações secretas? — perguntei, pescando um dos pedacinhos na minha tigela. — Com todo respeito, representante, seu histórico de possuir informações confidenciais quanto aos humanos não é imaculado.

Hado ofereceu o que a qualquer outra pessoa pareceria um sorriso simpático.

— Estou bem ciente de que tenho um histórico de cair nas armadilhas que a senhora prepara para mim, conselheira. Porém, cá entre nós, não vamos fingir que não sabemos o que aconteceu de verdade.

— Não tenho certeza de que capto o que o senhor quer dizer — respondi, com um tom de voz agradável.

— Faça como quiser — disse Hado, levando uma mão para dentro do colete, de onde puxou um módulo de dados. Ele o posicionou sobre minha mesa, entre nós dois.

— Esta é sua informação secreta? — perguntei.

— Não é secreta, só um tanto desconhecida. Por enquanto.

— O senhor vai me oferecer um resumo ou devo plugá-lo em meu computador?

— A senhora deveria assistir ao material inteiro — disse Hado. — Mas, para resumir, um informante da União Colonial liberou informações sobre todas as operações militares e de inteligência realizadas pela UC durante várias das últimas décadas. Incluindo a destruição de nossa frota em Roanoke, os ataques a naves e planetas do Conclave usando naves comerciais pirateadas de nossos membros, experimentos biológicos com nossos cidadãos e o ataque à Estação da Terra.

Apanhei o módulo de dados.

— Como esse informante conseguiu obter essas informações?

— Ele era o subsecretário do Departamento de Estado da União Colonial.

— Imagino que esse subsecretário não esteja disponível para contato.

— Meu entendimento é que a União Colonial acabou adquirindo-o de volta — disse Hado. — Se os coloniais ainda mantêm as práticas-padrão, caso ele já não esteja morto, deve ser um cérebro suspenso em um frasco.

— Estou curiosa para saber como essa informação chegou *ao senhor*, representante Hado.

– Eu a recebi esta manhã, por via de um drone mensageiro diplomático de Elpri – falou Hado. – As informações já estavam amplamente disponíveis por lá fazia um dia elpriano. Parece que foram liberadas a público. Não ficaria surpreso se outros viessem aqui lhe oferecer essas informações, incluindo seu próprio governo planetário, conselheira. Tampouco me surpreenderia se forem oferecidas ao próprio Conclave até o final do sur.

– O que o senhor está me dizendo é que não sabemos se são informações confiáveis.

– Pelo que lemos aqui, primariamente sobre os eventos mais recentes, parecem-me precisas – disse Hado. – Explica, no mínimo do mínimo, o porquê de estarmos perdendo naves comerciais e cargueiras e como a União Colonial as tem utilizado contra nós.

– Talvez não o surpreenda saber que a UC tem afirmado que as próprias naves civis foram alvo de pirataria.

– Não vou negar que não gosto da humanidade, mas isso não quer dizer que os considero imbecis – disse Hado. – Claro que estão fazendo um trabalho magnífico de esconder seus planos.

– E quais seriam os planos deles, representante Hado? – perguntei.

– A destruição do Conclave, é óbvio – respondeu Hado. – Tentaram e falharam na colônia de Roanoke. Estão tentando de novo agora, ao usarem nossas próprias naves comerciais contra nós.

– Nesse ritmo, vão nos derrubar mais ou menos na mesma época da morte térmica do universo – respondi.

– Não são os danos físicos. É a persistência, apesar da força óbvia do Conclave.

– E o ataque à Estação da Terra? – questionei. – O que isso tem a ver conosco?

– A União Colonial negou a responsabilidade pelo ataque. Quem mais a Terra poderia achar que seria capaz de orquestrá-lo?

– Mas o senhor não quer os humanos no Conclave de modo algum.

– Tampouco a quero reconciliada com a União Colonial, voltando a lhe oferecer soldados e colonos.

– Nesse caso, não entendo ao certo o porquê de o senhor se opor à admissão da Terra no Conclave – retruquei. – Assim a porta ficaria fechada para a União Colonial usá-la como estação de recrutamento.

— E frustraria ainda mais a uc, tornando-a mais perigosa — disse Hado. — E, fora isso, como seria possível confiarmos em qualquer ser humano? Se um grupo de humanos estivesse em guerra conosco e o outro fosse nosso aliado, quantos de nossos supostos aliados se sentiriam obrigados, por solidariedade com a espécie, a agir contra os nossos interesses?

— Então tanto faz se admitirmos ou não os humanos, o estrago é o mesmo.

— Há uma terceira opção — sugeriu Hado.

Isso fez meu corpo enrijecer.

— O senhor sabe a opinião do general sobre guerras preventivas, representante Hado — alertei. — E genocídio.

— Por favor, conselheira — disse ele. — Não sugiro nenhuma dessas coisas, obviamente. Sugiro, no entanto, que a guerra com os humanos será inevitável. Mais cedo ou mais tarde, eles vão atacar, seja por oportunismo ou por medo. — Então apontou para o módulo de dados. — As informações aqui deixam isso claro. E quando atacarem, se o general não tiver uma resposta, então temo pelo que vai acontecer com o Conclave depois.

— O Conclave é robusto — respondi.

— De novo, não é com o dano físico que me preocupo. O Conclave existe porque os membros têm confiança em seu líder. O general já poupou uma vez os seres humanos quando poderia tê-los esmagado. Se fizer isso de novo, surgirá a dúvida legítima do porquê, e por qual propósito. E se será possível continuarmos confiando em seu juízo.

— E se a resposta for "não", então imagino que o senhor tenha uma ideia de quem poderia ocupar o lugar dele — falei. — Para restaurar essa "confiança".

— A senhora me leva a mal, conselheira — disse Hado. — Sempre me levou a mal. Julga-me ambicioso, além de minha posição. E lhe garanto que não é o caso. Nunca foi. O que quero é o que a senhora quer e o que o general quer: que o Conclave continue inteiro e seguro. O general tem o poder para mantê-lo assim. E o poder para destruí-lo. Tudo depende de como ele vai lidar com os humanos. Todos eles.

Hado se levantou, fez uma reverência, apanhou um último niti da tigela e partiu.

* * *

— Ele acredita que *isso* vai ser o motivo da destruição do Conclave — disse Vnac Oi, segurando o módulo de dados que Unli Hado havia me entregado. Fui até o gabinete delu, em parte para ter uma mudança de ares e em parte porque, enquanto chefe da inteligência, seu gabinete era substancialmente mais seguro do que o meu.

— Acho que é mais algo que Hado planeja usar para tentar expulsar Tarsem — falei.

— Foi preciso coragem para vir deixar isso na sua mesa — disse Oi. — Ele podia muito bem ter colocado uma placa na cabeça anunciando seus planos.

— Benefício da dúvida — elucidei. — Não se pode dizer que Hado não foi o primeiro a nos alertar quanto a essas informações e aos perigos delas. Ele está sendo o exemplo perfeito de um oficial prestativo e fiel do Conclave.

Oi assobiou com desdém.

— Que os Deuses protejam-nos dessa fidelidade — disse elu.

Apontei para o módulo de dados.

— O que sabemos quanto a isso?

— Sabemos que Hado não mentiu em relação ao modo em que foi obtido — respondeu Oi. — Essas informações já apareceram em várias dúzias de planetas do Conclave, e há mais relatórios chegando. Os dados são condizentes entre os diversos planetas. Já apareceu até mesmo aqui.

— Como?

— Nas mensagens de drones de salto diplomáticos. As credenciais eram falsas, o que já determinamos na hora, mas ainda assim examinamos. São os mesmos que aparecem em todos os outros pacotes de dados que nos foram oferecidos.

— Alguma ideia de onde vêm?

— Não — disse Oi. — O drone de salto é de produção faniu. Eles fabricam centenas de milhares deles todos os anos. Limparam o cache de navegação, não há nenhum histórico dos saltos. Os dados em si estavam no formato padrão do Conclave, não criptografados.

— Você deu uma olhada?

— É muita coisa para olhar. Uma leitura manual demoraria mais tempo do que gostaríamos. Temos computadores fazendo análises semânticas e de dados a fim de obter as informações e tendências importantes. Ainda assim, deve demorar vários sur.

— Quis dizer se *você* deu uma olhada — insisti.

— Mas é claro — respondeu Oi. — Um documento que chegou destacava certas informações em particular que foram consideradas relevantes por quem quer que as tenha mandado. Fiz uma leitura dinâmica.

— E o que achou delas?

— Oficial ou pessoalmente?

— Ambos.

— Em linhas oficiais, informações anônimas que aparecem de modo aleatório na sua porta devem ser tratadas com suspeita até que se prove o contrário. Dito isso, os documentos que submetemos a uma análise rápida se conformam fortemente à formatação de dados e às atividades conhecidas da União Colonial. Se for uma falsificação, é uma falsificação muito habilidosa, pelo menos na superfície.

— E sua opinião pessoal?

— Sabe que temos fontes dentro da União Colonial, certo? — disse Oi. — Fontes sobre as quais não faço muita questão de que você ou o general saibam tanta coisa a respeito.

— Claro.

— Assim que isso começou a aparecer, enviei uma mensagem para uma delas acerca desse suposto informante, esse subsecretário Ocampo. Recebi uma resposta logo antes de você chegar. Ele existe ou pelo menos *existiu*. Desapareceu há um tempo equivalente a vários dos meses deles. São informações às quais ele teria acesso. Por isso, pessoalmente, acredito que a legitimidade dos dados seja bem possível.

— Hado parecia pensar que a União Colonial havia encontrado esse tal de Ocampo.

— Não tenho informações quanto a isso, e estou curioso para saber como ele tem essa impressão — falou Oi.

— Talvez seja um boato.

— Agora seria uma boa hora para o surgimento de boatos quanto a essas informações — concordou Oi. — Quer que eu dê uma olhada?

Antes que eu pudesse responder, meu computador de mão vibrou na sequência, me informando que Umman estava à minha procura por algum propósito crucial. Atendi:

— Pois não?

— Sua manicure ligou e deseja saber quando vai ser seu próximo atendimento.

— Estou no escritório de Oi, Umman — respondi, olhando de soslaio para Oi, cuja expressão permanecia artificialmente neutra. — E pode ter certeza de que elu já sabe da minha "manicure".

— Vou só repassar a mensagem, então — disse Umman.

— Obrigada. — Encerrei a ligação e esperei pela mensagem.

— Agradeço por não se ofender por eu conhecer os seus afazeres — disse Oi.

— Obrigada por não fingir se ofender pela sugestão de que você sabe — falei.

A mensagem chegou.

— E o que o coronel Rigney da União Colonial tem a dizer? — perguntou Oi.

— Ele diz: "A esta altura você já deve ter visto os dados que supostamente são do subsecretário Ocampo, do Departamento de Estado" — li em voz alta. — "Parte deles é verdade. Muito não é. A parte falsa é relevante tanto à União Colonial quanto ao Conclave. Estamos enviando uma emissária para conversar com vocês quanto a isso, a fim de chegarmos a uma resolução amigável antes que as coisas saiam do controle. É a embaixadora Ode Abumwe, a quem você já conheceu e que possui informações que poderão esclarecer ou refutar as que estão em sua posse. Peço, com base em nossas associações prévias, como prova de nossas intenções sinceras, que a encontre e dê ouvidos ao que ela tem a dizer." E então constam os dados sobre a previsão de horário e localização da chegada da embaixadora Abumwe.

— A União Colonial está vindo para cá sem segundas intenções — comentou Oi. — Que interessante.

— Querem sinalizar uma abertura — falei.

— É uma interpretação possível — disse Oi. — Outra seria a de que eles não acham ter tempo para fazer o que sempre fazem, que é agir pelas sombras, antes que isso exploda em cima deles. E outra ainda seria que se trata apenas de um lance dentro de um plano de jogo de longo prazo para nos posicionarem de modo que um ataque contra nós possa ser mais eficaz.

– Essa não é minha experiência com o coronel Rigney ou a embaixadora Abumwe.

– O que não importa muito, porque *oficialmente* você não tem experiência alguma nem com Rigney, nem com Abumwe, não é? – observou Oi, levantando os tentáculos para retardar a minha resposta. – A questão não é o que você ou eu pensamos, Hafte. É como Unli Hado e aqueles ao redor dele interpretarão o gesto de recebermos a União Colonial aqui.

– Você acha não devíamos nos encontrar com eles.

– Não acho nem que sim, nem que não – disse Oi, contando uma mentira diplomática. – Não é esse o meu trabalho. Porém, sugiro sim que converse com o general a respeito e descubra o que vocês dois querem fazer. E que faça isso o quanto antes. Sugiro "imediatamente".

– Tenho outra reunião primeiro – respondi.

– A senhora está ciente de que as nações da Terra jamais tolerariam ou participariam de qualquer ato que suscitasse a destruição do Conclave – disse Regan Byrne, a emissária enviada ao Conclave pelas Nações Unidas, uma corporação diplomática que não era de fato o governo da Terra, mas que fingia sê-lo em situações como essa.

Fiz que sim com a cabeça, com cuidado, para evitar batê-la no teto do gabinete de Byrne. O local era composto de antigas unidades de armazenamento que tinham sido esvaziadas às pressas quando decidiram que seria benéfico termos algum tipo de presença terráquea na sede do Conclave. Essas unidades eram amplamente espaçosas em termos de altura para a maioria das espécies do Conclave, mas, de novo, os Lalans são altos e sou mais alta que a média.

Eu estava em pé ali porque não havia onde me sentar. Era Byrne quem costumava me visitar, não o contrário, e o gabinete dela não tinha uma banqueta que pudesse me acomodar. Byrne foi graciosa o suficiente para demonstrar constrangimento por esse fato.

– Eu lhe garanto que ninguém no Conclave jamais sugeriu que essas novas informações pusessem a Terra sob suspeita – falei, optando por não mencionar que Unli Hado, na verdade, havia acusado o planeta de estar repleto de traidores e espiões. – O que me interessa saber, antes de minha reunião com o general Gau, é se chegaram a receber essas informações, e qual foi sua resposta.

– Eu estava prestes a ligar para Umman quando ele me ligou para marcarmos esta reunião – relatou Byrne. – Recebi um drone de salto da ONU esta manhã com as informações a serem repassadas à senhora caso não as possuísse ainda, e a negação de envolvimento que acabei de lhe oferecer. Tudo estava em termos muito mais formais, é claro. Vou mandar enviarem tudo para o seu gabinete.

– Obrigada.

– Também fui instruída a lhe dizer que estamos enviando um grupo diplomático formal para relatar ao Conclave quanto à resposta definitiva da Terra a essas novas informações. Chegarão aqui em menos de uma semana. O grupo diplomático está sob a égide da ONU, mas consistirá em representantes de vários governos terráqueos. Isso também consta no pacote de dados que estou enviando.

– Sim, certo – falei. O que significava que estávamos prestes a entrar na situação constrangedora de ter representantes diplomáticos tanto da Terra como da União Colonial na sede do Conclave ao mesmo tempo. Teríamos que lidar com isso. Franzi a testa.

– Está tudo bem, conselheira Sorvalh? – perguntou Byrne.

– É claro – respondi e abri um sorriso. Ela ofereceu um sorriso tênue em resposta. Lembrei que meu sorriso parecia um tanto macabro para os humanos, e o fato de eu ser uma criatura com o dobro da altura deles não ajudava.

– Isso tudo será de grande utilidade para mim quando eu me encontrar com o general.

– Bom ouvir isso – disse Byrne.

– E como você está, Regan? – perguntei. – Receio que não a veja, nem os membros da sua missão, com a frequência de que eu gostaria.

– Estamos bem – respondeu Byrne, e eu estava consciente de que essa era mais uma mentira diplomática. – Acho que a maior parte da equipe ainda está se situando e conhecendo o mapa da estação. É muito grande. Maior do que algumas cidades lá na Terra.

— É grande, de fato — respondi. A sede do Conclave era uma estação espacial esculpida dentro de um imenso asteroide, uma das maiores obras de engenharia já concebidas, excetuando-se as proezas mais impressionantes dos Consus, uma raça tão avançada tecnologicamente em comparação com o restante das espécies nesta área do espaço que não deveria ser incluída nessa estimativa, apenas por uma questão de respeito com todo o resto.

— É assim mesmo — continuei. — Precisamos abrigar os representantes de quatrocentos planetas, todas as equipes e muitas de suas famílias, além de um grande número de funcionários do governo do Conclave e as famílias deles, junto com todos os funcionários administrativos e suas famílias também. Isso tudo vai se somando.

— Sua família está por aqui, conselheira Sorvalh?

Eu sorri, desta vez com maior delicadeza.

— Os Lalans não têm bem a mesma estrutura familiar que os humanos e tantas outras espécies. Somos mais orientados por um senso de comunidade. Esse seria o melhor modo de explicar. Mas há uma forte comunidade Lalan aqui. É muito reconfortante.

— Bom ouvir isso — disse Byrne. — Sinto falta de minha família e outros humanos. É ótimo aqui, mas às vezes simplesmente bate a saudade de casa.

— Sei o que quer dizer — eu lhe respondi.

— Se é para o Conclave chegar ao fim, pelo menos este é um lugar bonito para esse fim começar — disse-me o general Tarsem Gau, líder do Conclave, em pé ao lado de onde eu estava sentada no parque comunitário lalan. O parque, um dos primeiros criados no asteroide, era grande o suficiente para caberem todos os trezentos Lalans estacionados na sede e era onde eles poderiam se encontrar, relaxar, depositar ovos e monitorar o crescimento das crias após a eclosão.

Tarsem reparou em alguns dos jovens Lalans brincando numa rocha do outro lado do laguinho.

— Algum deles é seu? — perguntou. Era uma piada, porque ele sabia que eu estava velha demais para botar mais ovos.

Mas o respondi a sério:

– É capaz que um deles, ou os dois, sejam de Umman – falei. – Ele e uma das diplomatas haviam se sincronizado não faz muito tempo, e ela depositou os ovos aqui. Aqueles jovens têm a idade certa para serem deles.

Houve um grasnado súbito no que um jovem mais velho emergiu por detrás de uma rocha, envolvendo com as mandíbulas um dos dois que estava pegando sol, e começou a fechar a mordida. O jovem aprisionado relutou, enquanto o outro fugiu correndo. Ficamos observando o mais novo no que ele se debateu e perdeu a luta pela sobrevivência. Após um momento, o jovem maior foi embora, com o mais novo ainda nas presas, para devorá-lo com privacidade.

Tarsem virou-se para mim.

– Isso ainda me deixa admirado, sempre – disse ele.

– Que as nossas crias se devorem? – perguntei.

– Que *você* não fique incomodada com isso – rebateu Tarsem. – Digo, não só você. Você ou qualquer Lalan adulto. Compreende que a maioria das espécies inteligentes protege ferozmente as próprias crias, não é?

– Nós também – respondi. – Após um certo ponto. Depois que os cérebros delas se desenvolvem e a consciência emerge. Antes disso, são apenas animais. E muito numerosos.

– Sente isso quanto a seus próprios filhos também?

– Quando eles tinham a idade daquele jovem desafortunado, eu não sabia que eram meus – respondi. – Botamos nossos ovos de modo comunitário, entende? Ficam no berçário da nossa comunidade. Eu depositava os meus num cesto receptor, e aí o levava até a supervisora, que por sua vez os colocava num cômodo preparado para os ovos recebidos naquele dia. Trinta ou quarenta pessoas punham ovos ali a cada dia. Dez a cinquenta ovos cada. Eles eclodiam após quinze dos nossos dias, depois passava-se mais cinco dias até a porta exterior ser aberta para permitir que as crias sobreviventes saíssem para o parque. Não víamos os ovos de novo depois de os deixarmos lá. Mesmo que voltássemos no dia em que a porta fosse aberta, não tínhamos como saber quais dos sobreviventes eram nossos.

– Mas já conheci seus filhos.

– Você os conheceu depois que cresceram e adquiriram consciência – expliquei. – Depois de adultos, eles têm permissão para fazer um teste genético e descobrir quem são os pais, contanto que a inclusão no banco de dados tenha sido consentida. Os dois que você conheceu são os que decidiram me procurar. Posso ter tido outros que sobreviveram, mas ou não fizeram o teste ou optaram por não me contatar. Nem todo mundo quer saber. Eu não quis.

– É tão...

– Alienígena? – Tarsem fez que sim com a cabeça, e eu dei risada. – Bem, Tarsem, para você, eu *sou* uma alienígena. E você é também, para mim. Somos todos alienígenas. E, no entanto, aqui estamos nós, como amigos. E tem sido assim durante boa parte de nossas vidas até agora.

– Pelo menos as partes conscientes, em todo caso.

Gesticulei de volta para a rocha, onde as crias que haviam fugido retornavam.

– Você acha que o modo como selecionamos nossas crias é cruel.

– Eu não diria isso – respondeu Tarsem.

– Claro que não – falei. – Você não diria porque é uma pessoa diplomática. Mas não quer dizer que não *pense* isso.

– Tudo bem – admitiu Tarsem. – Parece cruel, sim.

– É porque é, *de fato* – concordei, voltando-me de novo para ele. – É terrível e cruel. E o fato de que os Lalans adultos podem simplesmente assistir a isso enquanto acontece, sem chorarem de agonia, significa que talvez *nós* sejamos terríveis e cruéis também. Mas sabemos de uma história que os outros povos não sabem.

– Qual é?

– A história é que, não faz muito tempo no passado dos Lalans, um filósofo de nome Loomt Both convenceu a maior parte de Lalah de que o modo como selecionávamos nossas crias era errado e imoral. Ele e seus seguidores nos convenceram a proteger todas as crias, a permitir que todas crescessem até se tornarem sencientes e colherem os benefícios do conhecimento e progresso que tantos novos indivíduos pensantes nos concederia. Imagino que você saiba aonde isso vai dar.

– Superpopulação, fome e morte, eu chutaria – disse Tarsem.

– E você estaria equivocado, porque esse seria um resultado óbvio, algo que pode ser resolvido com planejamento – respondi. – De fato tivemos uma grande explosão populacional, mas também desenvolvemos a capacidade de voo espacial. É um dos motivos de Both ter sugerido que parássemos de selecionar nossas crias. Acabamos rapidamente povoando os mundos colonizados e constituímos um império de vinte planetas quase da noite para o dia. A estratégia de Both abriu as portas do universo para nós e, durante um tempo, ele foi reverenciado como o maior de todos os Lalans.

Tarsem sorriu para mim.

— Se era para ser uma fábula moral, está saindo pela culatra, Hafte — disse ele.

— Não acabei ainda — falei. — O que Both não previu, o que nenhum de nós previu, foi o fato de que nossa vida anterior à consciência não era um período perdido. O modo como sobrevivemos à seleção deixa marcas em nossos cérebros. Na verdade, num sentido muito real, é algo que nos confere sabedoria. Que nos confere autocontrole. Que nos confere misericórdia e empatia um pelo outro, mas também por outras espécies inteligentes. Imagine, Tarsem, bilhões de habitantes da minha espécie ganhando consciência, porém sem sabedoria. Sem autocontrole. Sem misericórdia e empatia. Imagine os mundos que eles criariam. Imagine o que fariam com os outros.

— Poderiam ser monstros — disse Tarsem.

— Sim, poderiam. E, sim, nós fomos. E num brevíssimo intervalo, nos destruímos e destruímos cada outra espécie inteligente que apareceu. Até quase perdermos nosso império e quase nos perdermos. Fomos terríveis e cruéis, e com o tempo choramos de agonia por conta disso e de todos que condenamos a uma morte consciente. — Apontei de novo para os jovens Lalans sobre a rocha. — São impiedosas as coisas que acontecem com nossas crias em seu caminho rumo à consciência. Mas elas nos fortalecem enquanto povo. Lidamos com nossa dor e nossos riscos logo no começo. Como resultado, nós, enquanto povo, nos salvamos.

— Bem — disse Tarsem. — Não era isso que eu esperava quando sugeri nos encontrarmos aqui. Achei que fosse só um lugar bonito para conversarmos.

— É um lugar bonito — respondi —, só não é *agradável*.

— Diga-me o que você pensa a respeito das notícias de hoje.

— Sobre os dados de Ocampo? — perguntei, ao que ele assentiu. — Penso que são péssimas notícias para o Conclave. Ristin Lause tem razão, Tarsem. Estamos fragilizados por conta da sua insistência, inclusive na questão de trazer os humanos da Terra. Eu o avisei quanto a isso.

– Avisou mesmo.

– E você não me deu ouvidos.

– Dei ouvidos, sim – disse Tarsem. – Tenho motivos para discordar.

Direcionei-lhe um olhar que exprimia a minha desaprovação, o que ele acatou sem reclamar. Continuei.

– Ela também tem razão sobre a questão do voto de confiança. Se você perder, poderia fraturar o Conclave. Já tem dúzias de espécies querendo ir embora para seguir o próprio caminho ou formar alianças menores que elas acreditam poder controlar. Se der uma oportunidade para o Conclave rachar, ele vai rachar.

– Isso independe dos dados de Ocampo.

– Mas é algo que os dados de Ocampo alimentam – retruquei. – Parecem confirmar que não se pode confiar nos humanos e que eles querem nos fazer mal, pelo menos a porção da humanidade na UC. Se tentar trazer a Terra para o Conclave depois disso, Unli Hado vai usar esse fato para sugerir que você está permitindo que o inimigo entre pela porta da frente.

– Então vamos adiar a admissão da Terra ao Conclave.

– E aí Hado vai atingi-lo com a acusação de que está permitindo que a Terra volte para a União Colonial. Não se engane, Tarsem. Ele vai usar a Terra contra você, não importa o que faça. E se optar pela impronunciável terceira opção de atacar a UC sem provocação direta, Hado usará sua primeira derrota militar como oportunidade para o voto de confiança no qual ele vem mirando. Todas as opções levam a um voto da assembleia para removê-lo. E, quando isso acontecer, tudo vai desmoronar.

– Costumava ser fácil – disse Tarsem. – Isso de gerenciar o Conclave.

– É porque você ainda o estava construindo – respondi. – É mais fácil ser um líder inspirador quando a coisa que está construindo não existe. Mas agora ela existe, e você não é mais uma inspiração. É só o burocrata-chefe. E burocratas não despertam admiração.

– Temos tempo para dar um jeitinho nisso?

– Talvez tivéssemos, se não fosse pelos destacamentos completos de diplomatas enviados pela União Colonial e pela Terra para discussões – contei. – Receber um deles já seria bem ruim. Ter os dois aqui, fazendo demagogia em cima dos dados de Ocampo, significa que a ira de Hado e seus partidários terá alvos reais, em carne e osso, e eles poderão usar isso para forçar um voto de confiança o quanto antes. Se acha que vão perder uma oportunidade de minar sua reputação, com a presença de diplomatas humanos ao vivo, então você vai cair direto na armadilha deles.

– Diga-me, pois, o que sugere – disse Tarsem.

– Que você não se encontre com a embaixadora Abumwe quando ela chegar. Recuse-a em público. Assim Hado será privado do espetáculo da recepção diplomática da União Colonial.

– E quanto às novas informações que eles prometeram?

– Deixe isso comigo. O coronel Rigney e eu podemos marcar uma reunião e então adquiro as informações com ele. Tudo discretamente.

– Ele não vai ficar feliz.

– Não preciso que ele fique feliz – falei. – Preciso que compreenda o cenário político em que estamos operando. Isso eu consigo fazer.

– E os diplomatas da Terra?

– Precisaremos nos encontrar com eles – respondi. – E quanto à Terra em si, precisamos tirá-la do alcance da União Colonial sem trazê-la para o Conclave.

Tarsem sorriu e disse:

– Estou ansioso para ouvir como é que isso vai acontecer.

– Vamos levá-los a pedir proteção – propus.

– Proteção – repetiu Tarsem. – Contra quem?

– Contra a União Colonial, que atacou a Estação da Terra – respondi.

– Se é que foram eles.

– Não importa se foi ou não. O que importa é que a Terra acredita que eles são uma ameaça.

Tarsem me direcionou um olhar que sugeria uma resposta complicada para essa afirmação, mas decidiu não dar prosseguimento de imediato.

– Aí eles pedem proteção – disse ele. – O que isso resolve?

– Resolve a questão de Unli Hado, para começar – falei. – Porque a Terra *não* estará pedindo para entrar no Conclave e também *não* vai continuar vulnerável à União Colonial. E, quando ela pedir proteção, vamos designar três de nossos Estados-membros para ficarem de guarda.

– Quais?

– Dois deles podem ser qualquer um. Escolha quem você quiser. Mas o terceiro...

— O terceiro são os Elpris — completou Tarsem.

— Sim — respondi. — E aí encurralamos Hado. O esquema todo dele é acusar você de ser mole demais com os humanos. Mas então uma das alas da humanidade será rechaçada em público, enquanto a outra será protegida pela espécie do próprio Hado. Ele me disse hoje que sua única preocupação é com a unidade do Conclave. Vamos obrigá-lo a se ater às suas palavras e a fazer isso em público. Assim fica preso pelo próprio posicionamento.

— E você acha que a Terra vai colaborar.

— Acho que eles acreditam que ambos temos um inimigo em comum, e sabem que estão indefesos sem nós — concluí. — A única coisa que precisamos fazer é não parecer estar colocando todos no mesmo balaio, como se estivessem sob a União Colonial.

— Embora seja, na verdade, o que você propõe que façamos.

— São as opções no momento.

— E acha que isso vai mesmo funcionar? — perguntou Tarsem.

— Acho que serve para ganharmos tempo. — Eu me voltei para a rocha onde o jovem Lalan estava fazia alguns minutos e reparei que não havia mais ninguém lá. Havia, no entanto, uma mancha de sangue. Se era o sangue dele ou do outro que foi morto mais cedo, eu não sabia. — Talvez tempo o suficiente para salvar o Conclave do colapso. O que é o bastante por enquanto.

PARTE 2

– Acorda, Hafte – disse alguém.

Eu acordei. Era Vnac Oi. Fiquei encarando seu rosto por um momento antes de reunir inteligência o suficiente para me pronunciar.

– Por que está aqui nos meus aposentos?

– Preciso que você acorde – disse elu.

– Como foi que entrou aqui?

Oi me lançou um olhar que dizia "Sério mesmo?".

– Esquece – falei. Levantei-me de meu pedestal de dormir e fui até meu closet, me vestir. Geralmente prefiro que outras pessoas não me vejam sem roupas, mas é mais por conta delas do que por minha causa. Os Lalans não têm tabus com nudez. – Me diga o que está acontecendo, pelo menos.

– Uma nave humana foi atacada – anunciou Oi.

– O quê? – Espiei pelo meu closet. – Onde? E por quem?

– Em nosso território espacial – respondeu elu. – E nós não sabemos. Mas espera, porque piora.

– Como poderia piorar? – Vesti uma túnica básica sobre meu corpo e saí do closet. Outros acessórios poderiam esperar.

– A nave humana está fora de controle, sendo tragada pela gravidade deste asteroide – informou Oi. – Temos quatro serti até o impacto.

— Isso não nos dá muito tempo — respondi. Um sur tem trinta serti.

— E piora — disse Oi.

— Pare de *dizer* isso — protestei, já em pé na frente de Oi. — Só me diga o que está acontecendo.

— Há humanos presos na nave — falou Oi. — Incluindo a missão diplomática da Terra.

— Ali está a *Odhiambo* — disse Loom Ghalfin, apontando para a imagem de uma nave rodopiante no monitor da sala de conferências. Ghalfin era a diretora dos espaçoportos e instalações do Conclave. Na sala, estávamos eu, Oi, o general Gau, a chanceler Lause e Regan Byrne. Alinhados à parede, viam-se vários dos subordinados de Ghalfin, todos os quais pareciam estar num paredão de fuzilamento. Bem, se a nave se chocasse mesmo com o asteroide, talvez o paredão fosse a opção mais misericordiosa.

— A *Odhiambo* saltou para o espaço do Conclave há mais ou menos cem ditu — informou Ghalfin. Há noventa ditu num serti, por isso não fazia muito tempo. — Praticamente assim que adentrou em nossos espaço, ela relatou várias explosões e danos extensos.

— Sabemos o que as causou? — perguntou Gau, acenando com a cabeça na direção de Oi. — Vnac aqui falou para mim e para Hafte que foi um ataque.

— Não sabemos o que foi — disse Ghalfin. — Ao entrar, a *Odhiambo* relatou, verbalmente e por via do monitoramento automático, que todos os sistemas estavam normais. Logo depois, tudo entrou em parafuso.

— Vnac? — disse Gau.

— Meus analistas começaram a conferir os dados assim que os relatórios de danos chegaram, cruzando as referências com o que sabemos da nave — disse Oi. — A *Odhiambo* é emprestada, originalmente um cargueiro dos Ormus. O padrão de avarias relatado logo após as explosões não é condizente com o que aconteceria no caso de uma falha nos sistemas de energia. É condizente com o que aconteceria se os sistemas fossem atacados de modo a causar danos secundários.

— Um ataque, então — concluiu Gau.

— Parece-me provável. — Oi gesticulou na direção de Ghalfin. — Mas ficarei grate com qualquer informação adicional que nossa colega aqui puder oferecer.

— Estamos vasculhando nossos dados agora para ver se mais alguém ou algo saltou logo antes ou perto da chegada da *Odhiambo* – relatou Ghalfin. – Já voltamos um sur inteiro nos dados e não encontramos nada.

Tarsem assentiu.

— Vamos voltar à situação atual.

— A situação atual é que a *Odhiambo* sofreu avarias sérias e está rodopiando no espaço do Conclave. As explosões conferiram à nave um tanto de momento, levando-a na nossa direção, e o resto é resultado da gravidade nativa do asteroide. Se nada for feito, o impacto ocorrerá dentro de três serti e 55 ditu.

A imagem de Ghalfin rastreava e mostrava a trajetória prevista da *Odhiambo* rumo à sede do Conclave.

— Qual será o dano do impacto aqui? – perguntei.

— Nenhum hábitat, seja geral ou especializado – informou Ghalfin. – Não teremos perda substancial alguma de vidas. Mas a nave terá um impacto direto em uma de nossas usinas de energia solar e há várias cúpulas agrícolas na superfície ao redor, que correm um risco substancial de serem danificadas. O tamanho do estrago depende da extensão das falhas nos sistemas energéticos da *Odhiambo* ao nos atingir. O pior cenário seria uma falha espetacular dos sistemas energéticos combinada com o impacto.

— Nesse caso, o asteroide ganha uma cratera novinha em folha, destroços serão atirados por toda parte, incluindo em potencial nossa área de atracamento, danificando outras naves, e outras áreas do asteroide, abrangendo possivelmente áreas povoadas – completou Oi. – O que torna a taxa de mortalidade um tanto mais substancial.

— E a tripulação da nave? – perguntou Tarsem.

— Há sessenta membros da tripulação e dez passageiros, todos parte da equipe diplomática da Terra – disse Ghalfin. – O capitão da nave relatou seis mortos, oito feridos em estado grave por conta das explosões, a maior parte deles do departamento de engenharia. Os mortos ainda estão a bordo da nave. Os feridos e a maior parte da tripulação já evacuaram via cápsulas de fuga. Capitão, oficial executivo e engenheiro-chefe ainda estão a bordo também.

— Mas nossos diplomatas estão presos – disse Regan Byrne.

— Foi o que relatou o capitão – concordou Ghalfin. – As cabines dos passageiros que abrigam a equipe diplomática estão intactas, mas os corredores que levam até elas sofreram danos severos. Não há como entrar ou sair sem pousar no casco e abrir caminho cortando o metal.

— O problema é que os sistemas de energia da *Odhiambo* foram danificados — complementou Oi. — Podem explodir a qualquer momento. Se enviarmos equipes de resgate e a nave explodir, perderemos nossa equipe junto com eles.

— Vocês não podem simplesmente deixá-los presos ali — protestou Byrne, encarando-o.

— Precisamos julgar os riscos envolvidos com racionalidade — disse Oi, encarando-a de volta, depois dando meia-volta para ficar de frente para todos na sala. — E precisamos tomar uma decisão em breve. — Elu apontou para a imagem da *Odhiambo*. — A nave está a três serti e meio do impacto, mas *nós* não temos todo esse tempo. Neste exato momento, se a destruirmos com nossas defesas, estará distante o suficiente para conseguirmos controlar os destroços e minimizar qualquer possível dano a nós e a outras naves. Depois desse serti, fica progressivamente mais difícil conter os danos possíveis. A isso somamos o fato de que a nave é capaz de explodir a qualquer momento. Nesse caso, não seria uma destruição controlada, o que agrava os riscos.

Tarsem voltou-se para Ghalfin.

— Loom? — perguntou.

— Diretore Oi não está equivocade — disse ela. — Uma destruição controlada da *Odhiambo* é a melhor opção. E quanto antes, melhor. Não podemos permitir um impacto, e quanto mais tempo esperarmos, maior a chance da ruptura dos sistemas energéticos da nave.

— Significa potencialmente ter que sacrificar os diplomatas — apontei —, o que seria uma opção inaceitável.

— Concordo — disse Lause, olhando para Oi. — Se o Conclave não *tentar* ao menos salvá-los, o que isso dirá de nós?

— Você está pedindo às nossas equipes de resgate que arrisquem suas vidas — disse Oi.

— O que é parte do trabalho delas — afirmou Lause.

— Sim, mas não estupidamente — respondeu Oi, voltando-se para Ghalfin. — Qual sua estimativa das chances de falha nos sistemas energéticos da *Odhiambo*, por favor?

– Durante o próximo serti? – perguntou Ghalfin.

– Sim.

– Dado o que sabemos das avarias, eu diria que 60% – respondeu Ghalfin. – O que significa, para sermos realistas, uma chance real maior, porque estamos trabalhando com o relatório fornecido, em que consta o mínimo de danos possível.

– É quase certo que estaríamos enviando nosso pessoal numa missão suicida – disse Oi.

– Senhorita Byrne – falou Tarsem. – Eu gostaria de saber o que pensa.

Byrne demorou um momento para se recompor.

– Não posso lhe dizer que não quero que salve meu povo – respondeu ela. – Não posso nem lhe dizer que vou compreender plenamente se o senhor não fizer isso. O que eu posso dizer é que, se não o fizer, recomendarei aos governos da Terra que sua recusa em agir não seja um fator em discussões futuras.

Tarsem olhou para mim depois desse comentário. Fiquei encarando, em silêncio, ciente de que, depois de tudo que passamos, era quase certo que ele devia saber o que penso da *realpolitik* da resposta de Byrne.

– Quanto tempo até despacharmos as equipes de resgate? – perguntou Tarsem a Ghalfin.

– Estão se preparando desde o primeiro sinal de socorro da *Odhiambo* – informou Ghalfin. – Estarão prontas quando o senhor quiser.

– E quero já – disse Tarsem. – Pode mandá-las agora, por favor.

Ghalfin fez que sim com a cabeça e se voltou para um subordinado, que lhe entregou um fone de ouvido com microfone, adaptado para sua espécie. O general voltou-se para Byrne.

– Vamos resgatá-los, Regan.

– Obrigada, general – disse Byrne. O alívio se derramava dela feito uma cascata.

– General, temos uma complicação – alertou Ghalfin.

– O que é?

– Espere... – Ghalfin levantou uma das mãos enquanto prestava atenção no fone. – Uma tentativa de resgate já está em andamento.

– Por parte de quem e seguindo quais ordens? – questionei.

— Por parte da *Chandler* — informou ela, depois de ouvir o que era dito no fone. — É uma nave humana, da União Colonial. Saltou logo que começamos esta reunião.

Olhei para Tarsem, que estava sorrindo para mim. Eu sabia o que isso significava. Significava: "olha só, não está feliz agora que decidi me encontrar com os coloniais, a despeito de seu conselho?".

— O que o senhor quer fazer agora? — perguntou Ghalfin a Tarsem.

— Quero que digam à *Chandler* que eles têm um serti para concluírem a operação de resgate. Depois disso, vaporizaremos a *Odhiambo*, em prol da integridade de nossa sede — respondeu Tarsem. — E quero que lhes diga que estamos enviando uma equipe para assisti-los, caso precisem, e observá-los, caso não precisem. — Ghalfin assentiu e pronunciou algumas palavras no microfone.

Depois, Tarsem voltou-se para mim.

— Não me diga, eu já sei — falei e me levantei.

— Aonde vai? — perguntou Byrne, olhando para cima, na minha direção.

— Vou acompanhar nossa equipe de resgate — respondi. — Para observar.

— Você corre o risco de explodir — disse Oi.

— Então a Terra vai saber que explodi tentando ajudar a salvar seu povo. — *E vai saber que o Conclave não deixou a União Colonial assumir sozinha esse risco. Ou sacrifício*, pensei, mas optei por não dizer. Sabia que isso era parte dos cálculos de Tarsem. Acenei com a cabeça para as pessoas na sala e caminhei até a saída.

— Hafte — chamou Tarsem. Parei na porta e olhei-o de volta. — Por favor, volte com vida.

Eu sorri e fui embora.

— Certo, agora esse piloto está só se exibindo — disse-me Torm Aul, piloto da nave de resgate, ao nos aproximarmos da *Odhiambo* e da *Chandler*. A bordo estavam eu, Aul, seu copiloto Liam Hul, cujo assento eu ocupava no momento, enquanto Hul estava desocupado na cabine geral, e seis outros colegas, membros da espécie Fflict. Os Fflicts reconheciam cinco gêneros: masculino, feminino, zhial, yal e neutro. Aul era zhial e ile gostava que usassem seus pronomes corretos. Eu também gostaria em seu lugar.

— Qual piloto? — perguntei.

– O piloto da *Chandler* – disse Aul, apontando para o monitor que lhe oferecia uma visão externa. – A *Odhiambo* está rodopiando caoticamente, e por isso a *Chandler* acompanha seus movimentos.

– Por que faria isso? – perguntei.

– É mais seguro para os envolvidos no resgate – respondeu Aul. – Faz com que as duas naves fiquem estáveis, uma relativa à outra. Mas é difícil de fazer, porque o piloto da *Chandler* precisa rastrear com precisão os movimentos da *Odhiambo*.

– Depois que a nave começou a rodopiar, é provável que continue girando da mesma maneira – comentei. – Acho que é quase uma lei termodinâmica.

– Sim, mas aí presume-se que não haja qualquer acréscimo de momento – rebateu Aul e apontou para o monitor. – Mas a *Odhiambo* está danificada e expelindo todo tipo de coisa. Não temos como saber quando ela irá ejetar. Não, é uma bagunça. Por esse motivo o piloto da *Chandler* está acompanhando tudo em tempo real, ou o mais perto possível disso.

– Você conseguiria fazer uma coisa dessas?

– Se eu quisesse me exibir, claro – disse Aul, o que me fez sorrir. – Mas não arriscaria algo assim com qualquer coisa maior do que esta nave de transporte. Quem quer que seja o piloto da *Chandler*, está fazendo isso com uma nave inteira. Se errar, serão duas naves rodopiando na direção da sede, não só uma.

– Precisamos avisá-los disso – comentei.

– Confia em mim, conselheira, eles já sabem – disse Aul.

– Saúde a *Chandler*, por favor – falei. – Diga que viemos oferecer assistência, se desejarem.

Aul fez o que eu lhe disse, murmurando algo no fone em seu idioma, enquanto fiquei observando as duas naves humanas rodopiando em sincronia.

– Quem capitaneia a *Chandler* é alguém chamado Neva Balla, ele manda seus cumprimentos e diz não exigir assistência por ora – informou Aul, após um momento. – Diz que estão sob pressão, por conta do tempo, e tentar nos incorporar aos planos só pioraria essa pressão. Pediu para mantermos nossa posição a vinte quilômetros em relação à *Chandler*, o que dá uns 25 chu, e monitorarmos a *Odhiambo*, caso haja picos de energia ou aumentos rápidos de temperatura.

— Podemos fazer isso?

— Manter uma distância relativa de 25 chu dá para fazer no piloto automático. E este transporte está equipado com uma boa quantidade de aparelhos sensoriais. Estamos tranquilos.

Apontei com a cabeça para o monitor.

— Tem como estabilizarmos a imagem das naves para que não pareçam estar rodopiando? Quero conseguir ver o que está acontecendo sem ficar com vertigem.

— Sem problemas.

— Se o capitão da *Odhiambo* ainda estiver a bordo da nave, peça para que nos mande os dados em tempo real, por favor — solicitei.

— Combinado.

— Além disso, a capitã Neva Balla é "ela", não "ele".

— Certeza?

— Já a conheci — falei. — Os humanos no geral preferem ser tratados de acordo com seu gênero correto.

— Olha só as coisas que a gente aprende enquanto trabalha — disse Aul.

— Lá vamos nós — disse Aul, acenando com a cabeça na direção do monitor. Ali, havia uma figura solitária em uma câmara de ar na *Chandler*, diretamente oposta à *Odhiambo*. A distância entre as duas naves era de menos de trinta plint, cerca de cinquenta metros em medidas humanas. Aul tinha razão: quem quer que estivesse pilotando a Chandler possuía um controle impressionante.

A figura na câmara de ar continuou parada, como se esperasse alguma coisa.

— Não é uma boa ideia perder tempo ali — disse Aul, em voz baixa.

Um feixe penetrante de luz disparou da *Chandler*, saindo num ângulo fechado a partir da figura na câmara de ar.

— Estão disparando contra a nave — apontei.

— Interessante — respondeu Aul.

— Interessante por quê?

— Precisam cortar o casco — disse Aul. Então apontou para o feixe de luz. — Normalmente num resgate enviaríamos uma equipe com alguns cortadores de raios de partículas para abrir o casco. Temos alguns deles aqui a bordo do transporte, aliás. Mas leva tempo. Um tempo que eles não têm. Então, em vez disso, estão abrindo um buracão escancarado no casco com um raio.

– Não parece muito seguro – comentei, enquanto observava. Uma rajada de ar foi expelida da *Odhiambo*, cristalizando-se no vácuo nos pontos onde o raio não a transformava em plasma.

– Com certeza *não é* – disse Aul. – Se houver alguém na cabine que estão abrindo, essa pessoa provavelmente acabou de morrer asfixiada. Isto é, se o raio não a vaporizou.

– Se não fossem cuidadosos, teriam explodido a nave.

– A nave vai explodir em todo caso, conselheira – rebateu Aul. – Não precisamos ser delicados.

O raio cessou tão de repente quanto foi disparado, deixando um buraco de três plint no casco da *Odhiambo*. No monitor, a figura na câmara de ar atirou-se na direção do buraco, puxando um cabo atrás de si.

– Certo, agora entendi – disse Aul. – Eles vão correr um cabo de uma nave a outra. É assim que pretendem tirar os tripulantes.

– Atravessando o vácuo do espaço – comentei.

– Espere – disse Aul. A figura desapareceu no buraco da *Odhiambo*. Após um momento, o cabo, que estava levemente solto, ficou retesado. Então um grande contêiner começou a deslizar por ele.

– Imagino que haja trajes à prova de vácuo, arreios e polias automáticas ali dentro – disse Aul. – É só preparar todo mundo, prendê-los no arreio e deixar as polias fazerem o trabalho todo.

– Parece que você aprova esse plano.

– E aprovo sim – disse Aul. – É um plano de resgate bem simples, com ferramentas bem simples. Quando se está tentando salvar alguém, quanto mais simples, melhor. Menos coisas para dar problemas.

– Contanto que a *Chandler* continue sincronizada com a *Odhiambo*.

– Sim – concordou Aul. – Tem isso. Esse plano concentra todas as complicações num único ponto, pelo menos.

Houve vários momentos em que não havia nada de mais óbvio acontecendo. Aproveitei o tempo para olhar os monitores do copiloto, nos quais estávamos acompanhando as assinaturas de energia e calor da *Odhiambo*. Nenhuma emoção aí também, o que era bom.

– Vocês podem sugerir ao capitão da *Odhiambo* que qualquer membro remanescente da tripulação desembarque o quanto antes – falei a Aul.

– Com todo o respeito, conselheira – disse ile. – Não vou sugerir a um capitão que abandone a nave um único momento antes de essa decisão ser tomada por conta.

– Justo. – Voltei meu olhar para o monitor onde estava a *Odhiambo*. – Olha só – indiquei, apontando com o dedo. O primeiro membro da equipe diplomática estava atravessando o cabo, envolvido num traje espacial refletivo, à prova de vácuo, com o peito no arreio, sendo puxado por uma polia.

– Um deles já foi – disse Aul. – Mais nove agora.

A *Chandler* conseguiu pegar sete antes de a *Odhiambo* explodir.

Aconteceu quase sem aviso algum. Olhei de soslaio, conforme o sétimo diplomata foi desaparecendo pela câmara de ar da *Chandler* e vi as leituras no monitor do copiloto darem um pico, indicando números críticos. Gritei para Aul dar o alerta quando o monitor externo indicou um movimento violento que cortou o cabo entre as duas naves. Aul diminuiu as imagens em tempo de capturar a erupção da *Odhiambo*, ocorrendo na seção intermediária da nave.

Ile gritou no microfone e de repente a imagem no monitor começou a rodopiar loucamente – ou era o que parecia, pois a tela havia parado de rastrear os movimentos das duas naves e estava se reorientando de acordo com a nossa perspectiva. A *Odhiambo* começava a se desmanchar. A *Chandler* foi se afastando da compatriota condenada.

– Vamos, vamos, vamos – gritava Aul para o monitor. – Anda logo, seu desmiolado de merda, vocês estão perto demais. – Não tinha dúvidas de que ile estava gritando com o piloto da *Chandler*.

E tinha razão nisso, a nave estava perto demais da outra. A *Odhiambo* havia rachado no meio, e as duas metades se deslocavam de forma independente, com a porção frontal aproximando-se perigosamente da *Chandler*.

– Vão bater! – gritou Aul.

E, no entanto, não bateram. O piloto da *Chandler* manobrava a nave para lá e para cá, deslocando-a pelos três eixos do espaço num balé demente, a fim de evitar uma colisão. A separação entre as naves foi se ampliando, muito devagar para meu gosto: cinquenta plint, oitenta, 150, 300, um chu, três chu, cinco chu, e então a *Chandler* estabilizou seu deslocamento em relação à sede do Conclave, começando a se afastar com rapidez da *Odhiambo*.

– Vocês deviam ter morrido! – gritava Aul para o monitor. – Deviam ter morrido, a nave devia ter morrido, devia estar todo mundo morto! Seu merdeiro magnífico!

Olhei para Aul.

– Você está bem?

– Não – disse ile. – Tenho quase certeza de que me borrei tode. – Então olhou para mim e em seu rosto se via uma expressão que imaginei ser de puro deslumbramento. – Isso *não* devia ter acontecido. Todo mundo a bordo da *Chandler* deveria estar morto. A nave devia ser uma nuvem crescente de destroços agora. Essa foi, de longe, a coisa mais impressionante que eu vi em toda minha vida, conselheira. Ficaria surpreso se não fosse a coisa mais impressionante que você já viu na vida também.

– É uma forte candidata na minha lista – concedi.

– Não sei quem é aquele piloto, mas vou pagar para esse merdeiro todas as bebidas que quiser.

Eu estava para responder, mas Aul me interrompeu, erguendo a mão e ouvindo atentamente o fone. Depois, olhou para cima, para o monitor.

– Você só pode estar de brincadeira – disse ile.

– O que foi?

– Aqueles três outros diplomatas que faltavam e o tripulante da *Chandler* – falou. – Ainda estão vivos. – Aul disse alguma coisa no fone e ampliou a popa da *Odhiambo*, em cujo casco a *Chandler* havia aberto aquele buraco.

E pudemos avistá-los assim que a imagem foi ampliada: um traje refletor, disparando de dentro do buraco e rodopiando pelo espaço, seguido por um segundo, depois uma dupla, um abraçado no outro – a última pessoa na equipe diplomática e o tripulante da *Chandler*. A *Odhiambo* foi se afastando deles, devagar e rodopiante.

– Quanto ar você acha que eles têm para respirar? – perguntei a Aul.

– Não muito – respondeu ile.

Olhei para o monitor do copiloto, que ainda mostrava erroneamente a *Odhiambo* como uma única entidade. A parte frontal da nave esfriava com rapidez, não tinha luz e todo o calor e energia escoavam pelo espaço.

A popa da nave, por outro lado, estava quente e esquentava mais enquanto eu observava.

— Acho que eles não têm muito tempo — comentei.

Aul acompanhou meu olhar até o monitor do copiloto.

— Acho que você tem razão — disse ile, olhando depois para mim. — Por acaso não trouxe um traje à prova de vácuo, trouxe, conselheira?

— Não trouxe — respondi. — E o mero fato de você me perguntar me faz começar a lamentar isso bastante.

— Não faz mal — disse Aul. — Só quer dizer que vou precisar fazer isso sem copiloto. — Ile levou à mão ao monitor do piloto e pressionou um botão. — Atenção, equipe — falou. — Vocês terão dois ditu para entrar nos trajes à prova de vácuo. Dentro de três ditu, vou remover o ar do compartimento e abrir as comportas. Preparem-se para receber os passageiros em alta velocidade. Tenham em mãos o aquecimento e o oxigênio de emergência. Essas pessoas estarão com frio e quase asfixiadas. Se morrerem depois de chegarem aqui, vou abandonar todos vocês no espaço.

— Inspirador — falei, depois que ile terminou.

— É o que funciona — disse Aul. — Só precisei deixar esse pessoal aqui fora uma única vez. Agora me dê uma licencinha, conselheira. Preciso selar o compartimento. A não ser que queira tentar segurar a respiração por um tempinho.

— Os quatro não se afastaram muito uns dos outros — informou Aul, enquanto estávamos a caminho, dois ditu depois. Ile projetou uma imagem na tela principal, mostrando as posições dos diplomatas. — E dois deles estão juntos, então temos apenas três alvos, na verdade. — Uma linha curva passava pelas três posições. — Vamos abrir as comportas, desacelerar e literalmente deixar que venham até nós. Três alvos, três ditu, e aí vamos para casa e seremos os heróis do sur.

— Você vai nos dar azar se colocar nesses termos — comentei.

— Não seja supersticiosa — respondeu Aul.

A popa da *Odhiambo* entrou em erupção.

— Ah, *não brinca* — gritou Aul.

— Rastreamento, por favor — pedi. Ile transferiu a tela para o monitor do copiloto. A porção principal da popa ainda rodopiava para longe dos diplomatas, mas uma quantidade considerável de destroços se lançava numa direção totalmente diferente. Fiquei observando o computador da nave de transporte traçar a trajetória.

— Esse pedaço vai atingir a dupla — falei, apontando para os diplomatas emparelhados.

— Quanto tempo? — perguntou Aul.

— Três ditu — respondi.

Aul pareceu parar para pensar por um momento.

— Certo, não faz mal — disse ile.

— Certo, não faz mal o quê? — perguntei.

— Talvez seja uma boa ideia você tentar abaixar seu centro de gravidade o máximo possível. Os sistemas de inércia e gravidade nesta coisa costumam ser bem confiáveis, mas nunca se sabe.

Eu me abaixei.

— O que vai fazer, Aul?

— É melhor você esperar até acontecer. Se der certo, vai ser ótimo, de verdade.

— E se não der?

— Então pelo menos vai acabar logo.

— Não sei se gosto de aonde isso está indo.

— Se der na mesma, conselheira, não fale comigo até acabar. Preciso me concentrar.

Calei a boca. Aul puxou as posições dos diplomatas na tela do piloto e sobrepôs a trajetória dos destroços da nave. Então começou a fazer o transporte avançar. Ile encarava a tela do piloto, digitando coisas nela furiosamente, sem olhar para cima.

Eu, por outro lado, olhava o monitor com a visão externa e avistei uma massa de destroços a distância, que se erguia enquanto nosso transporte avançava inexoravelmente em sua direção. Parecia que estávamos numa missão suicida, direto rumo ao coração dos destroços. Olhei de soslaio para Aul, mas ile estava concentrade, com atenção plena na tela.

Quase no último instante possível, pude ver surgir no monitor um padrão branco em forma de estrela, que entendi — tarde demais! — ser um traje à prova de vácuo que estávamos prestes a receber com tudo, conforme os destroços se erguiam como um leviatã abaixo de nós. Puxei ar para gritar, vi as imagens deixarem rastros na tela e então me preparei para a violência dos destroços que esmagariam nossa nave, vindos por baixo. Como prometeu Aul, tudo acabaria logo.

— Opa — disse ile, falando no fone. — Conseguiram pegar? Sim. Sim. Certo. Que bom. — Então olhou para mim. — Bem, deu certo — falou.

— O que deu certo? — perguntei.

— Uma rotação em alta velocidade em torno do alvo — explicou Aul. — Demora um tempinho para uma nova entidade ser registrada pelos geradores de campo inercial do transporte e a velocidade ser ajustada. Se pegasse nossos novos passageiros num caminho em linha reta na velocidade em que eu estava, teriam virado geleia ao chegar ao interior da nave. Por isso fiz uma rotação acelerada, para dar ao campo inercial o tempo necessário de registrar a presença deles e sincronizá-la conosco.

— Ah.

— Essa é a versão resumida — disse Aul, enquanto digitava comandos no monitor do piloto, presumivelmente para apanhar os dois diplomatas que faltavam. — Também tive que falar para o transporte qual era a velocidade que eu queria que os alvos tivessem, em relação ao interior da nave, e diminuir o momento introjetado de repente no sistema. E coisa e tal. O fato é que deu certo.

— Onde estão os destroços?

— Abaixo e acima de nós. Desviamos com alguns plint de folga.

— Você quase nos matou.

— Quase — concordou Aul.

— Por favor, não faça isso de novo.

— A boa notícia é que não preciso.

Depois, quando apanhamos os outros dois diplomatas humanos, o processo todo foi a própria definição de "anticlimático".

Ao retornarmos ao asteroide do Conclave, Aul restaurou o ar da cabine e abriu o compartimento do piloto. Então disse:

— Um dos diplomatas resgatados quer falar com a senhora.

— Certo. — Eu me abaixei e caminhei até a cabine principal. No caminho, um dos Fflicts passou por mim, acenando com a cabeça. Era o copiloto, ansioso para voltar ao serviço. Eu me abaixei de novo e entrei na cabine.

A equipe de resgate estava ocupada cuidando dos diplomatas, todos os quais estavam envolvidos em cobertores térmicos automáticos e respirando por máscaras. Exceto um deles, que vestia apenas o que então reconheci como um collant de combate das Forças Coloniais de Defesa. O dono do collant estava ajoelhado e falava com uma diplomata, uma mulher com cabelos escuros e cacheados. Ela apertava a mão dele com uma força que imagino ser desconfortável para qualquer um que não fosse um supersoldado geneticamente modificado, o que o dono do collant era, por acaso. Sua pele verde o entregava.

O soldado me viu e gesticulou para a mulher, que se levantou, trêmula. Ela removeu a máscara de oxigênio e tirou os cobertores – uma péssima ideia, porque começou a tremer de novo imediatamente –, então veio até mim com a mão estendida. O soldado a acompanhou, um pouco atrás dela.

– Conselheira Sorvalh – disse a diplomata. – Sou Danielle Lowen, do Departamento de Estado dos Estados Unidos. Muito obrigada por resgatar a mim e os outros membros de minha equipe.

– Não foi nada, srta. Lowen – respondi. – Bem-vinda à sede do Conclave. Lamento apenas que a entrada de vocês tenha sido tão... dramática.

Lowen conseguiu abrir um sorrisinho trêmulo.

– Pondo nesses termos, eu também lamento. – Então começou a estremecer violentamente. Olhei para o soldado, que captou a deixa e se afastou, voltando com o cobertor. Lowen o aceitou, agradecida, e se apoiou de leve contra o homem, que sustentava o peso dela com facilidade.

– Claro que nós do Conclave não podemos aceitar todos os créditos por seu resgate – falei, apontando com a cabeça para o soldado.

– Lamento dizer que tive apenas 70% de sucesso em minha tentativa de resgate – respondeu ele.

– Não, você teve 100% de sucesso – respondi. – Levou sete diplomatas em segurança até a *Chandler* e sabia que, se conseguisse afastar os outros três da nave, iríamos encontrá-los.

– Não sabia – ele me corrigiu. – Eu tinha esperança.

– Que lindo – falei, depois me voltei para Lowen. – E quanto à senhorita? Tinha esperança também?

– Eu confiei – disse Lowen, olhando para o soldado. – Não é a primeira vez que esse aqui me arremessa pelo espaço.

– Fiquei com você o caminho todo da última vez também – respondeu o soldado.

— Esteve sim – concordou Lowen. – O que não quer dizer que a gente precisa ficar repetindo essa experiência.

— Vou manter isso em mente – disse o soldado.

— Vocês dois têm claramente um histórico interessante – comentei.

— Temos, sim – disse Lowen, gesticulando para o soldado. – Conselheira Sorvalh, permita-me apresentá-la ao...

— Tenente Harry Wilson – falei, terminando a frase dela.

Lowen ficou olhando para nós dois.

— Já se conhecem também?

— Sim – respondi.

— Sou um cara popular – disse Wilson para Lowen.

— Não é a palavra que eu teria usado – retrucou ela, sorrindo.

— Se minha memória me serve, da última vez que nos encontramos, também havia espaçonaves explodindo – falei a Wilson.

— Que esquisito – disse Lowen. – Da última vez que vi Harry, havia espaçonaves explodindo também.

— É coincidência – rebateu Wilson, olhando para Lowen e depois para mim.

Eu sorri para ele.

— É mesmo?

PARTE 3

– Não esperava que você fosse me dar tanta dor de cabeça quando pedi para retornar com vida – disse-me Tarsem Gau, assim que entrei em seu gabinete após a missão de resgate.

O gabinete privativo de Tarsem estava, como sempre, apinhado. Após anos em naves e outros espaços minúsculos, ele ainda se sentia mais confortável em lugares apertados. Por sorte, eu não era claustrofóbica e concordava com a sabedoria política de usar um gabinete pessoal menor do que até mesmo o mais indistinto dos representantes do Conclave. A sala era ainda menor do que a que havia sido dada à emissária humana, o que deixaria a srta. Byrne chocada, suspeito. Por sorte, Tarsem deixava um pedestal para me servir de assento, assim eu não precisava comprimir o pescoço.

– Se não quiser que eu quase morra, não deveria me designar missões em que morrer é uma possibilidade real – comentei, enquanto me sentava. – Ou, no mínimo do mínimo, não me colocar em missões pilotadas por Fflicts dementes.

– Posso mandarem disciplinarem-ne, se preferir.

– O que quero é que você dê uma condecoração para ile, pelo pensamento rápido e capacidades admiráveis de pilotagem. Mas nunca mais me coloque em um de seus transportes.

Tarsem sorriu.

— Você não tem senso de aventura.

— Tenho, sim — respondi —, só que ele é suprimido pelo meu instinto de autopreservação.

— Não vou reclamar disso.

— Mas também não o incomoda testar essa afirmação de tempos em tempos.

— Não quero que fique entediada.

— Ah, isso nunca — respondi. — E agora que tiramos esses pormenores do caminho, gostaria de comentar o completo desastre que esse evento inteiro foi para nós.

— Achei que tudo correu muito bem — disse Tarsem. — Os humanos foram salvos, a *Odhiambo* foi destruída com sucesso, sem danos colaterais à nossa sede ou outras naves, e graças às ações de Fflict demente em resgatar os retardatários, continuamos nas graças da Terra e obtivemos até mesmo um tantinho de crédito com os diplomatas da União Colonial por resgatar um deles.

— Uma crosta finíssima de autocongratulação sobre um pudim bem bagunçado — retruquei. — O que inclui o fato bastante provável de um ato inimigo ter ocorrido contra a *Odhiambo* em nosso próprio território espacial, que não previmos, nem pudemos combater, além de que agora não conseguiremos mais separar os humanos da União Colonial daqueles da Terra, como pretendíamos fazer nessas discussões, e o fato de que tudo isso serve perfeitamente bem aos planos daqueles que estão neste instante se reunindo contra você na Grande Assembleia.

— Creio me lembrar de você defendendo salvarmos os diplomatas humanos — disse Tarsem —, um conselho que acatei.

— Você tentaria salvá-los de qualquer jeito, não importava o que eu aconselhasse — comentei, o que o fez sorrir. — E essa decisão era mais importante do que mera politicagem. Em todo caso, o ato será visto por seus inimigos como prova de seu apreço pelos humanos, não como sinal de decência básica.

— Não entendo por que eu deveria me importar com o modo como isso será visto. Qualquer um com inteligência vai compreender o que houve.

— Qualquer um que não estiver cegado pela própria ambição e pela frustração com o Conclave, isto é. De resto, vão *optar* por não ver, como você bem sabe. Vão optar por enxergar o resgate dos terráqueos pelos coloniais como um evento de imensa significância, o que é de fato.

— Não acha que qualquer nave que estivesse naquele grau de proximidade teria feito essa tentativa de resgate daqueles diplomatas?

— Não – respondi. – Acredito que os *humanos* teriam feito essa tentativa de qualquer jeito. Aqueles humanos em particular, pelo menos.

— Você tem uma boa imagem dos coloniais.

— Tenho uma boa imagem da embaixadora Abumwe e da equipe dela, incluindo o empréstimo das FCD – falei. – Não confiaria um fogão nas mãos do governo deles e aconselho que *você* também não confie, não importa o que saia da boca da embaixadora em sua reunião com ela.

— Anotado – disse Tarsem.

— Mesmo a chegada dos dois grupos de humanos com um serti de diferença será anunciada como um fator relevante – comentei, voltando para o assunto em questão. – E esse foi um deslize que teria sido fácil de evitar, já que avisei você para não se reunir com os coloniais.

— E se eu não tivesse concordado com essa reunião, era provável que todos os humanos estivessem mortos, porque nossa missão de resgate teria fracassado. E você estaria morta junto com eles, devo acrescentar.

— Você não teria me enviado nessa missão de resgate se os coloniais não estivessem lá – apontei. – E se os humanos da Terra morressem, de fato seria trágico, mas não serviria de munição para seus inimigos.

— O fato de que a nave deles foi destruída em nosso espaço serviria.

— Poderíamos contornar isso com nossos achados e demissões, se necessário. Torm Aul não ficaria feliz em perder o emprego, mas é algo fácil de lidar.

— O caminho que essa conversa está seguindo é o tipo de coisa que me faz sorrir quando as pessoas que não conhecem você elogiam sua gentileza – disse Tarsem.

— Você não me mantém por perto para ser gentil, mas porque não minto quanto à sua situação. E ela agora está pior do que quando acordamos hoje cedo. E vai piorar ainda mais daqui em diante.

— Devo mandar embora os dois grupos de humanos?

— Agora é tarde demais. Todos presumirão que você teve reuniões clandestinas com ambos os grupos, e seus inimigos intimarão que os encontros ocorreram com os dois ao mesmo tempo, porque, aos olhos deles, são funcionalmente idênticos.

— Então estamos condenados, não importa o que façamos.

— Sim — respondi. — Estamos, sim. Porém, como sempre, estou aqui apenas fornecendo as informações para você. O que conta é o que faz com elas.

— Eu poderia renunciar.

— Como é?

— Disse que poderia renunciar — repetiu Tarsem. — Você mesma comentou antes que eu era mais eficaz quando estava no processo de construir o Conclave, quando eu era um símbolo de uma grande ideia, não o administrador de uma burocracia. Certo, não faz mal. Renuncio, continuo sendo um símbolo e deixo que outra pessoa administre.

— Quem?

— Você poderia assumir esse cargo — disse Tarsem.

— O que neste universo obscuro lhe deu a impressão de que *desejo* uma coisa dessas? — perguntei, genuinamente chocada.

— Talvez você seja boa nisso.

— E talvez eu seja um desastre.

— Até agora tem se dado muito bem.

— É porque conheço meus talentos — respondi. — Sou uma assessora. Sou a conselheira. De vez em quando, sou a faca que você crava no peito de alguém. Você sabe me manejar muito bem, Tarsem, mas é *você* quem me maneja.

— Então, quem você sugeriria?

— Ninguém — respondi.

— Não vou viver para sempre, sabe. Cedo ou tarde, alguém mais vai precisar aparecer para tomar o cargo.

— Sim — concordei. — E até lá vou garantir que esse alguém continue sendo você.

— Que lealdade — comentou Tarsem.

— Eu sou leal a você, sim — respondi. — Mas, mais do que isso, sou leal ao Conclave. Ao que construímos. Ao que construímos eu, você e todos os Estados-membros, até mesmo os mais imbecis que agora estão tentando desmanchá-lo para benefício próprio. E, neste momento, ser leal ao Conclave significa manter você onde está. E evitar que certas pessoas emplaquem votos de confiança na Grande Assembleia.

– Você é da opinião de que estamos próximos disso – disse Tarsem.

– Acho que o que vai definir isso é como os próximos sur vão se desenrolar.

– O que sugere?

– A esta altura, você precisa receber o relatório da embaixadora Abumwe – falei. – Isso é inevitável.

– Sim.

– Abumwe espera entregá-lo em mãos, diretamente.

– De fato – concordou Tarsem. – Imagino que ela espere que você esteja lá também, assim como Vnac Oi, seja em pessoa ou por via de uma escuta sub-reptícia.

– Mas não espera que o relatório permaneça em segredo por muito tempo.

– Essas coisas raramente permanecem.

– Então sugiro chegarmos a esse ponto um pouco antes do esperado – comentei.

– Você ainda acha que isso é uma boa ideia – disse-me Vnac Oi.

– É uma ideia útil – rebati. – O que é diferente de boa.

Oi e eu estávamos sentados no local mais distante da câmara da Grande Assembleia, num patamar tipicamente reservado para observadores e assessores dos representantes, os quais de vez em quando desciam aos compartimentos internos como cometas numa órbita de longo prazo para cumprir as vontades de seus chefes. Normalmente quando eu estava na câmara, me sentava no pódio central, contando cabeças enquanto Tarsem realizava a sessão regular de perguntas e respostas. Desta vez, ele não estava no pódio, e eu queria uma perspectiva um pouco diferente para minha contagem.

A câmara da Grande Assembleia estava lotada. Tarsem se sentava sozinho no banco em geral reservado para a chanceler e sua equipe. Para esse discurso em particular, a chanceler foi rebaixada ao banco usual dos representantes, e sua equipe foi despachada para o andar logo abaixo do meu. Pude ver as expressões faciais deles, vagamente escandalizados por esse rebaixamento.

No nível abaixo desse, estavam os humanos. Os diplomatas da União Colonial sentavam-se na lateral do arco, enquanto os humanos da Terra preenchiam o lado oposto. Havia uma lacuna substancial entre os dois.

— Ainda não sabemos o que há nesse relatório — comentou Oi.

— Um fato que julgo bastante impressionante, considerando quem você é — respondi.

— Bem, sim — disse Oi, com um gesto de irritação. — Fizemos uma tentativa, obviamente.

— O que vocês fizeram?

— Tentamos nos infiltrar no sistema da *Chandler* — falou Oi. — Fomos jogados num ambiente virtual onde havia um único arquivo, com o título "Para Vnac Oi".

— Ouso perguntar o que havia nele?

— Um vídeo de um ser humano expondo seu posterior, com as palavras "Espere que nem todo mundo".

— Que legal da parte deles terem pensado em você.

— Não é tão legal o fato de seus sistemas computacionais estarem agora protegidos demais para invadirmos.

— Você tem outras fontes dentro da União Colonial, tenho certeza.

— Tenho, sim — disse Oi. — Mas é por isso que essa não é uma boa ideia, Hafte. Você não faz ideia do que essa humana está prestes a dizer. Não sabe o estrago que poderá causar.

— Foi uma escolha do general conduzir as coisas desse jeito, não minha — respondi, o que era tecnicamente verdade.

— Por favor. — Oi me olhou atravessado. — Isso cheira a você do começo ao fim. Não finja que não sei quem colocou essa ideia na cabeça dele.

— Ponho montes de ideias na cabeça dele — respondi. — E você, idem. É o nosso papel. Ele decide o que faz com elas. Esse é o *papel dele*. E olha só — apontei, enquanto a embaixadora Abumwe surgia detrás do ponto central e se deslocava rumo ao púlpito que foi montado para ela. — Chegou a hora.

— Não é uma boa ideia — repetiu Oi.

— Talvez não — concedi. — Estamos prestes a descobrir.

Os sons de centenas de espécies de seres inteligentes cessaram enquanto Abumwe se aproximava do púlpito e apoiava várias folhas de papel em cima dele, algo incomum. Os diplomatas humanos costumavam manter seus apontamentos em computadores portáteis que chamavam de tablets. Nesse caso, as informações eram delicadas o suficiente para que, pelo visto, a embaixadora tivesse optado por armazená-las num formato difícil de replicar eletronicamente. Ao meu lado, pude ouvir Oi fazer um som de irritação. Elu havia reparado nos papéis também.

– Ao general Tarsem Gau, à chanceler Ristin Lause e aos representantes das nações constituintes do Conclave, eu, embaixadora Ode Abumwe, da União Colonial, mando minhas saudações honoráveis e ofereço minha humilde gratidão por esta oportunidade de discursar diante de todos – a embaixadora começou a se pronunciar. Em fones de ouvido, suas palavras estavam sendo traduzidas para centenas de idiomas diferentes. – Gostaria que fosse sob circunstâncias mais felizes.

"Como muitos aqui sabem, há certas informações que recentemente chegaram em posse de vários de seus governos. Elas parecem detalhar registros históricos referentes às atividades da União Colonial contra muitas de suas nações e contra o Conclave, no geral. Também pretendem delinear planos futuros contra o Conclave e várias de suas nações em linhas gerais, bem como contra a Terra, o lar original da humanidade.

"Boa parte das informações nesse relatório, especificamente as informações que descrevem ações do passado, é verdadeira."

Em resposta a isso, uma erupção de clamores irrompeu pela câmara. Compreendi o porquê, mas não me impressionou. Abumwe havia, em essência, admitido a veracidade de coisas que já sabíamos serem de fato verdadeiras; que a União Colonial havia guerreado contra muitos de nós e contra o Conclave. Não era novidade para ninguém, ou não devia ser, pelo menos. Corri meus olhos pela câmara, procurando antes os afrontados, mais do que os que se mantiveram apáticos.

– No entanto... *no entanto* – continuou a embaixadora, erguendo a mão para pedir silêncio –, não vim aqui nem para justificar, nem para pedir desculpas por ações do passado. O que vim fazer é avisá-los de que as outras informações do relatório são falsas, e que, por isso, ele representa um perigo a todos nós. À União Colonial, ao Conclave e às nações da Terra.

"Acreditamos, acreditávamos que cada um de nós aqui era inimigo do outro. Deixem-me sugerir hoje que há outro inimigo à solta, que ameaça as nações humanas e do Conclave igualmente. E que esse inimigo, embora diminuto em números, tem tido uma eficácia extraordinária em termos de estratégia, fazendo uso de ações dramáticas para obter efeitos desproporcionais a fim de aterrorizar cada um de nós, ao mesmo tempo que nos leva a crer que estamos nos aterrorizando mutuamente. E que esse inimigo pretende destruir tanto a União Colonial como o Conclave, para os próprios propósitos dogmáticos.

Abumwe olhou para cima, para sua equipe dois patamares abaixo de onde eu estava, e acenou com a cabeça. Um deles, que reconheci ser Hart Schmidt, digitou algo no tablet em mãos. Ao meu lado, Oi resmungou e sacou o próprio computador.

— Que desgraça — sussurrou elu, perdendo-se depois inteiramente na própria tela.

— Acabei de autorizar minha equipe a liberar o acesso de Vnac Oi, diretore de inteligência do Conclave, a um relato completo desse inimigo mútuo, um grupo que se chama de Equilibrium — disse Abumwe. — Tal grupo é composto por membros de espécies não afiliadas nem ao Conclave, nem à União Colonial, com destaque para os Rraeys. Mas também tem membros ativos que são traidores de outros governos e nações, incluindo Tyson Ocampo, ex-subsecretário de Estado da União Colonial, Ake Bae, dos Eyrs, Utur Nove, dos Elpris, e Paola Gaddis, da Terra. Seus planos incluem, entre muitos outros, o assassinato político do general Gau.

A câmara irrompeu em caos.

Voltei meu olhar rapidamente para o ponto onde se sentava Unli Hado, que havia se levantado do assento e gritava. Ao seu redor, vários outros representantes gritavam e gesticulavam na direção dele. Olhei de novo, dessa vez para o representante dos Eyrs, Ohn Sca, que abria caminho em meio a vários outros representantes, tentando sair da câmara. Sca foi empurrade de volta por outros deles, que tentavam fazê-le se sentar de novo no lugar. Olhei para cima e vi os humanos, alguns dos quais, sendo terráqueos, gritavam com os da União Colonial. No meio, três figuras se apoiavam uma contra a outra, aparentemente sussurrando. Reconheci Danielle Lowen, Harry Wilson e Hart Schmidt.

— Vnac Oi — pronunciei em meio à algazarra.

— Não é mentira — disse Oi, ainda olhando para a tela. — O que ela disse do arquivo, digo. É imenso. E está aqui.

– Envie-o – comandei.

– O quê? – Oi olhou para cima, para mim.

– Envie-o – repeti. – Inteiro.

– Não tive tempo de examiná-lo.

– Também não teve tempo para isso com os dados de Ocampo – rebati.

– O que não é uma recomendação para mandar *isto* aqui.

– Quanto mais tempo o relatório ficar exclusivamente em sua posse, maior a margem que você deixa para aqueles que acabaram de nos acusar de manipular os dados em conluio com a União Colonial. Envie tudo. Agora.

– Para quem?

– Todo mundo.

Os tentáculos de Oi dançavam pela tela.

– Também não acho que seja boa ideia – disse elu.

Então voltei minha atenção para Abumwe, que estava esperando em silêncio atrás do púlpito. Eu estava começando a me perguntar se não devia ter enviado um destacamento de segurança para ela. Também me perguntava se a embaixadora ia começar a se pronunciar de novo.

Essa dúvida, pelo menos, ela logo respondeu:

– Nenhum de nós é inocente – falou, com ênfase, e a poeira começou a baixar. – *Nenhum* de nós é inocente – repetiu. – A União Colonial e o Conclave, os terráqueos e aqueles que estão fora de nossos governos. Todos contamos com pessoas que identificaram fraquezas, viram pontos de fragilidade e enxergaram maneiras de usar nossos costumes e teimosias contra nós. A ameaça é verdadeira. É uma ameaça tão prática quanto existencial. Se não for encarada por todos nós, é provável que sejamos todos destruídos.

– Vocês são o inimigo! – alguém gritou para Abumwe.

– Talvez, sim – respondeu a embaixadora. – Mas, neste momento, não somos o inimigo com quem precisam se preocupar. – E assim desceu do pódio, diante da raiva crescente do coro.

– Como *ousa*? – vociferava Unli Hado contra Abumwe.

Estávamos na sala de conferências adjacente ao gabinete público de Tarsem, a mais impressionante, que ele usava para eventos formais. Ali dentro estavam Tarsem e eu, Oi, Lause, Abumwe, Hado, Sca, Byrne, Lowen e Harry Wilson. Em essência, os representantes de todos os grupos denunciados pelo discurso da embaixadora. Tarsem nos levou à sala imediatamente após o discurso.

— Como ousa — repetiu Hado. — Como ousa questionar minha lealdade ou a lealdade de minha nação ao Conclave? Como ousa sugerir que qualquer membro de meu povo poderia conspirar contra ele, ou conspirar com *seu povo*.

— Não *ousei*, representante Hado — disse Abumwe, impassivelmente sentada à mesa da sala de conferências. — Apenas contei a verdade.

— A verdade! — exclamou Hado. — Como se a União Colonial algum dia tivesse se preocupado com *esse* conceito em particular.

— Onde está Utur Nove, representante Hado? — perguntou Abumwe. — Nossas informações a respeito dele nos dizem que foi um diplomata de algum destaque em meio aos Elpris. Se duvida das informações que fornecemos, por que não confere com ele?

— Não tenho a obrigação de me manter atualizado quanto ao paradeiro de todos os membros da força diplomática de Elpri — rebateu Hado.

— Talvez não, mas é algo que me interessa — disse Oi. — E acabei de conferir a versão que temos registrada dessas informações. Há muitos anos elprianos Utur Nove está supostamente aposentado e desfruta de uma sinecura numa fundação de pesquisas. Segundo as informações de contato da fundação a respeito de Nove, ele está "num período sabático", sem dados adicionais.

— Está falando sério, diretore Oi? — indagou Hado. — A ausência de informações não é o mesmo que a presença delas. Conheci Utur Nove. Não há nada no passado dele que sequer sugere que pudesse agir contra Elpri ou o Conclave.

— Contra Elpri, não, disso tenho certeza — afirmou Oi. — Mas contra o Conclave?

— O que quer dizer?

— Quero dizer que o senhor tem sido imensamente crítico quanto ao Conclave nos últimos tempos. Não seria irracional presumir que está oferecendo uma perspectiva da qual seu governo, de modo geral, partilha.

— Quem venho criticando são *eles*! — Hado estirou o braço na direção de Abumwe, que continuou sentada e impassível. — Estes humanos, que representam a maior ameaça material de todas para o Conclave, em toda nossa história. Ou por acaso se esqueceu de Roanoke, Oi? — Hado voltou-se para Tarsem. — Acaso *o senhor* se esqueceu, general?

— Não me lembro de a União Colonial ter se fingido de aliada em algum momento, Hado — disse Oi.

— Vá em frente, repete isso — esbravejou Hado, voltando sua atenção para Oi. — Me acuse de traição só mais uma vez, diretor Oi.

— Já basta, vocês dois — interrompeu Tarsem. Hado e Oi se acalmaram. — Ninguém vai acusar outra pessoa de traição ou infidelidade com o Conclave.

— É tarde demais para isso, general — disse Sca, pronunciando-se pela primeira vez. Elu olhava para Abumwe com raiva.

— Então deixem-me afirmar com palavras simples — disse Tarsem. — *Eu* não acusei, nem acusarei, você ou Unli Hado de traição, nem de infidelidade. Neste caso em particular, essa é uma declaração importante.

— Obrigade, general — disse Sca, após um momento. Hado não disse nada.

Tarsem voltou-se para Abumwe:

— Você jogou uma bomba e tanto em cima de nós, não é?

— Eu me ofereci para compartilhar essas informações a sós, apenas com vossa excelência, general — retrucou a embaixadora.

— Sim, de fato, mas não é essa a parte relevante — disse Tarsem. — A parte relevante é que nos acusam de ter traidores entre nós.

— Sim — confirmou Abumwe. — Traidores. Espiões. E oportunistas. E todos as opções anteriores, juntas e misturadas. Assim como nós. — Abumwe acenou com a cabeça para Byrne e Lowen. — Assim como eles. Mas esse não é o problema real, general. Sempre tivemos traidores, espiões e oportunistas. O problema atual é que todos os nossos traidores, espiões e oportunistas se encontraram e decidiram trabalhar contra nós, para os próprios propósitos.

— E o que propõem que façamos a respeito? — perguntou Oi a Abumwe.

— Não proponho que *nós* façamos algo a respeito — disse Abumwe, voltando-se para Tarsem. — Permita-me ser franca, general.

— À vontade — respondeu ele.

— Precisamos deixar claro o motivo de eu estar aqui — disse Abumwe, voltando sua atenção mais uma vez a Oi. — Não estou aqui porque a União Colonial tem carinho pelo Conclave ou porque acreditamos que compartilhar essa informação permitirá que nossas uniões caminhem rumo a uma direção mais amigável. — Ela gesticulou na direção de Hado, que deu toda impressão de estar ofendido que um ser humano sequer ousasse chamar a atenção para ele. — O representante Hado pode estar equivocado quanto às suas óbvias suspeitas a respeito dessas informações, mas não está equivocado quanto ao fato de que a União Colonial tem sido uma ameaça material para vocês. Isso é verdade.

— Obrigado — disse Hado, imediatamente parecendo se dar conta da impertinência do comentário.

— Não é nada que precise agradecer — disse Abumwe, e admirei o efeito sutil dessa afirmação, que se somou ao constrangimento de Hado. — Estou apenas declarando um fato óbvio. Não é uma abertura ou um degelo de nossas relações. Estou aqui porque não temos outra escolha senão compartilhar essas informações com vocês. Se permitirmos que as mentiras do Equilibrium quanto a nossas intenções sejam disseminadas sem contestação, é provável que duas coisas aconteçam. A primeira — Abumwe gesticulou de novo na direção de Hado — é que ele ou alguém como ele vai exigir que o Conclave ataque e destrua a União Colonial.

— E ela seria de fato destruída — afirmou Sca.

— Não discordamos — respondeu Abumwe. — Mas o custo disso seria altíssimo, e não seria nem de longe tão fácil quanto alguns gostariam de sugerir, apesar da situação atual da uc no que diz respeito à Terra. — Ela olhou diretamente para Tarsem. — Os humanos têm um termo que se chama "vitória pírrica".

— "Mais uma vitória dessas e estaremos acabados" — disse Tarsem.

— O senhor tem familiaridade com o termo, então.

— É bom conhecer o inimigo.

— Sem dúvida — concordou Abumwe. — E, sem dúvida, está ciente de que o conhecemos tão bem quanto o senhor nos conhece. Poderia nos destruir. Mas levaríamos vocês conosco.

— Nem todos — protestou Hado.

– Levaríamos o Conclave – disse Abumwe, olhando-o diretamente mais uma vez. – Que é o único inimigo que importa aqui, representante Hado. E essa é a segunda coisa. Depois de tirarmos sangue de vocês, diminuirmos sua reputação ilibada de serem grande demais para cair e deixarmos que o medo se perca em meio ao vácuo das estrelas, o Conclave em si há de rachar. – Desta vez ela apontou para Hado, em vez de apenas gesticular na sua direção dele. – Este aqui ou alguém como ele vai ser o responsável por isso. Ainda mais se, durante esse conflito com a União Colonial, o Conclave buscar trazer a Terra para o seu lado.

– Não temos interesse oficial algum em entrar para o Conclave – falou Lowen.

– Claro que não – disse Abumwe, olhando para ela. – A esta altura, não faria sentido, porque, por ora, contam com os benefícios da associação sem qualquer uma das obrigações. Mas se o Conclave e a União Colonial entrarem em guerra, vão começar a se preocupar que possamos vir até vocês para tomarmos o que costumavam nos dar de graça: soldados. E então vão pedir para entrar no Conclave. E essa vai ser a desculpa que alguém como o representante Hado precisa.

– E voltamos à minha suposta traição – disse Hado.

– Não, não traição, representante Hado – falou Abumwe. – Permita-me lhe oferecer o elogio de presumir que é inteligente demais para isso. Não, imagino que o senhor ou alguém parecido vá assumir a posição de salvador do Conclave, alguém capaz de resgatá-lo da sombra que ele se tornou. E se não puder atrair membros o suficiente para acompanhá-lo, então talvez vocês se separem, trazendo consigo algumas outras nações afins, que vão se chamar de Novo Conclave ou algo do tipo. E, depois disso, não vai demorar muito. Porque embora o senhor seja inteligente demais para cometer traição, representante Hado, sinto que não é nem de longe inteligente o bastante para se dar conta do quanto suas ambições superam sua capacidade de manter unidas quatrocentas espécies. De novo, para ser franca: o senhor não é bom o suficiente. Tem apenas uma pessoa nesta sala que é.

Olhei de relance para Oi, que retribuiu o olhar. Sabia que elu estava adorando essa humilhação de Hado nas mãos de uma representante da espécie que ele mais detestava.

— Que arrogante da sua parte presumir tantas coisas sobre mim nesses poucos ditu, embaixadora — disse Hado.

— Não presumi nada — respondeu Abumwe. — Temos um arquivo sobre o senhor. — Ela virou-se para Sca. — E sobre elu também. E sobre todos os diplomatas em todas as nações que conhecemos as quais tenham um representante no Equilibrium, incluindo nossa própria espécie. Está tudo no relatório.

— Eu gostaria que retornássemos a esse relatório — sugeriu Tarsem.

— Claro — falou Abumwe.

— A existência dele implica que vocês têm um espião no Equilibrium, e isso já há algum tempo. O que me deixa curioso quanto ao motivo de escolherem o momento atual para oferecer essas informações, sendo que o grupo representaria uma ameaça a nós dois.

— Novamente, peço permissão para ser franca.

— Embaixadora Abumwe, a essa altura não consigo imaginá-la sendo qualquer outra coisa.

— Se o Equilibrium não tivesse divulgado os dados que tinham, jamais teríamos compartilhado isso com vocês — admitiu Abumwe. — Ficaríamos felizes em tomar essas informações e moldá-las, junto com o que sabemos do Equilibrium, para nossos próprios fins. Reitero que não as estamos compartilhando porque queremos sua amizade, general.

— Compreendo.

— Mas, quanto ao espião, o fato é que não temos um espião, na verdade. O Equilibrium cometeu um erro e fez um refém que não foi capaz de controlar. Esse refém foi mais esperto que os captores, roubou os dados deles e uma de suas naves e trouxe tudo até nós.

— Por lealdade à União Colonial?

— Não — interveio Harry Wilson. — O motivo principal é que o Equilibrium deixou ele puto da vida.

— Antes de considerarmos confiar nessas informações, talvez devêssemos considerar a fonte — disse Hado. — E qual é a suposta fonte de vocês?

— Por acaso, é o piloto da *Chandler* — afirmou Abumwe.

Hado voltou-se para Tarsem:

— Então voto a favor de o trazermos para cá, a fim de o interrogarmos.

— Não é tão simples — disse Wilson.

— Por quê? — perguntou Hado a ele. — De algum modo o sujeito é *incapaz* de pegar uma nave de transporte?

Isso fez Wilson sorrir, por algum motivo.

— General Gau, conselheira Sorvalh, representante Hado e srta. Lowen, permitam-me apresentá-los a Rafe Daquin, piloto da *Chandler*. — Wilson gesticulou na direção da caixa situada na ponte de comando da nave, na qual se via um cérebro humano.

— Isso me parece familiar — falei a Wilson, encarando a caixa.

— Achei que a senhora poderia pensar isso — respondeu ele.

— Quem fez isso com ele? — perguntou Hado.

— Como, senhor? — disse Wilson.

— A prática da encefalotomia não é estranha à União Colonial — explicou Hado. — Ela é notória por isso.

— Está me perguntando se foi obra da UC?

— Sim, embora honestamente não tenha a menor expectativa de receber uma resposta sincera a essa pergunta — respondeu Hado.

— Você poderia perguntar a ele — sugeriu Wilson.

— Como é?

— Poderia perguntar a Rafe — repetiu Wilson.

— Sim, poderia — disse uma voz, por meio dos alto-falantes. — Estou literalmente bem aqui.

— Certo — disse Lowen. — Senhor Daquin, quem fez isso com você?

— Quem botou meu cérebro numa caixa? Foi obra do grupo que se chama de Equilibrium, srta. Lowen — respondeu Daquin.

— E por que fizeram isso? — indagou Tarsem.

— Em parte para reduzir o número de partes móveis necessárias para gerenciar a nave — disse Daquin. — Em parte para garantir que eu continuaria sob controle deles. Presumiram que eu faria qualquer coisa que quisessem se prometessem me devolver meu corpo.

— E por que você se recusou? — perguntou Tarsem.

— Porque imaginei que não tivessem a menor intenção de cumprir a promessa.

— Mas a União Colonial poderia ter lhe dado outro corpo — observou Hado. — E não o fizeram. Estão usando você, assim como esse grupo Equilibrium usou.

— Estão desenvolvendo um novo corpo para mim agora mesmo, enquanto conversamos — disse Daquin. — Estará pronto em breve. Mas Harry aqui me perguntou se eu me incomodaria de fazer parte da tripulação da *Chandler* por um tempinho, ainda mais para viagens como esta, em que as pessoas precisam ser convencidas de que o Equilibrium existe e não é apenas uma história conveniente para a narrativa da União Colonial.

— Se isso for real — disse Hado.

— Pode chamar alguns de seus cientistas aqui para me testarem, se quiser — falou Daquin. — Gosto de ter companhia.

— Ainda assim, não prova nada — disse Hado, voltando-se para Tarsem. — Querem nos fazer acreditar que essa criatura desafortunada não está sendo coagida a dizer que os relatórios partiram dele. Não podemos crer que alguém nessa posição não diria tudo que seus captores querem que diga.

— Captores — repetiu Daquin, com um desprezo que não tinha como passar despercebido. — Sério mesmo, quem é esse sujeito?

— O representante Hado apresenta um bom argumento — falei. — O senhor é um cérebro numa caixa, sr. Daquin. Não temos qualquer garantia de que não está sendo usado.

— Você conta para eles, Harry, ou eu conto? — perguntou Daquin.

— Por motivos óbvios, é melhor você contar — respondeu Harry.

— General Gau, conselheira Sorvalh, vocês estão cientes de que su diretore de inteligência tentou hackear os sistemas da *Chandler* quando chegamos, correto? — perguntou Daquin.

— Sim, estamos cientes disso — confirmei.

— Claro que sim. Sabem o que diretore Oi encontrou, não sabem?

— Oi disse ser uma imagem de alguém mostrando seu posterior.

— Aham, é o que chamamos de "bunda-lelê" — confirmou Daquin. — Eu fiz isso, conselheira. Não o bunda-lelê, por motivos óbvios. Mas plantei a imagem onde ela seria encontrada. E fiz isso porque não sou apenas o piloto desta nave, eu *sou* a nave. Ela está inteira e completamente sob meu controle. A *Chandler* possui uma tripulação, que gerencia as operações, pode perguntar à capitã Balla, se quiser confirmar, mas no fim o controle que eles têm sobre a nave é apenas o que eu permitir. Porque a nave sou eu. E escolho ajudar. Sem minha cooperação, o único modo de a União Colonial controlar esta nave seria destruindo-a. E eu me destruiria antes que isso pudesse acontecer.

— Presumo que ainda precise ser alimentado — afirmou Tarsem. — A nave ainda precisa de energia. Para isso, precisaria da União Colonial.

— Será mesmo? — rebateu Daquin. — General, se eu lhe pedisse asilo político agora mesmo, meu pedido seria concedido?

— Sim — disse Tarsem.

— E presumo que vocês não me deixariam morrer de fome.

— Não.

— Então o senhor acabou de invalidar sua própria afirmação.

— Mas você ainda precisa da União Colonial para receber seu corpo de volta — disse Lowen.

— Para desenvolver um corpo novo, quer dizer.

— Sim.

— Senhorita Lowen, há uma porta à sua esquerda. Quando a nave foi construída, era o gabinete do capitão. Por favor, vá até ela e abra a porta.

Lowen encontrou a porta e a abriu.

— Ai, meu Deus! — exclamou, escancarando-a de tal modo que todos podíamos ver.

Lá dentro, havia um contêiner com um corpo humano.

— Este sou eu — disse Daquin. — Ou serei eu, em todo caso, depois que terminarem de desenvolver o corpo e eu decidir me colocar ali dentro. Representante Hado, pode mandar seus cientistas conferirem o DNA com o de meu cérebro aqui. Eles correspondem. Mas a questão é que, não, a União Colonial não está usando meu corpo para me fazer de refém. Ela não está *me* fazendo de refém. Não está me coagindo. Agora, podem acreditar ou não, mas a essa altura, se não acreditarem em mim, não é porque não me esforcei para facilitar para vocês.

— Senhor Daquin — falei.

— Sim, conselheira Sorvalh.

— Era o senhor quem estava pilotando a nave durante o resgate dos diplomatas.

— Sim, era eu — confirmou Daquin. — Temos outros dois pilotos, mas era eu quem estava no controle nesse momento.

— Conheço ume piloto que disse ter sido uma demonstração impressionante de habilidades e que quer lhe pagar várias bebidas para comemorar.

— Diga a su amigue piloto que aceito, em tese — falou Daquin. — A parte da bebida vai ter que esperar.

— Está feliz? — perguntei a Tarsem, quando estávamos a sós em seu gabinete mais uma vez.

— Feliz? — disse ele. — Que pergunta esquisita.

— Digo, quero saber se tudo que você planejou para hoje aconteceu.

— Meus planos eram apenas que Abumwe fizesse o discurso, e sequer foi *meu* plano — rebateu Tarsem. — Foi um plano seu. Por isso, imagino que eu deveria perguntar se *você* está feliz.

— Ainda não — respondi.

— Por que não? — perguntou Tarsem. — O discurso de Abumwe interferiu totalmente no embalo de Unli Hado e seus partidários para emplacar o voto de confiança. O fato de eu ter garantido a Hado e Sca que não os considero traidores não quer dizer que suas reputações não estejam agora destruídas e sem qualquer chance de recuperação. Mesmo que continuem no cargo de representantes.

— Não vou fingir que não gostei de ver Hado ser esmagado hoje — falei. — Esse linha-dura fanfarrão mereceu a paulada. Mas agora temos o problema um tanto maior de que os Elpris assim como os Eyres acabaram tendo a reputação manchada pela acusação de, se não traição, pelo menos uma perda de confiança do mais alto grau. E sabe que não vão ser as únicas nações que abrigam membros desse grupo Equilibrium. Vnac está analisando os dados agora mesmo.

— Você está preocupada com o que vai sair disso.

— Não — neguei. — Estou preocupada que você será acusado de usá-los para começar a eliminar oponentes políticos, incluindo nações inteiras. Por mais que eu goste de ver a humilhação de Hado, não ajuda o fato de que os Elpris, logo eles, foram um dos povos elencados na lista do relatório de Abumwe. Não importa se Vnac validar o relatório todo, não importa que tudo seja impecavelmente verdadeiro, ainda assim haverá aqueles que enxergarão nisso apenas uma chance para você fazer um acerto de contas num momento de vulnerabilidade.

— Você deu ordens a Oi para que elu liberasse as informações a fim de evitar isso.

— Dei essas ordens para não parecer que você estava em conluio com a União Colonial – expliquei. – Esse problema está resolvido. O outro permanece.

— O que sugere?

— Creio que você precisa tratar disso direta e pessoalmente no tablado da Grande Assembleia.

— E o que quer que eu diga lá?

— O que disse a Hado e Sca – respondi. – Só que em termos maiores. Abrangendo nações, não diplomatas.

— Vamos encontrar traidores – disse Tarsem.

— Sim, mas aí serão pessoas. Indivíduos.

— Indivíduos que poderão ser capazes de persuadir seus governos a saírem do Conclave.

— Mais um motivo para deixar claro que as ações de alguns poucos iludidos não refletem a atitude do povo como um todo.

— Você acha que isso vai dar certo.

— Acho que é melhor do que encorajar nossos membros a começarem a se acusar mutuamente de conspiração para a derrubada do Conclave. Esse caminho não leva a qualquer lugar desejável.

— O quanto está envolvida com essa ideia? – perguntou Tarsem. – Presumindo que a União Colonial não esteja armando um grande golpe para cima de nós, que é uma coisa que você suplicou para que eu levasse em consideração e é o que farei, é possível que os governos de todos os Estados-membros estejam *sim* trabalhando para pôr um fim ao Conclave. Já tivemos tentativas antes. E assim estaríamos permitindo que se safem.

— Não. Estaríamos oferecendo a possibilidade de darem um passo atrás diante do abismo, antes de cairmos nele.

— É um modo otimista de olhar para a situação.

— Não é nada otimista. Estamos ganhando tempo para lidar com o problema.

— E se não tivermos mais tempo?

– Então lidaremos com o problema agora – concluí. – Mas penso que todos estão começando a se dar conta do quanto o abismo está próximo neste momento. Pouquíssimas pessoas de fato estão dispostas a mergulhar nele.

– Você é otimista mesmo, então – disse Tarsem. – Porque, no momento, acho que ainda há alguns pensando no abismo como uma ótima ideia.

– É por isso que quero que você os convença do contrário.

– Obrigado por sua fé em minhas capacidades.

– Não é fé – corrigi. – É confiança.

PARTE 4

– Qual das notícias você quer que eu conte primeiro? – perguntou-me Vnac Oi. Eu estava em seu gabinete de novo, para a primeira reunião do sur.

– São boas notícias? – perguntei em resposta.

– Não – disse Oi. – Mas tenho notícias que são objetivamente menos ruins do que outras.

– Então, por favor, vamos começar com elas.

– Já concluímos a primeira varredura do processo de mineração e semântica dos dados do relatório Abumwe – informou Oi. – E fizemos referências cruzadas com as informações que possuímos em nossos próprios bancos de dados. A versão resumida é que são menos problemáticos do que aqueles do relatório Ocampo.

– "Menos problemáticos."

– Quer dizer que há menos contradições e inverdades óbvias em comparação com os que estão em nossas mãos.

– Então quer dizer que a União Colonial, para variar um pouco, está de fato dizendo a verdade?

– Eu nunca disse "a verdade" – respondeu Oi. – Disse que há menos inverdades evidentes. E mesmo que estejam sendo sinceros em grande parte, o que é algo que ainda precisamos averiguar, a verdade em si não é necessariamente uma coisa positiva. A questão sobre *qual* a verdade está sendo revelada, quais informações estão compartilhando conosco, é tão importante quanto. Quando Abumwe compartilhou isso conosco, o que eu queria saber mesmo eram as coisas que ela *não* compartilhou.

— Preciso saber se você acredita na existência desse tal grupo Equilibrium e que eles são a ameaça que a embaixadora diz que são.

— Sim para a primeira pergunta. Quanto à segunda, a resposta é inconclusiva. Precisamos repassar os dados mais algumas vezes para termos certeza. Mas essa é a questão, conselheira.

— Imagino que seja nesse ponto que as notícias menos ruins gradualmente se tornam más notícias — falei.

— No que você estaria correta, porque, neste momento, *não importa* se as informações de Abumwe são verídicas ou não — disse Oi. — O general tinha razão quando disse que a União Colonial e Abumwe jogaram uma bomba no nosso colo, uma que você sugeriu deixar que ela detonasse, devo lembrá-la, e agora tudo que escuto são nossos membros triangulando ações para se aproximarem ou se afastarem disso. Introduzimos o caos à mistura típica de ambição e venalidade que chamamos carinhosamente de Grande Assembleia. Antes, tínhamos dois grupos primários na câmara: aqueles se afastavam aos poucos do Conclave e aqueles que o apoiavam no geral. No momento, meus analistas identificaram seis grupos filosóficos distintos. Alguns deles acreditam no relatório Ocampo e alguns no relatório Abumwe, e há também os que não se importam com o valor da verdade de qualquer um dos dois e sim com a possibilidade de usá-los como ferramentas para acertos de contas políticos. O grupo que me preocupa em especial é o que meus analistas estão chamando de "expurgadores". Dá para adivinhar o que eles querem fazer.

— O general está se dirigindo à Grande Assembleia para tratar desse exato problema.

— Sem dúvida por conta de seus conselhos.

— Isso me soou mais acusatório do que de costume, diretore.

— Peço desculpas — disse Oi. — Não quero sugerir que foram maus conselhos. É só que você parece ter mais influência sobre o general do que de costume nos últimos tempos.

— Não acredito que isso seja verdade.

— Se você diz. No mínimo do mínimo, todos os outros andam ocupados demais para repararem.

— Acha que, politicamente, o general está pior agora do que estava antes? — perguntei, mudando de assunto.

— Não — respondeu Oi. — Antes de Abumwe discursar para a Grande Assembleia, o general estava na mira de uma grande facção que propunha exercer pressão para que um deles fosse colocado no poder. Agora ela se fragmentou e todas as facções estão brigando entre si. Então, se seu plano era desviar a atenção em cima do general, deu certo. Claro que há complicações. O que era melhor para o general no curto prazo, creio, não é o melhor para o Conclave no longo prazo. Você está ciente disso, conselheira.

— Estou — respondi. — Vamos ganhando tempo como pudermos.

— Você já ganhou tempo sim — concordou Oi. — Só tenho dúvidas quanto à qualidade desse ganho.

Em meu gabinete, logo antes do discurso do general, fiquei encarando Abumwe, e ela a mim.

— Acredito que nós duas somos pessoas muito parecidas — eu lhe disse, enfim. — Ambas acreditam na utilidade da verdade, apesar do contexto no qual trabalhamos.

— Fico feliz que pense isso, conselheira — disse Abumwe e esperou que eu continuasse.

— A senhora foi franca ontem em nossa reunião, após sua apresentação — continuei. — Esperava que o fosse agora também.

— Como quiser — respondeu Abumwe.

— O que a União Colonial espera ganhar ao compartilhar conosco a informação que vocês têm?

— Esperamos evitar uma guerra com o Conclave — disse Abumwe.

— Sim — respondi. — Mas o que mais, além disso?

— Não recebi mais nada em meu relatório, pública ou particularmente — falou Abumwe. — Sabíamos que Ocampo e o Equilibrium queriam que nos voltássemos um contra o outro para promover os próprios objetivos. Sabíamos que o resultado disso seria péssimo para nós e então seríamos obrigados a garantir que o resultado fosse péssimo para vocês, o máximo possível.

— Apresentar essas informações não põe um fim ao potencial conflito entre nós.

— Não, claro que não. Mas, se o conflito ocorrer, será por conta de nossa própria imbecilidade, não de mais ninguém.

Isso me arrancou um largo sorriso. Abumwe, diplomata profissional, sequer hesitou. Falei:

— Mas a senhora mesma não acredita que o que estava em seu relatório representa a totalidade da motivação pela qual essas informações nos foram entregues.

— Está pedindo minha opinião, conselheira.

— Sim.

— Não, não acredito — respondeu ela.

— Poderia me dizer o que pensa quanto ao que seriam esses outros motivos?

— Seria irresponsável da minha parte.

— Por favor.

— Imagino que o que queríamos foi de fato o que aconteceu — afirmou Abumwe. — Usar as informações para destruir a cortesia entre as nações do Conclave a fim de forçar as fissuras que já estavam se desenvolvendo. Vocês poderiam nos destruir, mas mesmo que os levássemos conosco, isso não traria consolação alguma. Melhor se destruírem entre si sem nos destruir antes.

— E acredita que é o que vai acontecer? — perguntei. — Que os membros do então Conclave, enquanto indivíduos ou em grupos, iriam convenientemente esquecer que seu relatório nos pôs no caminho rumo à destruição? Que esqueceriam Roanoke? Que esqueceriam todos os outros motivos que temos para desprezá-los?

— O que acredito fica à parte de minhas responsabilidades para com a União Colonial.

— Compreendo — respondi. — Mas não foi o que perguntei.

— O que acredito é que ambos os nossos governos estão numa situação impossível no momento, conselheira — disse Abumwe. — Fomos forçados até aqui por conta desse tal de grupo Equilibrium, sim. Mas ele não seria capaz de nos conduzir, por conta própria, ao ponto onde estamos agora. Podemos colocar a culpa por essa situação nele ou nos culpar mutuamente.

Mas estamos onde estamos porque nós nos colocamos aqui. Não sei se há um modo de evitarmos o que vem por aí. O melhor que podemos fazer é adiar isso e esperar que outra coisa venha no caminho, que nos salve de nós mesmos.

– Outra coisa que temos em comum, embaixadora.

– Não duvido, conselheira – disse Abumwe. – Segundo os boatos, o general vai dar um discurso hoje à Grande Assembleia.

– Ele vai, sim.

– Com a esperança de reparar o estrago que meu relatório causou.

– Esse é um dos motivos, sim.

– Se eu fosse ele, ou a senhora, não teria me permitido discursar na assembleia.

– Se não tivesse discursado, teríamos problemas diferentes.

– Talvez fossem problemas melhores.

– É discutível – retruquei.

– Acha que vai ajudar? O discurso do general hoje?

– Vamos esperar que sim – respondi. – Pelo nosso mútuo bem-estar.

– Estamos num momento crítico da história do Conclave – dizia Tarsem, do púlpito no centro da Grande Assembleia. E depois engatou muitas outras palavras.

Eu não prestava atenção às palavras em particular. Da minha perspectiva, atrás dele, mais para o lado, estava fazendo o que fazia melhor: contar cabeças. Olhava para aqueles que assentiam, atentos ao que ele tinha a dizer. Olhava para aqueles que transmitiam incredulidade, raiva ou medo.

Se acha que essa é uma tarefa fácil quando há quatrocentas espécies envolvidas, algumas das quais sequer possuem cabeças capazes de demonstrar emoções visíveis ou, de fato, algumas das quais sequer possuem o que seria possível descrever como "cabeças", com certeza o convidaria a experimentar.

– Preciso que você preste atenção particularmente em Prulin Horteen – falei a Tarsem, logo antes de ele começar o discurso. – Foi ela que Oi apontou como líder da facção emergente dos "expurgadores". Precisamos extirpá-los antes que cresçam mais.

– Sei o que ela está aprontando – disse Tarsem. – Falei com Vnac.

– Quando?

– Pouco antes de chegar. Enquanto você conversava com a embaixadora Abumwe. Tenho reuniões nas quais você não está presente, sabe?

– Não recomendo.

– Imagino que não. – Tarsem sorriu. – Não se preocupe, Hafte. Esse discurso vai resolver várias questões. Tenho confiança nisso.

– Pode ser um começo, em todo caso.

– Fizemos uma coisa boa aqui – disse Tarsem. – Com o Conclave, digo. Você, eu e todo mundo nesta assembleia. Construí-lo foi o trabalho de uma vida toda.

– É mesmo uma coisa maravilhosa – concordei. – Se conseguirmos mantê-lo.

– Acho que conseguiremos – disse Tarsem.

– Comece suprimindo Prulin Horteen – falei. – E aproveite e pegue Unli Hado também.

Olhei de relance para o lugar onde Unli Hado se sentaria. Havia um espaço substancial ao redor; parecia que ele tinha ficado em maus lençóis depois que os Elpris foram acusados por Abumwe de participar do Equilibrium. Não muito longe dele, porém, estava Prulin Horteen, que pensava, sem dúvidas, estar ajudando Tarsem ao tentar colocar espécies inteiras na mira do Conclave. Voltei minha atenção ao general, que, por acaso, estava tratando desse exato problema.

– ... diretor Oi e seus analistas estão analisando agora mesmo os dados dos relatórios opostos para nos dizer quais informações são precisas, quais não são, e, o que é mais importante, o que *não* nos está sendo dito. Até termos essa análise completa e o relatório do gabinete de Oi, não posso e *não irei* especular quanto à lealdade de qualquer uma de nossas nações-membros. Há nessas nações indivíduos que desejam mal ao Conclave? Sim, claro. Iremos encontrá-los e lidaremos com eles.

"Porém, indivíduos não são espelhos precisos de suas nações. E não importa em qual dos dois relatórios depositem sua fé, seja no de Ocampo ou no de Abumwe, a intenção por trás de ambos é a mesma: a dissolução e destruição do Conclave. Um retorno à violência e selvageria entre nossas nações das quais ainda nos lembramos. Não podemos permitir que isso aconteça. *Eu* não permitirei que isso aconteça. Não somos uma união vazia. Optamos por participar do que é nossa melhor oportunidade para a paz.

"Repito: não devemos recair na selvageria de novo. Não somos uma união vazia..."

E o púlpito de Tarsem explodiu.

Não consegui apreender esse fato imediatamente. Fui atirada de costas pela explosão, na direção do assoalho. Minha fisiologia faz com que eu seja difícil de derrubar, como qualquer outro Lalan. Ainda assim caí, atordoada, surda e maravilhada por estar, de algum modo, no chão.

Então minha mente voltou a funcionar, e eu gritei e me arrastei até Tarsem.

Ele estava destruído, mas ainda não morto. Eu o agarrei e olhei em seus olhos enquanto procuravam algo para focalizar. Enfim ele me encontrou.

Não disse nada – acredito que não fosse capaz de falar naquele estado –, mas simplesmente ficou me observando olhá-lo, abraçando-o nos momentos finais de sua vida.

Então parou de observar e me deixou.

Nisso, tomei consciência do tumulto e da loucura ao meu redor, conforme os representantes e seus assessores corriam, subindo uns sobre os outros e tentando fugir da câmara da Grande Assembleia. Depois tomei consciência da equipe de segurança de Tarsem, que se aglomerou ao nosso redor, afastando-me dele e arrastando nós dois, para longe – eu presumivelmente rumo a um lugar seguro, e Tarsem, ao esquecimento.

– Você precisa ser examinada por um médico – disse-me Oi.
– Estou bem – respondi.
– Não está nada bem. Está em choque e gritando porque não consegue ouvir direito. E está coberta de sangue, conselheira. É capaz que parte dele seja seu.

Estávamos numa sala protegida, não muito longe da câmara da assembleia. Membros do destacamento de segurança de Tarsem me cercavam, os quais já não eram mais destacamento de segurança dele, porque, de algum modo, haviam fracassado fundamentalmente em sua função. A raiva que eu sentia por esse fato crescia dentro de mim, mas me segurei e olhei para o oficial de segurança mais próximo.

— Vá buscar um médico — ordenei. — De preferência alguém que esteja familiarizado com Lalans.

O oficial de segurança me encarou.

— Conselheira, talvez seja melhor a senhora ir pessoalmente ao hospital depois de garantirmos a segurança do perímetro.

— Não me lembro de ter perguntado sua opinião — respondi. — Vá. Agora.

Ele então saiu, a passos rápidos. Voltei minha atenção para Oi e perguntei:

— Como foi que isso lhe escapou?

— Não tenho uma boa resposta para você agora, conselheira — disse Oi.

— Não, imagino que não. Você não tem uma boa resposta para como planos de assassinato do general lhe escaparam. — Acenei com a mão ensanguentada para um dos membros remanescentes do destacamento de segurança. — Eles também não têm uma boa resposta, tenho certeza, para a pergunta de como alguém conseguiu plantar uma bomba no púlpito bem debaixo de seus narizes. Ninguém tem uma boa resposta para a pergunta de quem está encarregado do Conclave agora. Estamos todos sem nenhuma boa resposta para qualquer coisa que de fato importa neste exato momento.

— O que você gostaria que eu fizesse, conselheira? — perguntou Oi.

— Gostaria que voltasse no tempo e fizesse a droga do seu trabalho, Oi! — respondi, e desta vez eu estava gritando, mas não era por não conseguir ouvir direito.

— Quando tudo tiver terminado, se quiser, meu pedido de demissão estará na sua mesa — disse Oi.

Eu dei uma risada amarga.

— Minha mesa — repeti.

— Sim, *sua* mesa — respondeu Oi, enfaticamente. — E se engana, conselheira. Não tenho uma boa resposta quanto à questão de quem matou o general Gau. Mas tenho sim uma boa resposta à pergunta de quem está encarregado do Conclave. É você.

— Essa era a função de Tarsem, Oi. Não a minha.

— Com todo o respeito ao momento e ao seu luto, conselheira, o general está morto. O cargo está vago. E precisa ser preenchido imediatamente.

— E você não acha que essa ideia já não ocorreu a várias dúzias de representantes?

— Sei que sim — disse Oi. — Sei disso sem nem mesmo conferir com meus analistas. E sei o quanto nos custaria uma temporada a mais de candidatos a general Gau se digladiando pelo cargo.

— Assuma *você* a posição, então — respondi. — É mais qualificade que eu.

— Não sou a pessoa correta para esse trabalho — falou Oi. — Ninguém me seguiria.

— Há todo um diretório de pessoas que seguem você.

— Elas seguem o cargo, conselheira. Não me gabo de que a lealdade delas se estende a mim pessoalmente.

— E o que faz você pensar que a lealdade delas se estenderia *a mim*, então? — perguntei e depois gesticulei para o destacamento de segurança. — Ou a lealdade deles? Ou a de qualquer um?

— Conselheira, por que acha que esse destacamento de segurança está *aqui*? — perguntou Oi. — Era o destacamento do general Gau. Ele obedece a você agora.

— Não quero este cargo.

— Pense naqueles que querem. Pense naqueles que vão querê-lo assim que lhes ocorrer que o cargo está vago.

— Então prefere que eu assuma só para evitar algo pior.

— Sim — disse Oi —, embora essa não seja minha motivação principal.

— E qual seria sua motivação principal? — perguntei.

— Preservar o Conclave — respondeu Oi e gesticulou para fora, na direção da câmara da Grande Assembleia. — Unli Hado deseja esse cargo por conta da própria ambição pessoal, bem como uma dúzia de outros representantes. Prulin Horteen o aceitaria para fazer seu acerto de contas, e o mesmo se poderia dizer de uma dúzia de outros representantes. Ristin Lause, caso lhe fosse oferecido o cargo, o que não ocorreria, o assumiria apenas com base no instinto burocrático de manter as coisas funcionando. Ninguém ali compreende de verdade o porquê de o Conclave ser mais importante do que cada um deles enquanto indivíduos ou em comparação com seus objetivos imediatos. Nos três casos, em qualquer caso, a ruína seria o resultado.

— Daria para ganhar tempo — respondi.

— Já ganhamos todo o tempo possível, conselheira — afirmou Oi. — E o general acabou de pagar o preço. *Não há mais tempo*. O que há são apenas as escolhas que temos diante de nós neste momento. Você pode assumir o controle do Conclave ou permitir que outra pessoa assuma. Uma dessas opções preservará a união. A outra não.

– Você põe muita fé em mim, Oi.

– Não ponho absolutamente fé alguma em você, conselheira – rebateu Oi. – O que tenho são análises de dados. Acha mesmo que não fiz previsões do que aconteceria caso o general abandonasse o poder? De quem tentaria tomar o cargo dele e o que aconteceria a partir de então?

– Não, imagino que isso faça parte de seu trabalho – afirmei. – Mas eu não esperava ser parte dos cálculos.

– Qualquer outra pessoa que dissesse isso, eu acusaria de falsa modéstia – disse Oi. – Mas não é o seu caso, eu sei. Você sempre foi a pessoa dos bastidores, conselheira. Mas não tem mais ninguém no palco agora. O Conclave precisa que você dê um passo adiante.

Olhei ao redor da sala, para os membros do destacamento de segurança ali. Todos prontos para alguma coisa.

– Não quero esse cargo – repeti para Oi.

– Eu sei – disse elu. – Mas, com todo o devido respeito, conselheira, no momento não me importo com o que você *quer*. Eu me importo com o que *vai fazer*.

O oficial de segurança retornou, trazendo um Lalan consigo.

– Você é médico? – perguntei.

– Sim – afirmou o Lalan. – Sou o dr. Omed Moor, senhora.

– Bem, doutor – falei e estendi os braços. – Estou morta?

– Não, senhora.

Abaixei os braços.

– Então no momento receio que esse seja todo o tempo que tenho à disposição para fazer um exame. Obrigada, doutor. – Então voltei minha atenção do médico, que me olhava pasmo, para Oi. – Sua análise inclui a parte em que você trabalha para mim?

– Sirvo ao bel-prazer da liderança do Conclave – respondeu Oi.

– E essa seria eu.

– Desde o momento em que o general morreu. Só precisamos anunciá-lo.

– Tem algumas pessoas que preciso encontrar – respondi. – E tem pessoas que você precisa encontrar também.

— Posso imaginar quem você quer ver — disse Oi.

— Tenho certeza de que sim.

— Ainda quer que eu peça demissão?

— Se, ao término deste sur, eu ainda estiver em posição de aceitá-la, então não — respondi. — E se não estiver em posição para isso, vou presumir que é porque estamos juntos na mesma câmara de ar, prestes a sermos atirades pelo espaço por quem tomou o cargo, seja lá quem for.

— Questiono seu direito de nos convocar aqui — disse Unli Hado. — Não é o general Gau. E ele não deixou instruções para que a liderança do Conclave fosse entregue a você. Se alguém deveria ser líder do Conclave agora, esse alguém é a chanceler Lause.

Hado estava sentado na sala de conferências ao lado do gabinete público de Tarsem, junto a Lause, Prulin Horteen, Ohn Sca e Oi.

— É um argumento razoável — respondi e me voltei para Lause. — Chanceler?

— Sou a líder da Grande Assembleia, não do Conclave — disse ela. — Não desejo nem posso aceitar essa posição.

— É uma covarde — disse Hado.

— Não — retrucou Lause. — Mas também não sou boba. O Conclave, Unli, acabou de perder seu líder por conta de um assassinato político. Por acaso está tão cego por suas próprias ambições que não se dá conta de que qualquer um reivindicando o cargo do general vai dar a impressão de ser o mandante do assassinato?

Hado atirou o braço pelo ar na minha direção:

— E *ela* não vai dar essa impressão?

— Não, não vou — falei. — Não se chegarmos a um acordo agora.

— Repito: questiono seu direito de nos convocar aqui — disse Hado.

— Vnac Oi — chamei.

— Representante Hado, tenho excelentes informações a respeito do senhor, que teria sido quem autorizou o assassinato do general Gau — falou Oi. — Evidências do relatório Abumwe combinadas com a inteligência reunida pelos meus próprios agentes depositam a responsabilidade diretamente em suas mãos. Dentro de um sur, espero que o senhor seja preso por traição e que um relatório detalhado demonstre como o governo elpri vinha fornecendo apoio logístico e material não apenas para o assassinato como também para o Equilibrium no geral.

Hado ficou encarando, incrédulo.

— É uma mentira!

— Não se exalte muito, Hado — disse Horteen.

Oi voltou-se para ela.

— Prulin Horteen, tenho evidências de que a senhora ofereceu apoio material ao representante Hado para o assassinato do general e que sua retórica recente de expurgar nações consideradas traidoras do Conclave é uma cortina de fumaça para desviar a atenção de seu próprio envolvimento nisso.

— O quê? — reagiu Horteen.

— Representante Sca, o conluio de seu governo com o assassinato do general perpetrado por Hado e pelo Equilibrium no geral também está extensivamente documentado — afirmou Oi.

— Não faço ideia do que você está falando — respondeu Sca.

— Eu faço — disse Hado, voltando-se para mim. — Está cortando as cabeças de todo mundo que se opõe a você.

— Não — neguei. — É uma medida cautelar contra um trio de representantes que simboliza uma ameaça material à unidade do Conclave no momento de maior instabilidade dele. Qualquer um de vocês três seria capaz de despedaçá-lo, graças à sua própria ambição, sua própria ganância e sua própria estupidez. Não se passaram nem quatro serti desde o assassinato de nosso líder. A Grande Assembleia está um caos. Os representantes se encontram completamente aterrorizados. E se Vnac Oi os prender com acusações de assassinato e conspiração, eu poderia colocá-los numa câmara de ar até o fim do sur e ninguém diria nada além de me dar os parabéns por agir com determinação. Talvez eu recebesse até mesmo uma condecoração da chanceler por conta disso.

— De fato — disse Lause. Foi muito instrutivo observar a reação de Hado, Sca e Horteen diante desse comentário.

— E quando as evidências, cedo ou tarde, demonstrarem que essa acusação não passava de uma mentira descarada? — perguntou Hado. — Porque é o que vai acontecer. Os relatórios Ocampo e Abumwe estão ambos circulando por aí para que todos vejam e comparem.

– Representante Hado, isso me ofende profundamente – disse Oi. – Parece que o senhor tem pouquíssima fé em minha capacidade de manipular os dados para que contem a história exata que quero que contem.

– Por que estão revelando isso para nós? – perguntou Sca. – Se esse é o plano, por que apenas não nos prendem?

– Não disse que esse *era* meu plano – expliquei. – Era minha resposta à atitude do representante Hado de questionar meu direito de convocá-los aqui. Creio que eu tenha deixado muito claro que, no momento, não é correto pensar em termos de *direito*. Tenho o *poder* de convocá-los aqui. Assim como tenho o poder de condená-los à morte. Espero que estejamos entendidos.

– Quer fazer de nós um exemplo, então – disse Hado.

– O que quero, representante Hado, é salvar o Conclave – respondi. – E estou oferecendo a vocês três a oportunidade de ampliarem seu poder e sua influência no processo.

– Ao nos atirar de uma câmara de ar? – rebateu Horteen.

– Tenho uma ideia melhor – respondi. – E é simples assim. Representante Horteen, você e o representante Hado têm significativas bases de apoiadores em meio aos membros da assembleia. Elas não se sobrepõem. Vocês dois vão chegar à chanceler Lause e juntos declarar que, para o bem do Conclave, solicitam que eu assuma o papel de liderança. Representante Sca, você vai apoiar a proposta. Horteen e Hado convocarão seus blocos para a votação, Lause cuida do restante e Oi lidará com qualquer retardatário. Isso vai acontecer amanhã, ao meio-sur.

– E não se acontecer? – perguntou Hado.

– Então os três terão um encontro marcado com uma câmara de ar – disse Oi.

Hado olhou de relance para elu e depois se voltou para mim:

– Não precisava ter nos ameaçado – disse ele. – Podia só ter pedido.

– Representante Hado, temos nos dado tão bem com isso de ser vigorosamente honestos um com o outro – comentei. – Não vamos estragar agora.

– O general Gau nunca negociaria conosco dessa forma – disse Horteen.

Olhei de soslaio para Hado, a fim de ver sua reação.

– Ele negociaria, sim – disse ele a Horteen. – Só que teria mandado Sorvalh aqui lhe dar cobertura.

— O general não está mais entre nós — respondi.

— Uma pena — disse Hado.

— É, sim — falei. — Que irônico, representante Hado, que tenha demorado até este exato momento para o senhor reconhecer o valor do general.

— Temos um acordo? — perguntou Oi.

— Temos escolha? — respondeu Hado.

— Você disse que essa medida ampliaria nosso poder — comentou Horteen. — Não ouvi ainda a parte em que isso acontece.

— É assim que vai ocorrer — expliquei. — Terminada a crise atual, depois que a estabilidade do Conclave não for mais uma questão, anunciarei a formação de uma força-tarefa para criar e estabelecer um plano de sucessão para a liderança da união, de modo a prevenir crises como esta que estamos conspirando para evitar hoje. Nomearei vocês três, junto com a chanceler, para a encabeçarem, e terão plenos poderes para criar o processo, com apenas uma única condição: que o próximo líder do Conclave parta *necessariamente* da Grande Assembleia.

— Interessante — disse Horteen.

— Imaginei mesmo que você poderia enxergar por esse viés — falei, já conseguindo ver como ela e Hado estavam começando a pensar de que maneira poderiam usar essa força-tarefa para benefício próprio. — Por favor, atentem-se para o fato de que esse processo deverá ocorrer *após* eu me aposentar.

— Mas você planeja, de fato, se aposentar — apontou Hado.

— Sim. Não no futuro próximo, só para deixar claro. Mas no futuro.

— E, enquanto isso, a ameaça ainda vai pairar sobre nossas cabeças — comentou Sca.

— Não — respondi. — A ameaça termina assim que eu for eleita pela Grande Assembleia como líder do Conclave, amanhã.

— Mas só amanhã — completou Oi.

— E em quem vai colocar a culpa então, me pergunto? — indagou Hado. — Pela morte do general.

Senti uma pontada de tristeza naquele momento, por conta do meu amigo e da minha própria consciência, por ter que usar a morte dele de modo tão oportunista.

— Por ora isso é problema meu, representante Hado.

— Como quiser, conselheira — disse ele, preparando-se para levantar, acompanhado dos outros. — Apesar que não é mais "conselheira", não é? Como a chamaremos agora?

— Deixarei vocês decidirem — respondi. — Amanhã.

Todos saíram, exceto por Oi. E eu desabei, exausta.

— Parabéns — disse-me Oi.

— Foi uma ameaça básica — respondi, com a voz fraca. — Nada que eu nunca tivesse feito antes.

— Possível que haja mais coisas em jogo desta vez.

— Sim, é possível — concordei. — Obrigada por instruir a chanceler Lause por mim.

— Talvez lhe interesse saber que não precisei fazer isso, na verdade — disse Oi. — Quando me encontrei com ela, simplesmente perguntei se seguiria sua liderança. E sabe o que ela me disse?

— Não sei.

— Disse: "Eu a seguirei, pelo Conclave". E foi isso.

— Você acredita nela?

— Acho que ela sabe que a estabilidade é crucial para se manter empregada.

— E os outros três? — perguntei. — Acha que vão honrar o acordo?

— Não duvido — disse Oi. — Uma das coisas boas da minha área é que as pessoas que não sabem muito a respeito dela têm uma capacidade infinita de acreditar que consigo fazer qualquer coisa, incluindo produzir provas incriminadoras do nada.

— E você não consegue?

— Não é *infinita* — esclareceu Oi, o que me arrancou um sorriso. — Em todo caso, não precisam saber que estávamos blefando. Quando descobrirem, já vai ser tarde demais. Isso eu garanto, conselheira.

— Obrigada, Vnac — respondi. — Agora, por favor, mande entrar nossos próximos dois convidados.

Oi assentiu e foi até a antessala, onde as participantes da próxima reunião aguardavam.

— Embaixadora Abumwe, embaixadora Lowen — pronunciei, enquanto as duas humanas entravam. — Agradeço às duas por me atenderem assim, sem aviso prévio.

— Conselheira Sorvalh, por favor aceite minhas condolências — disse Lowen. — E as condolências dos governos que represento. Este foi um dia terrível.

— Condolências minhas e da União Colonial, igualmente — disse Abumwe.

— Obrigada a ambas — respondi, gesticulando na direção da mesa. — Por favor, sentem-se.

As duas se sentaram. Oi posicionou-se no canto da sala, para observar. Fiquei em pé, voltada para minhas convidadas.

— Está tudo bem, conselheira? — perguntou Lowen.

— Sim — respondi, com um leve sorriso. — Peço desculpas, embaixadoras. Estou tentando decidir como lhes dizer o que tenho a dizer agora.

— Mais cedo, a senhora me disse que valorizava a verdade — disse Abumwe. — Apesar do contexto em que trabalhamos. Talvez neste momento a verdade seja ainda mais útil do que o normal.

— Certo — respondi. — Então, é o seguinte. A essa hora amanhã, serei a governante do Conclave. O acordo já foi feito. Não é um papel que eu gostaria de assumir, mas preciso, pelo bem da estabilidade da nossa união.

— Compreendo — falou Abumwe. Lowen assentiu.

— Uma das consequências dos eventos de hoje é que os membros do Conclave procurarão alguém para colocar a culpa pelo assassinato do general Gau. O tempo fornecerá uma resposta, mas isso não vai diminuir a urgência por um alvo em curto prazo. Há duas escolhas aqui, fundamentalmente: colocar a culpa em um alvo interno, uma nação ou nações dentro do Conclave, ou optar por um alvo externo.

— Posso ver onde isso vai dar — disse Abumwe.

— E imagino que não esteja equivocada — comentei. — Por favor, deixe-me terminar. Compreendam, vocês duas, que neste exato momento tenho uma prioridade: manter o Conclave intacto. Não há nada mais que sequer chegue perto da importância desse objetivo. Neste momento, isso quer dizer que não posso permitir que haja dúvidas internas, acusações internas ou culpas internas, *mesmo que fosse o correto a se fazer.*

— Então a culpa vai cair sobre nós — concluiu Lowen. — Sobre os humanos.

— Sim — respondi. — Oficialmente.

– O que isso quer dizer? – perguntou Abumwe.

– Quer dizer que, por ora, a resposta oficial do Conclave será privilegiar o relatório Ocampo. Quer dizer que, em termos oficiais, presumiremos que a União Colonial tem intenções malevolentes para conosco. Quer dizer que a UC é suspeita quanto à morte do general Gau. Quer dizer que, embora não tomemos a medida de declarar guerra entre os dois governos, qualquer provocação futura encontrará a resposta mais severa que for apropriada.

– Significa que vão nos usar como bode expiatório – disse Abumwe.

– Não estou inteiramente familiarizada com a expressão, mas posso imaginar o que quer dizer. Sim.

– A senhora compreende que o grupo Equilibrium usará isso como uma desculpa para cometer atentados que parecerão partir da União Colonial.

– Sim, claro.

– Então pode entender qual será minha próxima preocupação – completou Abumwe.

Acenei com a cabeça para Lowen.

– Talvez vocês duas prefiram continuar a discussão quanto a esse tema em privado. A embaixadora Lowen não precisa estar a par dessa parte.

– Tarde demais para isso, não acha?

– Certo – falei. – Sabem que há um canal de comunicação extraoficial aberto com a UC. Diretore Oi aqui – gesticulei com a cabeça na direção de Vnac – estará encarregade de manter esse canal. Se a União Colonial tiver interesse genuíno em evitar uma guerra contra nós, embaixadora, então deverá levar em consideração a ideia de continuar o livre compartilhamento de informações conosco. Isso não vai mudar a postura oficial do Conclave em relação à UC por ora. Extraoficialmente, porém, vai ajudar a segurar os membros mais belicosos da Grande Assembleia. Acredito que nós nos entendamos nesse quesito.

– E quanto à Terra? – perguntou Lowen.

– Não posso oferecer nem a menor provocação ou desculpa para a UC atacar – respondi, voltando-me para ela. – Nem permitir que qualquer grupo use isso para encobrir um ataque. Estou removendo nossos diplomatas do território terráqueo e expulsando seus diplomatas da sede do Conclave. Os acordos existentes e contratos de empréstimo quanto às naves serão seguidos ao pé da letra, mas não serão expandidos. Não esperem mais do que isso, por enquanto.

— Isso nos põe numa posição ruim no que diz respeito à União Colonial — disse Lowen. — Sem seu apoio material e comercial, vários dos nossos governos começarão a olhar de novo para a UC com bons olhos.

— Não temos escolha quanto a isso — respondi. — Até as coisas se acertarem, não posso permitir que a humanidade seja uma distração para o Conclave. — Então me voltei para Abumwe. — Dito isso, estejam avisados de que, caso a União Colonial tome qualquer atitude hostil contra a Terra, vamos presumir que a UC estará agindo para fortalecer a própria população militar e colonial, com a intenção de atacar o Conclave e estabelecer novas colônias. Creio que eu não precise lhes dizer qual vai ser nossa resposta.

— Não temos a menor intenção de atacar a Terra — disse Abumwe.

— Atacar a Terra *de novo* — emendei. — Esse é nosso ponto de vista oficial, embaixadora. Por ora.

— Não posso afirmar que fico feliz com essa decisão.

— Não preciso que você fique feliz, embaixadora. Mas gostaria que compreendesse o porquê dessa decisão ser necessária.

Abumwe voltou-se para Lowen.

— E vocês? Qual será a posição oficial da Terra quanto ao Equilibrium?

— Não sei dizer — respondeu Lowen. — Acabamos de descobrir que eles existem. Ou que vocês *alegam* que existem. Vou levar suas informações de volta à Terra comigo, claro, e pretendo compartilhá-las. Mas pode esperar muita incredulidade.

— Compreendo. Porém, se me permite perguntar, o que a senhora acha, embaixadora Lowen? No privado.

Lowen olhou para mim antes de continuar.

— Eu gostaria muito de acreditar que a União Colonial não teve nada a ver com a destruição da Estação da Terra. Gostaria muito de acreditar que ela não nos deseja mal. Mas não sei se posso *confiar* na UC, embaixadora. Por mais que queira. Não vejo como.

— Talvez possamos encontrar um modo de merecer sua confiança — falou Abumwe.

— Sei como vocês poderiam começar — disse Lowen.

— Conte-me.

— Minha nave explodiu – respondeu ela. – E acabei de ficar sabendo que não vamos poder ficar aqui esperando outra nave chegar. Uma carona para casa seria legal.

— Os humanos partiram? – perguntei a Oi assim que elu chegou perto de mim. Eu estava no parque lalan, aproveitando meus últimos minutos de paz no que provavelmente seria muito tempo.

— Faz um serti – disse elu. – Pelo que entendi, a *Chandler* estava bem amontoada. Vão primeiro até a Terra, para o desembarque de Lowen e sua equipe. Depois, pretendem voltar para a Estação Fênix.

— Compreendo.

— Não é necessariamente uma boa ideia deixar que passem muito tempo juntos – disse Oi. – Os dois tipos de seres humanos. Nosso povo já tem dificuldade o suficiente para distinguir os dois.

— Não sei se temos escolha – respondi. – Precisávamos que eles saíssem o quanto antes.

— Aliás, conseguimos encontrá-la – disse Oi. – A arma que atacou a *Odhiambo*.

— O que era?

— Um brinquedinho novo e bem interessante. Uma arma de raios de partículas, inteira coberta por um material que dispersa a radiação eletromagnética. Nós literalmente esbarramos nela, do contrário não a teríamos encontrado. A arma não possuía qualquer marcação em particular indicando quem a produziu, mas meus analistas supõem que seja de fabricação humana.

— Da União Colonial?

— Ou desse pessoal do Equilibrium, que pegou o modelo emprestado. Vamos descobrir alguma hora, mas neste momento sei tanto quanto você. Pressupomos que ela saltou para cá logo antes da *Odhiambo* ou que ficou ali à espera por um tempo, aguardando o alvo.

— Vocês vão procurar outras?

— Agora vamos – respondeu Oi. – Precisa entender o que quero dizer quando digo que são difíceis de achar. Quando for a líder eleita, vai poder autorizar mais alguns recursos para essa tarefa.

— Realmente. E como está indo a votação?

— Está tudo nos conformes – disse Oi. – A expectativa é que, dentro de apenas alguns ditu, você será eleita líder do Conclave. Era para ter sido mais rápido, mas alguns dos representantes não conseguem votar sem fazer um discurso.

— O quanto você teve que se esforçar para fazer as pessoas mudarem de ideia?

— Não tanto, em comparação a qualquer outra circunstância – falou Oi. – Todos ainda estão em choque por causa do general. Sabem o que você representava para ele. Muitos estão lhe dando votos como um modo de honrá-lo.

— Acho que Tarsem acharia graça disso – respondi.

— Tenho certeza – disse Oi. – Não que eu não tenha tido que ameaçar alguns dos representantes, claro. Mas, de novo, em menor quantidade do que se não fosse você.

— Precisarei dos nomes.

— Mandarei para você. Só tente não matá-los.

— Sou mais sutil do que isso.

— Quer dizer que vai matá-los mais tarde.

— Não vou matá-los de modo algum. Apenas suas carreiras.

— Quando a votação acabar, vão querer que você dê um discurso à Grande Assembleia.

— Claro – respondi. – Estarei pronta. Obrigada, Oi. Isso é tudo.

— Só mais uma coisa – disse Oi, sacando um envelope de papel, que elu me entregou com seus tentáculos. – Uma carta.

— De quem?

— Do general – disse elu. – Ele me entregou em nossa última reunião e me pediu para que guardasse e desse a você após o discurso dele. Disse-me que eu saberia a hora certa de entregá-la. – Então me deu a carta. – Acho que agora é uma boa hora.

Eu a apanhei e disse:

— Presumo que você já a tenha lido.

— Na verdade, esta é a única informação em todo este asteroide que não li.

— Impressionante – comentei, olhando para o envelope. – Como foi que *isso* aconteceu, eu me pergunto.

– Simples. O general me pediu para não ler. – Oi acenou com a cabeça e foi embora.

Então abri o envelope e li a carta que ele continha.

> *Olá, Hafte.*
>
> *Primeiramente, preciso pedir desculpas. Se estiver lendo isto, quer dizer que agora é a líder do Conclave. Sei que não é uma posição que você desejava e sei que está um pouco ressentida comigo por lhe obrigar a aceitá-la. Mas compreendo também que não consigo imaginar o próximo líder sendo qualquer outra pessoa que não você. Há muito tempo você tem se contentado em ser a conselheira e assessora. Não é que eu não valorize seus conselhos e sua assessoria. Porém, sempre entendi que seus talentos não estavam sendo aproveitados plenamente, nem por você, nem pelo Conclave. Agora serão. Espero que possa me perdoar por ter lhe dado esse empurrãozinho final.*
>
> *Não faz muito tempo que nós dois nos sentamos no parque Ialan e você me contou a história de Loomt Both e de como ele quase condenou os Lalans à extinção. Você me contou que, para seu povo, era melhor passar pelas dores logo cedo, para então poderem crescer e desenvolver sua sabedoria. Passei a acreditar que o mesmo vale para o Conclave. Tivemos dores de crescimento, rebeliões e perdas. Mas nenhum desses eventos foi capaz de fixar o Conclave, transformá-lo numa única nação galvanizada a partir de uma coletânea díspar de povos. Ele precisa de alguma coisa para servir de catalisador.*
>
> *Se estiver lendo isso, então já sabe qual foi esse catalisador.*

Parei de ler a carta e a coloquei no colo, tentando encontrar sentido no que estava lendo. Olhei para meus arredores no parque e não vi nada a não ser as plantas e um único jovem Lalan, nadando no lago sem pensar em nada. Após alguns momentos, retomei a leitura.

> *Você tinha razão. Quando o Conclave era uma ideia e quando estava crescendo, eu era o líder certo. Mas agora não sou mais o líder certo para o cargo. Ele precisa de outra pessoa, dotada de um conjunto de habilidades políticas mais afiadas. Alguém como você. Tampouco posso simplesmente abdicar e cair no esquecimento. Ambos sabemos que*

há alguns na Grande Assembleia que não têm a menor intenção de permitir que eu mesmo tenha escolha sobre minha sucessão. O processo seria arrastado e confuso. No fim, eu acabaria me tornando o que você temia que me tornasse — apenas mais um político, que saiu de cena muito depois do prazo.

Em vez disso, optei por me tornar outra coisa: um símbolo. Uma lenda. Um mártir do Conclave. E, em termos menos afetados, um porrete com o qual você, durante bastante tempo, poderá bater em qualquer um que ouse sair da linha. Eu lhe dei uma ferramenta para construir o mito fundador da nossa união — para conduzi-la pelo caminho da sabedoria e não da dissolução. Confio que saberá como fazê-lo, melhor até do que eu.

Agora, quanto à questão da minha morte. Tenho quase certeza de que Vnac Oi tem suas suspeitas. Elu é muito competente no que faz. Também tenho quase certeza de que Oi não tem a menor intenção de mergulhar muito a fundo no mistério ou então, melhor dizendo, que elu há de se contentar em atribuí-lo a um conjunto convenientemente improvável de circunstâncias. Assim, você e só você saberá a verdadeira natureza dos eventos. O único relato está nesta carta. O que fará com esse conhecimento está em suas mãos. Da minha perspectiva, não há resposta errada. Mas acredito que saiba a minha sugestão. Pelo menos por ora.

Não há mais nada a dizer além disso: gostaria de poder estar aí para ver o que você vai fazer a seguir. Mas não posso. Em vez disso, reconforta-me saber que será você a terminar o que começamos. A gravar em pedra o futuro do Conclave.

Desejo-lhe toda a alegria no cumprimento desse trabalho, minha querida Hafte.

Tarsem

Fiquei um bom tempo encarando a carta, vendo a página, porém sem ler as palavras.

Depois, lenta, mas deliberadamente, eu a rasguei em pedacinhos, os menores que consegui, e os atirei no lago.

A água embebeu o papel, transformando-o numa massa amorfa, e a tinta dos pedacinhos individuais rasgados borrou-se e escorreu, obliterando qualquer chance de legibilidade. Após vários momentos, não restava mais nada da carta, a não ser o que guardei em minha memória.

– Senhora primeira-ministra – disse Oi, atrás de mim.

Eu me virei e vi os dois, Oi e Umman, meu assistente.

– "Senhora primeira-ministra." Então esse é meu título agora – admirei-me.

– Sim, senhora primeira-ministra – confirmou Umman.

– Solicitam sua presença na câmara da Grande Assembleia – disse Oi. – Gostariam de oficializá-la como líder do Conclave.

– Eu ficaria feliz em ver isso – comentei.

– Também pediram que fizesse um discurso.

– Se quiserem.

– Posso lhes dizer qual sua mensagem para eles?

– Sim – respondi. – Pode dizer que pretendo afirmar o seguinte: a união está preservada.

PODE PERDURAR

À equipe de produção da Tor Books e a todos os meus outros editores.
Obrigado por deixarem meu trabalho tão bonito.

PARTE 1

Era terça-feira e precisávamos acabar com uma revolução.

– É terça-feira *mesmo*, né? – perguntou Terrell Lambert. Éramos quatro no esquadrão destinado a essa missão e esperávamos, traçando círculos lentos no espaço dentro de uma nave de transporte, 25 quilômetros acima da superfície do planeta.

Era uma pergunta razoável de se fazer, de certo modo. Nas Forças Coloniais de Defesa, os dias vão se misturando, ainda mais quando se viaja de uma missão para a outra. Todos os dias são bem parecidos numa nave espacial e não existem "dias de folga", na verdade. Acompanhar o calendário até pode fazer sentido quando se está esperando seu tempo de serviço acabar, mas nos últimos tempos tínhamos recebido o aviso de que nosso período talvez estivesse prestes a ser estendido indefinidamente. É o que acontece quando a fonte de soldados seca e não tem como arranjar outros no futuro próximo.

Sendo esse o caso, não fazia lá muito sentido ficar acompanhando dias específicos. Era terça-feira? Talvez fosse. Por acaso importava que era terça-feira? Não tanto quanto em outras circunstâncias.

Num outro sentido, era uma pergunta ridícula, porque todos os soldados das FCD têm um computador chamado BrainPal na cabeça. É um equipamento maravilhoso, capaz de lhe dizer num instante que dia é, que horas são, qual a temperatura ambiente ao redor e todos os detalhes da missão – junto com qualquer outra coisa, de verdade, que você possa querer ou precisar saber, em termos de informações.

Lambert sabia exatamente que dia era, ou poderia conferir. Não estava perguntando por desejar obter essa informação. Estava fazendo uma afirmação existencialista sobre a natureza do cotidiano nas Forças Coloniais de Defesa. Vale mencionar ainda o quanto é improvável que Lambert tivesse a intenção específica de chamar atenção para a natureza existencialista dessa pergunta. Mas não quer dizer que ela não estivesse lá.

Além disso, ele havia feito a pergunta porque estava entediado, esperando o começo da nossa missão. O tédio também era muito comum nas Forças Coloniais de Defesa.

– É, é terça, sim – respondeu Sau Salcido. – Me pergunta como eu sei.

– Por causa do BrainPal? – perguntou Ilse Powell.

– Não. Porque ontem era o dia da pizza no refeitório da *Tubingen*. O dia da pizza é sempre segunda-feira. Portanto: hoje é terça.

– Isso me confunde todo – disse Lambert.

– O fato de hoje ser terça? – perguntou Salcido.

– Não, o de segunda ser o dia da pizza. Lá na Terra fui zelador numa escola primária. O dia da pizza caía sempre na sexta. Os professores usavam isso para manter as crianças na linha. "Se comportem, senão não vão comer pizza na sexta." Botar o dia da pizza na segunda subverte a ordem natural das coisas.

– Sabe o que é pior que isso? – disse Powell. – O refeitório da *Tubingen* servir tacos na quarta.

– Quando deveria ser na terça – comentou Salcido.

– Isso, terça do taco, a *Taco Tuesday*. Está *bem ali no nome*.

– Bem, não em todos os idiomas, né – apontou Salcido. – Se você fala espanhol, por exemplo, é *martes de tacos*, e aí não tem aliteração alguma. Pelo menos acho que seja *martes de tacos*. Posso estar avacalhando a tradução.

– Dá para conferir no BrainPal – disse Lambert.

– E você poderia ter conferido nele que dia era hoje, então fica elas por elas.

– Na minha escola o dia de tacos era na quinta – comentou Lambert, mudando de assunto.

— Pra que uma coisa dessas? – perguntou Powell.

— Por que não? *Thursday* também começa com "t".

— Em inglês – interveio Salcido.

— Em inglês – continuou Lambert. – Mas ainda assim a aliteração continua.

— *Tecnicamente* tem uma aliteração – observou Powell. – Em termos funcionais, um som de "th" e um "t" sólido não formam qualquer aliteração um com o outro.

— Claro que formam.

— *Thhhhhhhh* – ciciou Powell. – Não parece nada um "t".

— Você está forçando a barra – disse Lambert.

— Me ajuda aqui – pediu Powell a Salcido.

— Ela tem razão – disse Salcido para Lambert.

— Uma *Taco Thursday* ainda faz mais sentido do que uma *Pizza Monday*.

— Só em inglês – falou Salcido. – Em espanhol, é *lunes*. Então fica *lunes de pizza*. O que meio que faz sentido.

— Não faz o menor sentido – respondeu Lambert. – Nem um pingo.

— Claro que faz – rebateu Salcido. – Tem aquela música antiga que diz: "Quando a Lua bate à sua vista como uma grande massa de pizza, é *amore*". E *lunes* vem de "luna", que é lua. Então, tá aí ó.

— Nunca nem ouvi falar dessa música – reclamou Powell. – Você acabou de inventar isso. É uma coisa que inventou para ganhar a discussão.

— Concordo – disse Lambert.

— Não inventei nada.

— É uma mentira descarada.

— Não é.

— Vamos votar – disse Lambert, levantando a mão. Powell também levantou a dela. – Aprovado. É mentira.

— Eu disse que era uma música antiga – protestou Salcido.

— Tenente – disse Lambert –, você nunca ouviu essa música sobre a pizza da lua, ouviu?

— Não vou ser tragada para suas discussões idiotas – falei. – Ou, para ser mais precisa, *mais uma* das suas discussões idiotas.

— A tenente também nunca ouviu sua música sobre a pizza da lua — disse Lambert a Salcido. — E olha que ela era musicista. Se tem alguém que saberia, seria ela.

— Tem muitos tipos diferentes de musicistas — rebateu Salcido, só um pouquinho na defensiva.

Uma notificação apareceu no meu campo de visão.

— Acabou o falatório — anunciei ao meu esquadrão. — Estamos entrando. Quarenta e cinco segundos. Vistam-se. — Apanhei meu equipamento, o que nesse caso incluía um pacote de nanorrobôs, um drone e meu fuzil MU.

— Quando voltarmos para a *Tubingen*, vou achar essa música — disse Salcido, apanhando o próprio equipamento. — Vou achar e fazer todo mundo aqui escutar. Vão ver só. Vocês *todos* vão ver só.

— Máscaras — falei, mandando sinal ao meu collant de combate para criar uma máscara, cobrindo meu rosto. Ela subiu pela minha cabeça, obscurecendo a visão até meu BrainPal oferecer os dados visuais.

[O que tem para almoçar hoje?], perguntou Lambert, via BrainPal, porque sua boca estava então coberta e aconchegada, como a de todos os outros.

[Hambúrguer], enviou Salcido, *[porque hoje é terça.]*

A porta do transporte abriu-se, expondo-nos às temperaturas frígidas das camadas superiores da atmosfera de Franklin.

— Podem sair — falei para os três, que saltaram sem que eu precisasse insistir. Contei até trinta e depois saltei do transporte também.

Franklin tinha quase o tamanho e a massa da Terra, era basicamente perfeito para a vida humana, sendo um dos primeiros planetas que foram colonizados, lá na infância da União Colonial. Possuía uma população densa, com cidadãos cuja ancestralidade remetia à primeira onda de colonos norte-americanos até os refugiados recentes da guerra civil da Indonésia, boa parte dos quais habitava o grande, porém delgado, continente da Pensilvânia, que dominava o hemisfério norte. Havia diversas províncias e subprovíncias, mas a Nova Filadélfia, a cidade sobre a qual eu me via naquele momento, era a sede do governo global do planeta.

Governo global esse que, dentro de minutos, estava prestes a votar uma lei para declarar independência da União Colonial.

Meu BrainPal me alertou quanto à localização dos outros três membros do meu esquadrão, a alguns milhares de metros abaixo de mim. O objetivo da missão deles era diferente do meu, embora estivéssemos todos seguindo para o mesmo lugar: o prédio do capitólio global, conhecido pelo apelido carinhoso (ou talvez não tanto) de "sapatinho de cristal". O nome era por conta da silhueta pronunciada que o arquiteto havia lhe dado, a qual se erguia no ar e vagamente lembrava um sapato – *muito* vagamente, na minha opinião –, e porque o prédio era todo revestido de um material que parecia vidro, projetado para ser uma metáfora, se podemos acreditar no que o arquiteto disse, da transparência do próprio governo de Franklin.

A entrada principal ao capitólio era um grande arco aberto que levava a uma rotunda, a partir da qual quem olhasse para cima veria as solas dos sapatos dos representantes globais, porque o andar mais alto do "sapatinho" era a câmara legislativa, ostentando um lindo teto inclinado e um assoalho transparente, que dava para a rotunda. Até onde entendo, foi só depois de começarem a construção que alguém apontou o fato de que, com o assoalho transparente, os visitantes poderiam olhar para cima e ver as roupas de baixo (ou sua ausência) dos legisladores cujas peças de vestuário mostrassem as pernas, como saias ou kilts, ponto a partir do qual foram então acrescentados ao piso elementos opacos piezoelétricos por custos adicionais consideráveis. Alguém também foi negligente ao não ponderar o fato de que um salão com paredes inteiramente compostas por elementos translúcidos poderia virar uma estufa nos meses mais quentes, o que levou a vários eventos em que todos ficaram prostrados com o calor até o sistema de ar-condicionado da câmara legislativa ser aprimorado.

Outra coisa que ninguém levou em consideração: que colocar a câmara legislativa global bem no topo de um prédio transparente faz com que ela fique inigualavelmente vulnerável a ataques aéreos. Mas também, com a exceção de uma única incursão do Conclave logo após a União Colonial atacar a frota deles em Roanoke, fazia décadas que Franklin, sendo um dos principais planetas da UC, não sofria um ataque significativo. E nunca um ataque da própria União Colonial. Por que a atacaríamos? Era uma parte constituinte *da* UC.

Até aquele dia, possivelmente.

– Chegamos – informou-me Powell. O que queria dizer que os três haviam aterrissado e se dirigiam naquele momento à rotunda do capitólio, munidos de suas armas e um ar geral de perigo. A ideia era que chamassem a atenção da força de segurança do edifício (se é que dá para chamar disso) e forçar um trancamento da câmara legislativa, prendendo todos os 751 representantes lá dentro.

E era para lá que eu estava indo.

Mandei um sinal para a *Tubingen*, a nave das FCD na qual eu estava estacionada, avisando que estava pronta para começar. A *Tubingen* no momento flutuava logo acima de Nova Filadélfia. Sob condições normais, os sensores planetários de Franklin teriam identificado a nave assim que ela saltasse, literal e perigosamente perto das camadas superiores da atmosfera do planeta. O problema era que os aparatos desses sensores planetários – desde os satélites até as estações em solo – foram projetados, instalados e ainda eram operados, em maior parte, pela União Colonial. Se a UC não quisesse que uma nave fosse avistada, ela não seria. Alguém precisaria estar olhando diretamente para vê-la. E por que haveria alguém olhando diretamente sem nenhum sensor alertando que ela está ali?

A *Tubingen* reconheceu meu sinal e avisou que daria início ao procedimento dentro de dez segundos e que eu deveria ficar longe do feixe. Concordei e reconheci o aviso. O prédio do capitólio estava logo abaixo dos meus pés. Meu BrainPal iluminou-se com uma coluna que representava o feixe disparado. Se eu bobeasse e fosse parar na trajetória do raio, sentiria um desconforto só tempo o bastante para meu cérebro registrar a sensação de dor antes de eu virar uma pilha flutuante de pó de carbono. O que não era parte dos meus planos para o dia. Por isso, fiquei bem longe de sua trajetória.

Alguns segundos depois, meu BrainPal visualizou o feixe altamente energizado, que pulsava com uma frequência maior do que meu olho era capaz de registrar, vaporizando um buraco de três metros no telhado da câmara legislativa, um micrômetro por vez. O objetivo era abrir um buraco sem estilhaçar o teto, nem vaporizar os legisladores logo abaixo. A essa conjuntura da missão, não queríamos ninguém morto.

Caminho liberado, pensei. *Hora de fazer uma entrada*.

– Lá vamos nós – falei em voz alta, então encontrei o buraco e mergulhei nele. Esperei até os últimos segundos para acionar os nanorrobôs em forma de paraquedas, desacelerando tão bruscamente que a queda teria sido fatal para um corpo humano não modificado. Por sorte, não era o caso do meu corpo.

Da forma como tudo ocorreu, caí pelo buraco com velocidade o suficiente para fazer, de fato, uma bela entrada e para meu collant de combate enrijecer a fim de me proteger do impacto.

Houve um baque e uma algazarra, um grito generalizado de confusão assim que eu apareci, a princípio do nada. Levantei-me da posição de impacto, olhei para o senhor de idade chocado em me ver e abri um sorriso. Havia aterrissado sobre o pódio reservado ao porta-voz, bem atrás da mesa dele, exatamente de acordo com o plano. É legal quando um teatrinho político, como esse que eu estava prestes a arriscar, começa assim tão bem.

— Porta-voz Haryanto — anunciei ao homem assustado. — É um prazer genuíno conhecê-lo. Peço que me deem uma licencinha por um segundo.

Estendi a mão até minhas costas, de onde tirei o drone e o ativei via BrainPal. Ele começou a zumbir e ganhou vida, erguendo-se numa linha reta sobre minha cabeça. Enquanto alçava voo, olhei para baixo, através do assoalho — o porta-voz estava de calças e havia optado por deixar o vidro do pódio colorido, mas transparente —, e vi Powell, Lambert e Salcido, com as armas apontadas e os drones acionados, sendo abordados, com todo cuidado, pela equipe de segurança do capitólio. Não estavam correndo qualquer perigo em particular, ou nada que não conseguissem encarar, pelo menos.

Feito isso, puxei meu MU e o coloquei sobre o pódio, convidando-me a tomar o microfone, no qual o porta-voz Haryanto estava discursando até poucos segundos antes. Mandei meu BrainPal abrir os apontamentos que eu havia feito mais cedo, porque sabia que precisaria dar um discurso.

— Porta-voz Haryanto, representantes do governo global de Franklin e todos os cidadãos do planeta que estão assistindo a este evento legislativo singular, em casa ou onde mais possam estar, saudações — comecei. — Sou a tenente Heather Lee das Forças Coloniais de Defesa. Peço desculpas por minha entrada brusca e imprevista em sua sessão de hoje, mas era essencial agirmos com rapidez. Trago uma mensagem da União Colonial.

"A União Colonial está ciente de que neste dia, de fato neste momento, a câmara começou a votação para declarar independência. Estamos cientes também de que é uma votação fortemente contestada e de que é provável que os resultados sejam acirrados. Com bom motivo, pois a independência de Franklin deixaria o planeta vulnerável aos ataques predatórios de diversas espécies alienígenas que estão acompanhando agora mesmo, assim como nós, o resultado da votação.

"A União Colonial já notificou, por meio dos canais-padrão, seu governo a respeito de nossa postura oposta a essa votação. Acreditamos que é uma decisão perigosa, não apenas para o povo e governo do planeta, mas também para a UC de modo geral. Afirmamos ainda que é uma votação ilegal e Franklin não pode, por meios lícitos, se separar da União. Para muitos dentre vocês, esses argumentos se revelaram pouco persuasivos, o que explica esta votação a que o porta-voz Haryanto estava prestes a dar início.

"Podem acreditar que eu esteja aqui para dar um fim a este evento em nome da União Colonial. Não é o caso. Foram os representantes do governo, ou pelo menos a minoria necessária para trazer esse assunto à câmara, que solicitaram a votação. A UC permitirá que ela prossiga. O que vim fazer aqui é informá-los as consequências dessas ações."

Fiz uma pausa dramática, que durou apenas tempo o bastante para que refletissem sobre essas consequências, e depois retomei minha fala.

— Durante os preâmbulos para esta votação histórica, alguns de vocês nesta câmara fizeram alusões, que consideraram apropriadas, dado que o nome desta colônia deriva da figura revolucionária dos Estados Unidos da América, Benjamin Franklin, à Declaração de Independência estadunidense. Mais especificamente disseram que, assim como os revolucionários que assinaram aquele documento, empenhariam suas vidas, suas fortunas e suas sagradas honras em nome da própria independência.

"Muito bem."

Aqui eu apontei para o drone que estava pairando acima da minha cabeça.

— Enquanto eu começava meu discurso, esse drone já teve tempo para visar e identificar cada representante nesta câmara, enviando as informações a uma nave da União Colonial que já deve estar, a esta altura, com as armas de partículas altamente energizadas prontas para mirar em cada um de vocês. Considerando que a UC já declarou que esta é uma votação ilegal, quando e se votarem a favor da independência de Franklin, isso constituirá um ato de traição à União Colonial. Vocês perderão sua sagrada honra nesse processo.

"Por estarem cometendo um ato de traição, congelaremos todas as suas contas bancárias a fim de restringir as capacidades de vocês ou as capacidades de outrem de cometer mais atos de traição. Assim, perderão suas fortunas. E, depois de votarem confirmando a traição, serão sumariamente condenados à morte pela União Colonial, e a sentença terá execução imediata. Como disse, já estão visados e na mira. Assim, perderão suas vidas.

"Agora, então", falei, voltando-me ao porta-voz Haryanto, "podem prosseguir com a votação."

– Depois de sermos ameaçados de morte? – disse Haryanto, incrédulo.

– Sim – respondi. – Ou, para colocar em termos mais precisos, depois de a União Colonial expressar que concorda com os princípios já expostos... de que essa ação vale suas vidas, fortunas e honra. O que não esperavam era que o custo dessas coisas fosse ser cobrado tão rapidamente. Mas não estamos na época da Revolução Americana, e a União Colonial não é o Império Britânico, a um oceano e vários meses de distância. Estamos aqui agora. É hora de descobrir quem está disposto a fazer o sacrifício pela independência que declararam. Hora de descobrir quem aqui está falando sério e quem estava falando da boca pra fora, porque pensava que não teria consequências... ou, pelo menos, não teria consequências para *vocês*.

– Mas não vão nos dar a independência mesmo que votemos a favor dela! – alguém gritou, dentre os parlamentares.

– Isso o *surpreende*? – perguntei. – Por acaso achou que não haveria um confronto depois disso? Não acredita nas palavras que disse? Ou, por acaso, acredita que as repercussões das suas ações deveriam ser suportadas apenas pelos outros... pelos cidadãos que serão convocados para defender a suposta independência que vocês desejam dar? Seus compatriotas, cidadãos de Franklin, que morrerão aos milhões quando outras espécies vierem reivindicar este planeta assim que a União Colonial não estiver mais aqui para defendê-lo? Onde achou que *você* estaria quando isso acontecesse? Por que pensou que *você* não seria convocado a responder por seu voto?

"Não, meus caros representantes de Franklin. Estão recebendo uma oportunidade. Serão convocados para responder por suas ações *antes* de qualquer outro cidadão do planeta. Não vão fugir às responsabilidades, por mais que o desejem. Seus votos estão sendo televisionados em todo o globo. Não podem se esconder agora. Não *vão* se esconder agora. Votem com consciência. E então seus compatriotas cidadãos descobrirão se vocês acreditam mesmo que a tal da independência vale *sua* vida.

"Então, vamos começar", falei e acenei com a cabeça para Haryanto. "Pode ir primeiro, senhor porta-voz."

— Acabou o expediente, né? – perguntou Lambert.

— Já que estamos no transporte de volta para a *Tubingen*, eu diria que sim – respondeu Salcido.

— Então, deixem-me questionar a utilidade do nosso último showzinho.

— Sei lá – disse Powell. – A declaração de independência acabou derrotada de modo unânime, foi revelado para o planeta inteiro de Franklin que seus legisladores são covardes que só se preocupam em salvar a própria pele e *a gente* não morreu. Achei que foi uma missão bem-sucedida.

— Não falei que não foi bem-sucedida – rebateu Lambert. – Falei que questiono sua utilidade.

— Não vejo a diferença – disse Salcido.

— O sucesso da missão depende de alcançarmos ou não seus objetivos. Isso a gente fez... que nem a Ilse disse, suprimimos a votação, constrangemos os políticos, não acabamos mortos e lembramos o planeta inteiro de que a União Colonial pode chegar e pisar neles a qualquer hora, por isso é bom não mexerem com a gente. O que não estava explícito nos parâmetros da missão, mas ficou nas entrelinhas.

— Nossa, entrelinhas – disse Powell. – Para um ex-zelador, você está usando palavras bem difíceis, Terrell.

— Este ex-zelador aqui tem um diploma em retórica, cuzona – disse Lambert, o que arrancou um sorriso de Powell. – Ele só descobriu que dava para ganhar mais dinheiro como zelador do que como professor-adjunto. Então, sim. Sucesso. Ótimo. Mas será que a missão tratou da raiz do problema? As questões subjacentes que nos obrigaram a assumir a tarefa, para começo de conversa?

— Para a primeira pergunta, a resposta é provavelmente não, mas para a segunda, por que a gente se importaria? – perguntou Powell.

— A gente deveria se importar – respondeu Lambert. – Deveríamos nos importar porque, do contrário, vamos ter que voltar aqui um dia para lidar com esse mesmo problema de novo.

— Não sei quanto a isso – disse Salcido. – Massacramos com força essa votação.

— E com uma única equipe — comentou Powell, apontando para mim. — Além disso, o fato de que a União Colonial mandou uma mera tenente para lidar com uma votação de consequências globais provavelmente significa alguma coisa. Sem querer ofender, senhora.

— Não me ofendi.

— O objetivo todo da missão era abalar a confiança deles e levá-los a repensar suas ações — continuou Powell. — A UC estava dizendo: "Olha só o que a gente pode fazer com apenas quatro soldados comuns, então pensem bem no que faríamos com mais deles… e pensem só nas coisas contra as quais estamos protegendo vocês".

— Mas isso não é tratar da raiz do problema — disse Lambert mais uma vez. — Olha só, a legislatura global de um planeta não acorda um belo dia e decide fazer uma votação pela independência só de farra. Muita coisa aconteceu antes de chegar a esse ponto. Coisas das quais a gente nem sabe, porque estávamos ocupados enquanto tudo isso cozinhava.

— Certo — disse Powell. — E quando a poeira disso tudo baixar, estaremos em outro lugar de novo, fazendo outras coisas, então por que você está tão revoltado com isso?

— Não estou revoltado — respondeu Lambert. — Só estou me indagando se nossa tal missão "bem-sucedida" ajudou de verdade.

— Ajudou o povo de Franklin — disse Salcido. — Pelo menos os que não queriam a independência, em todo caso.

— E os que não queriam ser fuzilados por traição — interveio Powell.

— É, eles também — concordou Salcido.

— Certo, mas não estou convencido de que ajudou a União Colonial — disse Lambert. — Os motivos pelos quais Franklin queria independência, fossem quais fossem, ainda estão lá. Ninguém tratou disso.

— Não é nosso trabalho — disse Powell.

— Não, não é. Só queria que seja lá quem for o responsável por isso fizesse esse trabalho antes de a gente chegar.

— Se tivessem feito, não estaríamos lá — comentou Powell. — Estaríamos em algum outro lugar, e você estaria tentando encontrar um sentido mais profundo *nisso*.

— Então quer dizer que o verdadeiro problema aqui sou eu — respondeu Lambert.

– Não estou dizendo que o verdadeiro problema *não seja* você – rebateu Powell. – Mas quanto a mim, fico feliz só de terminar isso tudo ainda com vida. Pode me chamar de simplória.

– Simplória.

– Obrigada. E você, Terrell deveria parar de ruminar em cima da missão. Vai lá, faça o que tem que fazer, termina tudo e vai pra casa. Seria mais feliz assim.

– Isso eu não sei – respondeu Lambert.

– Beleza, então eu serei mais feliz assim, porque não vou ter que ouvir você reclamando.

– Vai sentir minha falta quando eu não estiver mais aqui.

– Talvez – retrucou Powell. – Estou disposta a descobrir.

– Achei! – exclamou Salcido.

– Achou o quê? – perguntou Lambert.

– Aquela música. A música que vocês disseram não existir.

– A música sobre a pizza da lua? – perguntou Powell.

– Nem a pau – reclamou Lambert.

– A pau, sim! – exclamou Salcido, triunfante. – Estou colocando para tocar nos alto-falantes da nave agora mesmo.

E a cabine do transporte foi preenchida por uma canção sobre luas, pizza, baba e macarrão.

– Que música *terrível* – disse Powell, um minuto depois.

– Ela me deixa com fome – comentou Lambert.

Salcido sorriu.

– A boa notícia é que estamos voltando a tempo para o almoço.

PARTE 2

Era quarta-feira – não aquela imediatamente após os eventos em Franklin –, e estávamos caçando um franco-atirador.

– Por que a gente só não derruba o prédio em cima dele? – sugeriu Powell, enquanto se protegia dos tiros. Ela apontou para o complexo de apartamentos que o franco-atirador rebelde usava para disparar contra a equipe de segurança de Kyoto e das FCD que tinha sido despachada para ajudá-los. Estávamos em Fushimi, a terceira maior cidade do planeta e epicentro de rebeliões recentes.

– Não dá – respondi.

– Claro que dá – disse Powell, apontando para cima. – A *Tubingen* poderia arrasar o prédio inteiro em seis segundos. Virava uma panqueca de escombros. O franco-atirador morre, e a gente volta para a nave a tempo para comer tacos.

– E aí os cidadãos de Kyoto ficariam putos com a gente porque vários deles estariam desabrigados, os prédios ao redor seriam danificados ou talvez destruídos, a infraestrutura ficaria comprometida e ainda teria uma pilhona de mortos do complexo de apartamentos arrasado no meio da rua – destacou Lambert.

– Você está fazendo aquilo de novo de ficar pensando nas implicações de longo prazo das coisas, não é, Lambert?

– Estou apontando para o fato de que arrasar um prédio não seria nada sutil e nem a melhor atitude.

– Prefiro pensar que é uma situação estilo nó górdio – disse Powell.

– O nó górdio não tinha doze andares de altura – retrucou Lambert. – Com um monte de gente morando nele.

Ouviu-se um estampido agudo e o rumor de pedaços de alvenaria se rompendo de um prédio, quarenta metros à frente. Os oficiais de segurança de Kyoto que estavam com a cabeça para fora a fim de dar uma espiadinha rapidamente pararam de espiar.

– O atirador deveria ter conseguido atingi-los daquela distância – disse Salcido, nem um pouco impressionado.

Gesticulei para os vários policiais de Kyoto mortos sobre a rua à nossa frente.

– Ele é preciso o bastante – falei. – Ele ou ela.

– Ele ou ela seria bem menos preciso com vários andares de um prédio residencial caindo em cima da cabeça – disse Powell.

– Não vamos destruir o prédio – respondi. – Pode desistir dessa ideia.

– Bem, o que quer fazer então, chefia? – perguntou Salcido.

Estiquei o pescoço para dar mais uma olhada no edifício. Era um tipo básico de complexo residencial, um bloco de concreto. Havia diversos apartamentos de esquina ou quase esquina que o atirador poderia usar para ter uma boa visão da rua onde estávamos. Era difícil de enxergar qualquer coisa dentro dos apartamentos, e o escâner térmico não dava resultado algum. Esse atirador usava camuflagem que dificultava encontrá-lo ao longo de todo o espectro eletromagnético. Ou só uma jaqueta bacana com bom isolamento térmico.

– Podíamos descer um esquadrão no terraço – sugeriu Powell. – Expulsar o cuzão dali.

– Se eu fosse o atirador, teria colocado uma armadilha no terraço – rebati.

– Quanto poder destrutivo você acha que esse atirador possui?

– Estou disposta a pecar por excesso de zelo aqui.

– Então ele pode explodir o prédio, mas nós não – protestou Powell. – Olha só que perfeito.

– O objetivo é que ninguém exploda o prédio – falei. – Por favor, sugiram outras opções.

— Rastreá-lo com base nos movimentos — sugeriu Salcido. — Aí a gente acerta quando ele for tentar atirar de novo.

— E no que isso difere do que estamos fazendo até agora? — perguntou Lambert. — Podem discutir a precisão da pontaria dele, mas pelo menos o sujeito tem sido bem bom em não ser *visto* até atirar. E, a não ser que nossa resposta seja imediata, não vamos atingi-lo.

— Mas podemos *sim* rastrear o projétil — rebati. — Digo, se o cara for atirar, nossos BrainPals conseguem rastrear a trajetória do tiro.

— Se a gente estiver olhando na direção certa, acho que sim — disse Salcido.

— De qualquer forma, ainda teríamos que contra-atacar quase que instantaneamente — retrucou Lambert.

— Talvez — falei. — Ou talvez não.

Lambert e Salcido se entreolharam.

— Você está sendo enigmática, tenente.

Olhei para Salcido e disse:

— Você é nosso especialista em MU aqui.

— É verdade — disse ele, e era mesmo. Era capaz de contar curiosidades sobre o fuzil padrão das FCD que você nem sabia que não fazia questão de saber até ele falar. — E daí?

— O MU constrói seu projétil na hora, a partir de materiais nanorrobóticos.

— Isso — confirmou Salcido. — O que nos poupa de ter que andar por aí com seis tipos de armas e munições diferentes.

— Beleza — expliquei. — Quero usar a função de lançador de foguetes e quero especificar a carga dele. Dá para fazer isso?

— Se a carga for algo que possa ser construído instantaneamente ou quase pelo bloco de munições, sim, claro.

— Então quero que você faça uma carga de rastreadores — falei. — Rastreadorezinhos minúsculos, do tamanho de ácaros.

Salcido me olhou intrigado por uns segundos até uma luzinha se acender.

— Ah, beleza. Saquei.

— Consegue fazer isso?

— Em tese, sim — respondeu ele. — Na prática, demoraria mais tempo do que temos à disposição para construir um modelo original. Estou conferindo para ver se tem nos arquivos alguma coisa que funcione para nossos propósitos.

– Você tem cinco minutos – falei.

– Claro, porque se eu tivesse mais um segundo que fosse, ficaria fácil demais.

– Acho que me perdi no meio – disse Lambert.

– Ainda voto a favor de derrubar o prédio – intrometeu-se Powell.

– Calada – falei para ela e me voltei para Lambert. – Podemos rastrear o projétil, mas você disse que aí teríamos o problema da precisão do contra-ataque. E não queremos explodir o prédio. – Olhei de relance para Powell. – Então, em vez de mirarmos *no* atirador, vamos mandar um foguete cheio de rastreadores para dentro do apartamento de onde ele está atirando.

– O foguete se abre, cobre o arrombado de rastreadores, e aí não importa aonde ele for, a gente vai saber onde está – concluiu Powell.

– Isso – falei. – E dessa forma a gente não precisa atingi-lo em cheio, só temos que acertar perto de onde ele está.

– Achei! – disse Salcido. – Tenho algo aqui que deve funcionar. Construindo um foguete agora mesmo.

– Então só precisamos esperar o próximo disparo – disse Lambert.

– Não vamos esperar – respondi. – Vamos atrair a atenção dele.

– Como sugere que façamos isso?

Gesticulei para meu collant de combate.

– Isso aqui deve servir para aguentar um tiro.

– Vai lá se expor e deixar o cuzão atirar em você – concluiu Lambert.

– Não disse que seria *eu* – rebati.

– Ah, bem, nem fodendo que vou me voluntariar – disse Powell.

– Vou ter que concordar com Ilse desta vez. – Lambert apontou com o polegar para a colega.

– Sau? – perguntei.

– Você quer que eu construa esse foguete Frankenstein *e* tome um balaço na cabeça? Faça-me o favor, chefia. Alivia essa barra pra mim.

– Quem manda aqui sou eu – destaquei.

– E estamos todos superinspirados por sua liderança, tenente – disse Powell. – Estaremos logo atrás de você.

– Ênfase em "atrás" – completou Lambert.

Olhei para os dois.

– Quando voltarmos para a nave, teremos uma conversinha sobre a cadeia hierárquica de comando militar.

– Estaremos ansiosos por essa conversa se você sobreviver, tenente – prometeu Powell.

– É possível que ela ocorra em uma câmara de ar, comigo de um lado e vocês três do outro.

– Parece justo – concordou Lambert.

– Tudo pronto – disse-me Salcido. – Já estou rastreando os robôs. Quando você quiser.

– Beleza – respondi e me voltei para Powell e Lambert. – Vocês dois, finjam que estão abrindo fogo para me dar cobertura enquanto subo a rua. Com sorte, o cuzão vai errar quando atirar em mim. Fiquem de olho no prédio. Sincronizem-se com Sau para poderem triangular a posição dele. Isso vai permitir que Salcido tenha um alvo melhor para o foguete. Sau, dê o sinal e diga para o pessoal o que a gente vai aprontar.

– Beleza.

– Vamos deixá-lo bem ocupado – disse Lambert, e Powell assentiu com a cabeça.

Mandei meu collant de combate cobrir meu rosto, saí de onde estava abrigada e comecei a subir a rua a passos largos, enquanto Lambert e Powell fingiam me dar cobertura, os tiros deles estrondando atrás de mim.

Consegui andar uns quarenta metros até ser atropelada.

Os collants de combate das Forças Coloniais de Defesa são coisas impressionantes. Parecem algo que você usaria para dançar *O lago dos cisnes*, mas o tecido, projetado com as artimanhas nanorrobóticas que são a marca registrada da União Colonial, protege quem o veste melhor do que qualquer coisa que não seja uma placa de aço de meio metro de espessura. Provavelmente é até melhor, na verdade, porque o aço iria se fragmentar, lascar e mandar estilhaços para suas tripas. O collant não faz nada disso. Ele se enrijece após o impacto do projétil e dissipa a energia recebida, até certo ponto. É bem bom em manter a gente vivo diante de um impacto direto, digamos, da bala de um franco-atirador.

Mas não quer dizer que o impacto não seja sentido.

E eu o senti direitinho. Senti o collant se enrijecer, o que deu a impressão de as minhas costelas estarem se trincando, e talvez fosse o caso mesmo. Senti meus pés levantarem do chão e meu corpo voar para trás, alguns metros pelo ar, até despencar assim que a gravidade começou a agir de novo.

Tudo de acordo com o plano. Havia um motivo para eu ter corrido diretamente para dentro do campo de visão do atirador. Queria que ele atingisse meu centro de massa, no ponto onde o collant era mais preparado para absorver o tiro sem me matar na hora. Se fosse mais ambicioso, poderia ter mirado na cabeça, e eu provavelmente sobreviveria, mas não ficaria feliz, nem conseguiria andar durante vários dias depois disso.

Porém, Salcido tinha razão. O atirador não era lá essas coisas. Imaginei – tinha a esperança, para me expressar melhor – que ele miraria o alvo maior e mais fácil. E foi o que fez.

Ainda assim doeu pra caralho.

Então ouvi um *pump* e o silvo do foguete de Sau disparado na direção do atirador, acompanhado, após alguns segundos, por um estouro surdo e o barulho de vidro quebrando.

[O foguete acertou o alvo], enviou Salcido, falando comigo via BrainPal. *[Está viva, tenente?]*

[Isso é questionável], respondi. *[Você o está rastreando?]*

[Sim. Enviando as informações pelo canal do esquadrão.]

[O cuzão ainda está com a arma apontada para minha cabeça?]

[Não, ele está se mexendo agora.]

Rolei pelo chão e abri o canal do esquadrão, olhando para o prédio. O atirador aparecia visível nele como um padrão sobreposto de pontinhos minúsculos, cada um dos quais representava um único rastreador, do tamanho de um ácaro. O sujeito estava então se deslocando de um apartamento para outro.

– Vamos atrás dele? – perguntou Lambert.

– Não precisamos – respondi. – Só precisamos esperar que se posicione para atirar de novo. E aí a gente pega ele.

– Como vamos fazer para que ele atire de novo?

– É fácil – falei e me levantei.

– Seu traje não vai aguentar outro tiro direto – disse Powell.

– Então talvez vocês três devam trucidar o filho da puta antes que ele tenha a chance de atirar mais uma vez – sugeri.

– Pra já.

– Que bom.

Fiquei ali em pé na rua, observando o atirador pixelado se posicionar em outro apartamento, no andar embaixo do anterior. Durante alguns minutos, o sujeito assumiu cuidadosamente a posição ao lado da janela para tentar atirar em mim de novo.

— Peguei você — falei.

E então o prédio explodiu.

Eu, que estava a mais de cem metros de distância, fui derrubada pelo estrondo da onda de choque e depois de calor e destroços aéreos.

— Mas que *merda* acabou de acontecer? — pude ouvir Salcido gritar, ao que se seguiram os gritos de Powell e Lambert berrando um com o outro para recuarem. Rolei no chão mais uma vez e olhei para cima, onde vi uma parede suja de poeira vindo na minha direção, por conta do colapso do concreto. Abaixei a cabeça e prendi a respiração, embora minha boca estivesse coberta pela máscara, que filtrava o ar por mim.

Após um minuto, a pior parte daquela poeira toda já tinha baixado, então me levantei. Havia uma pilha de destroços no lugar que antes era um prédio residencial.

— Que porra — falei.

— Esse não era o plano que a gente *não* queria fazer? — pude ouvir Lambert gritar, com os ouvidos e não pelo BrainPal. Olhei para trás e o vi, junto com Powell e Salcido, andando na minha direção.

— Parece que o que a gente queria e o que os caras lá de cima queriam eram duas coisas bem diferentes — comentou Powell. — Falei que devíamos ter só deixado na mão deles. Teria nos poupado uma dor de cabeça.

— Cala a boca, Ilse — falei, e ela se calou. Voltei-me para Salcido. — Descubra se havia mais alguém no prédio, além do atirador.

— Tenho quase certeza de que evacuaram o local antes de sequer chegarmos aqui.

— Confirma isso — ordenei. — Se houver civis lá, vamos começar a removê-los.

— Isso só pode ser brincadeira — disse Lambert. Eu me virei para encará-lo, prestes a arrancar sua cabeça fora por uma reclamação sobre resgatar civis, mas ele ergueu a mão. — Não isso — corrigiu-se. — Olha no seu canal. O desgraçado do atirador ainda está vivo.

Olhei de volta para o prédio — ou, para ser mais precisa, a pilha de escombros. Perto da periferia deles, sob um metro de concreto, o nosso atirador estava tentando empurrar uma pilha de destroços e vigas de cima do corpo.

— Vamos lá — falei.

Chegamos ao lugar onde o atirador estava soterrado. Salcido apontou o MU para a localização da cabeça dele, enquanto Powell, Lambert e eu levantávamos pedaços do prédio de cima do alvo escondido. Um minuto depois, arranquei uma última lapa de concreto, abrindo caminho para Salcido lhe dar um tiro certeiro.

— Jesus — disse Sau.

Nosso atirador era uma menina de quinze anos, no máximo, e estava coberta de sangue nos lugares onde o concreto desabou e amassou seu crânio. Espiei pelos escombros o máximo que pude e vi que o braço esquerdo dela estava prensado e a perna direita dobrava de um jeito que não devia.

— Saiam de perto de mim! — disse a garota, e sua voz me indicava que ela tinha um pulmão colapsado.

— Podemos tirar você daí — falei.

— Não quero sua ajuda, verdona.

Fiquei confusa ao ouvir isso, até perceber que ela estava se referindo a mim, à minha pele verde. Olhei de volta para Salcido e seu MU.

— Abaixa essa coisa e venha ajudar. — Ele parecia estar em dúvida, mas obedeceu ainda assim. Eu me voltei para a atiradora. — Não vamos lhe fazer mal — falei.

— Você derrubou um prédio em cima de mim! — respondeu ela, chiando.

— Não era nossa intenção — falei, pulando a parte sobre nossa intenção ser atirar na cabeça dela no momento em que tivéssemos a oportunidade. — Vamos tirar você daí.

— Não.

— Você não quer morrer aqui — falei.

— Quero sim — disse ela. — Aqui era onde eu morava. Eu morava aqui. E vocês destruíram, igual destroem tudo.

— Como estamos? — perguntei, sem tirar os olhos da menina.

— Quase lá — respondeu Powell. E então me mandou uma mensagem via BrainPal. *[O pedaço de concreto em cima da perna dela é a única coisa impedindo que a garota morra de hemorragia]*, dizia. *[Se tirarmos, ela morre. Vai morrer de qualquer jeito.]*

— Beleza — falei. *[Chamem um médico]*, ordenei via BrainPal.

[Por quê?], perguntou Powell. *[Está sendo bizarramente boazinha com alguém que estava tentando matar você e a quem estávamos tentando matar. Ela nem quer nossa ajuda. Devia deixar que morresse.]*

[Eu lhe dei uma ordem], respondi. Powell deu de ombros, sem disfarçar.

— Vamos chamar um médico — falei à atiradora.

— Não quero médico nenhum — respondeu ela e fechou os olhos. — Não quero vocês. Por que não vão embora? Aqui não é o seu planeta. É nosso. Não queremos vocês aqui. *Vão embora*. Só vão embora.

— Não é tão simples — respondi.

A menina não disse mais nada. Cerca de um minuto depois, ela morreu.

— E aí? — perguntou-me Lambert. Ele, Powell e Salcido me esperavam do lado de fora dos escritórios de segurança em Fushimi, onde fui convocada para uma discussão (para usar um eufemismo) sobre o incidente com a atiradora.

— Conversei com a coronel Maxwell — falei, mencionando a chefe da missão conjunta das FCD na cidade. — Ela me disse que foi o pessoal de Kyoto que solicitou a derrubada do prédio residencial.

— Por que iriam querer uma coisa dessas? Pensei que estivéssemos operando com base na premissa de que *não* queriam isso. Daí o motivo de a gente ter agido de um modo tão furtivo e sem tentar destruí-lo.

— O edifício aparentemente era a sede local da rebelião. Ou, em termos mais exatos, a sede local da rebelião ficava no edifício.

— Então o prédio estava entupido de agitadores — concluiu Powell.

— Maxwell não chegou a oferecer uma taxa de quantos deles haveria para cada pessoa normal — falei. — E tive a impressão de que o governo de Kyoto não se importava muito. Queriam transmitir uma mensagem.

— Quantas outras pessoas a gente matou tentando fazer isso? — perguntou Lambert.

— Nenhuma — respondeu Salcido, olhando depois para mim. — Desculpa, você me pediu para descobrir essa informação, e não contei antes porque apareceram outras coisas no caminho. As forças de segurança de Kyoto fizeram uma batida no prédio uma semana atrás e tiraram todo mundo de lá. Um processo de interrogatório e intimidação no edifício inteiro. Foi o que disparou essa série de motins que estamos ajudando a suprimir.

— Então, se não foram todos rebeldes antes, provavelmente agora foram — comentou Powell.

— Era você quem queria derrubar o prédio — Lambert fez questão de lembrá-la.

– O prédio foi derrubado, sim – Powell fez questão de lembrá-lo também –, mas Lambert tem razão. Se iam derrubar o lugar logo, por que *diabos* mandaram a gente para cá?

– Mandaram a gente e só depois alguém do alto escalão da equipe de segurança de Kyoto lembrou que uma nave das FCD poderia arrasar um prédio inteiro com um único disparo, aparentemente – falei.

– Poderíamos ter morrido.

– Acho que decidiram que estávamos fora de perigo.

– *Muito* reconfortante – comentou Powell.

– Pelo menos não foi ideia nossa – disse Lambert. – Aquela menina não precisava de mais motivos para nos odiar. Mas se já nos odiava, deve ter aprendido isso com outra pessoa.

– Não foi ideia nossa, mas uma de nossas naves fez as honras – completei. – Não acho que essa distinção importe muito para ela ou mais alguém. Nisso temos tanta culpa quanto o governo de Kyoto.

– Conseguiu obter qualquer informação sobre a atiradora? – perguntou-me Salcido.

– Rana Armijo. Dezesseis anos-padrão. Os pais estavam bem envolvidos com a rebelião, ao que parece. Nenhum sinal deles também. Ou já morreram ou estão sob custódia do pessoal aqui de Kyoto.

– Então ela virou mártir para a causa – concluiu Lambert. – O governo apreende todo mundo no bloco de apartamentos, a garota fica para trás, começa a abater os oficiais de segurança e faz isso tão bem que precisam jogar um prédio na cabeça dela. Ótima história.

– Não vai adiantar muita coisa pra *ela* – comentou Powell.

– Em geral é o que acontece com mártires.

– Beleza, e agora? – perguntou Salcido.

– Já acabamos por aqui – respondi. – Tem mais manifestações rebeldes em Sakyo e Yamashina, mas a *Tubingen* tem outras ordens. É problema de outra pessoa daqui pra frente.

– Já era problema de outra pessoa – comentou Lambert. – E aí a gente chegou e transformou em problema nosso também.

– Nem começa, Lambert – pediu Powell. – Hoje foi um dia especialmente cansativo.

– Se foi cansativo para você, pensa só como está sendo para eles.

PARTE 3

Desta vez era quinta-feira, e fomos chamados para lidar com um protesto.

— Não vou mentir, estou curioso *mesmo* para ver uma dessas coisas em ação — admitiu Lambert, enquanto os funis-furacão estavam sendo instalados ao redor do prédio administrativo da União Colonial em Kiev.

O edifício em si era um arranha-céu depositado no meio de um terreno de um hectare no distrito central. O hectare inteiro era plano, uma praça pública sem qualquer detalhe exceto por uma única escultura de arte abstrata, a qual no momento estava sendo povoada por diversos manifestantes, junto de uma boa parte da área. O arranha-céu estava cercado por policiais de Kiev e soldados das FCD, além de barreiras metálicas montadas às pressas.

Não havia surgido entre os manifestantes a ideia de tentar invadir o prédio, mas ainda era bem cedo. Em vez de esperar o inevitável, e as baixas inevitáveis tanto entre os que protestavam quanto as forças de segurança, a União Colonial decidiu aplicar a última tecnologia em supressão de protestos: o funil-furacão. Um deles estava sendo instalado diretamente à frente do meu esquadrão.

— Parece uma tromba albina — disse Powell, enquanto o objeto era posicionado e se expandia para cima.

— Trompa alpina — corrigi. Fui musicista na vida passada.

— Foi o que eu disse — respondeu Powell, voltando-se depois para Salcido. — Você é o nerd das armas aqui. Me explica isso.

Sau apontou para cima, para o tubo bem longo que, naquele momento, serpenteava até o céu, até uns sessenta metros no ar.

— Aquela coisa lá no topo puxa o ar, que desce e vai acelerando no caminho. Então bate na curva, pega um embalo a mais e sai por ali. — Ele gesticulou na direção dos manifestantes. — A gente estabelece um perímetro, e toda vez que um deles tentar ultrapassá-lo, um dos funis sopra um ventinho e derruba todo mundo.

— O que vai ser divertido de assistir — comentou Lambert. — Apesar que essas coisas são ineficientes demais, se estivermos falando em termos de controle *real* de uma multidão. É como se a gente os desafiasse a ultrapassarem a linha.

— Não é pra ser eficaz — falei. — O propósito é transmitir uma mensagem.

— Qual mensagem? "Vamos soprar e soprar e derrubar o seu protesto?"

— Mais algo do tipo: "Nem precisamos dar um único tiro para acabarmos com todo o propósito do seu protesto estúpido".

— Parece que estamos transmitindo muitas mensagens ultimamente — comentou Lambert. — Só não tenho certeza de que o que estamos transmitindo é o que eles estão recebendo.

— A mensagem desta vez vai ser uma rajada de vento capaz de derrubar uma casa — disse Salcido. — Ela vai chegar no destinatário.

— E não estamos preocupados em sermos soprados para cima dos manifestantes? — perguntou Powell. — Porque isso seria bem ruim.

Salcido apontou para o alto de novo.

— É por isso que o ar é coletado lá em cima — explicou ele. — Além do mais, tem algumas coisas para mitigar o fluxo de ar que ocorre do lado de cá.

— Beleza — disse Powell.

— É só que...

— O quê? É só que *o quê*?

— Só tentem não se aproximar *demais* desse negócio quando estiver ligado.

Powell lançou um olhar azedo para Salcido.

— Você está de putaria comigo, não está?

— Sim. Estou, sim. De putaria com você. E tá certa, por favor, fique coladinha nessa coisa quando ela disparar. Nada de ruim vai acontecer com você, *de modo algum*.

— Tenente, é possível que eu precise atirar no Sau.

— Parem, vocês dois – falei. Estava observando enquanto os técnicos terminavam de instalar o negócio todo, um processo que, como a maior parte das coisas que envolviam as Forças Coloniais de Defesa, consistia em ficarem só parados olhando, pois tinham sido projetadas para operar com o mínimo de assistência humana, a parte mais passível de dar problema, sem exceção. À esquerda e à direita de onde estávamos, outros funis-furacão estavam sendo montados sob a atenção dos técnicos. Ao todo, havia 24 dessas coisas ao redor do prédio.

Depois de os funis estarem armados, o técnico-chefe acenou com a cabeça para mim. Respondi ao aceno e assumi o controle dos três equipamentos que estavam mais perto. Estabeleci um perímetro de trinta metros, o que era dez a mais em relação ao ponto onde os manifestantes mais próximos protestavam. Recebi notificações dos outros sete esquadrões das FCD encarregados das outras estações de funis, todas sob meu comando, avisando-me que estavam ativos e operando com um perímetro de trinta metros. Dei um passo à frente para que os manifestantes pudessem me ver. Começaram a me vaiar na hora. Não fazia mal.

— Atenção, manifestantes – falei, e minha voz foi fortemente amplificada pelo funil logo atrás de mim, num volume tão alto que ninguém ia conseguir ignorar. Pela minha proximidade com o equipamento, eu teria ficado surda se já não tivesse configurado o BrainPal para diminuir o volume da minha audição por um minuto. – Sou a tenente Heather Lee, das Forças Coloniais de Defesa. Dentro de um minuto, estabelecerei um perímetro de trinta metros para o protesto, todo ao redor deste prédio. Agradecemos a sua cooperação voluntária para esse objetivo.

Minha fala recebeu totalmente a resposta que eu esperava receber.

— Como quiserem – falei, dando um passo para trás, atrás do funil. – Abaixem o volume de seus ouvidos – instruí minha equipe, depois me voltei ao comandante da polícia de Kiev e acenei com a cabeça para ele, que gritou para seus oficiais ficarem atrás dos funis. Eles obedeceram, levando consigo as barreiras de metal. A multidão comemorou e começou a avançar. Liguei os funis.

A emissão deles saiu de zero para cinquenta quilômetros por hora em questão de três segundos. A multidão, ao pressentir o desafio, avançou com uma determinação renovada. Em outros três segundos, os funis já estavam emitindo uma rajada de cem quilômetros por hora. Mais cinco segundos, e aumentou para cento e trinta. Nessa velocidade, também emitiam uma nota horrenda, de estourar os tímpanos, projetada para encorajar a multidão a se dispersar. Aumentei um pouco o volume da minha audição para ouvir.

Era um mi bem grave.

[Falei pra vocês que essas coisas são MUITO BARULHENTAS?], enviou-nos Salcido, no canal do esquadrão via BrainPal.

A multidão foi repelida, apesar de seus esforços. Alguns jogaram garrafas e outros objetos na direção dos funis e ficaram surpresos quando a trajetória deles mudou, voltando para quem os arremessou. Aparentemente ninguém precisa entender de física para protestar.

Quando os últimos dos manifestantes já estavam de volta ao limite do perímetro de trinta metros, os funis diminuíram suas emissões para trinta quilômetros por hora, e aquele mi grave se dissipou. A multidão murmurava e gritava, furiosa. A polícia de Kiev, então desnecessária, fez fila para entrar no prédio administrativo, onde subiram até o terraço e foram embora de helicóptero.

E assim a coisa prosseguiu. Durante toda a hora seguinte, de vez em quando um ou outro manifestante tentava ver se dava para correr até a barricada antes de ser empurrado de volta pelos funis. A resposta: não dava.

– Parece divertido, na verdade – comentou Lambert, assim que mais um manifestante foi arremessado pela praça. Sua voz normal chegava amplificada aos meus ouvidos pelo sinal do BrainPal.

– Não tenha tanta certeza disso. – Powell apontou para um risco vermelho no local, onde a cabeça do manifestante tocou o concreto.

– Bem, eu não iria querer uma *coisa dessas*, obviamente – respondeu Lambert. – Mas, de resto, até que parece divertido.

– Ei, chefia – chamou Salcido, apontando para a multidão. – Tem alguma coisa acontecendo.

Fui investigar. Ao longe, os manifestantes abriram espaço para um veículo motorizado que avançava até a linha de frente. Com meu BrainPal, eu o identifiquei como um caminhão de carga pesada, de fabricação local, sem a carreta que costuma acompanhar esse tipo de veículo. Ao se aproximar, a multidão começou a gritar e cantar palavras de ordem.

– Por que diabos a polícia não deteve essa coisa lá atrás? – perguntou Lambert.

– A gente mandou todo mundo para casa – respondi.

– Mandamos para casa aqueles que estavam *aqui* – rebateu ele. – Me parece difícil acreditar que não haja pelo menos alguns policiais de Kiev ainda na ativa.

– Sau – chamei –, essas coisas conseguem parar aquilo?

– Os funis?

– Isso.

– Tenente, essas belezinhas conseguem soprar ventos de até trezentos quilômetros por hora – respondeu Salcido. – Não vão apenas parar o caminhão. Vão pegar e atirá-lo.

– De volta na multidão – reparou Lambert.

– Tem isso – concordou Salcido. – Isto é, a parte da multidão que não for arremessada pelos ares *também*, junto com tudo que não estiver pregado no chão, e provavelmente até algumas coisas que estão. – Ele apontou para a escultura na praça. – Se esses trambolhos estiverem ligados na velocidade máxima, eu não apostaria que aquilo ali vai ficar no lugar.

– Talvez não tenham sido uma ideia tão boa, afinal – comentou Lambert.

O caminhão, já à frente da turba, começou dar farol para nós, como se estivesse tentando nos intimidar. A multidão dava vivas.

– Um motor elétrico padrão para algo desse tamanho, se não for modificado – disse Salcido, pegando as mesmas informações que eu quanto à identificação do fabricante. – Vai demorar uns segundos para pegar embalo o suficiente para causar estrago.

O motorista apertou com tudo a buzina, produzindo uma rajada sonora quase tão alta quanto os funis.

– Isso vai ser interessante – disse Lambert.

As rodas do caminhão cantaram quando o motorista pisou no acelerador com tudo.

– Powell – falei e enviei ao mesmo tempo.

A frente do veículo desabrochou em chamas assim que o foguete de Powell entrou no compartimento do motor e explodiu, estilhaçando a bateria e fazendo o capô inflar com um estampido explosivo. As rodas que giravam, privadas do embalo antes de ganharem tração o suficiente, avançaram de leve, num tropeço, e depois pararam, mal conseguindo cobrir uns poucos metros. O motorista pulou fora da cabine e saiu correndo, sendo um dos muitos manifestantes que decidiu já ter tido sua cota por um dia.

Havia alguns ainda em pé ao lado do caminhão, sem saber direito o que deviam fazer em seguida. Powell lançou outro foguete no veículo, desta vez dentro da cabine desocupada. Foi que nem fogos de artifício, como dizem. Mais manifestantes decidiram que era hora de ir para casa.

– Obrigada, Powell – agradeci.

– Demorou muito pra você pedir – disse ela, aninhando seu MU.

– Essas coisas aí não são exatamente uma solução no longo prazo, não é? – perguntou Lambert, acenando com a cabeça para os funis-furacão, no momento cinco andares abaixo de onde estávamos. Nós quatro nos encontrávamos numa salinha de conferências que havia sido convertida num dormitório para os membros das FCD recrutados como guardas.

– É meia-noite no horário local e aquela multidão lá fora não vai a lugar algum – comentou Powell. – Acho que os funis vão passar a integrar o cenário por um tempo.

– Vai dificultar as coisas para o pessoal da União Colonial que trabalha neste prédio.

– Talvez possam todos trabalhar de casa – sugeriu Salcido.

Lambert olhou para a multidão lá fora.

– É. É o que eu faria.

– Quanto tempo a gente ainda vai ficar aqui? – Powell me perguntou.

– Os técnicos estão treinando a polícia de Kiev para operar essas coisas – falei. – Então vai demorar mais uns dias.

– E depois o que acontece? Partimos para outro planeta e acabamos com mais um protesto ou derrubamos outro prédio?

– É você quem queria derrubar aquele prédio em Kyoto – Lambert fez questão de lembrá-la.

– Nunca neguei – respondeu Powell, voltando-se para Lambert. – Também não achei ruim socar um foguete naquele caminhão hoje. As alternativas talvez envolvessem sair daqui morta ou ferida. Então, não faz mal. – Ela voltou-se para mim. – Mas não foi para isso que me recrutaram.

– Tecnicamente, você nem sabia o que ia fazer quando foi recrutada – apontou Salcido. – Ninguém aqui sabia. A gente só sabia que ia sair do planeta Terra.

– Sau pode brincar de advogado o quanto quiser, mas você sabe o que quero dizer, tenente – disse Powell.

– Ilse tem razão – disse Lambert. – É nossa terceira missão seguida em que a gente vem jogar panos quentes em cima do povo que está se rebelando contra a União Colonial.

– Esse tipo de missão sempre foi parte do acordo – respondi. – Antes de vocês três chegarem, eu e a *Tubingen* fomos chamados para suprimir um motim em Zhong Guo. Teve gente lá que encasquetou com a ideia de uma aliança com a Terra.

– E eles chegaram a avisar a Terra disso? – perguntou Salcido.

– Acho que não – falei, gesticulando depois para a janela, para o protesto. – O ponto em que quero chegar é que *isso*, de fato, é nossa missão. Parte dela, pelo menos.

– Beleza, mas três seguidas... – disse Lambert.

– Que que tem?

– Isso já aconteceu antes, pela sua experiência? Alguma vez?

– Não.

— E você está nas FCD há quanto tempo já? Seis anos?

— Sete — respondi. — E três meses.

— Não que você esteja contando — disse Powell.

— Se não contar, acaba se perdendo — falei e depois me voltei para Lambert. — Beleza, sim, isso é incomum.

— E você não fica incomodada? — perguntou Lambert. — Espera... me expressei mal. Quis dizer, não acha isso problemático? Porque, quando Ilse aqui, nossa rainha do "foda-se, quem liga?", começa a ficar de saco cheio do que estamos fazendo, talvez haja um problema.

— Não disse que estava de saco cheio — retrucou Powell. — Só não me alistei pra isso.

— E no seu cérebro tem uma diferença entre as duas coisas — disse Lambert.

— Tem sim — rebateu Powell. — Não estou de *saco cheio* disso tudo. Essa merda faço dormindo. Mas não vejo como *meu* trabalho. Meu dever é meter bala em alienígenas que estejam tentando nos matar.

— *Amém* — concordou Salcido.

— O que a gente veio fazer aqui, digo, sério, quem que liga? — disse Powell, gesticulando para a janela. — Esse pessoal está protestando. E daí? Deixe que protestem. Se quiserem romper com a União Colonial, deixa eles.

— Quando outras espécies descerem aqui para varrer todo mundo do planeta, aí *seu* trabalho vai ficar bem mais difícil — apontei.

— Não, não vai, porque aí não serão mais parte da União Colonial. Pau no cu deles.

— Acho que nunca lhe disse o quanto admiro, de um jeito meio doente, pode ter certeza, esse seu comprometimento com a amoralidade — disse Lambert.

— Não é amoral — rebateu Powell. — Se forem parte da União Colonial, vou defendê-los. É o meu dever. Se quiserem seguir o próprio caminho, beleza. Não vejo como meu trabalho impedi-los. Mas também não vou impedir os alienígenas de virem aqui para colocar todo mundo numa panela.

— Talvez seja disso que a gente precise — comentou Salcido. — Que um desses planetas rompa conosco e tome uma surra. Aí o resto entra na linha.

— Mas esse é o problema, não é? — falou Lambert. — Não é só um. Não é só um planeta. É um monte deles, todos ao mesmo tempo.

— É aquilo lá — disse Salcido. — Aquele grupo. Equilibrium. Que apareceu e jogou aqueles dados todos no ventilador.

— Que que tem? — perguntou Powell.

— Bem, faz sentido. Todos esses planetas com a população se revoltando de repente.

— Não estão se revoltando *de repente* — disse Lambert. — Aquela rebelião em Kyoto passou um bom tempo cozinhando. E a tenente aqui comentou ter suprimido uma rebelião no ano passado, em... onde mesmo?

— Zhong Guo — falei.

— Obrigado. Talvez esse tal de Equilibrium esteja cristalizando as ações agora, mas seja qual for a fonte de onde bebem, já está lá faz uns anos.

— Então a União Colonial deveria estar se preparando para isso faz anos também — disse Powell, entediada com essa conversa. — Mas não foi o caso, e agora a gente e todo mundo na *Tubingen* tem que ficar pulando de uma crise interna idiota para outra. É burrice e um desperdício.

— Não, faz sentido — disse Lambert.

— Você acha? Como?

— Não temos ligação com este lugar. Não temos ligação com Kyoto. Não temos ligação com Franklin. Não temos ligação com qualquer uma das colônias, porque somos originalmente da Terra. Por isso não é difícil chegarmos e detonarmos tudo se for o caso.

— Estamos repassando o trabalho aqui para a polícia de Kiev — destacou Salcido.

— Certo, depois de lidarmos com a parte difícil. Esse é o nosso trabalho. Lidar com as partes difíceis.

— Mas você acabou de falar que não era uma solução no longo prazo — disse Salcido, acenando para os funis. — Nesse caso, a parte difícil ainda está presente, o que quer dizer que vamos precisar voltar aqui. Ou nós ou um grupo que nem o nosso.

— Sim, e é engraçado porque lembro, umas semanas atrás, de eu ter falado que não resolvemos a raiz do problema e a resposta foram gritos de "foda-se" e uma música sobre pizza.

— Era uma ótima música.

— Se você diz.

– Só queria declarar que o que estamos fazendo agora é, cada vez mais, uma completa bobajada – respondeu Powell, trazendo de volta essa discussão. – Se é isso o que a gente faz agora, tá, beleza. Que seja. Mas eu preferia estar atirando em alienígenas. Acho que todo mundo aqui concorda.

– Ela não está errada – disse-me Salcido.

– Não está, não – concordou Lambert.

– Eu sei – falei.

› PARTE 4

Sexta-feira.

– A raiz do problema – dizia Lambert. – Vocês todos tiraram sarro de mim por falar disso e agora olha só onde estamos. Mais um planeta colonial. Mais uma rebelião. Só que, desta vez, já declararam independência.

A nave de transporte sacodia ao atravessar a atmosfera de Cartum. Não éramos só nós quatro nessa ocasião, mas o pelotão todo, igual foi em Rus. Não estávamos lá para suprimir um protesto. E sim para fazer um ataque cirúrgico contra o primeiro-ministro do planeta, que havia declarado a independência e encorajado as multidões para que ocupassem prédios da União Colonial. Depois, ele se escondeu, junto com um círculo de assessores, em alguma localização sigilosa, talvez porque sabia que a UC não ia ficar lá muito feliz.

E de fato não ficou. Nem com ele, nem com os membros da liderança do partido, na verdade, todos os quais foram apoiadores da independência do planeta – sem que essa proposta fosse apresentada ao parlamento inteiro para ratificação, diga-se de passagem.

– Eles aprenderam com o que aconteceu em Franklin – continuou Lambert. – Desta vez, sabiam que não deviam nos dar a chance de respondermos primeiro.

– O que faz com que essa independência seja ilícita – apontou Salcido, sentado ao lado dele.

— Sempre vai ser — rebateu Lambert. — E com isso quero dizer que a União Colonial jamais aceitaria a legalidade da independência deles. Então, não haveria motivo real para fazerem uma votação.

— Mas agora é ilegal também dentro do próprio sistema de governo deles.

— Não, porque o primeiro-ministro mandou o gabinete aprovar uma declaração de estado de exceção e dissolveu o governo atual — falou Lambert. — Tudo dentro da legalidade.

— Pena que não vai ajudá-lo em nada — disse Powell. Ela estava a alguma distância de Lambert e Salcido, do outro lado do transporte, junto comigo.

— Ah, não, Ilse, ele vai ficar *ótimo* — comentou Salcido. — Está num *local sigiloso*.

— Que é para onde estamos indo agora mesmo. Mais uma missão de paraquedas estilo "desce e destrói".

— Precisamos pegar o primeiro-ministro Okada com vida — eu a lembrei.

— Estilo "desce de paraquedas, sequestra e *aí* destrói" — Powell se corrigiu.

— O que nos leva à questão de como sabemos onde fica esse local sigiloso — disse-me Lambert.

— Okada tem nanotransmissores no sangue desde que virou primeiro-ministro — falei.

— Imagino que ele não saiba disso.

— Provavelmente não.

— Como foram parar no sangue dele, aliás, que mal lhe pergunte?

— Não faço ideia — respondi. — Se fosse chutar, imagino que em algum momento ele fez uma refeição no complexo da União Colonial e colocaram na comida dele.

— E a gente se pergunta por que ninguém olha para a União Colonial com muito entusiasmo — comentou Lambert.

Powell revirou os olhos.

— Lá vamos nós.

— Você pode ser sarcástica comigo o quanto quiser, Ilse — disse Lambert, antes de desaparecer por um buraco que surgiu atrás dele na nave de transporte e o tragou até as camadas superiores da atmosfera de Cartum, junto com Salcido e os outros soldados ao lado dos dois. Meu traje de combate, captando a perda de pressão e as avarias sofridas pela nave, imediatamente ativou a máscara sobre minha cabeça e começou a puxar oxigênio do ar que restava na cabine. Ao mesmo tempo, enquanto líder do pelotão, tive acesso autorizado ao comando dos sistemas do transporte, que me diziam o que eu já sabia: a nave havia sido atingida e não possuía mais pleno controle de seu voo.

Suprimi minha vontade de entrar em pânico e me concentrei em avaliar os danos. O piloto estava tentando evitar que o transporte começasse a rodopiar, lutando contra o painel de controle avariado. Perdemos os quatro soldados que saíram pelo buraco cada vez maior na lateral do veículo. Outros cinco estavam mortos ou mortalmente feridos, mais cinco tinham ferimentos graves, porém continuavam vivos. Quinze ilesos e eu.

A nave declarava estar sendo visada. Quem quer que tivesse nos atingido ainda não tinha terminado o serviço.

Eu me conectei ao transporte e autorizei a abertura das portas. *[Saiam todos agora]*, ordenei pelo canal do pelotão, via BrainPal. Minha voz simulada me fez soar mais calma do que eu estava de verdade.

Estávamos todos com os trajes já prontos para o salto. Só teríamos que fazer isso antes do combinado.

[Em sequência de equipes. Vamos lá.]

O restante do pelotão começou a sair pelas portas. Powell ficou nos fundos comigo, gritando com os retardatários. O piloto tentava manter o transporte o mais estável possível. Powell e eu conseguimos sair logo antes de algum tipo de projétil cinético destroçar a nave. Mandei uma rápida notificação para o sistema do uniforme do piloto. Nenhuma resposta.

[Tenente], enviou-me Powell, em queda-livre a cerca de cem metros de mim. Sua mensagem veio via feixe estreito. *[Olhe para baixo.]*

Obedeci e pude ver feixes de luz que piscavam, disparados contra o céu da tarde. Não chegavam até a parte de cima da atmosfera. Seus alvos ficavam logo abaixo de mim.

Estavam atingindo e matando meus soldados.

[Mergulho caótico, camuflagem total], enviei pelo canal do pelotão a todos os sobreviventes. Depois, dei ordens ao meu traje para me selar inteira, apaguei os sistemas de comunicação e tentei ao máximo virar apenas um buraco na atmosfera. A função de camuflagem era capaz de me ocultar visualmente e faria tudo que pudesse para dissipar quaisquer ondas eletromagnéticas que passassem por mim e tentassem voltar para os transmissores usados para me marcar como alvo. Meu traje também fazia movimentos sutis e produzia extensões que se moviam ao meu redor aleatoriamente, mudando minha velocidade e a direção da minha descida, quase dificultando o

trabalho de manter a mira em mim. Todos os membros do pelotão que ouviram minha ordem estavam então fazendo a mesma coisa.

Um mergulho caótico, com todos os puxões e volteios, era capaz de matar um ser humano não modificado. Meu traje se enrijeceu na região do meu pescoço e em outras juntas a fim de minimizar os ferimentos em potencial, mas não queria dizer que eu não sentia a pressão contra minhas entranhas. Não foi projetado para ser confortável. Era para manter a gente vivo.

Mais uma coisa: a camuflagem que dissipa as ondas eletromagnéticas nos deixa cego para valer. Ao cair, confia-se nos dados que o traje recolheu antes de acioná-la, a fim de permitir que ele rastreie o ponto onde você estava e o quanto desceu, somando todas as mudanças de direção e velocidade e passando todos os dados para o BrainPal. A camuflagem é projetada para voltar com as imagens visuais a cerca de um quilômetro de distância do solo – tempo o suficiente para avaliar e planejar a descida.

A não ser que houvesse algum erro. Nesse caso, eu avistaria o chão pouco antes de me espatifar nele. Ou talvez nem visse nada. Só haveria o baque súbito.

Além do mais: não teria como saber se fui atingida por um daqueles raios até ele começar a me fritar.

A questão é que não se faz um mergulho caótico com camuflagem total a não ser que seja absolutamente necessário. Mas era onde as coisas estavam no momento. Para mim e todos os outros soldados do pelotão.

Outra consequência era que, ao aterrissarmos, estaríamos espalhados pela zona rural da região, com os sistemas de comunicação desligados, a fim de evitar sermos detectados. Em nosso relatório antes da missão, passei ao pelotão um ponto de extração alternativo caso algo desse errado, mas após abaterem nosso transporte enquanto ainda estávamos lá em cima e precisarmos fazer um mergulho caótico, era provável que, como resultado, o restante dos soldados estivesse espalhado sobre uma área de até cem quilômetros em qualquer direção. Assim que aterrissássemos, estaríamos todos sozinhos e sendo visados.

Tive vários minutos para contemplar tudo isso enquanto caía.

Também tive vários minutos para pensar no que havia acontecido. Em termos simples, não deveria ter sido possível que a nave fosse abatida nas camadas superiores da atmosfera de Cartum. O planeta possuía defesas como as de qualquer outro membro da União Colonial, a fim de evitar que espécies alienígenas tentassem atacar. Mas, como aconteceu em Franklin e todos os outros planetas que havíamos visitado recentemente, essas defesas tinham sido construídas e eram administradas pela própria União Colonial. Mesmo que tivessem sido tomadas pelos cidadãos de Cartum e abandonadas pelos operadores da UC, qualquer um que tentasse operá-las teria sido bloqueado por uma série de medidas de segurança. A não ser que os operadores coloniais tivessem virado a casaca – possível, mas não provável –, aqueles raios estavam sendo disparados por outras entidades.

Mais um enrosco: a *Tubingen* deveria estar rastreando a descida do transporte, protegendo-nos e nos alertando contra qualquer ataque partindo do solo. Se não foi o caso, então era porque havia alguma outra coisa mantendo-a ocupada. O que queria dizer que ela estava sob ataque, fosse a partir da superfície do planeta ou de cima. De qualquer forma, também não vinha da União Colonial.

Se essa pressuposição estivesse correta, então significava algumas coisas também. Significava que, fosse lá o que estivesse acontecendo em Cartum, a questão não era só a independência do planeta – haviam se alinhado com os inimigos da União Colonial. E aí preparado uma armadilha para nós. Não para a *Tubingen* em si – quem fez isso não sabia qual das naves das Forças Coloniais de Defesa seria despachada. A *Tubingen*, seu transporte e o meu pelotão foram visados por acaso. Não, a armadilha foi feita para a UC como um todo.

Mas por quê? E com qual propósito?

A transmissão de imagens visuais foi acionada quando eu estava a um quilômetro do solo. Ao longe, havia luzes que sugeriam alguma forma de civilização. Diretamente abaixo de mim, estava tudo escuro, acidentado e coberto de vegetação. Esperei o máximo possível para acionar os nanorrobôs de paraquedas, que se espalharam ao máximo para pegar ar. Fiz um pouso nada suave, depois rolei e fiquei deitada de costas por um momento, recuperando o fôlego e olhando para o céu. Era meia-noite no horário local, e a escuridão da vegetação, combinada com meus olhos projetados pela União Colonial, me permitiam ver as estrelas com todas as constelações específicas. Localizei várias delas e, triangulando os dados com a data e o horário locais, pude calcular minha posição.

Conferi meu BrainPal para ver se havia alguma sinalização por parte da *Tubingen*. Não queria enviar um sinal para a nave, caso alguém estivesse ouvindo, mas se tivessem enviado algo para nós, talvez possuíssem informações que os sobreviventes pudessem usar.

Nada. O que não era bom.

Levantei-me, com a camuflagem visual ainda ativa, e caminhei até um ponto onde podia rever as luzes ao longe. Somei as informações do que via aos dados dos mapas de solo que foram instalados no BrainPal para essa missão. Peguei tudo isso e bati com a posição das estrelas no céu. Eu estava nos morros acima dos subúrbios de Omdurman, a capital de Cartum, a 45 quilômetros ao sudeste do distrito central da cidade, 38 quilômetros ao sul do "local sigiloso" onde eu sabia que o primeiro-ministro estava, e 23 quilômetros ao sudoeste do ponto secundário de extração, onde esperava encontrar sobreviventes do meu pelotão.

Nenhum desses pontos me interessava no momento. Em vez disso, puxei o histórico de registros visuais da hora anterior e identifiquei a imagem de um dos raios atingindo um soldado, depois comecei a usar essa informação, junto com os dados da minha descida, para rastrear a localização de seja lá o que tivesse disparado aquele raio.

Era um ponto a 16 quilômetros, quase diretamente ao norte, também nos morros, perto de um reservatório abandonado.

— Peguei vocês — falei, amplificando ao máximo minha acuidade visual para condições de baixa luminosidade, evitando assim cair em algum buraco, e então comecei a correr na direção do alvo. Nisso, instruí meu BrainPal para tocar música, a fim de me distrair de pensar em Lambert, Salcido ou Powell, ou em qualquer outro membro do meu pelotão.

Deixaria para pensar neles depois. Para sentir meu luto depois. Naquele momento, precisava descobrir quem tinha atirado neles.

A seis quilômetros do alvo, alguma coisa me fez tropeçar e me lançou contra o chão. Imediatamente me afastei e saí rolando, confusa, porque estava com minha camuflagem visual acionada e não conseguia ver o que tinha me acertado e jogado contra o solo. Havia sido empurrada por um fantasma.

[Tenente.]

Demorei um segundo para me dar conta de que estava ouvindo essa voz pelo BrainPal, não pelos ouvidos.

[Estou diretamente à sua frente], disse a voz. *[Fala comigo via feixe estreito. Não sei se ainda estamos sendo rastreadas.]*

[Powell?], falei, via feixe estreito, incrédula.

[Sim], respondeu ela, enviando-me permissões visuais de seu traje, as quais possibilitaram que meu BrainPal criasse um modelo da localização do corpo dela. Ela estava de fato a um metro de distância de mim, diretamente à minha frente. Eu lhe enviei permissões semelhantes via feixe estreito.

[Desculpa ter derrubado você], disse Powell.

[Como você fez isso?], perguntei. *[Digo, como sabia que eu estava ali?]*

[Está ouvindo música?]

[Estava sim], respondi. *[E daí?]*

[Você estava cantando enquanto corria].

[Meu Deus], falei.

[Não sabia?]

[Não. Mas não me surpreende. Quando era musicista, precisavam desligar meu microfone nos shows porque eu cantava junto. Consigo tocar qualquer instrumento de cordas que você possa conhecer, mas não canto porra nenhuma.]

[Isso eu reparei], disse Powell, e sorri a contragosto. Ela gesticulou para trás, na direção sudeste. *[Vim daquela direção e comecei a seguir por aqui. Aí escutei você faz uns quilômetros. Esperei até ter certeza de quem era.]*

[Podia ter falado comigo via feixe estreito, em vez de me derrubar.]

[Assim pareceu mais seguro. Se estivesse no solo, as chances de você pegar seu MU *e fuzilar a moitinha no susto eram menores.]*

[De fato. Mas por que está indo nesta direção? O ponto de extração secundário não fica pra lá.]

[Não. Mas os cuzões que abateram nossa nave, sim.]

Sorri de novo. *[Não me surpreende nada ouvir você falar isso.]*

[Claro que não. Assim como não estou surpresa em encontrá-la aqui pelo caminho.]

[Não, imagino que não.]

[Vamos, então?]

[Sim], concordei, e nós duas nos levantamos.

[Só para deixar claro, pretendo matar cada um desses filhos da puta que encontrarmos], disse Powell.

[Talvez a gente queira separar um ou dois para interrogar], comentei.

[Você que manda. Mas é melhor apontar com antecedência quais deles vai querer separar pra isso.]

[Pode deixar. E, ah, Ilse?]

[Sim, tenente?]

[Qual era seu emprego lá na Terra? Sempre tive curiosidade em saber.]

[Eu dava aula de matemática para o nono ano em Tallahassee.]

[Eita], falei. *[Não era o que eu esperava.]*

[*Sério mesmo?*], respondeu Powell. [*Tente dar aula de álgebra pra um bando de merdinhas durante 38 anos seguidos. Pelos meus cálculos, vai demorar mais uma década até descarregar toda a fúria que acumulei com isso.*]

[*Como quiser. Pronta?*]

[*Estou, sim*], disse Powell. [*Tenho um pouco de raiva para processar. E não só por dar aula.*]

[*Bem, definitivamente isso não é nada bom*], disse-me Powell.

Nós duas, ainda com camuflagem total, estávamos deitadas a uns duzentos metros de distância de uma grande laje de concreto, situada na beirada de um reservatório abandonado. Sobre a laje, havia dois lançadores de mísseis, uma catapulta eletromagnética e duas armas de raios. Um dos lançadores estava sem dois projéteis, e do lado dele dois especialistas haviam trazido novas armas para fazer a recarga. Os especialistas não eram humanos.

[*Malditos Rraeys*], disse Powell, mencionando a espécie por nome. [*O que estão fazendo aqui?*]

[*Abatendo nossas naves*], respondi.

[*Mas por quê? Como eles sequer chegaram a este planeta?*]

[*Acho que foram convidados.*]

[*Pelo primeiro-ministro? Vou dar dois tiros nele por isso.*]

[*Ainda precisamos levá-lo com vida*], comentei.

[*Não disse que iria matá-lo*], respondeu Powell. [*Só que vou dar dois tiros nele.*]

[*Vamos nos concentrar no que estamos fazendo aqui primeiro.*]

[*Beleza*], disse Powell. [*Como você quer proceder?*]

Olhei de novo para a laje. Cada uma das plataformas armadas contava com a própria equipe de técnicos e operadores, o que dava um total de quatro Rraeys em cada. Também contavam com a própria fonte de energia, a maior delas ligada à catapulta eletromagnética, que precisava puxar muita força para seus ímãs. Estavam espaçadas de modo aleatório, como se tivessem sido instaladas às pressas para serem removidas igualmente rápido. E, de fato, nos fundos da laje, havia um comboio de caminhões grandes o suficiente para as colocarem e levarem embora. Ainda havia um quinto caminhão, menor que os demais, de cujo teto brotavam diversos receptores de comunicação. Dentro dele, sentavam-se vários Rraeys, visíveis da janela. Comando e comunicação. Por fim, dois alienígenas armados com fuzis rondavam o perímetro da laje. Segurança, mais ou menos.

[*Vejo uns 24 Rraeys*], falei para Powell.

[*Confirmo sua contagem*], disse ela.

[*Quero alguns deles vivos, pelo menos.*]

[*Está bem. Algum deles em particular?*]

[*Vamos deixar a equipe de comando e comunicação respirando por enquanto.*]

[*Você que manda.*]

[*Pode pegar os seguranças e os caminhões e derrubar a força do comando.*]

[*Alguns ainda tem computadores portáteis.*]

[*Não dê tempo para eles os usarem.*]

[*Você disse que os queria ilesos.*]

[*Eu disse que os queria* vivos.]

[*Ah, tudo bem*], disse Powell. [*Facilita as coisas.*]

[*Vou pegar as equipes que cuidam das armas.*]

[*É muita coisa.*]

[*Tenho um plano.*]

[*Ah, é? Qual?*]

[*Olha só*], falei e configurei meu MU no modo do raio de partículas, o qual disparei contra um dos mísseis que a equipe de armas estava tentando instalar num lançador. Mirei não na ogiva, mas no tanque de combustível.

Ele explodiu feito fogos de artifício num feriado, atingindo o lançador, seus mísseis, sua equipe e as equipes das plataformas adjacentes. Tudo que estava sobre a laje desmoronou, levando junto ainda qualquer Rraey que fosse azarado o suficiente para estar por perto quando a plataforma foi pelos ares. Foi bom que a gente ainda estava de máscara, pois nossos ouvidos foram protegidos contra a explosão.

— Achei mesmo que você fosse fazer isso — disse-me Powell em voz alta, entregando sua posição e se levantando.

— Não fica preocupada que possam ver você? — perguntei.

— Tenente, a essa altura *quero* que me vejam chegando — disse ela e saiu andando, com o MU preparado.

Sorri e continuei agachada, esperando que qualquer um dos Rraeys na laje começasse a se mexer de novo. De tempos em tempos, algum deles começava a tentar fugir. Eu os impedia de continuar.

Ouvi o som de um baque suave. Powell havia apagado a fonte de energia do caminhão de comando. Eu a vi avançar pela laje, rumo ao veículo, atirando nos motoristas enquanto prosseguia. Atrás dela, um dos caminhoneiros Rraeys havia apanhado uma arma e estava dando a volta no caminhão para tentar mirar nela. Resolvi a questão.

[Você perdeu um de vista], enviei para ela.

[Eu sabia que ele estava ali], respondeu Powell. *[E sabia que você estava também.]*

Um Rraey apareceu pela porta da cabine do caminhão de comando. Powell o alvejou na perna e ele caiu com um grasnado.

[Deixe alguns vivos], falei.

[Isso depende deles], respondeu-me Powell. Ela foi até o caminhão, agarrou o Rraey grasnante e o jogou à frente enquanto passava pela porta da cabine.

Fez-se silêncio por uns minutos depois disso, pelo menos da minha perspectiva.

[Deixei alguns deles vivos], disse Powell, após aqueles minutos passarem. *[Mas talvez seja bom você vir logo.]*

Eu corri até lá.

O interior do caminhão de comando estava uma zona. Havia três Rraeys mortos lá dentro, incluindo aquele que Powell havia baleado na perna. Outros dois alienígenas estavam nos fundos da cabine, amedrontados. Do pouco que eu entendia da fisiologia rraey, ambos tinham fraturas nos membros. Powell os privou dos eletrônicos pessoais, e o restante dos painéis da cabine estava desligado. A iluminação ali dentro consistia em algumas luzinhas de emergência.

– Algum problema? – perguntei a Powell enquanto ela entrava.

– Não – respondeu ela. – Eles não são muito bons em combate corpo a corpo.

– Bem, isso já conta – falei.

Powell fez que sim com a cabeça e apontou para um dos sobreviventes.

– Acho que é esse aí quem manda – disse. – Pelo menos é quem todo mundo tentou evitar que eu chegasse perto.

Fui até o Rraey, que olhava para mim. Acessei meu BrainPal, o qual possuía módulos de tradução para aquelas centenas de espécies que nós humanos encontrávamos com mais frequência. Os Rraeys constavam lá. Seu idioma continha sons que a gente não consegue produzir, mas o BrainPal era capaz de escolher palavras adequadas às nossas bocas e gargantas. Eu passava ao computador o que eu queria dizer e ele me oferecia uma tradução aceitável.

— Você é quem manda aqui? — perguntei ao alienígena que Powell apontou para mim.

— Não responderei às suas perguntas — disse-me o Rraey, em seu idioma, que meu BrainPal traduziu para mim.

— Eu poderia quebrar mais alguma coisa — disse Powell, que estava ouvindo a conversa.

— Tortura não é um modo útil de obter informações — respondi.

— Ninguém falou nada sobre obter informações.

Olhei de volta para ela.

— Me dá um minutinho aqui, por favor — falei, e Powell bufou.

Então voltei ao Rraey.

— Você está ferido — falei, em seu idioma. — Deixe-nos ajudá-lo a sarar.

— Estamos feridos por conta daquele animal ali — respondeu o Rraey, apontando com a cabeça para Powell.

— Estão feridos porque nos atacaram — rebati. — Não podem nos atacar e esperar que nada vá acontecer.

A criatura sequer respondeu.

— Vocês estão num planeta onde não deveriam estar — falei. — Ajudando humanos, o que não deveriam fazer. Precisa me contar o porquê.

— Não contarei.

— Podemos ajudá-lo. Vamos ajudar você e o seu soldado aqui — falei, apontando para o outro Rraey ferido. — Não vão sobreviver sem ajuda.

— Morrerei feliz.

— Mas vai pedir a este soldado que morra também? — perguntei. — Chegou a perguntar o que ele quer?

— Você está fazendo aquilo de tentar ser gentil com alguém que acabou de tentar matar — disse Powell. — Não funciona, porque eles lembram que estava tentando matá-los não faz nem cinco minutos.

— Ilse.

— Só estou falando. Alguém precisava avisar.

Eu a ignorei e me voltei de novo para o Rraey.

— Sou a tenente Heather Lee das Forças Coloniais de Defesa — eu me apresentei. — Prometo que, deste ponto em diante, você não será ferido. É uma promessa válida se me ajudar ou não. Mas se me ajudar, então poderei dizer a meus superiores que você me foi útil. E vão tratá-lo melhor.

— Sabemos como vocês tratam seus prisioneiros — retrucou o Rraey.

— E sabemos como vocês tratam os seus — respondi. — Podemos mudar as coisas agora.

— Me mata logo e acaba de uma vez com isso — disse o Rraey.

— Eu não quero morrer — resmungou o outro Rraey.

O primeiro alienígena grasnou alguma coisa ao subordinado, o que o meu BrainPal traduziu como "Silêncio/Você está fazendo uma enunciação desonrosa".

— Você não vai morrer — reiterei, voltando minha atenção para ele. — Me ajude, soldado. Me ajude e vai sobreviver. Prometo.

— Sou o especialista Ketrin Se Lau — disse ele, gesticulando com a cabeça para o outro Rraey. — Este é o comandante Frui Ko Tvann. Estamos aqui sob ordens do Equilibrium. Estamos aqui porque o governo de Cartum fez um acordo conosco.

— Qual é o acordo?

— Proteção — explicou. — Quando a União Colonial cair, iremos proteger o planeta contra espécies que tentarem invadi-lo e conquistá-lo.

— Em troca de quê?

O comandante Tvann grasnou de novo e tentou bater em Lau. Powell se interpôs entre os dois e apontou seu MU contra o comandante Rraey.

— Em troca de quê? — repeti.

— Vocês não vão nos matar? — perguntou Lau. — Promete?

— Sim, prometo. Não mataremos nenhum dos dois.

— Nem vão nos torturar.

— Não vamos. Vamos ajudá-los. Prometo, especialista Lau.

— Proteção em troca de prepararmos uma armadilha — disse Lau. — Para atrair vocês até aqui.

— Não faz sentido — disse Powell. — A União Colonial enviou apenas uma única nave. Mesmo que a *Tubingen* seja destruída, a gente mandaria outras, simplesmente. Muitas outras. Essa rebelião vai fracassar, e aí iremos atrás dos Rraeys por terem ajudado.

— A não ser que tenha mais coisa nessa história — falei, voltando-me mais uma vez para Lau. — O que mais tem aí?

– Não sei – respondeu Lau. – Sou só um especialista. Só me disseram o essencial para eu fazer a minha parte.

Voltei-me para Tvann.

– E não espero que você vá me dar os detalhes.

O comandante Rraey chegou a virar a cabeça.

– Então, estamos num beco sem saída aqui – disse Powell.

– Não – respondi e parei ao perceber que a *Tubingen* havia aberto um canal de comunicação, procurando por nós. Tinha sido atacada e avariada, mas conseguiu sobreviver e destruir as duas naves inimigas, com ajuda de outra nave. Estava pedindo um informe da nossa situação.

– Bem, pelo menos não estamos completamente ferradas – disse Powell.

– Chama ajuda – eu lhe disse. – Avisa que precisamos de evacuação médica imediata para dois Rraeys, prisioneiros de guerra. Diga que prometemos que não lhes fazer mal.

– Vão adorar ouvir isso.

– Só faça o que eu mandei.

– Mais alguma coisa?

– Diga para enviarem mais um transporte para nós duas. Temos outra missão para concluir.

No caminho de volta, nosso transporte foi desviado da *Tubingen* para outra nave da União Colonial.

– Nunca tinha ouvido falar da *Chandler* antes – comentou Powell.

– É uma nave do Departamento de Estado, não das FCD – respondi.

– Uma nave do Departamento de Estado com um sistema de armamentos completamente funcional.

– Os tempos mudaram – falei.

– Essas algemas estão machucando meus braços – reclamou Masahiko Okada, ex-primeiro-ministro de Cartum. É possível que ainda fosse considerado primeiro-ministro por alguns, mas, de uma perspectiva pragmática, seus dias de comandar as coisas haviam ficado para trás. – Estão muito desconfortáveis.

– E vários dos meus amigos estão mortos – disse Powell para Okada. – Então talvez você deva pensar que já se deu bem o suficiente e calar a boca.

Ele se virou para mim.

– Se acha que as pessoas não vão saber como vocês estão me tratando...

— Me deixa jogá-lo pra fora — pediu-me Powell.

Okada virou-se de novo para ela:

— Como é?

— Me deixa jogá-lo pra fora — repetiu Powell. — Esse merdalhão é o motivo de Lambert e Salcido estarem mortos. Para não mencionar todo o resto do pelotão.

— Nem todo mundo morreu — eu a lembrei. — Gould e DeConnick sobreviveram também.

— Gould e DeConnick estão ambos em estado crítico — comentou Powell. — *Talvez* sobrevivam. E se não sobreviverem, aí sobramos só eu e você. De uma porra de um pelotão inteiro. — Ela apontou para o rosto de Okada. — Acho que isso rende um vale-passeio-espacial-sem-traje aqui para ele.

Eu me virei para Okada.

— O que acha, sr. primeiro-ministro?

— Foi a União Colonial que instigou a rebelião, não o governo de Cartum — Okada começou a dizer.

— Ah, já *deu* pra mim — Powell o interrompeu e se levantou. — Hora de respirar um pouquinho de vácuo, filho da puta. — Okada se encolheu visivelmente perto dela.

Eu levantei a mão, e Powell parou de avançar na direção dele.

— Novo plano — falei, apontando para Okada. — Você não diz mais uma única palavra até atracarmos na *Chandler* — olhei de volta para Powell —, e você não o arremessa no espaço.

Okada não disse mais nada, nem mesmo depois de atracarmos e a equipe da nave levá-lo embora.

— Ele parece tão quietinho — disse o membro da tripulação da *Chandler* que se aproximou de mim, acenando com a cabeça para o prisioneiro. Diferentemente dos outros, ele era verde, o que queria dizer que era das FCD.

— Tem motivação o suficiente para isso — falei.

— É o que me parece — disse ele. — E então, se lembra de mim, tenente Lee?

— Lembro, sim, tenente Wilson — falei e gesticulei na direção de Powell. — Esta é minha sargenta, Ilse Powell.

— Um prazer, sargenta — disse Wilson, voltando sua atenção para mim. — Feliz que você se lembra de quem sou. Preciso fazer o debriefing com você e botar o papo em dia.

— O que a gente queria mesmo era voltar para a *Tubingen* — falei.

— Bem — disse Wilson —, quanto a isso...

— O que foi?

— Talvez precisemos encontrar outro lugar para sentar e bater papo.

— Talvez você precise me contar agora mesmo, porque senão é capaz de eu lhe dar um soco, Wilson.

Ele sorriu.

— É, você não mudou mesmo. Beleza, lá vai. A *Tubingen* sobreviveu ao ataque, mas "sobreviveu" é um termo relativo. Ela está, em essência, orbitando em estado vegetativo. Talvez tivesse sido inteiramente destruída, mas conseguimos chegar lá a tempo de ajudar a enfrentar as naves que a atacaram.

— E como fizeram isso? — perguntei. — Como chegaram bem na hora?

— Tínhamos um palpite — disse Wilson —, e isso é tudo que posso dizer aqui, abertamente neste ancoradouro.

— Hmmmm.

— O ponto onde quero chegar é que, se quiser mesmo voltar para a *Tubingen*, poderá fazer isso depois que terminarmos o debriefing. Mas não vai poder ficar por lá. Na melhor das hipóteses, vai ter tempo para buscar quaisquer pertences pessoais que não tenham sido destruídos na batalha antes que a *John Henry* e outras naves cheguem para levar vocês e os outros sobreviventes de volta para a Estação Fênix. Lá, serão designadas a outra nave. Seria melhor ficarem aqui de uma vez. Podemos mandar buscar seus pertences.

— Quantas pessoas morreram no ataque à *Tubingen*? — perguntou Powell.

— Tivemos 215 mortos e várias dúzias de feridos. Sem contar o seu batalhão. Sinto muito por isso. Já recuperamos os corpos, aliás.

— Onde estão? — perguntei.

— Em uma das geladeiras do refeitório, no momento.

— Gostaria de vê-los.

— Não recomendo. Não tem muita dignidade. No modo como estão sendo armazenados, digo.

— Não ligo.

— Vou dar um jeito, então.

— Também quero saber dos dois Rraeys que mandei de volta.

— Estão em nossas celas, recebendo cuidados médicos, na medida do possível — disse Wilson. — Os ferimentos foram substanciais, mas, por sorte, nada de muito terrivelmente complicado. Ossos quebrados, na maior parte, o que dá para a gente consertar e cuidar. Qual de vocês fez isso, aliás?

— Fui eu — disse Powell.

— Você é divertida — comentou Wilson.

— Devia ver o que faço num segundo encontro.

Isso arrancou um sorriso dele, que então voltou sua atenção para mim.

— Recebemos suas instruções para não fazermos mal a eles. Não vai ser um problema, porque não tínhamos a menor intenção de maltratá-los. Mas você entende que precisamos interrogá-los.

— Dá para interrogá-los sem maus tratos — falei.

— Sim, dá — respondeu Wilson. — Só quero deixar clara a possibilidade do interrogatório ser agressivo, mesmo que não envolva nada físico. Especialmente no caso do comandante Tvann, que é de nosso interesse por motivos além do envolvimento dele aqui.

— Quem vai interrogá-lo?

— Bem, aqui serei eu.

— O comandante Tvann não parece muito disposto.

— Não se preocupe, acho que consigo fazê-lo abrir o bico sem quebrar mais nada no corpo dele. Já trabalhei com os Rraeys antes. Confia em mim.

— Beleza. Obrigada — falei e apontei com a cabeça na direção que Okada seguiu. — E o que vai acontecer com ele?

— Com ele não vou prometer muita coisa, não — disse Wilson. — O cara conseguiu aprontar um truquezinho bem legal. Não só traiu a União Colonial, como também traiu a própria rebelião.

— Como assim?

— Digo, havia dez planetas da União Colonial que estavam para anunciar independência da UC ao mesmo tempo. Cartum era um deles, mas queimou a largada, fez o anúncio mais cedo, e aí atraiu a *Tubingen* para essa armadilha.

— Por que fariam isso?

— É o que vamos descobrir — falou Wilson. — O que nos for revelado vai fazer diferença no modo como a União Colonial em sua totalidade lida com esses planetas rebeldes.

— E você acha que Okada vai falar? — perguntou Powell.

— Quando terminarmos com ele, fazê-lo falar não vai ser o problema. Difícil vai ser fazê-lo calar a boca. Agora, estão prontas para o debriefing formal?

— Na verdade, eu gostaria de ver meus soldados antes — falei.

— Certo — concordou Wilson.

* * *

Encontrei Lambert afundado até a cintura numa pilha de cadáveres perto dos fundos da câmara frigorífica do refeitório. Salcido estava a duas pilhas de distância, mais perto do chão. Não exigiam uma observação mais atenta.

– Lambert tinha razão, sabe? – disse Powell, que estava comigo ali na câmara. Wilson nos levou para lá, abriu a porta e ficou esperando do lado de fora. Eles haviam tirado as prateleiras e o conteúdo que geralmente ficava no local e tudo foi transferido para outra câmara ou servido aos sobreviventes da própria *Tubingen*, que estavam abrigados no refeitório em si, infelizes com esse arranjo tão apertado.

Pelo menos, não estavam amontoados ali.

– Quanto ao que ele tinha razão? – perguntei.

– À raiz do problema – disse Powell.

– Logo você – respondi, quase sorrindo.

– Nunca disse que ele estava errado. Só disse "foda-se, quem liga?".

– Mas você liga agora.

– Ligo mais do que costumava. O que estamos fazendo aqui, tenente? Correndo pra lá e pra cá, apagando incêndios. E, beleza, somos a brigada de incêndio. Nosso trabalho é apagar o fogo. Sem nos preocupar com como ele foi começado. Só ir lá e apagar. Mas, em algum ponto, até mesmo a brigada de incêndio precisa se perguntar quem está incendiando as coisas e por que sobrou pra gente apagar tudo.

– Lambert ia morrer de rir se ouvisse você falando isso.

– Se estivesse aqui para morrer de rir, não seria eu quem estaria dizendo essas coisas. Seria ele. De novo. – Powell gesticulou na direção de Salcido. – E Sau estaria fazendo um comentário de nerd com alguma curiosidade. E eu estaria cutucando os dois, e você faria o papel de juíza. E seríamos todos uma grande família feliz novamente, em vez de estarmos aqui, nós duas, olhando para eles numa geladeira.

– Você já perdeu amigos antes – falei.

– Claro que já – respondeu Powell. – E você, idem. Ainda assim, nunca fica fácil.

Ficamos em silêncio por um momento.

– Tenho um discurso correndo pela minha cabeça – anunciei enfim, para Powell.

– Um discurso que você ia dar? – perguntou ela.

– Não, um que outra pessoa escreveu. Tenho pensado muito nele nessas últimas semanas em que a gente ficou correndo por aí apagando incêndios.

– Qual discurso é?

– É o Discurso de Gettysburg. Abraham Lincoln. Lembra?

Powell abriu um sorrisinho.

– Eu morava nos EUA e lecionava numa escola de ensino fundamental. Lembro sim.

– São umas trezentas palavras, e não foi um discurso bem recebido na época de Lincoln. A parte que estou pensando é quando ele diz: "Estamos hoje envolvidos em uma grande guerra civil que provará se esta nação ou qualquer outra deste modo concebida pode perdurar".

Powell assentiu com a cabeça.

– Você acha que estamos em uma guerra civil agora.

– Não sei no que estamos agora – respondi. – Não parece uma guerra de verdade. É muito prolongada. Muito difusa. Não é um campo de batalha após o outro. É uma luta após a outra.

– Deixe-me esclarecer as coisas para você – disse Powell. – É uma guerra civil. Perdemos a Terra. A União Colonial tem um tempo limitado até começar a depender de todas as colônias para sustentá-la com coisas que antes dava para obter de graça da Terra. As colônias estão se perguntando se o que obtêm com a UC vale os custos, e se vale o preço de continuar sendo gerenciadas. Parece que a resposta para parte delas pelo menos é um não. E parecem pensar que o braço da UC que costumava protegê-las agora está apertando seus pescoços. Por isso estão tentando pular fora antes que a coisa toda desmorone ao redor.

– Não estão fazendo um bom trabalho – falei.

– E nem precisam, não para ser uma guerra civil. E não, até agora não estão fazendo um bom trabalho *mesmo*. – Powell gesticulou para os arredores. – Mas parece que estão aprendendo. E parece que estão adquirindo aliados com esse grupo Equilibrium.

– Não acho que o Equilibrium, seja lá quem forem, esteja fazendo isso por conta da bondade de seu coração.

– Você não está errada, mas, da perspectiva de uma guerra civil, não importa. Se as colônias não acham que a União Colonial leva seus interesses em conta, então é um caso de "o inimigo do meu inimigo é meu amigo".

– Não é uma estratégia muito esperta.

– Esperteza não tem nada a ver com isso. Poderíamos ficar horas nessa discussão, tenente.

– E o que você acha? – perguntei.

– Do quê?

– Da União Colonial – respondi. – Do controle dela sobre esses planetas. Do modo como responde a essas coisas. – Gesticulei com a mão ao redor da sala. – De tudo *isso*.

Powell parecia vagamente surpresa.

– A União Colonial é um rebosteio fascista, chefia. Disso eu já sabia desde o primeiro dia que pisei numa nave para fugir da Terra. Está de brincadeira? Eles controlam o comércio. Controlam as comunicações. Não deixam as colônias se protegerem e não deixam que façam nada que não passe pelo crivo da própria UC. E não vamos esquecer tudo que fizeram com a Terra. E fazem isso há séculos. Porra, tenente. Não fico surpresa por termos uma guerra civil nas mãos agora. Fico surpresa por isso não ter acontecido *antes*.

– E, no entanto, cá estamos nós – comentei. – Você e eu, com a farda deles.

– Não queríamos morrer velhas – disse Powell. – Eu tinha 75 anos, passei a maior parte da vida na Flórida, estava com câncer ósseo, nunca tinha feito as coisas que queria fazer e isso estava me consumindo. Se me acha cuzona agora, devia ter me visto logo antes de eu ir embora da Terra. Você teria me atirado da janela de um prédio por uma questão de princípios, e teria razão nisso.

– Bem, tá certo – falei. – Ao virmos para cá, não sabíamos no que estávamos nos metendo.

– Não, não sabíamos.

– Mas agora você *sabe* – completei. – E se na época soubesse disso, faria o que fez ainda assim?

– Sim – respondeu Powell. – Continuo não querendo morrer velha.

– Mas acabou de dizer que a União Colonial é um rebosteio fascista.

– É, sim. E no momento é o único modo de sobreviver – disse Powell. – Olha ao redor. Olha para os planetas em que a gente esteve. Olha para todas as espécies que precisamos enfrentar. Acha mesmo que qualquer uma dessas colônias e as populações delas não vão acabar retalhados no minuto em que a União Colonial desaparecer? Eles não têm a menor experiência em combate. Não na escala que precisariam. Não têm a menor infraestrutura militar na escala que precisariam ter. E não teriam tempo algum para desenvolver nada disso. A UC é um monstro, mas, porra, as colônias são filhotinhos de cervos numa floresta cheia de predadores.

— Então como mudar qualquer coisa nessa história?

— Aí você me pegou, chefia, eu só trabalho aqui. O que sei é que as coisas *vão* mudar. Precisam mudar, porque não temos mais a Terra. A mecânica de como a União Colonial funciona, aquilo que a sustenta, não funciona mais, simples assim. Ou muda ou todos morremos. E estou fazendo a minha parte para aguentar firme até lá. A alternativa é sinistra.

— Imagino que seja – concordei.

— E quanto a você? Faria tudo de novo, tenente?

— Não sei – respondi. – Não queria morrer velha, você tem razão. – Estendi a mão e toquei o braço gelado de Lambert. – Mas existem mortes piores.

— Ele morreu no meio de um sermão – disse Powell. – Morreu fazendo o que gostava, tenho certeza.

Isso me fez dar risada.

— Justo – falei. – Acho que a questão é que agora eu entendo. Entendo que há coisas piores do que ter vivido a vida e a maior parte dela ter ficado para trás. Acho que não teria mais medo disso.

— Talvez. É fácil falar agora que você está num corpo com aparência de vinte anos e vai viver mais uns sessenta mesmo que saia das FCD hoje mesmo.

— Justo, mais uma vez.

— Acho que é por esse motivo que eu falava para Lambert parar de dizer essas coisas, sabe – explicou Powell. – Tudo isso de ficar pensando nos passos além daquilo que estávamos fazendo diretamente. Nunca deixa ninguém feliz. Nunca resolve nada para ninguém no momento.

Eu sorri.

— E, no entanto, é você quem está trazendo à tona, aqui e agora.

— Sim, bem. – Powell fez uma careta. – Pense nisso como um tributo. Ao nosso querido amigo que se foi. Jamais farei de novo.

Então gesticulei na direção de Salcido.

— E ele?

— Merda, não sei – disse Powell. – Talvez a gente possa ouvir aquela música idiota da pizza da lua de novo. Ou pensar sobre que dia é no refeitório. O que é uma completa bobagem também, aliás. Dá para comer pizza e tacos e hambúrguer em qualquer dia da semana. É só escolher qual delas vai ser a entrada.

— Eu sei – respondi. – Mas não era esse o propósito da conversa, né?

— Não – disse Powell –, não era.

PARTE 5

[*Por que a gente sequer está aqui?*], Powell me perguntou, via BrainPal. Nós e o restante do pelotão a bordo da *Uppsala* estávamos policiando um protesto em Erie, na cidade de Galway. Era um protesto inteiramente pacífico. A única coisa que os manifestantes estavam fazendo, a única coisa que todos lá estavam fazendo, até onde dava para ver, era ficar deitados no chão. Por toda parte. Havia pelo menos cem mil pessoas deitadas. Powell estava a trinta metros à minha frente, como parte de um cordão defensivo na fachada dos escritórios da União Colonial.

[*Estamos protegendo a propriedade da* uc], enviei em resposta.

[*E eles vão fazer o quê? Deitar em cima dela?*]

[*Me lembro de você reclamando recentemente de pessoas que pensam demais sobre nossas missões*], enviei.

[*Isso aqui me parece algo com que a polícia local poderia lidar.*]

[*De fato*], enviei, e aí apontei para uma mulher fardada que estava deitada a uns dois metros à minha frente. [*Ali está a delegada. Pode falar com ela.*]

Mesmo a trinta metros de distância, deu para ouvir o risinho de deboche de Powell.

O problema com Erie não era uma tentativa por parte de sua população de declarar independência, incendiar a sede local da União Colonial ou convidar espécies alienígenas pouco altruístas para atacar naves e soldados coloniais. O problema era que Erie estava em greve.

Não era uma greve global: o planeta ainda conseguia se alimentar, se vestir e cuidar de suas necessidades internas. Mas havia decidido que, por ora, não se envolveria mais com o ramo de exportação, o que representava um problema para a UC, porque comprávamos uma quantidade substancial de bens do planeta. Por ele ser uma das primeiríssimas colônias, possuía uma das economias exportadoras mais desenvolvidas em toda a União.

O representante comercial da UC em Erie chegou a perguntar qual era o problema. Problema nenhum, respondeu Erie (ou o presidente da junta comercial, para ser mais precisa). Decidimos sair do ramo de exportação.

O representante comercial da UC apontou que isso destruiria a economia do planeta. O presidente da junta comercial de Erie retrucou que seus economistas diziam que essa mudança seria difícil, porém suportável, contanto que todo mundo fizesse certos sacrifícios.

O representante comercial da UC ofereceu um aumento no valor por produto exportado. O presidente da junta comercial de Erie educadamente recusou.

O representante comercial da UC sugeriu que essa ruptura no comércio seria equivalente a uma traição. O presidente da junta comercial de Erie perguntou qual era o estatuto em particular da União que obrigava o comércio involuntário.

O representante comercial da UC então fez uma piada sobre o planeta inteiro dormir em serviço.

[Que idiotice], enviou Powell.

[Mais idiota do que o representante comercial da União Colonial?], perguntei.

[Quase], respondeu Powell. *[Estamos perdendo nosso tempo aqui, chefia. Não estamos impedindo ninguém de nada, nem salvando ninguém, nem fazendo algo que preste. Estamos só andando em volta de um monte de gente deitada, balançando nossos MUs pra lá e pra cá que nem um bando de cuzões.]*

[Eles poderiam todos se levantar e nos atacar.]

[Tenente, tem a porra de sujeito a dois metros de mim que está roncando.]

Isso me fez sorrir.

[O que sugere que a gente faça, Ilse?], perguntei.

[Não faço ideia. Estou aberta a sugestões.]

[Beleza, então que tal experimentar isso aqui?], enviei, então larguei meu MU e fui até a multidão.

[O que está fazendo?], perguntou Powell.

[Indo embora], respondi. Então comecei a andar com cuidado no meio dos corpos deitados, para evitar pisar em alguém.

[*Para onde?*]

[*Não faço ideia.*]

[*Acho que não temos permissão para isso, chefia. Acho que o termo técnico para o que você está fazendo é "deserção".*]

[*Podem atirar em mim se quiserem.*]

[*É possível!*]

[*Ilse*], enviei, parando e olhando para trás. [*Estou fazendo isso há sete anos. Você sabe tão bem quanto eu que não vão me deixar parar. Acabou a rotatividade entre nós porque não tem mais soldados chegando. Mas não aguento mais. Pra mim, já deu.*] Eu me virei e comecei a caminhar de novo.

[*Vão atirar em você, com certeza.*]

[*É possível*], concordei, fazendo eco ao que ela tinha dito havia alguns segundos. Andei pela praça até uma das ruas secundárias. Então me virei e olhei de volta para Powell.

[*Não é como se não soubessem onde você está*], enviou ela. [*Tem um computador na cabeça. Ele rastreia todos os seus movimentos. Porra, tenho quase certeza de que ele rastreia todos os seus pensamentos.*]

[*Eu sei.*]

[*Vão vir atrás de você.*]

[*É provável.*]

[*Não diga que eu não avisei.*]

[*Não direi.*]

[*E o que você vai fazer?*]

[*Eu costumava tocar muito bem*], enviei. [*Acho que gostaria de voltar a fazer isso. Por um tempo, pelo menos.*]

[*Você é doida, tenente. Quero deixar registrado aqui que eu disse isso.*]

[*Devidamente registrado. Quer vir comigo?*]

[*Nem a pau*], respondeu Powell. [*Não dá para todo mundo desertar. E, em todo caso, acabou de abrir um cargo de tenente por aqui. Acho que estou prestes a ser promovida.*]

Abri um sorriso.

[*Adeus, Ilse*], enviei.

[*Adeus, Heather*], respondeu ela, acenando com a mão.

Eu virei a esquina e então um prédio a ocultou da minha vista.

Fui descendo a rua, depois encontrei outra que parecia interessante e comecei a caminhar por ela, rumo ao primeiro dia de uma nova vida.

Acho que era um sábado.

OU VAI OU RACHA __

Ao comitê e aos participantes da Swancon 40, em Perth, Austrália,
onde esta novela – e, com ela, o livro – foi completada.
Viram só? Não falei que eu conseguia?

PARTE 1

Tem um ditado que diz: "Que você viva em épocas interessantes".

Trata-se de uma maldição, para começar. "Interessantes", nesse caso, tem um significado uniforme de "Ai, meu deus, a morte cai sobre nós como chuva e todos vamos perecer aos gritos e talvez em chamas". Se fosse para dizer algo legal, não diriam para você viver em épocas "interessantes". Diriam algo como: "Eu lhe desejo a felicidade eterna" ou "Que você tenha paz" ou então "Vida longa e próspera", e assim por diante. Não diriam "viva em épocas interessantes". Se alguém fala isso, essa pessoa está basicamente dizendo que lhe deseja uma morte horrorosa e um sofrimento terrível antes que isso aconteça.

É sério, essa pessoa não é sua amiga. Dou essa dica aí de graça.

Em segundo lugar, essa maldição é quase sempre atribuída aos chineses, o que é uma mentira deslavada. Até onde dá para conferir, ela aparece pela primeira vez em inglês, mas foi atribuída aos chineses provavelmente por conta de uma combinação de racismo casual com o desejo do autor de ser um bosta em formato de gente, mas sem querer que isso pesasse contra ele. Uma manobra, assim: "Ei, olha só, não sou *eu* quem disse isso, são aqueles chineses terríveis, só estou falando para vocês o que *eles* disseram".

Então, essa pessoa não só não é sua amiga, como é bem possível que seja também alguém preconceituoso e passivo-agressivo.

Dito isso, os chineses têm sim um ditado do qual acredita-se que essa maldição preconceituosa e passivo-agressiva pode ter sido derivada: "宁为太平犬，莫做乱世人", o que, numa tradução grosseira, significa: "Melhor ser um cão na paz do que um homem na guerra". É uma máxima que não é nem preconceituosa, nem passivo-agressiva, e vejo que tem muita coisa nela com a qual concordo.

A questão é a seguinte: meu nome é tenente Harry Wilson. Há bastante tempo que sou um homem na guerra. Acho que seria preferível ser um cão na paz. Venho trabalhando para isso já faz um tempinho.

Meu problema é que vivo em épocas interessantes.

Minha época interessante mais recente começou quando a *Chandler*, a nave na qual eu estava estacionado, saltou para o sistema Cartum e prontamente explodiu as duas primeiras naves que apareceram.

Foi merecido. As duas estavam atacando a *Tubingen*, uma nave das Forças Coloniais de Defesa, que havia sido convocada para aquele sistema com ordens de suprimir uma rebelião contra a União Colonial, instigada pelo primeiro-ministro de Cartum, o qual deveria ter sido mais esperto do que isso. Mas, pelo visto, não foi, e aí a *Tubingen* chegou e despachou um pelotão de soldados para o planeta a fim de escoltar o primeiro-ministro e tirá-lo de lá. E foi então que essas outras duas naves saltaram e começaram a brincar de tiro ao alvo com ela. Imagino que esperavam terminar o trabalho sem dificuldades. Não estavam preparadas para a chegada da *Chandler*, saída direto do sol.

É claro que, na realidade, não foi nada disso que fizemos. Havíamos acabado de saltar para o espaço acima de Cartum, num ponto um pouco mais próximo à estrela do planeta do que aquelas duas naves e a *Tubingen*, que estavam ocupadas atacando. E o fato de que, da perspectiva delas, estávamos escondidos pela coroa da estrela não conferiu qualquer vantagem especial para a *Chandler*. Os sistemas das naves não demorariam nem um segundo a mais para nos detectarem. O que nos conferiu uma vantagem foi o fato de que ninguém esperava que fôssemos aparecer. Quando demos as caras, estavam concentrando toda sua atenção em destruir a *Tubingen*, disparando mísseis a queima-roupa a fim de destroçarem a nave pelos seus pontos mais fracos, pondo um fim às vidas daqueles a bordo e transtornando toda a União Colonial.

Mas isso de sairmos do sol foi um belo floreio poético.

Lançamos nossos próprios mísseis antes que os raios de partículas tocassem os mísseis das naves inimigas, detonando-os sem que pudessem atingir a *Tubingen*. Eles acabaram cravados nos cascos, visando interferir nos sistemas de armamento e fornecimento de energia. Não nos preocupamos com as tripulações. Sabíamos que não haveria nenhuma, exceto por um único piloto.

Da nossa perspectiva, a batalha já havia terminado antes mesmo de começar. As naves inimigas, dotadas apenas de uma blindagem leve, explodiram que nem fogos de artifício. Contatamos a *Tubingen* por via das comunicações padrão e da rede BrainPal, a fim de avaliar os estragos.

Foram significativos. A nave estava arrasada, mal haveria tempo para evacuar a tripulação antes que os sistemas de manutenção da vida entrassem em colapso. Começamos a abrir espaço na *Chandler* e enviamos drones de salto de volta à Estação Fênix, solicitando tripulações e naves de resgate.

Começaram a pingar relatos da superfície de Cartum. O pelotão da *Tubingen*, encarregado de trazer o primeiro-ministro do planeta sob custódia, havia sido abatido em pleno voo, graças às forças de defesa em solo. Os soldados que pularam do transporte tentando escapar da destruição dele foram alvejados, um por um, por essas mesmas forças defensivas.

Apenas duas soldadas escaparam ilesas, mas sozinhas conseguiram destruir as instalações inimigas, tripuladas por soldados Raeys alinhados ao Equilibrium, o grupo que vinha causando tanta dor de cabeça à União Colonial e ao Conclave. Conseguiram capturar dois dos alienígenas da instalação em solo, incluindo o comandante. Então concluíram a missão original e trouxeram de volta o primeiro-ministro de Cartum.

Alguém precisaria interrogar toda essa gente.

No caso dos dois Raeys, esse alguém seria eu.

Entrei na sala onde o prisioneiro de guerra rraey me esperava. Ele não havia sido algemado, mas uma coleira de choque estava ao redor de seu pescoço. Qualquer gesto mais rápido do que um movimento bem casual e deliberado resultaria numa descarga elétrica, e quanto mais brusco o movimento, mais potente a descarga.

O Rraey não se mexia muito.

Estava sentado numa cadeira com uma ergonomia péssima para a fisiologia dele, mas não havia outra cadeira melhor por perto. Havia se posicionado à mesa. Do lado oposto, outra cadeira. Eu me sentei nela, estiquei a mão e coloquei um alto-falante sobre a superfície.

— Comandante Tvann — falei, e minhas palavras foram traduzidas pelo aparelho. — Meu nome é Harry Wilson. Sou tenente das Forças Coloniais de Defesa. Gostaria de falar com você, se não for incômodo. Pode responder em seu próprio idioma. Meu BrainPal vai traduzir para mim.

— Vocês, humanos — disse Tvann, após um momento. — O modo como falam. Como se estivessem pedindo permissão, quando na verdade estão fazendo exigências.

— Você poderia optar por não falar comigo — respondi.

Tvann gesticulou na direção da coleira.

— Não acho que esse plano daria muito certo para mim.

— Justo. — Eu me levantei da cadeira e fui até ele, que sequer hesitou. — Se me permitir, vou remover sua coleira.

— Por que faria isso?

— É um gesto de boa-fé — respondi. — E, também, caso opte por não falar comigo, não precisa ter medo de ser punido.

Tvann inclinou a cabeça, permitindo-me acesso à coleira. Eu a removi, destravando-a por via de um comando do meu BrainPal. Depositei-a sobre a mesa e voltei ao meu lugar.

— Agora onde estávamos? — continuei. — Lembrei. Eu queria falar com você.

— Tenente…? — indagou-se Tvann.

— Wilson.

— Obrigado. Tenente, posso… ser franco com você?

— Espero que sim.

— Embora eu não deseje sugerir que não esteja grato por você ter removido esse instrumento de tortura do meu pescoço, permita-me apontar para o fato de que se trata de um gesto vazio. Não apenas vazio, como dissimulado, na verdade.

– Como assim, comandante?

Tvann gesticulou para o espaço ao redor.

– Você removeu a coleira de choque. Mas ainda estou aqui, a bordo da sua nave. Não tenho dúvidas de que, do outro lado da porta, tem mais um soldado das FCD igualzinho a você, com uma arma ou outro implemento de tortura. Não há fuga para mim e garantia alguma de que, passando este momento imediato, não serei punido ou até mesmo morto por não querer falar com você.

Eu sorri.

– Está correto ao pressupor que existe alguém do outro lado desta porta, comandante. Não se trata, no entanto, de outro soldado das FCD. É apenas meu amigo Hart Schmidt, um diplomata, e não um assassino ou torturador. Ele está do outro lado principalmente porque opera um gravador, o que é desnecessário, já que também estou gravando esta conversa com meu BrainPal.

– Você não está preocupado que eu possa tentar matá-lo e fugir – falou Tvann.

– Não muito, na verdade – respondi. – Digo, *sou* um soldado das FCD. Talvez saiba por experiência própria que somos geneticamente modificados para ser mais rápidos e fortes do que seres humanos sem modificações. Com todo respeito à sua proeza, comandante, caso tentasse me matar, seria uma luta e tanto para você.

– E se eu de fato o matasse?

– Bem, a porta está trancada – falei. – O que meio que mela todo seu plano de fuga.

Tvann soltou o equivalente rraey de uma risada.

– Então não tem medo de mim.

– Não – respondi. – Mas também não quero que você tenha medo de mim.

– Não tenho – disse Tvann. – Temo o restante da sua espécie. E o que poderá acontecer comigo se eu não conversar com você agora.

– Comandante, permita-me ser tão franco quanto foi comigo.

– Tudo bem, tenente.

– Você é um prisioneiro das Forças Coloniais de Defesa. Para sermos exatos, é um prisioneiro de guerra. Foi capturado em meio a um levante armado contra nós. Você matou muitos dos nossos soldados, seja diretamente ou por conta das ordens que deu. Não vou torturá-lo, nem matá-lo, tampouco deixarei que o torturem ou matem durante sua estadia a bordo desta nave. Mas precisa saber que vai passar o restante de sua vida, vai passar em nossa companhia – gesticulei para o espaço ao meu redor –, e num lugar não muito maior do que este.

– Você não está me inspirando a colaborar, tenente.

– Compreendo, mas ainda não terminei – falei. – Como disse, é bem provável que você passe o restante da sua vida sob nossa custódia, numa sala deste tamanho. Mas há uma outra opção.

– Conversar com você.

– Sim – concordei. – Conversar comigo. Conte-me tudo o que sabe a respeito do Equilibrium e de seus planos. Conte-me como conseguiram que dez colônias humanas concordassem em se rebelar contra a União Colonial. Conte-me qual é o objetivo da sua organização. Conte-me tudo, do começo ao fim, e não deixe nada de fora.

– Em troca do quê?

– Em troca da sua liberdade.

– Ah, tenente – disse Tvann. – Não espera que eu acredite estar em seu poder a oferta de uma coisa dessas.

– Não está. Como já reparou, de modo implícito, sou um mero tenente. Mas essa oferta não parte da minha pessoa. Parte dos escalões mais altos tanto das Forças Coloniais de Defesa como do governo civil da União Colonial. Revele-me tudo e, quando tudo acabar, seja lá o que for, seja lá quando acabar, você será entregue ao governo rraey. O que eles vão fazer com você, aí já é outra história, presumindo que não tenham qualquer coisa a ver com o Equilibrium. Dito isso, se for especialmente transparente, podemos fazer um esforcinho para parecer que não sabíamos que excelente fonte de inteligência você seria. Que achávamos ser apenas um comandante militar ordinário.

– Mas é o que sou – comentou Tvann. – O escopo das minhas ordens era limitado, com ênfase na missão.

Fiz que sim com a cabeça.

– Tínhamos quase certeza de que você ia tentar esse truque – falei. – E quem poderia culpá-lo? Não há incentivo algum para o deixarem saber mais do que o necessário. Mas sabemos de algo que você não sabe que sabemos, comandante.

– E o que é, tenente?

– Comandante, por acaso esta nave lhe parece familiar em algum sentido?

– Não – negou Tvann. – Por que deveria?

– Nenhum motivo – respondi. – Exceto pelo pequeno detalhe de que você já esteve aqui antes.

– Creio que não.

– Ah, pode acreditar – falei, depois olhei para cima, para o teto. – Rafe, você estava acompanhando?

– Você sabe que sim – disse uma nova voz, do alto-falante. Uma tradução, com uma voz um pouco distinta, a fim de diferenciá-la da minha tradução, seguiu-se quase que imediatamente depois.

– Ótimo, que bom – respondi, olhando de volta para o Rraey. – Comandante Tvann, gostaria de apresentá-lo a Rafe Daquin, nosso piloto. Ou, para ser mais exato, gostaria de reapresentá-lo, pois vocês dois já se conheceram.

– Não compreendo – disse Tvann.

– Não se lembra de mim? – disse Daquin. – Fico magoado, comandante. Eu me lembro de *você* muito bem. Me lembro de como ameaçou abater minha nave em pleno voo. Me lembro de você atirando na minha capitã e no imediato dela. Me lembro de vê-lo conversar com o secretário Ocampo sobre qual seria o melhor modo de assassinar minha tripulação inteira. Sim, comandante. Tenho um monte de lembranças em que você aparece.

Tvann nada disse em resposta.

– Ah – falei. – Está vendo. Agora você lembra. Esta é a *Chandler*, comandante. A nave que sequestrou. E a nave que perdeu. Bem, talvez não você *especificamente*, mas o Equilibrium. Sabemos do seu envolvimento. E sabemos que não é apenas um mero comandante de infantaria. Não, senhor. É uma peça-chave do braço militar deles. E sua presença em Cartum, liderando as forças que abateram nossa equipe em pleno voo, não é só pelo simples acaso de ter sido convocado para esse serviço. Você está aqui por um motivo.

– Como vocês vieram parar aqui? – Tvann me perguntou.

– Como assim?

— Sua nave frustrou o ataque à nave das FCD que respondeu à rebelião em Cartum — respondeu ele. — Como sabiam? Como chegaram lá a tempo de impedi-lo?

— Tínhamos inteligência interna.

— De quem?

— De quem acha? — perguntei.

— Vou dar uma dica — disse Daquin. — É o sujeito que roubei de vocês quando fugi.

— O secretário Ocampo tem sido bem cooperativo — falei. — Quando Cartum declarou independência, ele nos sugeriu que havia uma boa chance de uma armadilha ser preparada para qualquer nave que respondesse ao chamado. A *Chandler*, por acaso, estava à distância de salto, e a União Colonial não queria inflamar mais as coisas enviando um grande contingente de naves das FCD, então respondemos à convocação.

— Obrigado por instalarem aqueles sistemas de armamentos de volta à nave — disse Daquin. — Foram úteis.

— Secretário Ocampo — disse Tvann. — Sem dúvida ele deve ter sido *cooperativo*, já que colocaram o cérebro dele numa câmara de isolamento.

— Sério mesmo que vai tocar nesse assunto? — reclamou Daquin. — Porque tenho notícias para você, colega. Não tem muita moral para falar disso.

— Se estão com Ocampo, então não precisam de mim — disse-me Tvann. — Ele tem um conhecimento operacional muito maior do que jamais tive. Foi um dos arquitetos primários de nossos planos.

— Sabemos disso — falei. — Temos todos os registros dele. A questão é que sabemos também que *vocês* sabem que temos todos os registros dele. Devem ter presumido isso a partir do momento em que Rafe fugiu com o secretário. O que quer dizer que esses planos já são inúteis para o Equilibrium. Há um novo plano, cuja execução agora mesmo segue um cronograma acelerado. Ocampo pode fazer pressuposições mais ou menos precisas. Porém, necessitamos mais do que isso a essa altura.

— Fui capturado — disse Tvann. — Vão saber que precisam mudar de planos.

— Não foi capturado — retruquei. — Foi morto. Pelo menos, é o que vão pensar. Você e cada um dos outros Rraeys, obliterados para além de qualquer capacidade de identificação e *sem sequer* serem identificados antes. Você morreu enquanto completava seu objetivo de atrair a União Colonial para a armadilha... e fazendo parecer que Cartum foi responsável pelo ataque. Um belo toque, aliás.

Tvann se calou de novo.

— Esse é nosso plano de comunicação... tudo que sai de nós põe a culpa no governo de Cartum. Então, até onde o Equilibrium tem conhecimento das coisas, seu plano mais recente ainda é válido. Gostaríamos que nos contasse qual é.

— E se eu me recusar?

— Então é bom se acostumar a olhar para as paredes — disse Daquin.

— Rafe, por que você não se retira por um minuto? — sugeri.

Daquin se retirou.

— Você não é o primeiro Rraey que já conheci — falei a Tvann, depois da saída de Rafe.

— Tenho certeza de que já matou vários na sua época — rebateu ele.

— Não é o que quis dizer — respondi. — Quis dizer que conheci outro de sua espécie, enquanto pessoa. Um cientista chamado Cainen Suen Su. Assim como você, ele foi capturado por nós. E fui designado para acompanhá-lo.

— Para ficar de guarda?

— Não, para auxiliá-lo. Trabalhamos em vários projetos juntos, ele na liderança e eu acompanhando suas instruções.

— Ele era um traidor, então.

— Não sei se ele discordaria — respondi. — Estava ciente de que, ao nos ajudar, seu conhecimento poderia ser usado contra os Rraeys. Em todo caso, ele ainda assim nos ajudou e, com o tempo, tornou-se também um amigo. Foi uma das pessoas mais notáveis que já conheci na vida. Fico honrado de tê-lo conhecido.

— O que aconteceu com ele?

— Morreu.

— Como?

— Um soldado, que também era amigo dele, o matou, porque ele pediu.

— Por que ele pediu para morrer?

— Porque já estava morrendo, em todo caso — expliquei. — Havíamos introduzido um veneno em seu sangue, e o antídoto diário que lhe era dado foi se tornando cada vez menos eficaz. Ele pediu ao amigo que pusesse fim a seu sofrimento.

— O sofrimento que vocês lhe impuseram, para começo de conversa.

— Sim.

— Tenente, se existe um propósito nessa discussão, receio que tenha me fugido.

— Cainen era um inimigo que se tornou um amigo — falei. — E, apesar da coisa terrível que fizemos, e foi, sim, terrível, ele ainda optou por fazer amizade conosco. Nunca me esqueci disso.

— Receio não pensar que seremos amigos.

— Não estou lhe pedindo isso, comandante — falei. — Meu propósito em lhe contar essa história é para que saiba que, no mínimo do mínimo, não o enxergo apenas como um inimigo.

— Você há de compreender, tenente, se eu não estiver convencido de que esse fato me ajuda em alguma coisa.

— Claro. — Eu me levantei. — Só compreenda que é possível. Se quiser. Nesse meio-tempo, pense no que lhe pedi. Me avise quando estiver pronto para conversar. — E comecei a ir na direção da porta.

— Não vai botar aquela coisa de volta em mim? — perguntou Tvann, apontando para a coleira de choque sobre a mesa.

— Pode colocar, se quiser — falei. — Mas, no seu lugar, eu não colocaria. — Então abri a porta, deixando-o sozinho para encarar a coleira sobre a mesa.

— Vocês vão nos matar? — perguntou-me o especialista Ketrin Se Lau. Estávamos os dois na mesma sala onde tinha estado anteriormente com Tvann. Ela havia sido preparada de novo. Lau não usava a coleira de choque. Nunca a puseram nele.

— A tenente Lee lhe prometeu que não faríamos isso, se o relato que ela me deu é verdadeiro — falei.

— Isso foi ela. Você é outra história.

— Acha que vamos matá-lo, Ketrin? — perguntei.

— Os seres humanos não são conhecidos por tratarem seus inimigos com gentileza — disse Lau.

— Não, suponho que não — admiti. — Não, especialista Lau. Não temos planos de matá-lo, nem de matar o comandante Tvann. — Observei uma onda de alívio se abater sobre o corpo do Rraey. – Na verdade, o que esperamos fazer, depois que tudo isso terminar, é devolvê-los a seu governo.

– Quando?

– Não vou mentir para você. Vai demorar um pouco – respondi. – Precisamos chegar ao fim deste conflito atual. Nesse meio-tempo, será nosso convidado.

– Quer dizer, prisioneiro.

– Bem, sim – falei. – Mas, dentro desses limites, há um grau de latitude bastante extenso no que diz respeito a seu tratamento.

– Não sei de nada importante – respondeu Lau. – Sou um especialista. Só me dão os detalhes para o meu serviço.

– Sabemos que você não deve ter conhecimento de nada acima do seu cargo – falei. – Não esperamos que saiba os planos secretos do Equilibrium.

– Então, o que posso contar que já não tenha contado à sua tenente Lee?

– Estou interessado não tanto no que você sabe, mas mais nas coisas que ouviu. Boatos e especulações, coisas assim. Somos ambos soldados, Ketrin. Embora sejamos de espécies distintas, acho que temos uma coisa em comum, provavelmente: nossos trabalhos são um saco na maior parte das vezes, por isso passamos muito tempo falando abobrinha com nossos amigos. Estou interessado na abobrinha.

– Não conheço essa palavra, mas acho que sei o que ela quer dizer.

– "Abobrinha"? Sim, é provável que saiba. Também tenho interesse em você, Ketrin.

– Como assim?

– Sua experiência com o Equilibrium – esclareci. – Começando com a simples pergunta de: como você acabou se envolvendo com eles, para começo de conversa?

– Foi culpa sua – disse Lau. – Digo, dos humanos, não você em específico. Nossas guerras contra vocês foram péssimas para a gente, ainda mais depois que os Obins, nossos antigos aliados, se voltaram contra nós. Quando isso aconteceu, perdemos planetas e poder, e nossa capacidade militar encolheu. Muitos ex-soldados ficaram sem emprego. Fui um deles.

– Havia outras áreas para trabalhar.

– Tenente, quando perdemos nossos planetas, tivemos uma onda de imigrantes naqueles que sobraram. Não havia mais empregos. Vocês e os

Obins não encolheram apenas nossas forças militares, mas acabaram com nossa economia. Sou originalmente de um planeta colonial chamado Fuigh. Não o temos mais. Fui realocado para Bulni. A maioria dos empregos lá foi para os bulnianos nativos.

– Entendi.

– Então, quando fui abordado por um ex-comandante falando do Equilibrium, nem perdi tempo pensando a respeito. Me ofereceram um emprego e uma oportunidade para usar minhas qualificações. O salário era excelente. E foi uma oportunidade de sair de Bulni, um planeta que eu detestava.

– Compreendo isso.

– Se vocês têm planos para atacar qualquer um dos nossos planetas, sugiro que comecem por Bulni.

Abri um sorriso malicioso.

– Não está no nosso cronograma atual, mas vou manter isso em mente. Há quanto tempo está com o Equilibrium?

– Não conheço a medida de tempo de vocês.

– Me diga usando suas medidas em anos, que faço os ajustes.

– Cerca de seis anos, então.

– O que dá uns cinco dos nossos. É bastante tempo.

– Era um trabalho constante.

– Certo – falei. – O ponto aonde quero chegar é que faz pouquíssimo tempo que começamos a descobrir coisas a respeito do Equilibrium. Sua organização está escapando do nosso radar há um longo período.

– Talvez vocês não sejam muito bons com inteligência.

– Pode ser – concedi. – Mas gosto de pensar que tem mais alguma coisa aí.

O especialista Lau fez um gesto que era o equivalente rraey a um dar de ombros.

– A organização sempre foi pequena, concentrada e descentralizada, até pouco tempo atrás. Durante os primeiros anos, eu nem sabia que havia uma estrutura maior. Trabalhava só com minha equipe.

– Então você achava que era um mercenário?

– Sim.

– Ser um mercenário não o incomodava.

– Gosto de poder comer. E, como disse, não tinha muitas outras opções.

– Então achou que era um mercenário, mas depois descobriu sobre o resto do Equilibrium.

– Sim.

– E não pensou nada a respeito de sua equipe de repente passar a integrar uma organização maior?

– Na verdade, não – respondeu Lau. – Companhias de mercenários são todas iguais. Às vezes trabalham com outras associações, às vezes se fundem com elas. Meu salário chegava em dia e eu trabalhava com o mesmo grupo de pessoas, então, para mim, dava na mesma.

– E quanto aos objetivos filosóficos do Equilibrium? O que achava deles?

– Eu estava tranquilo com isso. Ainda estou. Tenente, a União Colonial é nosso inimigo e o Conclave não nos permite colonizar nem mesmo os planetas que perdemos e queremos tomar de volta. Vocês dois dificultaram muito a vida para a gente. Não me incomodo em retribuir o favor.

– Certo.

– Mas precisa compreender que, no nível em que opero, a gente nem entra de verdade na filosofia da organização. E você, senhor? Passa muito tempo refletindo sobre a ética e filosofia da União Colonial, e o que ela faz?

– Na verdade, passo – respondi, com um sorriso. – Mas pensar demais nas coisas é um hobby meu. Sou o primeiro a admitir minha esquisitice.

– Meu trabalho é manejar as comunicações – disse Lau. – Passo a maior parte do meu tempo pensando em minhas tarefas imediatas e nas pessoas com quem estou trabalhando. Não sou um grande pensador, tenente.

– Esta missão – falei –, foi sempre com o mesmo grupo desde o começo?

– Não. A maior parte da equipe de que eu participava foi aniquilada quando a *Chandler* atacou a sede do Equilibrium. Sobrevivi porque havia sido designado para trabalhar com outra equipe, a fim de treinar novos recrutas. Depois daquele ataque, fiquei com a equipe liderada pelo comandante Tvann. Foi essa que você obliterou.

– Sinto muito pela perda dos seus amigos.

– Obrigado. É gentil da sua parte, por mais que eu duvide da sua sinceridade.

– Preciso dizer que você é mais aberto do que o comandante Tvann.

– Tenho menos segredos para guardar – respondeu Lau. – E não quero morrer.

— Sei que Tvann não ficou feliz com sua disposição em conversar conosco. Que tentou atacá-lo para fazê-lo se calar.

— Como falei, ele tem mais segredos para guardar do que eu.

— Suspeito que ele esteja descontente com o nível de lealdade que você está demonstrando.

Lau soltou uma risada latida, à moda rraey.

— Você mesmo disse, tenente. Sou um mercenário. Sempre fui, desde o momento em que o Equilibrium me contratou. Eles me pagam bem, mas neste exato momento não posso gastar nem uma única moeda do que ganhei. Vocês, por outro lado, podem me matar. Dou mais valor à minha vida do que a todo o dinheiro do mundo.

— Essa é uma perspectiva bastante pragmática, Ketrin.

— Esperava que você fosse dar valor a isso, tenente.

— E dou, muito. E acredito que meus superiores também.

— Eu esperava que você dissesse isso. Mas, lembre-se, não sei de tudo. Não vou ocultar nada, mas há um limite para meu conhecimento.

— Como eu disse, estou interessado em outras coisas que pode me dizer, em comparação com o comandante Tvann. Acho que você será muito útil.

— Então, vamos ao trabalho – disse Lau. – Só que tenho, sim, uma demanda para agora.

— Qual é?

— Almoçar.

— Você sabe quem eu sou? – perguntou Masahiko Okada, com a medida exata de revolta no tom de voz. De novo, a mesma sala, mas um elenco de personagens um pouco diferente. Okada estava sentado à mesa. Eu estava em pé contra a parede, perto da porta. A pergunta que ele fez não foi direcionada a mim, mas à pessoa do outro lado da mesa.

— Você é Masahiko Okada – respondeu Ode Abumwe, embaixadora da União Colonial e minha chefe também.

— Precisamente – disse Okada. – E você sabe qual é meu cargo.

— Sei, sim – retrucou Abumwe. – É um prisioneiro de guerra da União Colonial.

— Sou o primeiro-ministro de Cartum! – declarou Okada, com a voz trêmula.

— Não — rebateu Abumwe. — Não é, não. Pode até ter sido, mas isso foi antes de ter se rebelado abertamente contra a União Colonial. Antes de dar ordens para que naves atacassem um veículo das Forças Coloniais de Defesa. Antes de ordenar para que armas em solo abatessem soldados das FCD em pleno voo. Seja lá o que fosse antes, sr. Okada, no momento você é um traidor, um assassino e um prisioneiro de guerra. Nada mais além disso.

— Não sei do que está falando — disse Okada. — Declaramos independência da União Colonial, apenas.

— Você declarou independência e depois se escondeu num lugar secreto — apontou Abumwe. — O que com certeza sugere que sabia da resposta a isso e do envio de forças para irem buscá-lo. E, quando enviamos, fomos atacados. Não pelos cartunenses, sr. Okada, mas por outras pessoas.

— *Eu* não autorizei ataque algum.

Abumwe suspirou audivelmente ao ouvir isso.

— Quero falar com a secretária de Estado Galeano. Quando ela descobrir o que você e seus patetas das Forças Coloniais de Defesa fizeram comigo, você vai ter sorte se for apenas demitida.

— Senhor Okada.

— Primeiro-ministro Okada.

— Senhor Okada — repetiu Abumwe, e eu conseguia ver o rubor sarapintado de ódio subindo pelo rosto e pescoço dele —, o senhor parece estar sob a impressão de que, por via da pura força de sua personalidade, poderá mudar suas circunstâncias atuais. Que poderá, ao dar ordens com essa sua voz de campanha retumbante, me curvar à sua vontade. Não está entendendo qual é meu papel aqui, senhor. Não sou quem está impedindo seu retorno ao estado exaltado anterior. Sou quem está impedindo que seja transformado num cérebro boiando em uma coluna translúcida de um caldo de nutrientes.

O rubor sarapintado nas bochechas de Okada desapareceu, ao que se seguiu algo um tanto mais pálido.

— Como é? — disse ele.

— Você me ouviu, sr. Okada — disse Abumwe. — Declarou a independência de seu planeta em relação à União Colonial, o que foi o suficiente para ganhar o rótulo de traidor. Só por isso, já devia ter a perspectiva de passar o resto da vida numa prisão da UC, isso se não decidissem apenas executá-lo. Mas também atacou as Forças Coloniais de Defesa. E as FCD não perdoam a morte do seus. Estão especialmente indispostas a perdoar essas mortes quando está claro que você, o primeiro-ministro de um planeta inteiro, planejou e coordenou o ataque com o auxílio de inimigos da União Colonial.

"As FCD não vão matá-lo por conta disso, sr. Okada. O que vão fazer será remover seu cérebro da cabeça e deixá-lo isolado, um isolamento horrível e sem fim, até lhes contar até a última coisa que sabe. E quando terminarem, você vai voltar para aquele isolamento sem fim."

Os olhos dele correram para mim. Encarei-o de volta, impassível. Eu sabia qual era meu papel naquela sala, o de ser o avatar mudo de todas as coisas horrendas que as Forças Coloniais de Defesa fariam com Okada. Seria inadequado eu comentar minhas objeções pessoais à tática de remoção de cérebros, que francamente achava criminosa.

— O *único* motivo de você ainda não estar sendo preparado para essa operação é porque eu, pela cortesia que lhe é devida, graças a seu cargo anterior, estou lhe oferecendo uma escolha — continuou Abumwe. — Conte-me tudo que sabe, agora. Sem hesitação, sem omissão, sem mentiras. Comece com o acordo com o Equilibrium. Compartilhe tudo e continuará sendo você. Ou não, se preferir.

— Nunca autorizei o ataque — Okada começou a se explicar.

Abumwe levantou-se do assento, com um olhar genuíno de asco no rosto.

— Espere! — Okada levantou a mão, implorando, ao que ela parou. — Tínhamos um acordo, sim, com o Equilibrium. Mas era só para defesa e só caso a União Colonial atacasse Cartum em si. Um grande ataque. Uma única nave das FCD não teria disparado essa defesa.

— Mas você se escondeu — falei. — Você e seu gabinete.

— Não somos *burros* — Okada vociferou para mim. — Sabíamos que viriam atrás de nós. Nos escondemos para que demorassem mais para nos encontrar, e evitar que destruíssem infraestrutura e causassem baixas civis quando fossem nos buscar. — Ele se voltou para Abumwe. — Sempre soubemos que seríamos capturados. Sabíamos que enviariam uma única nave atrás de nós, porque todos estamos cientes de que a União Colonial gosta de sugerir que só precisa de uma para lidar com qualquer problema interno. *Queríamos* ser capturados. Nosso plano era a desobediência civil. Agir como inspiração para outros planetas coloniais que também tenham planos para declarar independência.

— Desobediência civil não costuma incluir a convocação de forças externas para agir como peões — respondi.

– Uma coisa é eu e meu gabinete participarmos de um ato de desobediência civil – disse Okada. – Outra é deixar 360 milhões de pessoas indefesas contra a União Colonial. Nosso acordo com o Equilibrium era para defesa e dissuasão, não agressão.

– E, no entanto, eles atacaram mesmo assim – disse Abumwe, sentando-se de novo.

– Não sob ordens minhas – disse Okada. – Só fiquei sabendo quando seus soldados arrombaram meu bunker e me tiraram de lá à força.

Abumwe olhou para mim. Eu dei de ombros.

– Estou contando a verdade! – protestou Okada. – Não quero que botem meu cérebro numa porra de tubo, tá legal? Fui enganado pelo Equilibrium. Pelo comandante Tvann. Ele me disse que seu papel era apenas de dissuasão, nos encorajou a declarar independência antes das outras colônias, para dar o exemplo... e fazer todo mundo ter consciência de que o Equilibrium poderia protegê-las, assim como estava nos protegendo. Para encorajar todas as colônias a se libertarem da União Colonial.

– Então, por que o comandante Tvann fez isso? – perguntou Abumwe. – Por que atacou?

– Por que não perguntam para ele?

– Perguntamos e perguntaremos de novo. Mas, neste momento, estou perguntando para você. Pode ir especulando.

Okada deu uma risada amarga.

– É óbvio que é porque, seja lá quais forem os planos do Equilibrium, eles divergem substancialmente dos nossos. Nem consigo começar a dizer quais seriam. Só o que sei, embaixadora, é que fui usado. Fui usado. Meu governo foi usado. Meu planeta foi usado. E agora todos vamos pagar por isso.

Abumwe se levantou de novo, de um modo menos dramático desta vez.

– O que vai acontecer agora? – perguntou Okada.

– Vamos garantir que você continue intacto – respondeu Abumwe.

– Não é o que quis dizer. Digo, o que vai acontecer com Cartum? O que a União Colonial vai fazer com meu planeta? Com meu povo?

– Não sei, ministro Okada – disse Abumwe, e fiquei me perguntando se ele reparou no uso do plural na única vez em que demonstrou pensar naqueles que devia representar e não apenas em si mesmo.

* * *

— Não temos muito tempo — disse Abumwe a seu atual grupo de conselheiros de confiança, que no momento eram Hillary Drollet, sua assistente; Neva Balla, capitã da *Chandler*; meu amigo Hart Schmidt; e eu. Estávamos todos enfurnados naquela mesma sala minúscula. — Não vai demorar até o Equilibrium descobrir que seu ataque fracassou.

— Eu não acho que fracassou — falei.

— Como assim? — perguntou-me Balla. — A *Tubingen* não foi destruída por completo, mas as duas naves atacantes foram. A incursão dos Rraeys contra nossos soldados foi igualmente combatida, e os Rraeys eliminados, exceto por nossos dois prisioneiros. E Cartum não obteve a independência. Na verdade, acabou de garantir uma supervisão mais direta da União Colonial. Há vinte naves das FCD a caminho agora, para deixar isso bem claro.

Apontei para ela, a fim de enfatizar minhas palavras.

— Mas, veja, essas eram as condições de vitória deles.

— Explique seu raciocínio, tenente — ordenou Abumwe para mim.

— O que o Equilibrium quer? — perguntei aos presentes. — Quer desestabilizar e destruir a União Colonial. E o Conclave, mas vamos nos concentrar em nós por um minuto.

— Certo — concordou Balla. — E *fracassaram*. Cartum ainda é parte da União Colonial. Não nos destruíram.

— Não é só destruir, é também *desestabilizar* — falei. — As FCD estão enviando naves não apenas para lidar com os sobreviventes da *Tubingen*, mas para exercer controle sobre um planeta rebelde. Você disse vinte naves, capitã.

— Correto.

— Quando foi a última vez que a União Colonial dedicou esse número de naves das FCD a um planeta colonizado que não estivesse sob o ataque direto de outra espécie?

— É você quem tem o computador na cabeça — rebateu Balla. — Você que nos diga.

— Faz um século que isso não acontece — respondi.

— Nunca tivemos o nível de revoltas que estamos vendo agora — disse-me Hart, olhando ao redor da sala. — Harry e eu conversamos com a tenente Lee, que liderou o pelotão da *Tubingen* até o primeiro-ministro. Ela disse que todas as suas missões anteriores mais recentes foram para impedir rebeliões em planetas da UC ou contê-las, caso já tivessem começado. Isso é novidade. É diferente.

– O que reforça meu argumento – falei. – A União Colonial já está se desestabilizando. Mandar vinte naves para cá não vai ajudar.

– Não sei, não – disse Balla. – Não acho que ninguém em Cartum esteja a fim de começar qualquer coisa no futuro próximo.

– Mas a plateia aqui não é apenas a do planeta – disse Abumwe à capitã, depois olhou para mim. – É o que você ia falar na sequência, não é?

– Sim – confirmei. – Porque não é mesmo. Sabemos que Cartum era um dos dez planetas coloniais que estavam prestes a anunciar sua independência coletivamente. O Equilibrium fez com que queimassem a largada, para cumprir os próprios objetivos. Acho que parte dessa motivação era causar uma reação militar exagerada da nossa parte.

– Mas isso só serviria para intimidar as outras colônias – respondeu Balla.

– Ou irritá-las – interveio Hart.

– Ou para inspirá-las a mandar bala, como dizem – falei.

– "Mandar bala" é uma expressão curiosa de se usar – disse a capitã. – Porque as colônias estão desarmadas. A União Colonial tem todos os armamentos a seu favor. Não importa se estarão inspiradas ou irritadas ou as duas coisas, não tem como não enxergarem a mensagem da uc de que acabou a farra.

Olhei de relance para Abumwe.

– A não ser que o Equilibrium também tenha conversado com essas outras colônias – disse ela.

– Certo – falei. – Ele é um grupo pequeno, por isso precisa maximizar seu impacto. Precisa mirar em gestos que espirrem por todo lado. Aprenderam isso conosco.

– Como assim? – perguntou Abumwe.

– Como na vez que enfrentamos o Conclave por conta de Roanoke – falei. – Eram quatrocentas raças alienígenas, cada uma delas com a própria força militar. Seria impossível enfrentarmos todas nave contra nave. Por isso, quando queríamos destruir o Conclave, atraímos todo mundo para uma armadilha que elaboramos, acabamos com sua grande frota por meio de um subterfúgio e ficamos esperando que os desdobramentos disso derrubassem o conjunto.

– Tem o pequeno detalhe de que esse plano não deu certo – comentou Balla. – O Conclave sobreviveu.

– Mas nunca mais foi o mesmo depois disso – apontei. – Antes de Roanoke, eram essa força assombrosamente imensa e impossível de enfrentar.

Depois de Roanoke, houve uma rebelião declarada e uma primeira tentativa de assassinato contra o general Gau, seu líder. Essas tensões nunca deixaram de existir, e Gau de fato foi assassinado mais tarde. A gente estava lá quando aconteceu. Dá para traçar uma linha direta que vai de Roanoke até a morte de Gau. O Conclave hoje é resultado do que a União Colonial fez com ele. O que também quer dizer que a UC ajudou a criar as condições que possibilitaram o Equilibrium.

— O qual agora a está moldando — completou Abumwe.

— Certamente está se esforçando nesse sentido, sim.

— Há uma ironia nisso tudo.

Concordei com a cabeça.

— E o que precisamos lembrar é que estão fazendo para os próprios objetivos. — Apontei na direção da salinha minúscula que no momento era ocupada pelo primeiro-ministro de Cartum. — Okada e seu governo compraram gato por lebre com o Equilibrium, que nos atacou. Mas não será o Equilibrium quem sofrerá os castigos e sim os cartumenses.

— Quem semeia vento colhe tempestade — disse Hart.

— Sim. Não estou defendendo os atos de Okada. Ele e o planeta não estariam na posição em que estão hoje se ele e seu governo não tivessem permitido que o inimigo passasse pela porta. Porém, o Equilibrium obteve o que queria nessa troca. Maior atenção da União Colonial significa maior ressentimento contra a União Colonial, não apenas aqui, mas em todos os lugares aonde essas notícias chegarem.

— A UC detém um monopólio virtual sobre as informações — disse Balla.

— Detinha — concordei. — Mas não é mais o caso. E, deixando de lado o problema filosófico geral de ter uma única fonte servindo como funil de tudo relacionado à comunicação, a fim de avançar em seus propósitos, isso também apresenta lá seus próprios problemas.

— Como a possibilidade de o Equilibrium criar a própria versão dos eventos aqui em Cartum e apresentá-la às outras colônias — disse Abumwe.

— Certa novamente — falei. — O que remete ao meu argumento a respeito de como o Equilibrium maximiza seus esforços. Não precisa de muita coisa para manejarem a desconfiança generalizada em relação à União Colonial e criarem a imagem de uma terceira via para os planetas colonizados. — Apontei para a embaixadora. — Você mesma disse que não temos muito tempo.

Acredito que o correto seja afirmar que nosso tempo já se esgotou. É quase certo que o Equilibrium já está por aí vendendo sua versão dos eventos, e quando mostrarem uma imagem de todas as nossas naves pairando acima da superfície do planeta, isso só vai servir de confirmação para as colônias rebeldes.

– De onde vêm nossas informações sobre as colônias rebeldes? – perguntou Balla.

– A União Colonial ainda tem amigos nos planetas colonizados – disse Abumwe –, ou em seus governos. Há um pessoal que nos repassa informações já faz um tempo.

– E nunca fizemos nada com isso? Deixamos chegar a esse ponto?

– Quando se trata da política de planetas colonizados, a União Colonial prefere fazer as coisas com o mínimo de alarde possível, até não dar mais. – Abumwe deu de ombros. – Já funcionou antes, durante décadas. A UC é resistente a mudanças. E, além de tudo, existe a crença de que ainda é possível manejar essas coisas sem estardalhaço. A possibilidade de controlarmos as ações das colônias.

– Não está dando lá muito certo a essa altura, embaixadora – disse Balla.

– Não está, não – concordou Abumwe.

– E não sabemos nada a respeito do envolvimento do Equilibrium.

– Lembre-se de que um dos cabeças deles acabou sendo um membro do alto escalão do nosso Departamento de Estado – frisei para Balla. – É inteiramente possível que o que achávamos saber sobre os movimentos de independência nos planetas colonizados tivesse como base informações bastante editadas. E depois que pegamos Ocampo, é natural que o Equilibrium mudasse de tática. Esse é meu chute, pelo menos.

Balla voltou-se para mim.

– Você sempre teve essa mentalidade paranoica?

Sorri.

– Capitã, o problema não é eu ser paranoico. O problema é que o universo não para de justificar minha paranoia.

Abumwe voltou sua atenção para mim.

– Então, sua análise, paranoica ou não, é a de que esse encontro foi um sucesso para o Equilibrium.

– Sim – respondi. – Não foi perfeito. Acho que teriam preferido se a *Tubingen* tivesse sido destruída, todo mundo a bordo estivesse morto e que a culpa toda recaísse no governo de Cartum, sem que ninguém soubesse mais nada a respeito. Mas, do jeito que as coisas transcorreram, conseguirão vender sua versão a quem estiver disposto a ouvi-la. Faz um tempo que o Equilibrium anda trabalhando numa estratégia para nos pintar como ardilosos e dissimulados. E dá certo, porque somos, de fato, ardilosos e dissimulados.

– Qual é o próximo passo deles, então? – perguntou Hart.

– Acredito que seja aí que o tenente quer chegar – comentou Abumwe. – Não precisam planejar o próximo passo. Só precisam que a gente faça o que sempre fazemos, do jeito que sempre fizemos.

Concordei com a cabeça.

– Pra que ter o trabalho de nos desestabilizar se vamos fazer isso nós mesmos?

– Mas tem que ter um *motivo* para isso – disse Balla a Abumwe. Ela se virou para mim. – Olha, tenente, compreendo que você tem um profundo entusiasmo por essa rede complicada de ações que está tecendo. Não vou dizer que está errado. Só que o Equilibrium não está fazendo tudo isso só por diversão. Não são niilistas. Tem que ter um motivo. Tem que ter um plano. Tem que *levar* a algum lugar.

– Leva ao fim de todas as coisas – falei. – Ou, para ser menos dramático, a uma fratura na União Colonial, no Conclave ou em ambos, e então a um retorno àquele estado no qual cada espécie em nosso pedaço do espaço se vê em guerra constante uma contra a outra.

– Ainda não sei por que alguém iria querer uma coisa dessas – disse Hart.

– Porque, para alguns, deu muito certo – respondi. – Não vamos mentir para nós mesmos, Hart. Deu muito certo para a gente. Para os humanos. E para a União Colonial, sendo mais específico. Um sistema de governo, com séculos de estabilidade, baseado em trucidar todas as outras espécies e tomar suas terras. É praticamente o *modus operandi* de todas as civilizações humanas bem-sucedidas de que se tem notícia. Não é à toa que há alguns de nós que querem voltar a esse modelo, mesmo correndo o risco de destruir a própria União Colonial. Porque, se voltássemos a esse modo, voltaríamos com mais sangue nos olhos do que antes.

– A não ser que não aconteça assim e a gente simplesmente seja aniquilado.

— Bem, tem essa possibilidade. Não dá para fazer uma omelete sem quebrar uns ovos, mas também é preciso garantir que o conteúdo deles chegue à frigideira.

— Eu... não sei o que isso quer dizer — disse Hart.

— Quer dizer que a destruição da uc não é um ato trivial para a sobrevivência da raça humana — falei. — Talvez a gente não tenha tempo para bolar algo novo antes de sermos aniquilados.

— Foi o que eu disse — apontou Hart. — De modo mais compacto.

— Se isso leva ou não ao fim de todas as coisas, aí não é da minha conta no momento — disse Balla. — Minha preocupação é a próxima coisa em *específico* que o Equilibrium vai fazer ou quer que aconteça.

— Acho que deve ter algo a ver com os planetas que estão planejando anunciar sua independência — sugeri.

— Concordo — disse Abumwe.

— Certo, que ótimo — disse Balla. — O quê, exatamente?

— Não sei — falei.

— Não é para isso que você interrogou os Rraeys e o primeiro-ministro? Para descobrir essas coisas?

— Descobrimos um monte de coisas — respondi —, só não isso.

— Talvez deva tentar de novo.

— Talvez você tenha razão — falei. — Para ser mais específico, eu queria tentar falar mais uma vez com o comandante Tvann.

— Ainda vai tentar ser amiguinho dele? — perguntou Abumwe. — Não consigo ver essa tática como muito eficaz.

— O objetivo da primeira sessão não era fazer dele meu amigo. Era para fazê-lo não ter medo de mim.

— E o que você planeja fazer agora? — perguntou Balla.

— Vou apresentá-lo a uma coisa que ele pode temer *de verdade* — respondi.

— Não sei o que são essas coisas — disse o comandante Tvann, quando lhe entreguei um papel. Estávamos de novo na mesma salinha. Eu estava começando a enjoar dela, para ser bem honesto.

— É um papel com os alvos que as Forças Coloniais de Defesa pretendem atingir em algum momento do futuro próximo — falei.

Tvann me devolveu o papel.

— Não consigo ler seu idioma e não tenho certeza do porquê você iria querer me mostrar informações confidenciais, em todo caso.

— Porque, de certo modo, você foi a inspiração para essa lista — respondi, e lhe entreguei outro papel. — Aqui, este deve ser mais legível.

Tvann pegou a lista e a leu. Depois releu. E aí colocou o papel sobre a mesa entre nós.

— Não compreendo — ele me disse.

— É bem simples — falei. — Você é um Rraey. A tripulação do Equilibrium que comandava era toda composta de Rraeys. A tripulação sob seu comando, que tomou a *Chandler* e matou a população dela, era formada por Rraeys. A base a partir da qual o Equilibrium operava até Rafe destruí-la e torná-la inutilizável já foi uma base militar rraey, até sua espécie abandoná-la, junto com seu sistema. Me parece haver um padrão aí.

— É um padrão falso.

— É possível — admiti. — No entanto, o alto escalão das Forças Coloniais de Defesa não partilha dessa opinião. Estão bem convencidos a essa altura de que os Rraeys, seu governo, estão ativamente envolvidos com o Equilibrium. Não é o único governo, claro. Temos bastante provas disso. Mas diversas vezes vimos a participação da sua espécie de modos que não vemos de outras. É, digamos, estatisticamente significativo.

— Vocês e o Conclave deixaram milhões desempregados e desabrigados — rebateu Tvann. — Claro que muitos de nós acabamos envolvidos com o Equilibrium.

Eu dei um sorriso.

— Talvez seja interessante você saber que esse foi o motivo que o especialista Lau nos forneceu para ter se alistado. E não estou dizendo que seja errado. Estou dizendo que não é um argumento que possa convencer as FCD de que seu governo não está oferecendo assistência material ao Equilibrium.

Apontei para o papel.

— Por isso, decidiram agir. O inimigo é difícil de localizar, foi concebido para ser assim, eu sei, por isso decidimos parar de procurar e mirar direto na fonte, por assim dizer. Os alvos da primeira onda de ataques que direcionaremos são planetas dos Rraeys. Tratam-se em maioria de instalações militares e industriais, como pode ver, mas há também de transporte e processamento. O plano é fazer com que fique mais difícil para vocês equiparem e auxiliarem o Equilibrium.

— Também vão destruir nossa infraestrutura e matar milhões de fome.

— Nossos analistas concordam com a primeira parte, mas não tanto com a segunda. Isso acontecerá, porém, após a próxima onda de ataques, se o Equilibrium não parar.

— Se ele não parar após a primeira onda de ataques, então ficará óbvio que os Rraeys não estão nos equipando.

— Como eu disse, sabemos que vocês não são os únicos que contribuem para o Equilibrium. Porém, entendemos que sejam os principais contribuintes. No mais, além do valor de interromper essa cadeia primária de fornecimento, achamos que isso manda uma bela mensagem para todo o resto: podem estar usando essa organização para destruir a União Colonial, mas ainda temos força o suficiente para levar vocês junto conosco.

— Quando pretendem fazer isso?

— O raciocínio aqui é que não temos motivos para esperar – falei. – A operação está em andamento enquanto conversamos. Na verdade, algumas das naves que foram chamadas aqui para Cartum estão sendo redirecionadas para isso. Já virou a principal prioridade das FCD.

— É genocídio.

— Acredito que você ficaria surpreso em saber o quão pouco divergimos quanto a essa opinião, comandante Tvann. Mas preciso lhe dizer que não é comigo que você precisa argumentar. Essa é uma discussão que está ocorrendo muito acima de nós.

— Não – disse Tvann. – Você não teria vindo aqui para me trazer isso se não estivesse querendo algo de mim.

— Tem sim algo que quero de você – concordei. – Quero que me diga a estratégia do Equilibrium no que diz respeito a Cartum e outras colônias. Me conte isso e me convença de que é algo que vai ser um alvo melhor do que os dessa lista. – Apontei de novo para o papel. – Você não tem motivos para confiar em mim, mas ainda assim farei essa promessa: me ajude a convencê-los e farei tudo que posso para mudarem de foco.

— E o que você *pode* fazer? – perguntou Tvann. – É só um tenente.

— Sim, eu sou – concordei. – Mas sou um tenente estranhamente bem posicionado.

Ele ficou em silêncio. Suspeito que estivesse incrédulo também.

— Comandante – falei. – Deixe-me ser claro. As Forças Coloniais de Defesa tomaram uma decisão. Vão atacar alguma coisa e vão atacar com força. E o alvo será o que estiver diretamente à frente delas. No momento, são os planetas dos Rraeys. Você sabe que as FCD estão mais fracas do que costumavam ser. Mas seu povo está ainda mais fraco e, quando o atacarem, vão fazê-lo voltar o mais próximo que der da Idade da Pedra. Muitos vão sofrer. O único modo de evitar que isso aconteça, o *único* modo, comandante, é se tivermos algum outro alvo para atacar. Me dê alguma outra coisa para ser atingida. Me ajude, comandante.

Uma hora depois, eu saí da sala. Hart estava me aguardando, junto com uma dupla de soldados das FCD que esperavam para escoltar Tvann de volta à cela dele.

— Pegou tudo o que precisava? — perguntou Hart.

— O quê? Você não estava gravando?

— Depois que tirou sarro de mim por gravar da última vez, decidi que há outras coisas que eu poderia fazer com meu tempo.

— Sim, acho que peguei tudo o que precisava. — Acenei com a cabeça para os soldados, que entraram na salinha. Então gesticulei para Hart me acompanhar.

— Ele não sacou?

— Que eu estava blefando quanto aos alvos rraeys? Não. Vendi bem o peixe. Também não fez mal o fato de que isso é exatamente o tipo de coisa que as FCD fariam.

— E agora?

— E agora a gente vai falar com Abumwe — respondi. — E, depois, suspeito que voltaremos à Estação Fênix para contar a um monte de outras pessoas. E então talvez encontremos um buraco para nos esconder.

— Por quê? Achei que Tvann tivesse lhe contado o que o Equilibrium está planejando.

— E contou — falei.

— Bem? E aí?

Parei e me virei para encarar meu amigo.

— E aí que se tudo que ele me disse for verdade, Hart, então estamos todos meio que magnificamente fodidos.

Comecei a caminhar de novo. Hart continuou parado, observando enquanto eu me afastava.

PARTE 2

— A organização conhecida como Equilibrium está dedicada a trazer o fim da União Colonial — disse a embaixadora Abumwe. — Sabemos disso. Mas devíamos estar conscientes também de que o fim da nossa união não é o único objetivo do Equilibrium... de fato, não é o objetivo primário. O objetivo primário deles é a dissolução do Conclave, o maior governo que esta parte do espaço já viu. Para esse fim, estão nos usando como uma ferramenta, mas não apenas a nós, como a Terra da mesma forma.

Abumwe estava discursando sobre um tablado em um dos anfiteatros do Departamento de Estado, na Estação Fênix. Nesse anfiteatro em particular cabiam facilmente algumas centenas de pessoas, mas no momento havia apenas quatro: Abumwe no tablado, eu sentado mais para o lado, e os coronéis Abel Rigney e Liz Egan no centro da primeira fileira, de frente para a embaixadora.

O título formal de Egan era oficial de contato das Forças Coloniais de Defesa com o Departamento de Estado da UC, mas com tudo que aconteceu após a traição cometida pelo secretário-assistente Ocampo, ela acabou assumindo o papel *ad hoc* de número dois no Departamento, alguém que conta com a confiança tanto da secretária de Estado como dos figurões das FCD. Essa maior aproximação entre as duas entidades já deveria servir para causar uma sensação de mau agouro em qualquer pessoa racional, mas no momento não fazia ninguém nem piscar – o que era, por si só, um comentário quanto ao estado da União Colonial.

Acredito que o coronel Abel Rigney não tivesse um título oficial. Ele era simplesmente Aquele Cara nas FCD: o que vai para todo lugar, vê todas as coisas, aconselha todo mundo e está por dentro de tudo. Para ser bem honesto, se alguém quisesse incapacitar as FCD – e toda a UC por tabela –, só precisava meter uma bala na testa dele. Suspeito que porções inteiras do governo da União Colonial parariam de funcionar porque ninguém saberia com quem conversar sem Rigney para agir como intermediário.

Oficialmente, Egan e Rigney eram apenas subordinados de nível mediano na melhor das hipóteses. Extraoficialmente, eram as pessoas para se conversar quando alguma coisa precisava ser feita, fosse o que fosse.

E nós tínhamos uma coisa que precisava ser feita.

– Está me dizendo que o que aconteceu em Cartum não era para ser um ataque direto à União Colonial – disse Egan para Abumwe.

– Não, claro que foi um ataque direto – respondeu a embaixadora, daquele jeito brusco e direto dela que, para quem não é muito esperto, parece profundamente antidiplomático. – Foi um ato que cumpriu o objetivo no curto prazo, nesse quesito. Porém, seu verdadeiro valor para o Equilibrium é no longo prazo... aquilo que permitirá à organização seguir rumo ao objetivo final: a destruição do Conclave.

– Disserte melhor sobre isso para nós, embaixadora – pediu Rigney.

– Em Cartum, capturamos um prisioneiro de alto valor, um certo comandante Tvann, do Equilibrium. – Um leve sorriso atravessou o rosto de Abumwe. – O melhor modo de descrevê-lo seria como um equivalente do *senhor*, coronel, dentro da organização deles. Alguém muito bem conectado e frequentemente no centro dos planos.

– Certo.

A embaixadora gesticulou com a cabeça na minha direção.

– Durante o interrogatório, o tenente Wilson aqui conseguiu fazer com que Tvann revelasse o plano mais recente do Equilibrium, começando pelo ataque à *Tubingen*, na órbita de Cartum.

Os coronéis Rigney e Egan olharam para mim.

– "Interrogatório", tenente? – perguntou Egan.

Entendi o que ela estava sugerindo.

— As informações não foram obtidas sob tortura ou coação — respondi. — Eu me vali de subterfúgios e falsas informações para convencê-lo de que era do interesse dele cooperar.

— Quais falsas informações?

— Eu lhe disse que iríamos obliterar todas as principais cidades e instalações industriais dos Rraeys em quatro planetas diferentes porque acreditávamos que o povo dele seria a cabeça por trás do Equilibrium.

— E é?

— Não tenho os dados para especular — falei. — Se eu fosse me orientar pelos meus instintos, diria que o governo rraey oferece um apoio logístico que é difícil de comprovar. É certo que não ficariam tristes se a gente saísse do caminho. No entanto, mesmo que estejam oferecendo apoio, a essa altura não faria diferença partirmos para cima deles. O Equilibrium é e deve continuar sendo nossa preocupação primária no momento.

Egan assentiu e olhou de volta para Abumwe.

— Continue — disse ela.

— Cartum é uma das dez colônias que conspiraram para declarar independência da União Colonial. O plano era que fizessem isso ao mesmo tempo, o que resultaria num número de alvos grande demais para que a UC pudesse oferecer uma retaliação eficaz. Quanto mais tempo demorássemos para responder ao evento, mais planetas coloniais poderiam se inspirar a declarar independência também. A ideia era que a dissolução da União Colonial fosse bem-sucedida em parte porque faltariam recursos para lidarmos com o êxodo em massa.

"No entanto, o comandante Tvann convenceu o governo de Cartum a anunciar sua independência antes, com o argumento de que isso serviria por si só como um catalisador para a dissolução da União Colonial e de que o Equilibrium poderia agir efetivamente como as forças de defesa do planeta. Seria benéfico tanto para Cartum como para o Equilibrium, que queria ser visto como um aliado às colônias recém-independentes."

— Isso não deu certo — disse Rigney, com um tom de voz seco.

— Não — concordou Abumwe. — Na verdade, o plano real era atacar qualquer nave das FCD que respondesse... o que aconteceu com a *Tubingen*. O ataque resultaria numa resposta maciça da parte das FCD, fosse porque a

UC o entendeu como orquestrado por Cartum ou pelo Equilibrium... o que também aconteceu. Mandamos vinte naves para o planeta.

"O Equilibrium fez isso com o propósito específico de militarizar em massa a resposta da União Colonial às declarações de independência. O próximo planeta ou planetas que se declararem independentes não vão receber a visita de uma única nave das FCD, como teria acontecido antes. Em vez disso, uma frota será enviada a qualquer um deles, com a intenção específica de sobrepujar movimentos de independência já na raiz." E aqui Abumwe parou por um segundo e olhou para Egan e Rigney com curiosidade. "Essa avaliação do Equilibrium lhes parece correta?"

Os dois coronéis pareciam desconfortáveis.

– É possível – respondeu Rigney uma hora.

A embaixadora assentiu.

– Por meio da própria estratégia de subterfúgios e falsas informações, e de uma campanha para estabelecer a União Colonial como uma fonte pouco confiável de notícias verdadeiras, ao que se soma o fato de que a UC realmente faz essa censura entre colônias, o Equilibrium planeja encorajar os nove planetas restantes envolvidos no esquema de independência original para que se atenham ao plano e façam o anúncio ao mesmo tempo. Promete apoio logístico e defensivo, o qual não tem a menor intenção de fornecer de fato, exceto para avançar os próprios objetivos, como aconteceu em Cartum. Isso deverá transcorrer o mais rápido possível, dentro dos limites práticos. E é claro que as FCD vão responder.

– E depois? – perguntou Egan.

– Enquanto a União Colonial estiver completamente ocupada com o movimento de independência, comprometendo uma quantidade substancial das capacidades de sua força e inteligência militares para esmagá-lo, o Equilibrium vai atacar.

– Atacar as frotas nos planetas colonizados? – perguntou Rigney. – Isso é burrice, embaixadora. Eles até podem ser eficazes com seus ataques-surpresa, mas suas naves e seus armamentos não dão conta de uma batalha prolongada.

– Nossas frotas não serão os alvos do ataque – respondeu Abumwe. – Vão atacar a Terra.

– O quê? – disse Egan, inclinando-se no assento, intensamente interessada.

A embaixadora olhou para mim de soslaio e acenou com a cabeça. Conectei meu BrainPal ao sistema de apresentação do anfiteatro e projetei uma imagem da Terra, com várias dúzias de espaçonaves acima, sem escala.

– O Equilibrium adquire as naves via pirataria – explicou Abumwe. – A União Colonial perdeu dúzias delas ao longo dos anos. O Conclave e seus Estados constituintes perderam ainda mais. – Ela apontou para o infográfico. – O que veem é uma representação de todas as naves afiliadas ao Conclave que sabemos terem sido roubadas e que ainda não foram destruídas em combate. Há 94 delas representadas aqui, e precisamos presumir que essa é uma estimativa conservadora.

"Segundo o comandante Tvann, o plano do Equilibrium é fazê-las saltarem até o espaço terráqueo para então destruírem os satélites científicos, de defesa e comunicação, e depois atingirem centenas de áreas densamente habitadas com bombas nucleares."

– Bombas *nucleares* – repetiu Rigney.

– Com quem diabos eles pegaram armas atômicas? – disse Egan. – Quem ainda usa isso?

– Tvann indicou que muitas delas vieram dos depósitos de planetas hoje alinhados com o Conclave – comentou Abumwe –, que não permite o uso bélico. Por isso há ordens para que sejam desmontadas e o material de fissão nuclear seja descartado. Foi corriqueiro para o Equilibrium se inserir nesse processo e sair dele com ogivas e material de fissão.

– De quantas estamos falando? – perguntou Rigney. – Ogivas, digo.

Abumwe olhou para mim.

– Tvann não sabia o número específico – falei. – As que ele pareceu considerar a média seriam equivalentes a trezentas quilotoneladas. Disse que havia várias centenas delas.

– Jesus Cristo.

– Poderiam causar o mesmo estrago sem armas nucleares – apontou Egan. – A essa altura da tecnologia armamentista, o uso delas é só um grau à frente de se usar um arco e flecha.

– O *objetivo* é o uso de armas nucleares – explicou Abumwe. – Não só pelo efeito de devastação imediata, mas por conta de tudo que vem depois.

— Quando os romanos derrotaram Cartago, salgaram a terra para que nada mais pudesse sobreviver nem crescer por lá – falei. – É o mesmo conceito, em maior escala.

— O Equilibrium estaria cortando a própria garganta ao fazer isso – disse Rigney.

— Se a gente conseguir encontrar a garganta deles para cortar, isto é – apontei.

— Acho que estaríamos *bem motivados*, tenente.

— Coronel, o senhor não está vendo o detalhe importante aqui – disse Abumwe.

— E qual seria, embaixadora? – perguntou Egan.

Abumwe gesticulou para a imagem que flutuava acima de nós.

— Que cada uma das naves encarregadas do ataque vem originalmente do Conclave. Da *nossa* perspectiva, deveríamos acreditar que parte não do Equilibrium, mas do Conclave. Deveríamos acreditar que eles decidiram que o único modo de lidar com a humanidade, de lidar com a União Colonial, é destruindo a fonte de seus soldados e colonos de uma vez por todas, para nunca mais conseguirmos recuperá-la, à força ou via negociação. É para ser um ato projetado de representação sincera da intenção do Conclave de nos varrer do universo para sempre.

Rigney assentiu com a cabeça.

— Sim, certo.

— Assim nós os culparíamos, recusaríamos sua negação e presumiríamos serem eles por trás do Equilibrium desde o começo – disse Egan. – Entraríamos em guerra com o Conclave. E seríamos derrotados.

— Inevitavelmente, sim – concordou Abumwe. – Somos pequenos demais para o confronto direto. E mesmo que todas as colônias parassem de lutar pela independência, ou mesmo que esmagássemos seus esforços para isso, demoraria um tempo para convertê-las em fontes das quais poderíamos derivar nossos soldados. Enquanto isso, os elementos do Conclave estariam promovendo nossa destruição, porque independentemente do fato de o ataque ter partido ou não deles, seríamos então um perigo claro e presente.

— Perderíamos a luta com o Conclave – falei. – Mas também não quer dizer que eles ganhariam.

Abumwe concordou com a cabeça.

– O foco não seria apenas nossa retaliação. Seria as pressões internas com as quais teriam que lidar ao ser obrigados a nos obliterar permanentemente. É algo que vai contra todos os princípios sobre os quais o Conclave foi fundado, para começo de conversa. Seria a antítese dos objetivos do general Gau.

– Para não falar da líder atual, Hafte Sorvalh – comentei. – E as críticas contra ela seriam implacáveis caso se recusasse a lidar conosco. Não importa o quanto seja capaz, e olha que ela é muito capaz, não é o general Gau. Não vai conseguir mantê-los unidos por meio da pura força de vontade como ele conseguia. O Conclave vai rachar e morrer.

– Que é o objetivo final do Equilibrium – disse Egan.

– Sim – respondeu Abumwe. – De novo, nossa destruição é parte do plano também. Mas no geral é mais uma eventualidade. Somos a alavanca que será usada para destruir o Conclave. Tudo que a organização já fez, incluindo a destruição da Estação da Terra, foi parte de um movimento na direção desse objetivo.

– Não sei bem o que sentir ao saber que a completa destruição da União Colonial seria só um *bônus* – comentou Rigney.

– Você deveria estar com raiva – disse Abumwe. – Eu estou.

– Sua raiva não é perceptível – observou Rigney.

– Coronel, estou furiosa – respondeu Abumwe. – Também reconheço que há coisas mais importantes a fazer do que simplesmente sentir raiva.

– Embaixadora, uma pergunta – disse Egan.

– Sim, coronel?

Egan apontou para o gráfico.

– Sabemos qual o plano do Equilibrium agora. Sabemos que ele pretende usar nossas colônias e nossas respostas padronizadas contra nós. Sabemos que pretende incriminar o Conclave pelo ataque à Terra. Sabemos seu jogo, sua estratégia e suas táticas. Não fica fácil sairmos dessa armadilha?

Abumwe olhou para mim.

– Há outras complicações – falei. – Tvann me sugeriu que, caso fique claro que a estratégia em Cartum fracassou ou que conseguimos frustrar os planos deles com os outros nove planetas ou que o Conclave foi informado quanto a esse subterfúgio, é possível que o Equilibrium ainda assim ataque a Terra, simplesmente.

— Com qual propósito? – perguntou Egan.

— Eles não parecem ficar de frescura – comentei. – O que vier é lucro. E o que quero dizer com isso é que, no momento, seu plano ideal é distrair a União Colonial, destruir a Terra, culpar o Conclave e deixar que a gente destrua uns aos outros. Mas se, em vez disso, tiverem que assumir os créditos pelo bombardeio da Terra, irão. Porque sabem que uma União Colonial e uma raça humana obviamente enfraquecidas ainda assim servem para obrigar o Conclave a agir.

— É preciso levar em consideração quantas espécies do Conclave odeiam os humanos – comentou Abumwe. – Já nos odiavam antes do que fizemos em Roanoke. E nos odeiam ainda mais depois disso. E algumas delas nos culpam pelo assassinato do general Gau.

— Não tivemos nada a ver com isso – disse Rigney.

— Mas estávamos lá quando aconteceu – respondeu Abumwe. – Nós e os humanos terráqueos. Para muitos deles, já basta.

— Então você está dizendo que o Equilibrium está perfeitamente feliz em seguir com um "plano B" – disse Egan, voltando ao assunto.

— *Já estamos* no plano B – falei. – Ele entrou em execução no momento em que Rafe Daquin roubou a *Chandler* e trouxe de volta o secretário Ocampo. Isso aqui está mais perto de um plano K. O Equilibrium tem sido muito bom em improvisar, coronel. Sabe seus limites em termos de escala e tira vantagem disso. Seu objetivo primário não é assumir os créditos pelo extermínio da Terra, mas é algo que tem lá suas vantagens. Significaria que conseguiram o que nenhuma outra entidade, nenhuma outra potência, jamais ousou fazer: destruir o planeta responsável pelo poder da União Colonial. Se jogarem direito com as cartas que têm na mão, poderiam ter um lucro imenso ao assumir o crédito pela destruição terráquea. É capaz até de ganharem novos membros e financiamento. Poderiam se tornar uma potência legítima por conta própria e sair das sombras onde vivem agora.

— Não importa o que aconteça, a Terra se fodeu – disse Rigney. – Perdoem o linguajar chulo, mas é essa a ideia do que estou ouvindo de vocês.

Olhei para Abumwe.

— Tem outra opção.

— Fale para nós – disse Egan.

– Antes disso, tenho uma pergunta para os dois – disse a embaixadora. – Concordamos que o objetivo aqui é a sobrevivência e não uma vitória, certo?

– Não compreendo essa pergunta – disse Egan.

– Eu duvido disso, coronel – respondeu Abumwe, encarando-a. – Penso que sabe muito bem o que quero dizer. Nós quatro nesta sala podemos nos dar ao luxo de ser completamente honestos uns com os outros. Assim, não precisamos fingir não saber que a União Colonial, tal como existe hoje, está no caminho do colapso. Se não formos destruídos pelo Equilibrium ou pelo Conclave, vamos nós mesmos nos destruir. Já está acontecendo.

"Não precisamos fingir não saber que a estrutura e a organização da União Colonial em si são insustentáveis na condição atual. Não precisamos fingir que existe algum modo de obtermos a Terra de volta no papel que ela desempenhava para nós anteriormente. Não precisamos fingir não estar face a face com nossa extinção. Não precisamos fingir que há qualquer importância em pequenas vitórias ou objetivos secundários no momento. O que importa é concordarmos que o que estamos fazendo aqui é pela *nossa* sobrevivência, a sobrevivência da humanidade. Não da União Colonial, tal como existe agora. Mas da nossa espécie. Nós quatro precisamos estar de acordo quanto a isso, senão não tem sentido continuarmos com esta reunião, simples assim."

Egan e Rigney se entreolharam.

– Concordamos – disse Egan.

– E o que sustentará essa concordância? – perguntou Abumwe. – Se concordamos que estamos falando em termos de sobrevivência, também concordamos que faremos o que for necessário para isso acontecer?

– Embaixadora Abumwe – disse Rigney –, conte-nos seu plano. E vamos lhe dizer como poderemos fazê-lo acontecer.

– Muito que bem – disse Abumwe.

– Obrigada por sua presença nesta reunião – disse Abumwe aos representantes das nove colônias que vinham traçando o que na cabeça deles era um plano secreto para anunciar sua independência.

– "Obrigada por sua presença", ora essa – disse Harilal Dwivedi, representante de Huckleberry. – Acabamos de ser arrastados de nossas camas e obrigados a estar aqui. – Vários dos outros representantes concordaram com a cabeça.

– Peço desculpas – concedeu Abumwe. – Infelizmente, o tempo é um elemento crucial. Sou a embaixadora Ode Abumwe.

– Por que estamos aqui, embaixadora? – perguntou Neida Calderon, de Umbria.

– Representante Calderon, se a senhora der uma olhada ao redor e ver quem está ao seu lado, acredito que possa ter uma boa ideia do porquê de estarem aqui.

Os murmúrios e as reclamações de fundo cessaram de súbito. Abumwe era definitivamente o foco de toda a atenção.

– Isso mesmo, nós sabemos – confirmou Abumwe.

– Claro que sabem – vociferou Dwivedi. Estava claro que ele era da escola de retórica "quando encurralado, ataque". – Vocês estão com o primeiro-ministro de Cartum sob custódia. Nem imagino o que fizeram com ele.

Abumwe acenou com a cabeça na minha direção. Fui até uma porta lateral da sala de conferências do Departamento de Estado onde estávamos e a abri.

– Pode entrar – falei.

Masahiko Okada entrou e se sentou à mesa com os representantes. Eles o encararam como se tivesse três cabeças.

– Mais alguma surpresa, embaixadora? – perguntou Calderon, depois de parar de encarar Okada.

– Pelo bem da economia de nosso tempo, permitam-me ser breve – disse Abumwe.

– Por favor – pediu Calderon.

– Cada um de seus planetas tem planos de anunciar, em conjunto, independência em relação à União Colonial. O fato de que estão todos aqui nesta sala agora há de ser um indicativo de que estamos cientes disso. Também estamos cientes de que os governos de cada planeta estão dialogando, individual ou conjuntamente, com uma entidade chamada Equilibrium, que deve ter compartilhado certas informações com vocês e, segundo acreditamos, oferecido proteção contra nós ao declararem sua independência.

Dwivedi abriu a boca para falar, e Abumwe o atingiu com um olhar severo.

– Agora não é o momento para oferecerem desculpas ou racionalizações, nem por seu desejo de independência, nem por sua confraternização com o Equilibrium. Não temos tempo para isso e, para ser franca, não nos importamos no momento.

Dwivedi fechou a boca, claramente incomodado.

– O Equilibrium andou enganando cada um de seus governos – continuou Abumwe, gesticulando na direção de Okada. – Dentro de um momento, o ministro vai detalhar para vocês como o Equilibrium o enganou, junto com seu governo, e atacou uma nave das Forças Coloniais de Defesa com a intenção de que a culpa e o castigo recaíssem sobre Cartum, pelo propósito de mobilizar seus governos a agir. Não para avançar seus propósitos, caros representantes. Nem pela liberdade que acreditam estar buscando. Mas para prosseguirem com os próprios planos, nos quais seus planetas e destinos são meros degraus.

"Com isso em mente, a União Colonial tem uma solicitação para cada um de vocês."

– Deixe-me adivinhar – disse Calderon. – Não querem que a gente declare nossa independência da uc.

Abumwe deu um daqueles seus sorrisos raros.

– Na verdade, representante Calderon, queremos muito que o façam.

Calderon pareceu estar em dúvida por um momento e olhou ao redor, para os outros representantes, que estavam igualmente confusos.

– Não compreendo – disse ela, enfim.

– Queremos que declarem independência – repetiu Abumwe.

– Vocês *querem* que a gente saia da União Colonial – disse Dwivedi.

– Não.

– Mas a senhora acabou de dizer que quer que declaremos nossa independência.

– Sim – confirmou Abumwe, estendendo a mão antes que o representante pudesse reclamar ainda mais. – Não queremos que saiam da União Colonial. É um perigo para todos nós. Porém, pedimos a cada um de vocês que prossigam com os planos de declarar independência. Precisamos que o Equilibrium acredite que seus planetas seguirão com o que já foi acordado.

– E por que isso? – perguntou Calderon.

– Não posso lhes dizer – respondeu Abumwe. – É bem óbvio que seus governos não são seguros. Não podemos lhes revelar tudo.

– E o que vai acontecer quando declararmos independência?

— A União Colonial, muito previsivelmente, terá uma reação exagerada e preencherá seus céus com naves, a fim de intimidá-los.

— Não estou conseguindo ver o benefício desse plano para qualquer um de nós — disse Calderon, com deboche. Por qualquer motivo, foi ela quem assumiu o papel de liderança em meio aos representantes ali reunidos.

— Queremos que declarem independência, mas não se tornem independentes — falou Abumwe. — Responderemos com uma encenação de violência, mas não com violência de fato.

— Estão pedindo que a gente acredite que as FCD não vão nos esmagar.

— Se quiséssemos fazer isso, não haveria necessidade desta reunião — apontou a embaixadora. — Não. Estou oferecendo uma saída desta eventualidade. Não se enganem, representantes. Qualquer tentativa de saída da União Colonial será respondida com violência. Não podemos nos dar ao luxo de ter seus planetas se retirando da união e, correndo o risco de soar condescendente, temos absoluta certeza de que vocês não compreendem o perigo que estão correndo. — Abumwe gesticulou de novo para Okada. — O ministro aqui pode falar sobre esse assunto a partir da própria experiência.

— A senhora quer que confiemos em vocês. Imagino que possa entender o porquê de isso ser difícil para nós.

— Não estou pedindo sua confiança — esclareceu Abumwe. — Estou fazendo uma oferta.

— Não há muito que possam nos oferecer, embaixadora, sendo que já estão nos privando de nossa liberdade.

— Representante Calderon, deixe-me sugerir que não é liberdade aquilo que procuram.

— Não é?

— Não.

— O que é, então?

— É controle — respondeu Abumwe. — Que é o que estou lhes oferecendo.

— Explique — solicitou Calderon, após um momento.

— Todos aqui são representantes para o governo da União Colonial — disse Abumwe. — Não preciso lhes dizer o quanto isso é insignificante em termos do modo como a união é administrada e da relação com seus planetas natais. Na melhor das hipóteses, vocês são responsáveis pelas tarefas mais ínfimas. Na pior, são completamente ignorados.

Ela fez uma pausa a fim de deixar esse comentário ecoar. Os representantes trocaram acenos de cabeça.

— Isso vai mudar. Precisa mudar. A União Colonial precisará depender mais do que nunca de suas colônias, inclusive para suprir a necessidade de soldados, o que jamais aconteceu antes. Não poderá mais governar de cima para baixo. Para ser franca, precisará do consentimento dos governados. Precisará ser governada pelos governados. Precisará ser governada por vocês.

Houve um silêncio sepulcral por um momento. E então:

— Isso é uma *piada* — disse Dwivedi.

— Não — respondeu Abumwe, olhando para Calderon e não para o representante de Huckleberry. — Já há um acordo em princípio. No alto escalão. O que precisamos agora é de um grupo de representantes disposto a trabalhar para criar um sistema que reflita a realidade de nossa situação com o Conclave e outros, junto com um governo realmente representativo.

— Querem que criemos uma constituição — concluiu Calderon, apenas um pouco incrédula.

— Sim.

— Em troca desse pequeno ato de subterfúgio com nossas declarações de independência.

— Sim — confirmou Abumwe.

— É tão importante assim?

— Sim.

— Precisaremos consultar nossos governos — disse Dwivedi.

— Não — negou Abumwe, olhando ao redor. — Preciso ser clara quanto a isso. *Não há tempo*. Já sabemos que planejam anunciar sua independência dentro de poucas semanas. Precisamos que esse cronograma continue igual. Precisamos que tudo transcorra como se já tivesse sido decidido. Não pode haver pausa alguma, qualquer indício de que algo mudou. Vocês são os representantes de suas colônias. Então, representem. Suas decisões aqui significarão que seus planetas se comprometem com essa decisão, e nós agiremos de acordo. E mais uma coisa: a decisão precisa ser unânime. Ou todos aceitam ou ninguém aceita.

— Esperam que a gente crie um sistema viável de governo representativo interplanetário agora mesmo — disse Calderon.

Isso arrancou um sorrisinho muitíssimo tênue de Abumwe.

— Não. Os detalhes podem vir depois. Mas todos precisam se comprometer agora.

— Quanto tempo teremos?

— Terão esta noite — respondeu a embaixadora. — Estarei aqui para responder às perguntas que eu puder responder. Okada está aqui para lhes contar da experiência de Cartum com o Equilibrium. São onze horas da noite agora. Por volta das oito da manhã, precisarei ter sua resposta, seja o acordo ou a recusa unânime.

— E se nos recusarmos?

— Então se recusarão e tudo vai se tornar muito mais difícil e perigoso. Para todo mundo — disse Abumwe. — Vou deixá-los a sós por uns momentos. Em breve voltarei para responder a suas perguntas. — Ela saiu pela porta lateral pela qual Okada havia sido trazido. E eu a segui.

— Que inspirador — falei.

— Dentre todas as coisas de que preciso agora, Wilson, seu sarcasmo não é uma delas — respondeu Abumwe.

— É sarcasmo apenas em parte — falei. — Acha que eles vão aceitar?

— Acredito que Calderon esteja convencida. Penso que ela poderá ser capaz de convencer os outros.

— E acha que a União Colonial vai de fato concordar com as mudanças que você acabou de colocar na conta dela?

— Isso é departamento de Rigney e Egan — respondeu Abumwe. — Mas nenhum de nós sequer estaria aqui se já não estivéssemos vendo a escrita na parede.

— É bem verdade — falei.

— Preciso que chame Hart Schmidt — disse Abumwe. — Preciso que ele assuma seu lugar na sala. Irei informá-lo de tudo.

— Certo — falei. — E o que quer que eu faça?

— Preciso que faça duas coisas — respondeu ela. — A primeira é que fale com Ocampo.

— Sobre o quê?

— O paradeiro do Equilibrium. Eles abandonaram a base, mas isso não os impediu de continuar suas operações. Precisamos saber onde estão agora.

— Talvez ele não saiba — respondi.

— E talvez saiba. Você tem que perguntar.

— Você que manda — falei. — E qual é a outra coisa?

— Preciso que vá para a Terra.

— Interessante — respondi. — Você sabe que não gostam da gente, né? Num nível, tipo, se nossas naves aparecerem sobre o planeta, é provável que sejam abatidas a tiros. Para não mencionar que vou demorar vários dias até chegar lá, sem nenhuma expectativa razoável de poder voltar, depois que abaterem minha nave.

— Espero que resolva todos esses problemas antes de partir.

— Admiro sua confiança em mim.

— Então não me decepcione, Wilson.

Tyson Ocampo e eu estávamos em pé numa praia, observando as ondas se quebrarem e as gaivotas voarem em círculos acima de nós.

— Aqui é lindo — disse-me Ocampo.

— Achei que poderia gostar — respondi.

— Que praia é essa?

— Cottesloe Beach. Fica perto de Perth, Austrália.

— Ah — disse Ocampo. — Nunca estive lá.

— Bem, fica na Terra, então é compreensível — falei.

— E você já esteve?

— Uma vez — respondi. — Estive em Perth a negócios e tive um dia de folga. Peguei o trem até lá e passei o dia todo olhando as ondas e bebendo cerveja.

Ocampo sorriu.

— Pelo menos estamos olhando as ondas — disse ele.

— Sinto muito pela falta da cerveja.

— Tenente, quando você não está aqui, a simulação que vejo é a de uma cela pequena e quadrada. Há três livros nela, cujos títulos vão mudando depois que os leio. Não tenho o poder de escolhê-los. Há uma única telinha na qual são transmitidos materiais de entretenimento numa dose que é só o suficiente para eu não enlouquecer de vez. Uma vez por dia, uma esteira aparece para que eu possa me iludir com exercício físico. Meu único visitante, além de um ou outro interrogador da União Colonial de vez em quando, é um bot de bate-papo programado para parecer uma pessoa, mas que não é bom o bastante nisso para ser bem-sucedido, o que acaba servindo só para me lembrar de que estou verdadeiramente sozinho dentro de meu próprio cérebro. Confia em mim. Esta praia já basta.

Eu não tinha nada a dizer em resposta, por isso continuamos a observar as ondas simuladas se quebrarem sobre a orla simulada de Cottesloe Beach, enquanto as aves simuladas pairavam no céu.

– Presumo que isto seja uma recompensa – disse Ocampo. – Por conta de nossa última sessão.

– Como descobrimos, você estava inteiramente correto quanto ao fato de que estavam preparando uma armadilha para a nave das FCD em Cartum – falei. – Conseguimos chegar à distância de salto num período perigosamente curto, quase sobrecarregamos os motores, e saltamos direto no meio do ataque. Foi muita sorte.

– As FCD não mandaram qualquer uma das naves que estavam de prontidão.

– Com todo o respeito, secretário Ocampo, o senhor é um traidor confirmado e tem um histórico de conduzir naves rumo à destruição. Eles não mandariam uma das próprias naves, mas não se incomodaram com o fato de a gente brincar de roleta russa com a nossa.

– Fico feliz que confie em mim, tenente.

– Confio que o senhor não tem mais nada a perder, secretário.

– Não é bem a mesma coisa, é?

– Não – respondi. – Não é. Lamento quanto a isso.

Ocampo sorriu mais uma vez e passou um dos dedos do pé na areia da praia. A simulação era a mais perfeita que consegui produzir, e de uma perspectiva de programador era na verdade um pequeno milagre. Detalhava-se apenas conforme recebia a atenção de Ocampo. Qualquer parte da praia para a qual ele não estivesse olhando parecia um mapa de baixa resolução. Qualquer parte da areia que não estivesse diretamente abaixo dos pés dele era uma textura indistinta. A praia existia como uma bolha de percepção em torno de um homem que, por sua vez, existia apenas como um cérebro num vidro.

– Você criou esta praia para mim? – perguntou Ocampo. – Como uma recompensa?

— Não é uma recompensa — falei. — Só achei que talvez gostasse dela.

— E gostei sim.

— Confesso que não criei para você — falei. — Rafe Daquin fez aniversário recentemente. Foi para ele que a renderizei.

— Ainda não deram um corpo para ele? — perguntou Ocampo.

— O novo corpo está pronto — respondi. — E Rafe poderá se mudar a qualquer hora que quiser. No momento, ele decidiu continuar com a *Chandler* e pilotá-la por dentro. Está muito, muito bom nisso agora. Tem feito coisas incríveis.

— Fico me perguntando como Daquin se sentiria se soubesse que você deu um presente feito para ele ao homem responsável por tirarem o cérebro de seu corpo, para começo de conversa.

— Na verdade, foi sugestão dele. Falou para eu contar a você que ele se lembra de como era, e é, solitário ser um cérebro num vidro. Imaginava que poderia lhe dar um pouco de paz.

— Que gentil da parte dele.

— É mesmo — concordei. Convenientemente, deixei de fora a parte em que Daquin havia me dito que, se eu quisesse, poderia programar um grande tubarão branco para despedaçar o corpo simulado de Ocampo, o que não seria conveniente na situação atual. Rafe até podia ter perdoado, do jeito dele, mas não tinha esquecido.

— Tenente — disse Ocampo. — Por mais que eu goste dessa viagem à praia, não estou com a impressão de que você esteja aqui para sermos amigos.

— Preciso de um pouco mais de informações do senhor, secretário. Sobre o Equilibrium.

— Claro.

— E o senhor vai me fornecer?

Ocampo não respondeu. Em vez disso, deu um passo na direção do mar, na água que vinha cercar seus pés e fazê-los afundar um pouco na areia. Isso me fez sorrir, meio a contragosto, porque era uma simulação realmente muito boa que eu tinha concebido.

— Tenho pensado no porquê de eu ter entrado para o Equilibrium — disse Ocampo, olhando de volta para mim e abrindo um sorrisinho. — Não se preocupe, tenente, não vou tentar transformar isto aqui num monólogo sobre nobreza desiludida para que responda educadamente assentindo com a cabeça. A essa altura, posso admitir que boa parte da motivação por eu ter feito o que fiz era ambição e megalomania. É o que é. Mas ainda tem mais uma parte. A crença de que a União Colonial, não importa como tenha ficado desse jeito, é antitética à sobrevivência de nossa espécie. Que todas as outras espécies que conhecemos passaram a associar a humanidade com percepções de duplicidade, selvageria, artimanhas ambiciosas e perigo. Para elas, é só isso que somos e seremos.

— Para ser justo, nenhuma delas é exatamente constituída por anjinhos — comentei.

— É bem verdade — concordou Ocampo. — Apesar que a resposta para isso depende do quanto essas atitudes partem do fato de estarem lidando conosco. O Conclave reuniu num único governo quatrocentas espécies de seres capazes de viagem espacial. Mal conseguimos fazer qualquer uma nos tolerar. Isso me sugere que o problema não são elas, mas nós, a União Colonial.

Abri a boca para responder, mas o secretário ergueu a mão.

— Não é a hora para se debater isso, eu sei. Aonde quero chegar, tenente, é que me alinhei ao Equilibrium, por quaisquer motivos, porém, independente disso, o problema da União Colonial permanece. Ela é tóxica para si mesma. É tóxica para a humanidade. E é tóxica para nossa sobrevivência neste universo. Vou ajudá-lo se eu puder, Wilson. A essa altura, não tenho motivos para não o fazer. Mas você precisa entender que, a não ser que alguma coisa aconteça com à UC, alguma coisa grande, substancial, então estamos apenas empurrando tudo com a barriga. O problema ainda vai existir. Quanto mais esperarmos, pior fica. E já está quase no ponto em que não dá para piorar.

— Compreendo — falei.

— Certo. Então faça sua pergunta.

— Depois que Daquin atacou a sede do Equilibrium, a organização bateu em retirada de lá.

— Sim. A localização não era mais segura, óbvio.

— Precisamos saber onde fica a nova sede.

— Não sei — respondeu Ocampo. — E se eu soubesse, com certeza não a usariam, porque iriam presumir que vocês conseguiriam arrancar essa informação de mim.

— Nesse caso, gostaria de um palpite, por favor.

— O Equilibrium é uma organização relativamente pequena, mas a ênfase aqui é na palavra "relativamente". É capaz de operar a partir de uma única base, mas essa base precisaria ser relativamente grande e ter sido abandonada há pouco tempo, para que os sistemas possam ser operacionalizados com rapidez. Precisa ficar num sistema que seja ou amigável à causa deles ou tenha sido recentemente abandonado, ou que não conte com grande monitoramento fora dos planetas principais.

— Isso deve reduzir o número de bases militares disponíveis — comentei. — Já é alguma coisa.

— Você está se limitando — disse Ocampo.

— Como?

— Está pensando como um soldado e não como um carniceiro oportunista, que é o que o Equilibrium é. Ou ainda é, por ora.

— Então, não só bases militares — falei. — Qualquer tipo de base com a infraestrutura necessária.

— Sim.

— E não apenas de espécies alinhadas a eles.

— Correto. Saberiam que, nesses casos, vocês já estariam procurando. Querem algo que esteja no ponto cego da União Colonial.

Refleti sobre isso por um minuto.

E então me veio uma ideia de fato muito estupendamente absurda.

Minha simulação computadorizada deve ter replicado com precisão esse meu momento de eureca, porque Ocampo sorriu para mim.

— Acho que já pensou em alguma coisa.

— Preciso ir — falei para ele. — Secretário, com licença.

— Claro — disse Ocampo. — Não que eu pudesse fazê-lo ficar, diga-se de passagem.

— Posso deixar esta simulação rodando — comentei.

— Obrigado — disse ele. — Eu gostaria disso. Não vão deixá-la rodar durante mais do que alguns minutos depois que você sair. Mas, até lá, vou aproveitar.

— Posso pedir para deixarem rodar mais um pouco.

— Pode pedir — disse Ocampo. — Não vai fazer diferença.

— Sinto muito — me desculpei. E, apesar de tudo que ele havia feito, eu sentia mesmo.

Ocampo deu de ombros.

– É assim que as coisas são – disse ele. – E não posso dizer que não mereço, dado tudo que fiz. Ainda assim, deixe-me plantar uma ideia na sua cabeça, tenente. Se ela der certo e seus planos forem bem-sucedidos, então você pode pedir algo por mim.

– O que é? – perguntei. Estava preocupado que Ocampo fosse pedir para ganhar um novo corpo, um pedido que eu sabia que a União Colonial jamais iria concretizar.

Ele antecipou meu receio.

– Não vou lhe pedir para providenciarem um novo corpo para mim. Não vão fazer isso. O perdão institucional nunca chega tão longe. Mas tenho um lugarzinho lá em Fênix. Digo, tinha. Uma pequena cabana de veraneio, nas montanhas, às margens de um pequeno lago. Fica no meio de quarenta hectares de florestas e prados. Comprei faz uns dez anos, com a ideia de que seria um local para eu refletir e escrever. E nunca fiz isso, porque quem é que faz, certo? Acabei passando a enxergá-la como um investimento idiota. Pensei em vender, mas nunca fiz isso. E agora jamais a verei de novo. Jamais a verei de verdade.

Ele voltou o olhar para longe da praia, para um oceano Índico que não existia.

– Se tudo der certo, tenente, e você conseguir o que quer desta aventura toda, então lhe peço para que use sua influência a fim de que essa cabana apareça aqui, na simulação. Sei que jamais estarei lá fora no mundo real. Mas, se a simulação for boa o suficiente, talvez eu possa aguentar. E hoje em dia não tenho mais nada a fazer a não ser pensar. Por fim, poderia usar a cabana para fazer aquilo pelo qual a comprei. Uma versão disso, pelo menos. Me diga que o fará por mim, tenente Wilson. Eu gostaria desse favor mais do que você poderia imaginar.

– Sedna – falei.

O coronel Rigney, que estava na salinha de conferências com Egan, Abumwe e Hart Schmidt, franziu a testa para mim.

– Você quer que eu confira alguma coisa no meu BrainPal, não é? – disse ele.

– Sedna é um planeta-anão no sistema solar da Terra – expliquei. – Para ser mais preciso, é um planeta-anão que fica na periferia do sistema, nas extremidades internas da nuvem de Oort. Fica a uma distância do Sol três vezes maior do que Netuno.

– Certo – disse Rigney. – Que que tem?

– Ocampo falou que não sabia onde ficava a nova base do Equilibrium, mas sabia que provavelmente tomariam alguma base, militar ou não, que tivesse sido abandonada há pouco tempo. E uma que a gente não pensaria em olhar. Essa aí fica bem no nosso ponto cego.

Usei meu BrainPal para ligar o monitor da parede da sala de conferências. A imagem de um pequeno planeta avermelhado apareceu.

– Sedna – repeti. – Lá ficava uma das mais antigas bases científicas mantidas pela União Colonial. Usávamos para astronomia de campo profundo e ciência planetária. Sedna está numa localização ótima para observar todo o sistema da Terra e sua dinâmica orbital.

– Nunca ouvi falar – disse Egan.

– A base tem estado dormente ao longo das últimas décadas – falei. – Tinha basicamente uma equipe de uns três ou quatro cientistas para cuidar dela, indo para lá numa frequência de mês sim, mês não, a fim de monitorar algumas observações feitas ali, bem a longo prazo, e para operar os robôs de manutenção. – Fiz um mapa da base aparecer no monitor. – Mas o mais relevante é que, em seu auge, há mais de um século, a base estava bem mais ativa. No pico de atividade, havia mais de mil pessoas lá.

– Como você sabe essas coisas? – perguntou-me Hart Schmidt.

– Bem, não me orgulho disso, mas na época em que eu trabalhava no braço de pesquisa e desenvolvimento das FCD, tinha um membro da equipe lá que eu achava um verdadeiro cuzão – falei. – Mandei transferirem o sujeito para lá.

– Muito bem – disse Rigney.

– Hoje percebo que ele não era o único cuzão na equipe – admiti.

Egan apontou para o mapa da base.

– E não temos mais uma equipe de manutenção por lá?

– Não – falei. – Depois que a Terra rompeu relações com a União Colonial, como consequência do incidente Perry – me permiti dar um sorrisinho ao pensar que meu velho amigo foi quem precipitou a maior de todas as crises políticas que a União Colonial jamais viu –, nós abandonamos a base. Em parte, por motivos políticos, porque não queríamos que os terráqueos ficassem com a impressão de que estávamos ali espiando na fronteira. Em parte, por motivos econômicos.

– Então, uma base grande, recentemente abandonada e cravada em nosso ponto cego – concluiu Rigney.

– Sim – confirmei. – Não é a única base grande e abandonada há pouco tempo que a União Colonial ou as FCD possuem, ou que esteja por aí no geral. Vou criar uma lista de locais que deveríamos conferir. Mas, se eu fosse apostar meu dinheiro num único local, seria ali. Deveríamos ir lá conferir agora mesmo. Discretamente, óbvio.

– Bem, você está ocupado?

– Está, sim – disse Abumwe. – Tenho outra tarefa imediata para ele. Preciso de Wilson na Terra, agora mesmo.

Rigney se virou para a embaixadora.

– E quando exatamente você pretendia contar isso para nós?

– Acabei de contar – disse Abumwe. – Antes disso, estava fazendo o papel de babá dos nove representantes, tentando convencê-los a concordar com nossos termos.

– E como isso está indo? – perguntou Egan.

– Como esperado. O representante de Huckleberry está reclamando, mas esse sujeito é reclamão mesmo. Os outros enxergaram a oportunidade e o estão convencendo. Teremos um acordo dentro do prazo.

– Que bom.

– E você precisará de um acordo do seu lado, coronel.

Egan e Rigney se entreolharam.

– O processo está em andamento – disse Egan.

– O que não me soa tão otimista quanto eu gostaria.

– Vai acontecer. Neste momento, a questão que fica é o quão caótico será.

– Ainda gostaria de conversar sobre a ida do tenente Wilson à Terra – comentou Rigney. – Não podemos mandar uma nave para lá. Não agora.

– Tenho uma solução para isso – falei. – Bem, mais ou menos.

– Mais ou menos – repetiu Rigney.

– Envolve uma tecnologia que a gente meio que abandonou faz uns anos.

– E abandonamos por quê?

– Quando a usávamos, ela tinha uma leve tendência a... explodir.

– Explodir? – perguntou Hart.

– Bem, "explodir" talvez não seja o termo mais preciso. O que acontece *de verdade* é muito mais interessante.

Enquanto eu flutuava acima da superfície da Terra, veio-me um pensamento: *um dia eu gostaria de visitar este planeta sem ter que me atirar da sua atmosfera.*

O pequeno trenó de chassi esquelético no qual eu estava sentado era do tamanho de um pequeno bugue, todo aberto para o espaço. Apenas meu traje de combate e um pequeno estoque de oxigênio evitavam que o vácuo me devorasse inteiro. Atrás de mim, no bugue, ficava um motor de salto experimental, projetado para se aproveitar do relativo nivelamento espacial nos pontos de Lagrange entre dois objetos imensos, como uma estrela e um planeta, por exemplo, ou um planeta e sua lua. A boa notícia é que a teoria por trás desse tipo de motor de salto é bem robusta, o que queria dizer que, se esse novo motor fosse confiável, ele revolucionaria o modo como a viagem espacial funciona.

A má notícia é que, apesar de nossos esforços, ele era apenas 98% confiável para massas de até cinco toneladas, e a taxa de falha subia numa curva considerável a partir daí. Para uma nave do tamanho de uma fragata colonial padrão, a taxa de sucesso caía a perturbadores 7%. Quando o motor falhava, a nave explodia. E quando digo "explodia", quero dizer "interagia catastroficamente com a topografia do espaço-tempo de modos que não conseguimos explicar ao certo", mas "explodia" transmite bem a ideia, ainda mais no que diz respeito ao que poderia acontecer a um ser humano preso no meio disso.

Jamais conseguimos consertar esse defeito, e a União Colonial e as Forças Coloniais de Defesa têm uma estranha aversão ao conceito de suas naves potencialmente explodirem em 93 saltos a cada cem. Uma hora, abandonamos a pesquisa.

Mas ainda tínhamos os veículos pequenos e ultraleves que criamos com os protótipos de motor acoplados neles, até o momento guardados no módulo de armazenamento da Estação Fênix. Seria um método perfeito para uma viagem às pressas até a Terra – porque eu só precisaria ir até o ponto de Lagrange mais próximo – sem ser detectado, porque o trenó era muito pequeno e capaz de saltar para bem perto da atmosfera do planeta. Em resumo, era perfeito para a missão.

Contanto que não explodisse.

Eu não explodi.

O que era um alívio, para ser sincero. Significava que a parte mais tensa da viagem já havia ficado para trás. Depois disso eu só precisava deixar que a gravidade agisse e apenas cair até o chão.

Eu me desacoplei do trenó e me dei um empurrão, pegando distância. O destino dele era ser incinerado nas camadas superiores da atmosfera. Não queria estar por perto quando isso acontecesse.

Minha própria viagem pela atmosfera se deu, por sorte, sem nenhuma ocorrência. Meu escudo nanorrobótico aguentou perfeitamente bem, a turbulência era tolerável, em maior parte, e minha descida até as camadas inferiores foi gerenciada com inteligência pelo meu paraquedas, que me permitiu aterrissar, leve como uma pluma, num pequeno parque às margens do rio Potomac, na Virgínia, periferia de Washington, D.C. Conforme os nanorrobôs que constituíam o paraquedas foram se desintegrando e virando pó, fiquei refletindo sobre o fato de eu já não sentir muita emoção ao cair na superfície de um planeta vindo do espaço.

Esta é minha vida agora, pensei. Acessei meu BrainPal para confirmar o horário local, que era 3h20 da manhã de um domingo, e para confirmar que de fato havia aterrissado onde queria estar: Alexandria, Virgínia, nos EUA.

— Uau — disse alguém, e olhei ao meu redor. Havia um homem mais velho, deitado num banco. Ou ele estava sem teto ou simplesmente gostava de dormir na praça.

— Olá — falei.

— Você acabou de cair do céu — disse ele.

— Meu irmão, você não sabe da missa a metade — respondi.

Encontrei quem eu estava procurando várias horas depois, num brunch em um restaurante de Alexandria, não muito longe da casa dela, um endereço que eu não havia visitado embora soubesse onde era, porque, né, seria falta de educação.

Ela estava sentada sozinha no deque do restaurante, numa mesa de dois lugares perto da cerca na calçada. Tinha um Bloody Mary em uma mão e um lápis na outra, bebericando aquele e levando esse ao papel para resolver uma palavra cruzada. Vestia um chapéu para se proteger do sol e óculos escuros que suspeito servirem para evitar contato visual com gente esquisita.

Fui até ela e olhei para sua cruzadinha.

— O número 32 na vertical é "páprica" — falei.

— Eu sabia — disse ela, sem nem olhar para mim. — Mas obrigada ainda assim, cara irritante aleatório. Além do mais, se você acha que se intrometer na minha palavra cruzada é um bom jeito de dar em cima de mim, é melhor continuar circulando. Na verdade, melhor continuar circulando de qualquer jeito.

— É assim que você dá "oi" para alguém que já salvou sua vida? — falei. — Duas vezes.

Ela olhou para cima. Ficou boquiaberta. O Bloody Mary escorregou de seus dedos e caiu no chão.

— Merda! — disse ela, afobada após derrubar a bebida.

— Assim é melhor — falei. — Olá, Danielle.

Danielle Lowen, do Departamento de Estado dos Estados Unidos, levantou-se enquanto um garçom vinha pegar os cacos do drinque derramado. Ela olhou para mim.

— É você mesmo — falou.

— Sim, sou eu.

Então me olhou de novo.

— Você não está *verde* — disse ela.

Eu sorri.

— Imaginei que isso faria eu me destacar na multidão.

— Está me deixando perturbada — disse Danielle. — Agora que vejo você sem a cor verde, posso reconhecer o quanto sua aparência é a de alguém asquerosamente jovem. Odeio você.

— Garanto que é apenas temporário.

— Vai experimentar a cor roxa na sequência?

— Acho que vou ficar com o visual mais clássico mesmo.

O garçom terminou de limpar a bebida derramada e os cacos de vidro, depois foi embora. Danielle olhou para mim.

— E aí? Vai se sentar ou vamos ficar aqui em pé, desse jeito esquisito?

— Estava só esperando o convite — falei. — Você estava me mandando circular, pelo que entendi.

Danielle abriu um sorrisinho malicioso.

— Harry Wilson, quer tomar um brunch comigo?

— Seria um prazer — falei, e passei por cima da cerquinha. Nisso, Danielle veio até mim e me deu um abraço feroz, com um beijo na bochecha.

— Nossa, como é bom ver você — disse ela.

— Obrigado — respondi, e nós dois nos sentamos.

— Agora me conta o porquê de você estar aqui — disse Danielle, depois de nos acomodarmos.

— Não acha que é só para ver você? — perguntei.

— Por mais que eu gostaria que fosse, não — respondeu ela. — Não é como se você morasse do outro lado da rua. — Então franziu a testa por um momento. — Como *chegou* aqui, aliás?

— É informação sigilosa.

— Estou bem perto de cravar este garfo em você.

— Usei um veículo experimental de pequeno porte.

— Um disco voador.

— Está mais para um bugue de areia espacial.

— Um "bugue de areia espacial" não me soa muito seguro.

— É perfeitamente seguro, 98% das vezes.

— E onde você o estacionou?

— Não estacionei. Ele se incinerou na atmosfera e saltei o restante do caminho.

— Você e seus saltos, Harry. Há modos mais fáceis de visitar o planeta Terra.

— Na verdade, não tem muitos não, no momento — falei. — Pelo menos, não para mim.

O garçom retornou com um novo Bloody Mary para Danielle e ela fez o pedido para nós dois.

— Espero que goste — disse ela, quanto ao pedido.

— Você conhece o lugar melhor que eu.

— Então veio dar o ar da graça. Me conte o porquê.

— Preciso que me ponha em contato com o secretário de Estado dos EUA.

— Precisa falar com meu pai.

— Bem, o que preciso mesmo é falar com todo o contingente das Nações Unidas — expliquei. — Mas, a curto prazo, seu pai serve, sim.

— Não dava para mandar um bilhete?

— Não é o tipo de coisa que eu conseguiria colocar num bilhete.

— Experimenta.

— Beleza — falei. — "Cara Danielle Lowen: como tem passado? Eu estou bem. O grupo que destruiu a Estação da Terra e fez parecer que foi obra da União Colonial agora pretende bombardear a superfície do seu planeta com armas atômicas até tudo ficar fluorescente e colocar a culpa no Conclave. Espero que esteja bem. Estou ansioso para resgatá-la no espaço mais uma vez em breve. Seu amigo, Harry Wilson."

Danielle ficou em silêncio por um momento.

— Certo, faz sentido — disse ela, enfim.

— Obrigado.

— É isso mesmo? — perguntou. — A parte sobre o Equilibrium pretender usar armas nucleares contra a Terra.

— Sim — respondi. — Tenho comigo todos os documentos e dados. — Dei uma batidinha com a mão na minha têmpora, para indicar que me referia ao BrainPal. — As informações ainda não foram 100% confirmadas, mas vieram de fontes que podemos verificar.

— Por que é que o Equilibrium quer fazer isso?

— Você vai detestar o motivo, isso eu lhe garanto.

— Claro que vou detestar. Não existe bom motivo para se bombardear um planeta inteiro.

— O motivo não é a Terra, na verdade — expliquei. — O Equilibrium quer colocar a União Colonial e o Conclave um contra o outro, com a esperança de que se destruam mutuamente.

— Achei que tivessem um plano diferente para isso, que não envolvesse a Terra.

— Eles tinham, mas aí descobrimos qual era. Então os mudaram para incluir vocês.

— Vão matar bilhões aqui embaixo só para fazer vocês dois brigarem lá em cima.

— É por aí mesmo.

Danielle estava com os olhos trêmulos de raiva.

— Que universo fodido este em que a gente vive, Harry.

— Estou tentando lhe dizer isso desde que a gente se conheceu.

— Sim, mas antes eu ainda poderia acreditar que você estava *errado* nesse sentido.

— Desculpa.

— Não é culpa sua — disse Danielle. — Talvez seja culpa da União Colonial. Na verdade, tenho quase certeza de que é, se a gente for olhar em retrospecto.

— Você não está de todo equivocada.

— Não estou, não. A União Colonial...

Eu levantei a mão, e Danielle parou.

— Sei que você me dá uma palestrinha sobre a União Colonial toda vez que a gente se vê — falei. — E toda vez, eu lhe digo que não estamos discordando, na verdade. Se não for um problema, ficaria feliz se pudéssemos dar como encerrada essa parte da nossa interação e assim seguir em frente rumo a outras coisas.

Danielle me lançou um olhar amargo.

— Eu *gosto* de reclamar da União Colonial.

— Ah, desculpa — falei. — Por favor, continue, então.

— Agora é tarde — disse ela. — Não estou mais no clima.

Chegou nossa comida.

— E agora não estou com fome — emendou Danielle.

— É difícil não perder o apetite diante da ameaça de extinção nuclear global — falei, depois enfiei o garfo num waffle.

— Não parece ser um problema para você — observou ela, com um tom de voz seco. — Mas também não é seu planeta.

— Com certeza é meu planeta, sim — rebati. — Eu vim de Indiana.

— Mas não veio daqui recentemente.

— É recente o bastante, isso lhe garanto — falei, em seguida mordendo o waffle, mastigando e engolindo. — O motivo de eu conseguir comer é porque tenho um plano.

— Você tem um plano.

— É pra isso que estou aqui.

— E você bolou esse plano sozinho, não foi?

— Não, foi ideia da embaixadora Abumwe — falei. — A maior parte. Ajudei nas beiradas.

— Não me leve a mal, mas...

— Essa vai ser boa — falei, dando um gole no meu suco de laranja.

— ... o fato de que foi Abumwe quem bolou o plano me deixa mais aliviada do que se fosse você.

— Sim, eu sei — falei. — Ela é uma adulta.

— Sim — concordou Danielle. — Enquanto você parece meu irmão mais novo.

— Apesar do fato de eu ser mais velho que você e Abumwe juntas.

— Corrigindo. Você é mais aquele colega de quarto do meu irmão mais novo que é tão gostoso que a gente fica distraída. E, por favor, pare de me lembrar que você tem idade para ser meu avô. A dissonância cognitiva é broxante.

Abri um sorrisinho.

— Você me parece estar processando o fim dos tempos muito bem — comentei.

— Ah, pareço? — disse Danielle. — Sim, bem. Pode ficar tranquilo que, quando a gente parar de papinho, vou perder as estribeiras de verdade, Harry.

— Não perca — falei. — Lembre-se de que tenho um plano, feito por uma adulta responsável.

— E o que esse plano envolve, Harry?

— Várias coisinhas pequenas e uma grande coisa — respondi.

— E o que são elas?

— Que a Terra confie na União Colonial.

— Para fazer o quê?

— Salvar vocês.

— Ah — disse ela. — Já posso lhe dizer que *isso* vai ser difícil de vender.

— E agora você sabe o porquê de eu estar aqui, em vez de mandar um bilhete. E o porquê de vir falar com você antes.

— Harry — disse Danielle com cuidado. — Só porque a gente gosta um do outro enquanto indivíduos não quer dizer que meu pai ou qualquer outra pessoa vai lhe dar ouvidos.

— Claro que não — concordei. — Mas a gente gostar um do outro e eu ter salvado sua vida duas vezes já é um começo. E aí depois entra o plano.

— É melhor que seja um bom plano, Harry.

— É, sim. Prometo.

— E do que mais você vai precisar, além da nossa confiança?

— Uma de suas naves — falei. — E, caso não esteja muito ocupada, você mesma.

— Por que eu?

— Porque vamos falar com Hafte Sorvalh, líder do Conclave. Você encabeçou uma missão em território deles não faz muito tempo. Se chegarmos a um acordo aqui embaixo, teremos coisas para discutir com ela lá em cima.

— Oficialmente, o Conclave não está falando com vocês agora.

— Sim, eu sei. Temos um plano.

— Abumwe de novo?

— Sim.

— Certo — disse Danielle, pegando seu tablet.

— O que você vai fazer?

— Ligar para o meu pai.

— Deixa só eu terminar o brunch primeiro.

— Achei que fosse uma questão de urgência, Harry.

— E é — respondi. — Mas acabei de cair do céu hoje. Uns waffles bem que vão me cair bem.

PARTE 3

– Bem, e aqui estamos nós de novo – disse Hafte Sorvalh para nós três. – E não estou nada surpresa com isso.

A audiência dela era constituída pela embaixadora Abumwe, a embaixadora Lowen e eu, subordinado às duas durante essa reunião. Sorvalh tinha alguém subordinado a ela consigo também, se é que dá para se referir assim a Vnac Oi, diretore de inteligência do Conclave. Sorvalh e as embaixadoras estavam sentadas, enquanto Oi e eu ficamos em pé. Nos últimos tempos, tinha virado hábito eu ficar em pé nas reuniões.

Estávamos os cinco no gabinete particular de Sorvalh na sede do Conclave. Do outro lado da porta, literal e figurativamente, havia equipes diplomáticas, especialistas e assessores da Terra, da União Colonial e do Conclave. Se alguém fizesse silêncio, dava para ouvir a frustração ululante de todos eles combinados por não estarem na sala conosco naquele momento.

– Posso ser honesta com a senhora? – Lowen perguntou a Sorvalh. Reparei que era difícil para mim pensar nela como "Danielle" quando ela estava trabalhando. Não porque alterasse materialmente sua personalidade no trabalho, mas apenas por respeito ao cargo.

— Embaixadora, acredito que o motivo desta discussão atual é sermos honestas umas com as outras, não? – perguntou Sorvalh.

— Imaginei que haveria mais gente aqui para isso.

Sorvalh deu um daqueles seus sorrisos que eram absolutamente aterradores para seres humanos.

— Acredito que todos em nossas equipes pensaram o mesmo, embaixadora – disse ela. – Mas sempre fui da opinião de que há uma relação inversamente proporcional entre o número de pessoas numa sala e o tanto de trabalho útil que é realizado ali. Agora que sou eu quem está encarregada das coisas, isso fica ainda mais claro. Discorda?

— Não – disse Lowen. – Acho que a senhora tem toda a razão.

— Claro que tenho. E, senhoras embaixadoras, acredito que o motivo de estarmos aqui é para termos uma reunião *definitivamente* útil, não é?

— Tenho essa esperança – disse Abumwe.

— Precisamente – disse Sorvalh. – Então, não, embaixadora. Acredito que temos o número correto de pessoas nesta sala.

— Sim, primeira-ministra Sorvalh – concordou Lowen.

— Então não vamos perder mais tempo. – Sorvalh voltou suas atenções para Abumwe. – Pode começar, embaixadora.

— Primeira-ministra Sorvalh, o Equilibrium pretende atacar a Terra com armas nucleares e fazer parecer à União Colonial que foi o Conclave quem iniciou o confronto.

— Sim – disse Sorvalh. – Vnac Oi me forneceu um resumo do relatório que vocês prepararam para nós. Presumo que vão pedir nossa ajuda para frustrar o ataque, considerando que eles pretendem colocar a culpa em nós.

— Não, senhora primeira-ministra – falou Abumwe. – Queremos que ele aconteça.

Sorvalh recuou de leve ao ouvir isso, então olhou para Lowen e depois para Abumwe de novo.

— Bem! – disse ela, depois de um momento. – Essa é certamente uma estratégia audaciosa e inesperada. Fico fascinada para saber como isso será benéfico para qualquer um de nós, para não falar nada dos pobres cidadãos irradiados da Terra.

— Tenente – chamou-me Abumwe.

– Queremos que o ataque aconteça porque precisamos que o Equilibrium se revele – falei. – É um grupo pequeno, motivado e tem sido difícil para nós, qualquer um de nós, localizá-lo e retaliar. O único ataque bem-sucedido contra o grupo como um todo foi o que partiu de Rafe Daquin, quando ele fugiu do controle deles. Mas, com exceção dessa ocorrência, eles têm sido muito bons em agir pelas sombras.

– Sim, é verdade – disse Oi. – Já expurgamos os operadores conhecidos do Equilibrium, e tenho certeza de que a Terra e a União Colonial fizeram o mesmo. – Abumwe e Lowen concordaram com a cabeça. – Mas a essa altura parece que não precisam de qualquer inteligência operacional a mais para continuar seus planos.

– Ou simplesmente têm novos aliados – disse Abumwe.

– Em todo caso, seu homem está correto. – Oi gesticulou na minha direção com seu tentáculo.

– Encontramos a nova base deles – revelou Abumwe.

– Onde? – perguntou Oi.

– Em Sedna – falei. – Um planeta-anão nas margens do sistema solar da Terra. Confirmamos essa informação antes que a nave da embaixadora Abumwe saltasse para cá.

– Então, essa conversa deveria se tratar de vocês me contando como já aniquilaram todos eles – disse Sorvalh.

– É mais complicado do que isso – respondeu Abumwe.

– Sabemos onde a nova base está, mas a frota, com a qual pretendem varrer a Terra, não está lá – falei. – Estão sendo cautelosos.

– Então, mesmo que a União Colonial destruísse a base, a Terra ainda estaria vulnerável – completou Lowen.

– Por isso precisamos que o ataque siga em frente – explicou Abumwe. – Atraímos as naves até a Terra ao mesmo tempo que destruímos o Equilibrium em sua base. Assim não damos espaço para nenhum dos dois elementos fugirem.

– Ainda não tenho certeza de como isso envolve o Conclave – disse Sorvalh.

– Não podemos fazer as duas coisas – falei. – O Equilibrium só vai agir se estiver confiante de que a União Colonial não conseguirá responder ao ataque contra a Terra. Precisaremos comprometer uma porção substancial de nossa frota das FCD para fazer parecer que estamos ameaçando os nove planetas que declararam independência. Precisamos ser vistos afastando nossas naves da distância de salto, a fim de que aparente demorar dias para que respondam a uma ameaça contra a Terra. Também temos que reservar naves o suficiente para dar uma resposta imediata ao ataque do Equilibrium, escondendo-as onde eles não vão procurar. Precisamos ter certeza de que temos naves o bastante para evitar que nem mesmo uma única bomba nuclear chegue à atmosfera terrestre. O que significa generosamente superestimar o número necessário de naves.

— Então precisam que o Conclave ataque a base do Equilibrium — concluiu Oi.

— Sim — confirmou Abumwe. — E queremos que nos permitam esconder uma frota no espaço do Conclave, à distância de salto, para que possamos responder imediatamente ao ataque contra a Terra. Não acreditamos que eles possam procurar nossa frota no território de vocês.

— O que significa precisarmos confiar que não vão atacar qualquer que seja o sistema no qual serão alocados — disse Oi.

— Não precisam confiar em nós — disse Abumwe. — Podem colocar quaisquer proteções que desejarem. Só nos deem um lugar para estacionarmos nossa frota.

— E quanto à senhora? — Sorvalh voltou suas atenções a Lowen. — Ainda é consenso generalizado no seu planeta de que a União Colonial estava por trás do atentado à Estação da Terra que matou milhares, incluindo boa parte de suas forças diplomáticas globais. Está me dizendo que a Terra confia *neles* — ela gesticulou de modo a nos abranger, Abumwe e eu — para proteger *vocês* da aniquilação?

— Não foi nada fácil nos convencer — admitiu Lowen. — E é aqui que o Conclave entra de novo. Nosso consentimento para prosseguirem com esse plano é contingente à aceitação por parte de vocês. Se não confiarem na União Colonial, nós também não confiamos.

— E depois? — perguntou Sorvalh. — E se eu, de fato, não confiar neles?

— Então lhes repassaremos tudo o que temos a respeito do ataque — disse Abumwe. — Entregaremos tudo e vamos rezar para que, apesar de suas ações recentes, estejam dispostos a proteger a Terra. Já fizeram isso antes. Seu antecessor, general Gau, pelo menos, já o fez.

— Não seria um ato nascido da bondade de nossas almas — disse Sorvalh. — Se é para intervirmos em benefício da Terra, podem presumir que não seremos mais dissuadidos do plano de a atrairmos para nossa esfera de influência. Então, embaixadora, está me pedindo para acreditar que a União Colonial poderia aceitar isso? E até mesmo possivelmente aceitar que a Terra possa se unir ao Conclave com o tempo?

— A União Colonial aceita que, a essa altura, já perdemos a Terra — respondeu Abumwe, gesticulando para Lowen. — Os governos terráqueos que ainda falam conosco já deixaram isso claro. Ela não será mais a fonte cativa de onde derivamos nossos soldados e colonos. Estamos começando a implementar as mudanças que permitirão nossa sobrevivência dentro dessa nova realidade. Sendo esse o caso, não contabilizamos mais a participação terráquea, voluntária ou não, em nossos planos. Não queremos vê-la participando do Conclave. Mas seria melhor a Terra estar nele do que destruída. É o lar da humanidade, senhora primeira-ministra.

Sorvalh assentiu e se voltou para Oi.

— Sua análise, por favor.

— É muita coisa, senhora primeira-ministra — disse Oi. — E vindo de um povo que não temos historicamente qualquer motivo para confiar. De modo algum.

— Compreendo isso — disse Sorvalh. — Por ora, trate as informações dadas como sendo genuínas.

— Então, pondo de lado a questão moral de deixar um planeta aberto a um ataque genocida, há pouquíssimas vantagens aqui para o Conclave — explicou Oi. — Tanto a Terra como a União Colonial precisam de algo de nós, mas não nos oferecem qualquer benefício, além da destruição do Equilibrium, que agora poderíamos atacar e incapacitar operacionalmente. Precisam de nós, mas não precisamos deles. E, para falar com franqueza, há centenas de espécies membras do Conclave que ficariam felizes em se livrar de um dos dois ou ambos. Politicamente, seria impossível trazer a Terra para nossa união sem fazer com que ela se desmanche.

— Está dizendo que não devemos nos envolver — disse Sorvalh.

— "Devemos" é um termo relativo — respondeu Oi. — Lembre-se de que pus de lado a dimensão moral disso, por ora. O que estou dizendo é que, caso nos envolvamos *de fato*, quase não há vantagens para nós.

— Exceto, talvez, pela gratidão das duas casas da humanidade – completou Sorvalh.

Oi fez o equivalente a bufar em deboche.

— Sem querer ofender nossos amigos humanos aqui, senhora primeira-ministra, eu não depositaria muita fé na gratidão da humanidade.

— É bem verdade – concordou Sorvalh.

— Então não vão nos ajudar – disse Abumwe.

— Não, não vou – respondeu Sorvalh. – Não sem algum benefício óbvio para mim. Para o Conclave.

— E o que a senhora quer? – perguntou Lowen.

— O que eu quero? – repetiu Sorvalh para ela, inclinando-se na direção das embaixadoras humanas e acentuando a criatura imensa que ela era em comparação à nossa espécie, mas também o quanto estava exasperada. – Quero nunca mais precisar pensar em você, embaixadora Lowen! Nem em você, embaixadora Abumwe! Nem na humanidade. De modo algum. Podem entender isso, senhoras embaixadoras? Compreendem o quanto seu povo é realmente exaustivo? Quanto *tempo* perdemos lidando com humanos?

Sorvalh atirou as mãos para cima.

— Percebem que, nos últimos dois dos seus anos, já me encontrei com as duas, e com *você*, tenente Wilson, com mais frequência do que com representantes da maior parte dos membros constituintes do Conclave? Sabem quanto do tempo do meu antecessor foi ocupado por vocês? Se eu pudesse fazer a humanidade desaparecer num passe de mágica, eu faria. Num instante.

— É uma ideia justa – falei, ao que Abumwe virou-se para me encarar, incrédula, e me lembrei de que não muito tempo atrás ela nem conseguia me suportar. Parecia que estávamos prestes a ir por esse caminho de novo.

Sorvalh reparou nisso.

— Não olhe assim para o tenente, embaixadora. Ele está perfeitamente correto, e acredito que a senhora saiba disso. É uma ideia justa. A humanidade não vale a dor de cabeça que dá. Porém... – A relutância na voz dela era palpável. – Não posso fazer a humanidade desaparecer num passe de mágica. Estou aqui presa com vocês, todos vocês. E vocês, conosco. Aqui está o que quero para ajudá-los.

Sorvalh apontou para Abumwe.

– Da União Colonial, quero um tratado completo de não agressão com plenas relações comerciais e diplomáticas. O que significa que chega desses canais de comunicação extraoficial e vagas ameaças. Depois de erradicarmos o Equilibrium, podemos revelar juntos tudo o que sabíamos a respeito dele e pôr um fim a todas as especulações, propondo o argumento de que boa parte de *nossas* hostilidades recentes foi fabricada por eles. Posso usar isso para fazer o tratado ser aprovado pela Grande Assembleia e vocês poderão usar para convencer seja lá quem precisam convencer também.

– A senhora está me pedindo para pintar o Conclave como um aliado – disse Abumwe.

– De modo algum. Não acho que qualquer um de nossos governos esteja pronto para isso. Estou apenas pedindo para que não fiquemos mais um pulando, ativa e intencionalmente, no pescoço do outro.

Sorvalh virou-se para Lowen.

– Da mesma forma, quero um pacto de não agressão e plenas relações diplomáticas e comerciais com a Terra.

– Não vejo como seria possível agirmos de modo agressivo contra o Conclave – observou Lowen.

– E vocês não têm como, mesmo – concordou Sorvalh. – Mas não é pela proteção do Conclave. É para sua proteção. Contra nós.

– Compreendo.

– Que bom – disse Sorvalh. – Por fim, o mesmo pacto de não agressão e plenas relações diplomáticas e comerciais entre a Terra e a União Colonial. Porque, embora eu não queira que se fundam de novo, por enquanto, sua separação completa será sempre um perigo para o Conclave. Para melhor ou pior, para todos nós, essa divisão da humanidade precisa ter um fim.

– É um triplo impasse – observou Oi.

– É perfeito – comentei.

– Talvez seja – disse Sorvalh. – E assim ficamos todos unidos em mútua concordância de nos deixarmos em paz, ao mesmo tempo que mantemos abertas linhas reais de comunicação e comércio.

– É uma boa intenção, senhora primeira-ministra – comentou Oi. – Só tem um problema.

– Todas as outras pessoas que não estão nesta sala – disse Abumwe.

— Sim — concordou Oi. — Como falei, senhora primeira-ministra, quanto mais pessoas estiverem envolvidas, mais as coisas demoram. Esses acordos vão envolver *todo mundo*. Nunca vamos conseguir passar um tratado desses pela Grande Assembleia. E duvido que a embaixadora Abumwe aqui consiga obter o consentimento do povo dela. Quanto à embaixadora Lowen, bem. A Terra sequer possui um governo global operante. Ela é literalmente incapaz de propor um acordo ao qual o planeta inteiro se submeta. Não vai acontecer.

— Certo — disse Sorvalh. — Então não vamos deixar ninguém fora desta sala ter voz.

— Não vão gostar disso — respondeu Oi.

— Isso é um eufemismo de su diretore de inteligência — acrescentei.

— Não me importo — disse Sorvalh. — Todo mundo nesta sala compreende que é uma coisa que precisa ser feita. Todos concordamos. Certo?

Abumwe e Lowen fizeram que sim com a cabeça.

— Então, vamos considerar que está feito — disse Sorvalh.

— É uma ação imperial — avisou Oi.

— Não — comentei. — É uma ação oportunista. — Eu me virei para Lowen. — A compra da Luisiana.

— Você não está falando coisa com coisa — disse ela.

— Me acompanhem aqui — falei e me virei para Sorvalh. — Lá na Terra, há muito tempo, ofereceram a um presidente dos EUA chamado Thomas Jefferson um acordo para adquirir um território que mais do que dobraria o tamanho do país. A compra da Luisiana. Tecnicamente falando, ele não tinha o poder para aceitar esse acordo... a constituição estadunidense era ambígua na parte sobre a possibilidade de o presidente autorizar ou não a compra. Mas Jefferson foi lá e fez mesmo assim. Porque ia dobrar o tamanho do país, e o que o Congresso poderia fazer? Devolver tudo?

— Não estamos adquirindo território, tenente — apontou Abumwe.

— Não, mas estão comprando outra coisa: paz — falei. — E essa compra está sendo feita ao agirmos mutuamente contra o Equilibrium, que existe para trazer um fim ao Conclave e à União Colonial e está munido de planos para causar malefícios imediatos à Terra, com consequências imediatas para o Conclave e a União Colonial. Então é melhor não esperarmos. A primeira-ministra Sorvalh tem razão. Vamos concordar com nossos termos aqui e apresentamos tudo como um *fait accompli*. Depois todo mundo fica ocupado em dar uma surra no Equilibrium. Nesse caso, a gente ou vai ou racha juntos. E prefiro que funcione.

— Quando tudo isso tiver terminado, vai ser tarde demais para voltar atrás — disse Oi. — Será o novo normal.

— Não é uma má ideia.

— É uma *péssima* ideia — disse Oi. — Só tem a vantagem de ser melhor do que a outra opção.

— É essa sua avaliação enquanto diretore de inteligência? — perguntou Sorvalh a Oi.

— Minha avaliação enquanto chefe de inteligência é a de que a União Colonial vem consistentemente se revelando como a maior ameaça ao Conclave, e a Terra não fica muito atrás — disse elu. — Se tivermos a oportunidade de remover os dois da equação, então temos que aproveitar. Se isso significa apresentar tudo como algo irrevogável, então faça. Vai haver resistência e críticas. Mas é possível que a senhora conte com a boa vontade da Grande Assembleia por conseguir manter o Conclave unido.

— Oi, isso vai dar certo?

— Você é a primeira-ministra do Conclave, senhora — disse elu. — Se quiser que dê certo, então vai dar. Quando puder contar para todo mundo, digo. Precisamos destruir o Equilibrium primeiro. Para *isso* dar certo, precisaremos agir do modo mais furtivo possível.

Sorvalh assentiu e se voltou para Abumwe.

— Concorda?

Abumwe assentiu.

— Sim.

— Pode fazer virar uma possibilidade *permanente*?

— Vou falar para eles que não têm opção a não ser fazer virar uma possibilidade permanente.

— E quanto à senhora, embaixadora Lowen? — perguntou Sorvalh.

— Está me perguntando se posso aceitar um acordo que vai salvar meu planeta da aniquilação nuclear? — disse Lowen. — Tenho quase certeza de que consigo vender essa ideia.

— Não venda — falei. — Apresente como já vendida.

— De acordo — disse Oi, apontando para a porta. — Quando sairmos desta sala, já estará feito.

– Sim? – perguntou Sorvalh.

– Sim – confirmou Abumwe.

– Sim – disse Lowen.

Sorvalh sorriu, o que foi aterrador e glorioso.

– E assim aprendemos como é simples mudar a história do universo – disse ela. – Só é preciso que todas as outras coisas tenham dado muito errado primeiro.

A primeira-ministra levantou-se, e Abumwe e Lowen seguiram seu exemplo quase imediatamente.

– Venham, senhoras embaixadoras. Vamos anunciar juntas nossa nova era de paz. E ai de quem tentar tirá-la de nós. E então, vamos juntas à guerra. Pela primeira e última vez, espero.

Duas semanas depois, no dia 2 de outubro, usando o calendário padrão da União Colonial, mais ou menos às três da tarde, a UC recebeu o aviso oficial de nove de seus planetas colonizados de que estavam se declarando independentes da união. Cada um deles era independente dos outros, mas declararam relações diplomáticas imediatas entre si e ofereceram o mesmo para a União Colonial.

Em eras passadas, a UC poderia ter enviado uma única nave por planeta para lidar com o motim. Quando um planeta não tem qualquer defesa real contra você que você mesmo não tenha criado, não é preciso se esforçar muito. Mas, desde o evento com a *Tubingen* em Cartum, ficou evidente que era necessária uma mudança na estratégia e no modo da União Colonial responder às rebeliões. Ainda mais no caso daquelas que envolvem múltiplos planetas ao mesmo tempo.

Os céus acima dos planetas rebeldes ganharam novas constelações conforme uma enxurrada de naves das FCD foram se derramando sobre seu espaço. Cada planeta rebelde recebeu não menos do que uma centena de naves – um ato de guerra psicológica empenhado em amedrontar e intimidar aqueles que estavam tentando obter sua liberdade.

Mas não era possível amedrontá-los. Eles declararam sua resistência e desafiaram a União Colonial a fazer o pior que pudesse.

Isso se desenrolou de um modo aparentemente intratável. Não havia um fim claro para esse impasse. Os planetas exigiram que a UC e as FCD retirassem as frotas dos espaços aéreos. A União Colonial respondeu com uma recusa. A grande maioria da frota militar humana estava então permanentemente estacionada acima dos mundos que costumava proteger.

No dia 21 de outubro, uma nave apareceu nos céus acima da Terra, um veículo comercial registrado como pertencente a um dos mundos do Conclave. Era a *Hooh Issa Tun*, que estava desaparecida fazia quase um ano. Num instante, ela não estava mais sozinha, pois outra nave originalmente do Conclave apareceu, e outra, e mais outra. Alguém que estudasse a história recente reconheceria essa aparição pausada como um tipo de gesto dramático. O falecido general Tarsem Gau, quando era líder do Conclave, costumava fazer a mesma coisa quando sua grande frota aparecia no céu de alguma colônia não autorizada. Então oferecia aos colonos a escolha entre ser evacuados ou destruídos.

A Terra não teria essa mesma escolha. A frota seguiria a exata dinâmica que a de Gau, esperando até a chegada da última nave e a plateia lá embaixo conseguir registrar sua imensidão, antes de disparar suas armas para destruir os espectadores em solo.

O que significava que o timing da operação seria, de fato, complicado.

Os satélites que a União Colonial instalou na órbita em torno da Terra registraram a *Hooh Issa Tun* no segundo que ela chegou ao espaço terráqueo. Os dados foram disparados na velocidade da luz até um grupo de drones de salto muito especiais localizados no ponto de Lagrange L4 do sistema Terra-Lua, cada um dos quais continha um protótipo do motor de salto projetado para operar em pontos espaciais gravitacionalmente nivelados.

Três dos drones saltaram no mesmo instante. Um deles chegou a seu destino na forma de uma chuva de estilhaços metálicos topologicamente fascinante. Os outros dois chegaram intactos.

E, num ponto do espaço fora do sistema solar que abrigava o planeta nativo de Hafte Sorvalh, Lalah, duas frotas concluíram seus preparativos finais para o ataque.

A primeira frota era pequena: dez naves, especificamente selecionadas por Vnac Oi. A segunda era muito maior. Duzentas naves das FCD aguardavam – aguardaram – a batalha.

De volta à Terra, a contagem da chegada das naves parou em 108, um número um pouco maior do que as estimativas da União Colonial ou do

Conclave para o tamanho dessa frota. O primeiro ato delas seria começar a incapacitar a rede de satélites terráqueas. Isso demoraria vários minutos.

Os satélites marcaram a posição de cada uma das naves acima da Terra e dispararam essas informações aos drones de salto que estavam no aguardo. Três deles saltaram de imediato. Desta vez, todos os três chegaram intactos ao destino.

Dentro das naves das FCD, cada uma delas recebeu uma lista contendo seus alvos primários, secundários e terciários. Essa transferência de informações e seu reconhecimento demorou, em média, uns dez segundos.

Vinte segundos depois disso, todas saltaram para o espaço terráqueo ao mesmo tempo.

Incluindo a *Chandler*. A única nave na frota que não possuía um alvo. Sua função ali era observar. A bordo dela estavam Ode Abumwe e os coronéis Egan e Rigney, além de Vnac Oi, do Conclave. E eu também.

Da ponte de Neva Balla, ficamos observando as naves das FCD aparecerem a menos de um quilômetro de seus alvos primários e atacarem com precisão cirúrgica, usando raios de partículas e outros armamentos de grau de destruição relativamente baixo e mirando os sistemas de propulsão, navegação e armamentos.

– Coloquem a comunicação no viva-voz, por favor – pediu Abumwe para Balla, que assentiu e fez o que lhe foi pedido.

O ar foi preenchido por uma cacofonia de relatos das naves das FCD confirmando que seus ataques haviam sido bem-sucedidos. Em menos de dois minutos, a frota inteira do Equilibrium havia sido incapacitada.

Incapacitada, não destruída.

– Está pronto? – perguntou Abumwe a Rafe Daquin.

– Você sabe que sim – respondeu Daquin, o que arrancou um sorrisinho da embaixadora.

– Então pode começar.

– Pilotos das naves atacantes – disse Daquin, e suas palavras foram transmitidas a cada uma das naves que havíamos incapacitado. Sempre que conseguíamos fazer uma estimativa razoável quanto à identidade e espécie de cada piloto, traduzíamos automaticamente as palavras de Rafe para seu idioma. De resto, confiamos que cada nave teria o próprio software de tradução. – Meu nome é Rafe Daquin, piloto da *Chandler*. Sou como vocês.

Minha nave foi atacada e tomada por uma organização que descobri se chamar Equilibrium. Eles mataram minha tripulação e me separaram para ser seu piloto. Privaram-me de meu corpo e me obrigaram, igual aconteceu com vocês, a pilotar minha nave sozinho e a fazer o que queriam.

"Sabemos que foram forçados a atacar. Sabemos que lhes foi oferecida uma barganha terrível para obter sua cumplicidade: a morte, se recusassem, e a promessa de terem seus corpos de volta, caso aceitassem. Devem saber que o Equilibrium jamais teve a menor intenção de lhes devolver seus corpos. Vocês são descartáveis para eles. Sempre foram. Depois deste ataque, seriam mortos e suas naves, destruídas, a fim de preservar os objetivos e a anonimidade do Equilibrium.

"É possível que não tenham sido avisados quanto a qual seria o escopo completo desta missão. É atacar este planeta, o planeta Terra, com armas nucleares. Essas armas obliterariam a vida aqui e seus efeitos secundários tornariam o planeta inabitável. Nós, que somos humanos, para quem este é nosso mundo nativo, não podemos permitir que isso aconteça. Por essa razão, nós os impedimos de completar sua missão.

"Atacamos suas naves. Poderíamos tê-las destruído com facilidade, e vocês junto. Optamos por não fazer isso. Não destruímos suas naves. Não destruímos vocês. Não o fizemos porque sabemos que não tiveram escolha. Sabemos disso, porque eu também não tive escolha quando estive na situação de vocês.

"Estamos lhes dando uma escolha agora. A escolha é a seguinte: entreguem as naves imediatamente e vamos cuidar de vocês, protegê-los e trazê-los de volta ao Conclave, vivos e intactos, para que possam voltar para casa, ficar com suas famílias e, se Deus quiser, ganhar novos corpos para viver suas vidas.

"Alguns dentre vocês podem já estar tentando reparar os sistemas das naves a fim de executar sua missão. Se o fizerem, teremos que impedi-los. Se tivermos que impedi-los, é possível que precisemos destruí-los. As armas que vocês carregam são mortíferas demais. Não podemos permitir que nem mesmo uma delas seja disparada.

"Sou como vocês. Ainda sou como vocês. Optei por continuar assim porque estava à espera de um momento como este. Para que soubessem, e soubessem de verdade, que não estão sozinhos e possuem, sim, uma escolha.

Não precisam matar para continuarem vivos. É possível obter suas vidas de volta, e para isso só precisam poupar a de inocentes que a organização que escravizou vocês pretende matar.

"Sou Rafe Daquin. Sou como vocês. Estou vivo e não sou escravo de ninguém. Estou aqui para pedir que se rendam agora. Rendam-se e continuem vivos. Rendam-se e deixem que outros vivam. Digam-me o que pretendem fazer."

E então esperamos.

Durante quase um minuto, houve puro silêncio nos sistemas de comunicação.

E então:

— Eu sou Chugli Ahgo, piloto da *Frenner Reel*. Rendo-me a você, Rafe Daquin.

— Iey Iey Noh. Piloto da *Chundawoot*. Eu me rendo.

— Lopinigannui Assunderwannaon, da *Lhutstun*. Puta que pariu, humano. Me tira desta merda.

— Sou Tunder Spenn. Piloto a *Hooh Issa Tun*. Quero rever minha família. Quero ir para casa.

Ajudei Rafe a escrever esse discurso. Só queria deixar avisado.

Dos pilotos todos, 104 se renderam. Dois sabotaram seus sistemas internos após o ataque, antes que Rafe conseguisse enviar sua mensagem, e cometeram suicídio, acho que pelo medo do que aconteceria caso fossem capturados — ou medo do que o Equilibrium faria nesse caso. Um dos pilotos sofreu o que só posso descrever como um surto psicótico e foi incapaz de se render ou fazer qualquer outra coisa. Nós o privamos do acesso ao controle da nave antes que pudesse fazer mal a si mesmo ou a mais alguém.

Um piloto se recusou a se render, conseguiu reparar o sistema de armamentos e tentou disparar as bombas. Sua nave foi destruída antes que elas saíssem dos tubos.

— Você vai receber créditos por isso — disse Oi a Abumwe, enquanto os avisos de rendição chegavam. — Poupou a vida de pilotos de dúzias de espécies do Conclave. Eles vão se lembrar disso. Foi inteligente.

— Foi ideia dele — disse a embaixadora, apontando para mim.

— Então foi inteligente da sua parte — disse Oi.

– Obrigado – agradeci. – Mas não sugeri isso para ser inteligente.

Oi abaixou seus tentáculos em agradecimento.

Enquanto os avisos de rendição chegavam, recebemos as primeiras notícias do ataque à base do Equilibrium em Sedna. O Conclave optou por não aniquilar os membros do grupo que encontrou por lá. Em vez disso, desabilitaram os sistemas de manutenção da vida e comunicação do local, além de destruírem toda nave ou veículo capaz de transportar qualquer um que estivesse ali.

Então, o comandante da missão ofereceu uma escolha a quem estivesse lá dentro: render-se ou sofrer uma morte não tão lenta por congelamento.

A maioria optou por não morrer congelado.

Nas semanas e meses seguintes, foi revelado o escopo do Equilibrium, seus agentes ganharam nomes e sua capacidade de causar estragos ao Conclave, à União Colonial ou à Terra foi negada. No fim, acabou sendo difícil acreditar que aquela organização um dia tinha sido capaz de representar qualquer ameaça que fosse. Mas também nunca teria sido o caso se a União Colonial, o Conclave e a Terra não estivessem tão determinados a representar uma ameaça uns para os outros.

– Que tempos interessantes estes em que a gente vive – disse-me Danielle Lowen. Estávamos no Memorial a Thomas Jefferson, em Washington, D.C. Hart Schmidt estava conosco, em sua primeira viagem à Terra (ou sua superfície, pelo menos). Determinado a ser o turista mais turistoso que já turistou, no momento ele batia fotos da estátua de Jefferson de todos os ângulos concebíveis. Era o final de março, e as cerejeiras estavam começando a dar flor.

– Você sabia que tem uma maldição sobre viver em tempos interessantes? – eu lhe disse. – É atribuída aos chineses.

– Você sabia que isso é um mito? – disse Danielle. – Os chineses nunca disseram nada tão bobo assim.

Isso me fez sorrir.

– Ode mandou um abraço, aliás – falei. Ode Abumwe, que havia se retirado do serviço diplomático para assumir um novo papel: ser a arquiteta primária da nova constituição que a União Colonial estava redigindo com suas colônias.

– Como está indo o trabalho de construir uma nação? – perguntou Danielle.

– Da última vez que a gente se falou, ela disse que era um imenso pé no saco, mas não havia alternativa. O acordo que fez com você e Sorvalh, bem ironicamente, serviu para obrigar a União Colonial a aceitar o acordo com as colônias rebeldes. Não seria possível aceitar um tratado *fait accompli* com a Terra e o Conclave sem aceitar outro com os próprios planetas. Acho que foi por isso que ela acabou apontada para mediar as discussões. O alto escalão queria castigá-la.

– A ironia é que acabaram fazendo dela a mãe da nova União Colonial. Vai ser lembrada por isso para sempre.

– Se conseguir um acordo.

– Estamos falando de Ode Abumwe, Harry – disse Danielle. – Como se ela não fosse conseguir.

Ficamos observando Hart tirar suas fotos.

– Não pude deixar de reparar que você ainda não voltou a ser verde – disse-me Danielle. – Achei que essa coisa toda do tom de pele natural era para ser só um visual de verão.

– Andei ocupado – falei.

– Todos nós.

– Tá legal, então – continuei. – Também sentia falta desse tom em particular em mim.

– Isso é indicativo de alguma coisa? Subconscientemente ou não?

– Provável que não.

– Tá bom.

– Beleza – falei. – Talvez eu esteja pensando em me aposentar.

– Vai pendurar o corpo super-humano e envelhecer como um ser humano normal e decente?

– Talvez – respondi. – Mas é só um devaneio.

– No mínimo do mínimo, não dá para dizer que a União Colonial não espremeu a melhor relação custo-benefício possível de você, Harry.

– Não, imagino que não – concordei.

– Se você se aposentasse mesmo, para onde iria? O que faria?

– Não pensei nessa parte ainda.

– Tenho uma vaga na minha equipe – propôs Danielle.

— Não quero trabalhar para você, Dani.

— Sou uma chefe incrível e vou sabotar brutalmente a carreira de qualquer um dos meus subordinados que disser o contrário.

— Devia usar isso como slogan de recrutamento.

— E o que o faz pensar que já não uso?

Abri um sorriso ao ouvir isso. Naquele momento, Hart fotografava os trechos da Declaração de Independência entalhados nas paredes do monumento.

— É sério mesmo, Harry – disse Danielle, um minuto depois. – Volta para a Terra.

— Por quê?

— Você sabe o porquê – disse ela. – E agora pode.

— Talvez eu volte – falei.

— *Talvez*.

— Não me apresse. Tenho muito o que processar.

— Tudo bem – disse Danielle. – Só não demore demais.

— Justo – falei e peguei a mão dela.

— Que tempos interessantes estes em que a gente vive – repetiu ela. – Não era pra ser uma maldição. Gosto do que é interessante. Agora gosto, pelo menos.

— E eu também – falei. Ela apertou minha mão.

— Este lugar é ótimo! – disse Hart, alcançando a gente.

— Feliz que você gostou – respondi.

— Gostei mesmo – disse ele. Então olhou para nós dois, empolgado. – E aí? O que vem agora?

AGRADECIMENTOS ___

Tem sido um hábito meu nos agradecimentos de meus livros mandar um abraço para o pessoal da Tor que trabalhou neles para trazê-los a vocês, o primeiro sendo meu editor, Patrick Nielsen Hayden. Desta vez, quero agradecê-los ainda mais diretamente porque fui um autor mais trabalhoso do que de costume – furei prazos que eu não devia ter furado e por isso fiz todo mundo entrar no modo de alta velocidade a fim de que este livro saísse a tempo. Reparem que eu disse "modo de alta velocidade" e não "modo pânico" – eles são bons demais no que fazem para entrar em pânico.

Então: a Patrick, a Miriam Weinberg, a Christina MacDonald (copidesque), Rafal Gibek (editor de produção), Karl Gold (gerente de produção), Heather Saunders (designer), Nathan Weaver (editor-chefe), Megan Hein (assistente do editor-chefe), Caitlin Buckley (editora-chefe digital) e Natalie Eilbert (associada sênior de controle de qualidade), obrigado, obrigado e mais uma vez obrigado. Sinto muito por terem tido que lidar comigo dando tanta dor de cabeça. Tentarei muito não dar problema para vocês no futuro. E, se acontecer, podem me bater (mas, é, tipo, no braço. Sem muita força, por favor). Um abraço para a Tor UK e o pessoal de lá por esse trabalho também, para Steve Feldberg e todo mundo da Audible e, poxa, para todo mundo em todas as editoras que me publicaram, em qualquer lugar.

É sério: obrigado, pessoal, a todos que trabalharam neste livro comigo. As pessoas gostam de reclamar para tirarem "os intermediários" da produção de livros, e fico me perguntando se elas se dão conta do quanto "os intermediários" – aqueles que fazem *tudo* exceto escrever as palavras no livro – acrescentam para a fruição da obra que leem. Eu sei e fico grato por seu trabalho e cuidado.

Agradecimentos adicionais para John Harris, por seu trabalho contínuo e impressionante nas representações artísticas do universo da Guerra do Velho [nas edições estadunidenses], e para Irene Gallo, diretora de arte da Tor, por seu cuidado e apreço pela dimensão visual desses livros, além de Peter Lutjen, por seu trabalho com o design. E para Alexis Saarela e Patty Garcia, que cuidam da minha publicidade.

Muitos agradecimentos aos meus agentes literários, Ethan Ellenberg e Bibi Lewis, por me venderem no idioma original e em muitos outros. Agradeço ainda a Joel Gotler, meu agente de cinema e tv, com quem é sempre um prazer me reunir.

Minha esposa, Kristine, é a primeira leitora de tudo que faço e a pessoa em quem mais confio no mundo para me chamar a atenção enquanto escritor. Se as pessoas gostam do livro, o crédito vai para ela (se não gostam, a culpa é minha). A Kristine vão meus agradecimentos e, como sempre, meu amor eterno.

Minha esposa é minha primeira leitora, mas tenho uma sorte imensa por ela não ser a única. Este é o sexto livro do universo da Guerra do Velho. Enquanto escrevo estes agradecimentos, já se completaram dez anos desde o lançamento original do primeiro volume. O motivo de eu ter ido tão longe foi porque tantos leitores, no mundo inteiro, começaram e não pararam de ler. Fico deslumbrado quando penso a respeito. Devo tantas coisas a cada um de vocês, na minha vida pessoal e profissional. Sou muito, muito grato.

– John Scalzi
6 de abril de 2015

A LEITURA CONTINUA NA ÓRBITA.

TIPOGRAFIA: Caslon - texto
Arca Majora - entretítulos
PAPEL: Pólen Natural 70 g/m² - miolo
Cartão Supremo 250 g/m² - capa

IMPRESSÃO: Gráfica Santa Marta
Agosto/2023